DIRK VAN DEN BOOM

DIE REISE DER SCYTHE

3 | RESONANZ

cross cult

DIE REISE DER SCYTHE – Band 3: RESONANZ
wird herausgegeben von Amigo Grafik, Teinacher Straße 72, 71634 Ludwigsburg.
Herausgeber: Andreas Mergenthaler und Hardy Hellstern, Verantwortlicher Redakteur und Lektorat: Markus Rohde; Lektorat: Kerstin Feuersänger; Korrektorat: André Piotrowski; Satz: Rowan Rüster/Amigo Grafik; Cover Artwork: Arndt Drechsler und Herminio Nieves; Print-Ausgabe gedruckt von CPI books GmbH, Leck.
Printed in Germany.

Originalausgabe

Print ISBN 978-3-95981-531-4 (März 2019) · E-Book ISBN 978-3-95981-532-1 (März 2019)

WWW.CROSS-CULT.DE

WAS BISHER GESCHAH

Zwei junge Astronomiestudenten, Elissi und Jordan, entdecken ein seltsames Objekt, das sich mit großer Geschwindigkeit von außerhalb der Galaxis durch den Raum bewegt und als Nächstes im Territorium des Konkordats Halt machen wird. Sie werden einer Einheit von Wissenschaftlern auf dem Schiff *Licht des Wissens* zugeteilt, die im Auftrag der Astronomischen Autorität dieses sphärenförmige Objekt untersuchen wollen.

Auf der Jagd nach dem Schwerverbrecher Joaqim Gracen, der sich einer genetischen Veränderung unterworfen hat und nun nicht mehr am Aussehen erkennbar ist, verfolgen Captain Lyma Apostol und die Crew des Polizeischiffs *Scythe* seine Spur – bis zu dem Wissenschaftsschiff, das sich der rätselhaften Sphäre annehmen möchte.

Beide Schiffe werden in die Sphäre gezogen, in deren Inneren seit Jahrhunderten ein Kampf um begrenzte

Ressourcen und das blanke Überleben herrscht. Die Sphäre indes macht sich wieder auf den Weg und nimmt die Erdlinge mit sich.

Sie erreicht einen Stern, der mit einem riesigen Konstrukt verbunden ist. Plötzlich wird die Sphäre angegriffen, sie wird geöffnet und Chaos bricht aus. Die Stabilität, die sich über die Jahrtausenden etabliert hat und der Saim als Anführer – als Messias – vorstehen wollte, ist Geschichte. Das tot geglaubte Volk der An'Sa erwacht wieder zum Leben und beginnt den Körper der Wissenschaftlerin Tizia McMillan zu transformieren. Gracen jedoch ist noch immer verschollen.

Währenddessen wird eine uralte *Scythe* innerhalb der Sphäre gefunden und Jordan trifft im Kern der Sphäre auf eine Präsenz, die sich selbst als Elissi identifiziert. Irgendetwas geht hier offensichtlich nicht mehr mit rechten Dingen zu ...

1

Das Allererste, was die Crew der *Scythe* bewunderte, als der Polizeikreuzer aus der Sphäre hinaus in die Freiheit glitt, war der helle Schein der Sterne.

Dies war nicht der Sternenhimmel, den man von den Welten des Konkordats kannte, dies war etwas ganz anderes, ein faszinierender Anblick, der jeden erst einmal in seinen Bann schlug. So nahe am galaktischen Zentrum erfüllte der Schimmer der eng stehenden Konstellationen das Universum mit einem Leuchten, das auf einem Planeten die Nacht zum Tage werden lassen konnte. Das Sternenband glühte mit einer Intensität, die auf einfache Gemüter beängstigend wirken konnte. Auch die nicht sichtbaren Konsequenzen waren beeindruckend. Die allgemeine Strahlungsintensität hier war hoch, und die Frage, ob sich so nahe am Zentrum noch Leben entwickeln konnte, stellte sich in berechtigter Weise. Die Tatsache, dass der Sonnenherr auf dem Gestirn dieses Systems klebte und von irgendjemandem ja hier installiert worden war, deutete darauf hin, dass die Polizisten auf der *Scythe* noch eine Menge zu lernen hatten.

Dennoch, bei aller kühlen, wissenschaftlichen Betrachtungsweise: Für einen Moment überwältigte dieser Anblick sie alle.

»Allein die astronomischen und astrophysikalischen Daten, die wir hier aufzeichnen ...«, murmelte Rivera, der als ehemaliger Kommandant eines Forschungsschiffes einen besonderen Blick auf dieses Szenario hatte. »In der Autorität gibt es genug Leute, die einen Arm gäben für die Chance, dem galaktischen Zentrum so nahe zu kommen und die Bedingungen hier zu studieren.« Er streckte einen Finger in Richtung des Kerns aus. »Wir wissen bis heute nicht, wer oder was genau im Zentrum unserer Galaxis alles zusammenhält. Was müssen Zivilisationen über dieses Phänomen erfahren haben, die ihm so viel näher leben?«

»Wie jene, die den Sonnenherrn erbaut haben?«, fragte Apostol, die nicht ganz so viel andächtige Begeisterung aufzubringen in der Lage war wie ihr Kollege.

»Ja, sicher«, bestätigte er. »Eines der großen Rätsel der Galaxis, und wir sind ihm, buchstäblich, so nahe wie kaum jemand zuvor. Das lässt Sie eher kalt, wie ich sehe.«

Apostol schüttelte sachte den Kopf. Sie wollte Riveras Begeisterung nicht mindern, und sie wollte nicht wie eine herzlose, mechanisch denkende und handelnde Offizierin dastehen. Es war alles schön und gut. Es gab einfach nur dringlichere Aufgaben.

Anstatt Rivera zu antworten, wandte sie sich an Inq, der einmal mehr als Datenschnittstelle fungierte. »Was haben wir hier draußen?«

Der Androide antwortete sofort. »Erst einmal eine Bestätigung der Daten, die Qesja uns übermittelt hat. Acht Planeten, alle unbewohnt, Stern der Klasse F. Darüber hinaus orten wir siebzehn Raumfahrzeuge, die zweifelsohne aus der Sphäre stammen und sich noch in der Nähe aufhalten.«

Apostol lächelte schwach. »Sie sind dem spontanen Impuls gefolgt, das Gefängnis zu verlassen. Jetzt wissen sie nicht, was sie mit ihrer neu gewonnenen Freiheit anfangen sollen. Was gibt es bei den Iskoten?«

»Zwei der kleineren Einheiten halten sich in der Nähe der Öffnung auf und verbreiten Saims Propaganda einer neuen Allianz, laden alle ein, sich dieser anzuschließen. Ein Iskotenraumer hat den Bereich um die Sphäre verlassen und scheint den gleichen Auftrag zu haben wie wir: Man schaut sich um.«

»Dann wollen wir brav sein und genau das auch tun. Egal was Saim vorhat, *unsere* Allianz erwartet Informationen, und die werden wir jetzt beschaffen.«

»Worauf sollen wir uns fokussieren?«, fragte Snead, der sich bisher schweigend seinen Kontrollen gewidmet hatte.

»Auf alles, was uns erklärt, was dieser Sonnenherr ist und was die An'Sa vorhaben. Erste Frage: Gibt es hier draußen noch Pfeilschiffe?«

Eine Frage, die nur schwer zu beantworten war, wie sich herausstellte. Die massive Hintergrundstrahlung erschwerte es, exakte Ortungsergebnisse zu bekommen. Das Gewitter, das vom galaktischen Zentrum ausgehend auf sie eindrang, war ausgesprochen mächtig, und die Anlagen der *Scythe*, gebaut, um in ganz anderen Umweltbedingungen zu funktionieren, standen vor einer großen Herausforderung.

»Captain, ich schlage Modifikationen an unseren Scannern vor, die ich gerne mit den Technikern so schnell wie möglich implementieren möchte«, meldete sich Inq nach kurzer Zeit. Apostol brauchte nicht lange, um ihm die notwendige Erlaubnis zu erteilen. Sie mussten sich anpassen. Je schneller sie das taten, desto besser.

Sie schauten sich um. Sie strengten sich an. Langsam entblätterte sich vor ihnen die Situation.

Es gab keine Pfeilschiffe in der Nähe. Das war beruhigend, jedenfalls nach dem, was ihnen im Inneren der Sphäre begegnet war. Was auch immer die An'Sa genau vorhatten, es war erst einmal erschreckend gewesen. Apostol war in letzter Zeit zu oft erschreckt worden, um noch Gefallen an diesem Gefühl zu finden, und sie fand sich in dieser Haltung mit der Mehrheit ihrer Besatzung, den alten wie den neuen Crewmitgliedern, absolut einig.

Sie blieben unbehelligt. Das war ebenfalls eine gute Nachricht. Keine bösartigen Angriffe. Keine mehr oder weniger subtilen Drohungen. Etwas ziellos umhertreibende Schiffe aus der Sphäre, die in losem Kontakt zueinander standen, Informationen austauschten, aber vor allem Spekulationen. Apostol lauschte den Konversationen. Es wurde deutlich, dass Ernüchterung einsetzte. Freiheit war eine feine Sache, doch als die Euphorie nun verschwand, blieben die harten Realitäten. Alte Raumschiffe, mühsam mit Spucke und Klebeband zusammengehalten, die meisten mit funktionsunfähigem Überlichtantrieb, so sie jemals einen besessen hatten, mit einer Besatzung, die niemals im freien Raum operiert hatte, weitab der Heimat, die für manche nicht nur Lichtjahre entfernt war, sondern Epochen.

Sie hatten kein Ziel. Das war die Essenz all ihrer Gespräche. Keine Antwort auf die Frage nach dem Wohin und dem Wozu.

So beobachtete Lyma Apostol, wie die ersten Schiffe, die ganz vorwitzigen von eben, langsam umzukehren begannen. Die beständige Propaganda Saims trug zweifelsohne ebenfalls ihre Früchte. Er bot ihnen Sicherheit an, Orientierung, eine Gemeinschaft, zumindest die kollektive Organisation der sonst so schmerzhaften individuellen Unsicherheit. Das zog. Das zog immer besser, je länger die Entflohenen da draußen umherflogen, Ressourcen verbrauchten ohne Ziel und Verstand, die unendliche Weite des Weltalls auf sich einwirken ließen, potenziert durch die bedrückende Nähe zum galaktischen Zentrum. Zu viel. Zu grenzenlos. Und hier, so nahe am Kern, zu hell. Es musste Angst machen. Darauf spekulierte Saim. Er sah das voraus, ergriff die Angst, drückte sie an sich. Er nahm sie wie Ton und formte daraus eine neue Gestalt, in der sie sich alle wiederfanden.

Saim war geschickt und bewies seine Intelligenz – und seine Flexibilität. Apostol kam nicht daran vorbei, sie musste ihm ein wenig Respekt zollen. Die Botschaften verfingen bei ihr nicht, aber ihr fehlte auch die jahrelange Sozialisierung als Insassin eines gigantischen Kerkers. Und aufgrund ihrer persönlichen Geschichte hatte sie ein anderes Verhältnis zur Freiheit. Sie schätzte sie als Gut, für das man jede Unwägbarkeit in Kauf zu nehmen hatte, wenn sie einen nur davor bewahrte, in den Händen grausamer Wissenschaftler zum Gegenstand widerwärtiger Experimente degradiert zu werden.

Lyma Apostol hatte mit der Ungewissheit keine Probleme. Aber wie es aussah, war sie mit dieser Haltung weitgehend alleine.

»Schau dir das bitte mal an!«, sagte Snead so leise, dass nur sie es hören konnte. Er drehte einen altmodischen, zweidimensionalen Schirm in ihre Richtung, der an einer flexiblen Halterung an der Sessellehne seiner Position angebracht war, exakt zu diesem Zweck: der Kommandantin etwas zu zeigen, das noch nicht jeder diskutieren sollte.

Apostol fing einen bezeichnenden Blick von Severus Inq auf. Es gab natürlich Besatzungsmitglieder, vor denen man prinzipiell nichts verbergen konnte.

»Sind das Monde?«, fragte sie nach kurzer Betrachtung.

»Sechs exakt gleich große, Energie abstrahlende Monde, die in exakt gleichem Abstand in geostationärem Orbit um den siebten Planeten kreisen? Lass dir das mal auf der Zunge zergehen.«

»Ich habe etwas Dummes gesagt.«

»Du hast etwas Unüberlegtes gesagt, vor allem angesichts der Tatsache, dass der siebte ›Mond‹ direkt auf unsere Position zuhält.«

Apostol nickte langsam. Da war es, das Ungewöhnliche, das Irritierende, auf das sie die ganze Zeit unbewusst gewartet hatte. Nicht ungewöhnlicher als der »Sonnenherr«, der immer noch in der Korona der Sonne saß und diese melkte, um die gewonnene Energie für ... irgendwas zu verwenden. Aber irritierend genug, um Aufmerksamkeit zu erfordern. Und Ahnungen heraufzubeschwören.

»Schick das an die Eierköpfe. Lass die Bäuche auch draufsehen. Raumschiffe also?«

»Bälle aus reiner Energie. Ich erkenne keine materiellen Strukturen im engeren Sinne.«

»Wenn wir also näher rangehen?«

Snead nickte und sah sie auffordernd an. »Tun wir das?«

Das war die zentrale Frage, wie immer, und sie war diejenige, die sie zu beantworten hatte. Diesmal stellte sie das nicht vor Schwierigkeiten. Das war ihre Aufgabe: erkunden, nachgucken, und das für alle, die daheim geblieben waren – verdammt, sie bezeichnete die Sphäre bereits als Heimat! Wann hatte das denn begonnen?

»Wir tun es. Langsam. Vorsichtig. Mit aktiviertem Schutzfeld und Waffensystem. Du verstehst, die ganze Bandbreite an wirklich wichtigen Vorbereitungen, die uns ja schon beim letzten Mal nicht geholfen haben.«

Snead lächelte. »Beim letzten Mal warst du nicht vorsichtig.«

Sie erwiderte das Lächeln. »Ich bin bereit zu lernen.«

Die *Scythe* beschleunigte sanft.

2

Radek schaute besorgt auf die Uhr, suchte den Blick von Funshi Hatko, doch diese machte eine Geste, die er nicht verstand. Entweder hatte sie gerade mit den Schultern gezuckt oder ihm den Mittelfinger gezeigt, vielleicht machte das aber sowieso keinen Unterschied. Die Ingenieurin schien nicht zu bemerken, wie die Zeit verflog, sie war ganz darin vertieft, die technischen Anlagen zu studieren, die sie hier vorgefunden hatte. Für sie war die Tatsache, dass die Expedition länger als geplant dauerte, kein Problem. Je mehr Zeit sie hier unten zubrachten, desto mehr konnte sie herausfinden. An der Kraft ihrer Neugierde hatte der Arzt keine Zweifel, er empfand ja durchaus ebenfalls welche. Doch seine Sorge um Jordan war die stärkere Empfindung, und er wusste nicht, ob er damit gerade völlig allein war.

Der Resonanzbauch war ein treuer Begleiter, aber er neigte nicht dazu, besondere Solidarität oder Empathie zu zeigen. Als treuer Diener seiner Herrin hatte er ein distanziertes Verhalten an den Tag gelegt, seit die Verbindung zu Quara abgebrochen war. Er antwortete auf Fragen, aber meist eher einsilbig, und machte deutlich, dass er sich in erster Linie als Beobachter und Protokollant für seine Herrin sah, weniger als aktives Mitglied der Gruppe: Vor allem hatte er nicht die Absicht, sich aktiv an Radeks Sorgen zu beteiligen, was ihm der Arzt nicht einmal übel nehmen wollte.

Elissi wiederum war nur schwer ansprechbar. Jordan fehlte ihr, das signalisierte sie durchaus. Aber es war eine Sehnsucht, die aus starkem Pragmatismus genährt wurde: Ihr fehlte irgendwie der Widerpart oder das Äquivalent oder der Übersetzer, der Filter zur Realität, der ihr Orientierung gab und Dinge für sie verständlich machte. Das war zumindest die Interpretation des Arztes. Er verstand noch nicht ganz das Verhältnis der beiden jungen Leute zueinander, zumindest nicht, was sie für Jordan empfand oder wie sie ihn sah. Andersherum war es natürlich viel einfacher. Die meisten Männer waren leicht zu durchschauen, fand Radek, und er schloss sich selbst in diese Beobachtung mit ein. Frauen waren oft komplizierter. Und richtig komplizierte Frauen … Wie gut, dass er Arzt war. Wenn es wehtat, tat es weh, das war überall gleich. Er wusste dann im besten Fall, wie er helfen konnte. Jetzt aber hätte er gerne Hilfe gehabt, zumindest jemanden, der seine stetig wachsende Sorge um den Verbleib Jordans teilte, doch er wurde damit weitgehend allein gelassen.

Radek war kein Weichling. Aber es fehlte ihm ein wenig am notwendigen Gejammer. Das hatte für einen normalen Menschen nun einmal kathartischen Charakter. Und zu Selbstgesprächen neigte er nicht.

»Sollten wir nicht nach oben zurückkehren und Hilfe holen?«, fragte Radek nun Elissi. Die junge Frau hatte das Schicksal ihrer Mission in der Hand, und zwar buchstäblich. Die Sensorplatte des Aufzugs reagierte allein auf ihre Berührung, und wenn sie nicht wollte, dann blieben sie eben hier unten.

»Wer hilft?«, fragte sie leise.

»Wir könnten sehen, ob wir mit weiteren Tauchanzügen ...«

»Das dauert lange. Aber ich bringe Sie gerne nach oben, wenn ich danach wieder hierher zurückkehren darf.«

Radek fühlte sich versucht, das Angebot anzunehmen, aber die Vorstellung, dass in der Zwischenzeit ein möglicherweise verletzter Jordan seine Hilfe brauchen könnte, hielt ihn davon ab, der Versuchung spontan nachzugeben.

Er sah sich um, doch niemand anders wollte auf Elissis Vorschlag eingehen. Keinen zog es nach oben, wenngleich auch aus höchst unterschiedlichen Gründen.

Radek bezwang sich. Warten also. Er ließ einen Dauerruf durch seinen Helm laufen, in der Hoffnung, dass er Jordan erreichen würde. Was ihn beruhigte: Der Anzug des jungen Mannes würde ihnen ein Signal senden, wenn sein Insasse tot war. Wenn er in Reichweite war und selbst noch einigermaßen funktionsfähig, was hier unten nicht von vornherein angenommen werden konnte.

Aber dennoch, das war etwas, an das man sich klammern konnte. Keine Todesnachricht war eine gute Nachricht. Radek wollte sich nicht ausmalen, was alles hätte schiefgehen können bis jetzt, er wollte lieber ...

»Er kommt!«, sagte Elissi mit einer leisen Freude in der Stimme.

Der Arzt sah erst sie, dann das »Schwimmbecken« an, und er musste feststellen, dass das Schicksal seine Momente der Introspektion genutzt hatte, um das Problem zu lösen. Erst sah er nur einen Schemen, dann aber schälte sich die vertraute Gestalt eines im Tauchanzug steckenden Mannes aus der Flüssigkeit, und dann trat Jordan in die Station herein, tropfend und feucht, mit einem erschöpften Gesichtsausdruck hinter der Helmscheibe. Radek ging auf ihn zu, stützte ihn, und Jordan nahm die Hilfe sehr gerne an. Er war definitiv wackelig auf den Beinen. Ohne ein Wort zu sagen, rief Radek die Aufzeichnungen des Anzugs ab, vor allem die medizinischen Werte.

Als er das tat, spürte er Elissis Blicke auf sich ruhen. Sie hatte in manchen Dingen einen sehr sicheren Instinkt.

»Es geht ihm gut«, sagte er, nachdem er sich dessen vergewissert hatte. »Erschöpft, vielleicht sogar ein wenig überanstrengt, aber gesund. Körperlich intakt. Alles im grünen Bereich. Er bedarf der Ruhe. Und er hat definitiv zu wenig getrunken.«

Als sei das ein Stichwort, auf das Jordan nur gewartet hatte, führte dieser den Plastikschlauch zwischen seine Lippen und sog heftig daran. Die durchaus schmackhafte Flüssigkeit belebte ihn sichtlich. Der Tank war noch halb voll. Er hatte absolut zu wenig getrunken. Etwas musste ihn auf sehr profunde Weise abgelenkt haben. Radek hatte tausend Fragen, und nicht nur er. Auch Elissi legte ihre Hand mit einer fast schon fordernden Geste auf die Schulter ihres Freundes. Selbst Funshi Hatko hatte ihre eigenen Forschungen unterbrochen und trat zu ihnen. Dass der Bauch alles genau beobachtete, war selbstverständlich.

Es war bedauerlich, dass sie den Helm nicht öffnen konnten. Die Luft hier unten war nicht giftig, nur sehr dünn, und es war nicht ratsam, ihr allzu lange ausgesetzt zu sein. Doch Jordan war anzusehen, dass er langsam wieder zu Kräften kam. Er lächelte leicht, als er ihrer aller sorgenvolle Blicke wahrnahm.

»Mir geht es gut. Bin fertig, aber es geht mir gut.«

»Was hat Sie so lange aufgehalten?«, fragte Radek mit einem strengen Unterton.

»Nicht was. Wer.«

Jordan genoss die Situation ein wenig. Radek gemahnte sich zur Ruhe. Der junge Mann war derjenige gewesen, der diesen Schritt gewagt hatte. Er hatte sich das Recht erworben, die Sache ein wenig auszukosten. Solange er es nicht übertrieb.

Jordan übertrieb es nicht. Er kam sofort zur Sache. Er blickte Elissi an, berührte ihre behandschuhte Hand und drückte sie sanft. »Ich habe da unten jemanden kennengelernt, der behauptete, er sei du.«

»Wie bitte?«, platzte es aus Hatko hinaus, und alles in ihr drückte Unglaube und ein wenig Verachtung aus. »Was erzählen Sie da?«

»Das alles hier – der ganze schleimige Ozean voller Organbrocken«, erzählte Jordan völlig unbeeindruckt weiter. »Das alles ist ein ... Wesen. Eine Art Biospeicher, wenn ich das richtig verstanden habe. Ein Bewusstsein. Und es hält sich für Elissi.«

Er sah immer noch seine Freundin an. »Du hast so etwas geahnt, oder?«, fragte er sie.

»Ich habe Probleme mit meinen Gefühlen«, gab sie zögernd zurück. »Aber ich habe niemals so viel und so Verwirrendes empfunden wie auf diesem Mond, in der Nähe dieses Ozeans, dieser ... ich weiß es nicht.« Sie hauchte die letzten vier Worte, und sie waren getränkt in Ehrlichkeit und Verwirrung. Keiner konnte glauben, dass sie etwas vorspielte. Sie neigte ohnehin nicht dazu.

»Sie müssen das erklären, Jordan«, sagte Radek.

Der junge Mann ließ sich nicht bitten. Anfangs etwas stockend, als müsse er sich erst noch sammeln, dann aber immer flüssiger, begann er seine Erlebnisse zu schildern. Er wurde dabei nicht unterbrochen. So irre die Geschichte auch klingen mochte, niemand ließ sich ein Wort entgehen oder brachte Jordan durch unnötige Kommentare durcheinander. Auch Funshi Hatko behielt ihren eklatanten Unglauben zumindest verbal bei sich.

Irgendwann kam er zu dem Punkt, an dem sich das … Ding als Elissi vorgestellt hatte. Jordan hatte die gute Fähigkeit, die stockende und immer wieder Schleifen drehende Konversation so wiederzugeben, dass die Schleifen wegfielen, ihre Existenz aber nicht unerwähnt blieb. Radek bekam langsam eine Vorstellung davon, was es bedeutet haben mochte, mit dieser »Elissi« ein Gespräch zu führen – und welche Zeiträume dafür notwendig gewesen waren. Aus gutem Grund war bis zu seiner Rückkehr so viel Zeit verstrichen.

»Wie kommt sie dazu, sich als Elissi zu identifizieren?«, fragte er schließlich und zeigte auf die echte Frau, die alledem andächtig gelauscht hatte. »Das ist Elissi.«

»Ich habe diese Art von Frage nicht beantwortet bekommen. Ich habe den Eindruck, dass die Artikulations- und Denkfähigkeit der ›Kernelissi‹ nur langsam zunimmt. Sie ist aus einem langen Schlaf erwacht, anders lässt es sich nicht richtig erklären, und ihre geistigen Fähigkeiten sind eingeschränkt. Außerdem ist sie gleichzeitig einem

Verfallsprozess ausgesetzt. Sie ist sehr alt.« Er schluckte, wirkte betroffen. »Sie ist erwacht, um zu sterben, wenn Sie mich fragen. Es ist ... es war sehr bedrückend, mit ihr zu sprechen. Sie redete von einem Kampf der falschen Feinde – und sie meinte damit möglicherweise das, was die Zerstörungen angerichtet hat. Es war jedoch eindeutig, dass sie Erinnerungen an Verletzungen hat. Sie sei nicht vollständig. Sie sei betrogen worden, missbraucht, habe gekämpft und sich befreit, sei verletzt worden, sei davongerannt. Sie habe Schmerzen, wenngleich ich nicht weiß, ob sie das wirklich im körperlichen Sinne meint. In jedem Fall litt sie und leidet noch immer oder erinnert sich sehr lebhaft an diesen Schmerz. Es ging alles ... sehr durcheinander.« Jordan sah Radek an. »Ich erwähnte, dass es einen Arzt in der Nähe gebe.«

»Die Patientin ist ziemlich groß«, murmelte dieser.

»Kernelissi konnte mit dem Konzept eines Arztes nichts anfangen. Niemand könne ihr helfen. Sie wirkte sehr ...« Jordan warf einen kurzen Blick auf seine Elissi. »... sehr niedergeschlagen, fast depressiv. Hoffnungslos. Einfach sehr verletzt, auf mehreren Ebenen. Ich weiß gar nicht, wie ich das genau beschreiben soll. Aber sie hat mit ihrer Existenz abgeschlossen, wie eine Todeskandidatin, die langsam in die Bewusstlosigkeit hinabdämmert.«

»Wo kommt sie her?«, fragte Radek. »Wir brauchen mehr Daten, wenn ich auch nur die geringste Chance haben soll, ihr zu helfen.«

Jordan lächelte. Er freute sich auf die Antwort, das sah Radek ihm an. »Von hier.«

»Wie bitte?«, machte Funshi. Auch der Bauch kam einen Schritt näher, als könne er so besser verstehen.

»Von hier. Sie sagt, dies sei der Ort, an dem sie geboren sei. Sie benutzte nicht den Begriff der Heimat, der scheint ihr auch fremd zu sein. Aber sie hat sich eindeutig im Weltraum orientiert und mit großer Bestimmtheit behauptet, hier erschaffen worden zu sein. Vor langer Zeit. Die Tatsache, dass sie wieder hierher zurückgekehrt war, überraschte sie nicht. Als sie die Kontrolle über die Sphäre mehr oder weniger verlor, muss die Sphäre selbstständig den Rückweg angetreten haben – eine Art automatische Reaktion auf den Mangel an klaren Befehlen. So habe ich es verstanden. Die Sphäre war, so scheint es, die meiste Zeit ihrer Reise völlig steuerlos und folgte nur einem programmierten Kurs, einer Notlösung, ohne eine eigene, definitive Absicht damit zu verbinden.«

»Ich bekomme langsam eine Ahnung von dem, worüber wir hier reden«, murmelte Funshi Hatko, die mit einem Male gar nicht mehr ungläubig wirkte. »Das wird all jenen nicht gefallen, die hinter dem Tun der Sphäre eine höhere Macht und einen tieferen Sinn vermuten.«

»Wer hat sie erschaffen?«, fragte Radek schließlich. »Konnte sie dazu eine Aussage machen? War es der Sonnenherr?«

»Nein. Also, ja, der technologische Ursprung ist offenbar der gleiche. Der Sonnenherr und die An'Sa – das sind jene, so wie ich es verstanden habe, die sie als die falschen Feinde bezeichnet. Aber es sind nicht jene, die für ihre Existenz verantwortlich sind, wenngleich offenbar ihre Technologie zum Einsatz kam. Nur wurde sie wohl von jemandem gestohlen, jemandem, der die Sphäre eroberte und die Kernelissi erschuf, um die Sphäre zu manipulieren. Jemand, gegen den sich auch die An'Sa gewendet haben.«

Radek runzelte die Stirn. »Wer kann das sein? Wer erbaut eine ›Elissi‹ und ein technologisches Meisterwerk wie die Sphäre und schickt beide auf eine jahrtausendelange Reise?«

Jordan schüttelte den Kopf. »Die Dauer der Reise war so wohl nicht geplant. Es hört sich so an, als sei das ein Unfall gewesen – oder eine Konsequenz der Kämpfe, die hier stattgefunden haben. Eine Flucht der Kernelissi, ein Akt des Widerstands. Sie war in diesem Punkt erstaunlich präzise, legte Wert darauf, dass es einen Zeitpunkt in der Vergangenheit gegeben habe, in dem sie einen klaren Willen hatte und diesen dann auch durchgesetzt habe. Doch die Kämpfe und die Folgen dieser Flucht haben die Handlungsfähigkeit der Kernelissi stark eingeschränkt. Ich habe den Eindruck, dass sie für das richtige Funktionieren der Sphäre von zentraler Bedeutung gewesen wäre. Oder dafür vorgesehen. Jedenfalls lief etwas ganz furchtbar schief. So entsetzlich, dass es in einer endlosen, scheinbar wirren Odyssee endete, die erst jetzt wieder ihr Ende gefunden hat.«

»Das ist alles schwer nachzuvollziehen«, sagte Radek vorsichtig. Er wollte auf keinen Fall auch nur andeutungsweise den Eindruck erwecken, dass er Jordan für einen Lügner halte – oder die Kernelissi, die er gar nicht gut genug begriff, um zu einem solchen Urteil kommen zu können.

»Wenn also der Sonnenherr oder die An'Sa nicht verantwortlich sind für dieses Konstrukt, wer hat dann all das hier gebaut und die Sphäre damit direkt oder indirekt auf ihren Weg geschickt?«, fragte der Arzt.

Jordan wollte sich am Kopf kratzen, scheiterte aber am Helm. Er seufzte leise. »Ich bin mir sicher, die Antwort wird Ihnen nicht gefallen, Dr. Radek.«

Der Arzt lächelte freudlos. »Mir gefällt so vieles nicht. Was haben Sie erfahren? Eine Andeutung? Eine Beschreibung?«

Jordan schüttelte den Kopf. »Nein. Viel besser. Einen Namen.«

»Und der lautet?«

»Dr. Joaqim Gracen.«

Jordan sah Radek für einen Moment abwartend an, dann, langsam, nickte dieser dem jungen Mann zu. »Sie haben absolut recht, Jordan«, sagte der Arzt heiser. »Das gefällt mir nicht.«

Vor allem aber war es völlig unerklärlich.

3

Es war eine schöne Wiedersehensfreude.

Zumindest glaubte Tizia das.

Sie blieb von alledem nicht unbeeindruckt. Es war, als würde ein Schauer von Strahlung durch sie hindurchströmen. Es war keine Strahlung. Es war nicht einmal etwas, das unmittelbar mit ihr zu tun hatte. Es war die Reaktion der Maschine auf die Rückkehr ihrer wahren Herren, der An'Sa. Tizia hatte aufgepasst und alles genau beobachtet. Sie war regungslos geblieben, nicht nur bezogen auf ihren paralysierten und geschändeten Leib, sondern auch in Bezug auf ihren nun sehr wachen Geist, der dadurch ungeahnte Autonomie entwickelte, dass die Maschine sich ganz der Verbindung, der Vereinigung mit dem Schiff der An'Sa widmete.

Informationen wurden ausgetauscht, und Tizia hörte mit.

Nein, es war mehr als ein Hören. Ihre Verbindung erlaubte ihr eine besondere Teilhabe, ein Einfühlen in die ausgetauschten Informationen, ein Erleben, nicht mehr begrenzt durch die Kontrolle der Maschine. Seit die An'Sa da waren, seit sie von Tizias Existenz wussten, hatten sie zumindest ihren Geist befreit. Die Kälte war noch da, aber es war nicht mehr als ein Gefühl im Hintergrund. Sie durfte denken, sie durfte zuhören, sie durfte fluchen, sie durfte sich Fragen stellen ... es war, als hätte sich ein Band um ihren Kopf gelöst.

Wenn sonst für nichts, so war sie den An'Sa zumindest dafür dankbar. Solange sie es nicht rückgängig machten. Diese Angst blieb ihr bis auf Weiteres.

Bilder. Visionen. Es war wirklich ein Blick in die Vergangenheit, der sich ihr öffnete. Eine ungeahnte Möglichkeit, mehr zu erfahren.

Sie sah Ereignisse. Sie sah Schnabelwesen in großen Hallen, alle direkt oder virtuell verbunden mit Maschinen. Sie spürte ihre große Sorge, und sie empfing ein Gefühl von Aufrichtigkeit, das sie gleichermaßen irritierte wie erleichterte.

Sie bekam mit, wie die Herren der Maschine damals entsandt worden waren, um den Aufbruch der Sphäre zu verhindern. Sie sah An'Sa in dünnen, schwarzen Anzügen, wie sie in den Kern vordrangen, der ganz offensichtlich auf der Basis ihrer Technologie erbaut worden war, aber nicht mehr von ihnen kontrolliert. Die Sphäre war die ihre. Der Kern war des Feindes Erzeugnis. Sie wollten ihr grandioses Werk zurückhaben, doch sie schafften es nicht.

Wie sie gescheitert waren, obgleich ihre Truppen bis zum Steuerkern des Gebildes vorgedrungen waren, erzählte die kranke Maschine eindringlich, fast jammernd. Wie die Schnabelwesen nach ihrer Niederlage schließlich im Gefängnis eingeschlossen, umgeben von Feindesland und ohne jede Aussicht, ihre Mission noch erfüllen zu können, den Freitod gewählt und die Maschine instruiert hatten: *Verteidige dich. Suche nach einer Intelligenz, die mit dir kompatibel ist. Integriere sie in die Maschine. Kämpfe weiter. Gib niemals auf!*

Endlos lang hatte die Maschine auf den weitgehend funktionsunfähigen Schiffen ihrer Herren gewartet, und als Tizia gekommen war, die Erste seit Ewigkeiten, mit der die Maschine sich verbinden konnte, hatte sich, das war schwer zu verstehen, erneut ein Kreis geschlossen. Hier verwirrten sich die Visionen der Maschine, verbanden sich mit denen der An'Sa, die sie nunmehr aus ihrem Schlaf erweckten. Dies alles, so verstand Tizia, geschah keinesfalls zum ersten Mal.

Die Sphäre war an ihren Ursprungsort zurückgekehrt.

Und das hieß, dass das Ringen um die Herrschaft der Sphäre erneut begann.

Zum achten Mal.

An diesem Punkt hielt Tizia verwirrt inne. Zum achten Mal. Das klang in der Art und Weise, wie Maschine und An'Sa miteinander kommunizierten, gleichermaßen logisch wie völlig bescheuert. Tizia merkte, dass ihr ein wesentlicher Teil der Geschichte noch fehlte. Sie wagte es nicht, Fragen zu stellen, außer an sich selbst. Sie wollte nicht auf sich aufmerksam machen, weil sie nicht einmal ahnen konnte, was die tatsächliche und ungeteilte Aufmerksamkeit der An'Sa für sie eigentlich bedeuten würde. War sie nicht obsolet? Waren die Bemühungen der Maschine nicht gescheitert? Es lag doch nahe, sie einfach fortzuwerfen oder hier in diesem Ding versauern zu lassen, ohne ihr die letzte Gnade des Todes zu gewähren. Eine entsetzliche Vorstellung. Die Maschine, an diesen Gedanken klammerte sie sich, hatte ihr doch versprochen zu helfen. Aber was mochte diese »Hilfe« für sie bedeuten?

Und würden sich die An'Sa an dieses Versprechen halten?

Tizia vermochte nicht zu sehen, ob sich ihre Situation gerade verbessert oder verschlechtert hatte. Sie musste aber nicht lange warten, um der Aufmerksamkeit der An'Sa gewahr zu werden. Die Präsenz vieler Augen, virtueller Natur, aber unzweifelhaft auf sie gerichtet, drängte sich ihr mit einem Male auf. Die Maschine hatte von ihr berichtet, ihr Potenzial gelobt. Eine schale Anerkennung, für die Tizia mit Leid und Verstümmelung bezahlt hatte. Sie wollte keine weiteren Opfer bringen. Tod oder Freiheit. Klang das pathetisch? Das war ihr gleichgültig. Tod oder Freiheit, nicht für andere, nicht für eine höhere Sache, für kein Ideal, einfach nur für sich. War das zu viel verlangt?

Aufmerksamkeit lastete auf ihr, doch sie spürte weder Feindseligkeit noch Verachtung. Sie spürte eine plötzliche Fürsorge, ein Interesse. War da Mitleid – oder zumindest Verständnis? Gar Schuld? Das machte ihr beinahe Hoffnung. Oder war es allein ihre Einbildung?

»Einen Weg zurück«, sagte eine neue Stimme, nicht die der Maschine, sondern eine mit echter, mit lebhafter Intelligenz dahinter, »können wir dir nicht anbieten. Der Tod aber ist kein Weg nach vorne. Dürfen wir dir eine Alternative vorschlagen?«

Nach all dem Gebrabbel der Maschine war diese Art der Ansprache, der sinnvollen, zielgerichteten Artikulation, eine so wohltuende Abwechslung, dass Tizia plötzliche Hoffnung erfüllte. Von was für einer Alternative konnte da die Rede sein? Der Wunsch nach Tod trat plötzlich in den Hintergrund.

»Gebt mir meinen Körper zurück!«, dachte sie flehentlich. Es war ihr egal, wenn sie sich erniedrigte. Sie würde betteln, auf dem Boden kriechen, wenn es nötig war.

Wieder ein Gefühl, weit entfernt, schwach, wie mehrfach gefiltert. Bedauern. Interesse. Hoffnung. Was sollte sie nur damit anfangen?

Die Stimme sprach leise, wie zu einem Kind. Zu einer Kranken. Zu einer Sterbenden?

»Die Maschine war alt. Ihr Handeln war und ist verwirrt. Sie suchte so lange nach dem Geist, dem Gott, der ihr die Möglichkeit geben würde, ihre Mission auszuführen, dass sich ihre Programmierung veränderte, degenerierte. Es war ein verzweifelter Auftrag unserer verzweifelten Vorfahren. Sie tragen die Verantwortung. Wir wollen sie an uns nehmen. Es hilft nicht, sich bei dir zu entschuldigen, Menschenfrau. Es hilft nicht, dir die Umstände in jedem Detail zu erklären und um bloßes Verständnis zu bitten. Du wurdest verletzt. Eine unsägliche Verletzung. Eine durch uns – eine andere durch jemanden, der es erst ermöglichte, dass die Maschine deiner habhaft werden konnte. Wir werden dich auch nicht anlügen. Die Wahrheit ist, wie sie ist. Bist du bereit, mit uns den Weg dieser Wahrheit zu gehen? Er ist einer, der dich nach vorne führt.«

»Was bedeutet das? Und mit wem rede ich?«

»Ich habe keine individuelle Bezeichnung, wie kein An'Sa wirklich über eine solche verfügt. Du bist anders konfiguriert. Das einzelne Wesen ist für dich von Relevanz. Gib mir einen Namen.«

Tizia überlegte kurz, kam dann aber zu einer schnellen, beinahe überraschenden Erkenntnis.

»Nein«, erwiderte sie. »Kein Name. Ich mache dich nicht zu etwas, das du nicht bist. Du bist die An'Sa? Sie alle?«

»Ich bin einer, spreche für alle, die in der Kathedrale hierhergereist sind.«

»Euer Schiff?«

»Unser Altar des Wissens, unsere Kirche der Wahrscheinlichkeit.«

»Diese Worte sagen mir nichts.«

»Das verstehen wir. Du musst etwas für uns tun, damit wir etwas für dich tun können. Wir brauchen dich. Dein Schicksal kann Bedeutung haben. Ist dir dieses Konzept geläufig?«

Tizia verbarg ihre Enttäuschung nicht. Bei allem angeblichen Bedauern über das, was ihr zugestoßen war: Sie war immer noch Teil einer Mission, und sie hatte immer noch einen Preis zu zahlen. Die Ernüchterung, die sie nun wieder empfand, war so kalt wie jene Lähmung, unter die die Maschine sie immer wieder gesetzt hatte. So oft war sie betrogen worden.

Die andere Tizia, aufmerksam, leise, fast sanft, stimmte ihr zu.

Wenn sie beide einer Meinung waren, hatte das bestimmt eine Bedeutung.

Andererseits ... ein Handel? Das war eine ehrliche Sache. Wenn er ehrlich gemeint war. Tizias Interesse war keinesfalls erloschen.

»Ich möchte niemandem dienen«, sagte sie dann.

»Das ist eine Lüge.«

Tizia wusste instinktiv, dass die An'Sa absolut recht hatten. Da war eine Macht in ihr, die ihr Befehle erteilen konnte, und zwar schon seit geraumer Zeit, schon bevor sie Teil der Maschine geworden war. Die Existenz der anderen Tizia in ihrem unsichtbaren Gefängnis in ihrer beider Kopf war der beste Beweis dafür, und dennoch, jedes Mal wenn sie darüber nachdenken wollte, entglitt ihr dieser Gedanke wieder. Seit sie mit der Maschine in Kontakt gekommen war, fiel es ihr leichter, darüber nachzusinnen, zumindest immer mal wieder für einen kurzen Moment der Klarheit. Die An'Sa befreiten ihren Kopf. War das bereits Teil des Geschäfts?

Tizia nahm es als Vorschuss.

»Du bist eine Sklavin. Wir können dich befreien.«

Da war es wieder! Die Maschine hatte es ihr bereits versprochen! Sie konnte sich nur auf die Schutzmaßnahmen Eirmengerds beziehen, mit denen ihre Loyalität gesichert werden sollte. Diese waren doch nie aktiviert worden ...

Die An'Sa saßen in ihrem Kopf und lasen jeden ihrer Gedanken.

»Nein«, hörte sie die Stimme antworten. »Die Nanomaschinen, die dir von jenem Wesen gegeben wurden, das du mit dieser individuellen Bezeichnung versiehst, haben die Maschine aktiviert, sie dazu gebracht, dich an sich zu ziehen und zu integrieren. Sie halfen dabei, Affinität herzustellen, die zur Komplementarität wurde. Aber das meinen wir nicht. Du erinnerst dich nicht? Die erste Verletzung? Der erste Missbrauch?«

Tizia erinnerte sich nicht.

»Das wird sich ändern. Wir befreien dich.«

»Was ist mit meinem Körper?«

»Er ist zur Hälfte zerstört. Die Biomasse ist assimiliert.«

Tizia fühlte sich übel, wenn man so über ihren Leib redete. Die An'Sa kümmerte das wahrscheinlich nicht besonders. Oder? Da war wieder die Andeutung von Bedauern und etwas Schuld. Die Schnabelwesen waren möglicherweise einfach nur schlecht darin, Rücksicht zu nehmen. Das konnte sehr erfrischend sein, aber auch zu Missverständnissen führen.

»Du bekommst eine Alternative. Wir versprechen es.«

»Eine Alternative?«

»Wir erwägen Möglichkeiten. Wir eröffnen Wege. Deine Mobilität als Individuum ist von Bedeutung?«

Wie konnte jemand ernsthaft so eine Frage stellen?

»Sie definiert mich als autonome Existenz. Einschränkungen wirken sich negativ auf mein Selbstbild aus und verursachen Stress.«

Sie versuchte, es distanziert zu sagen, gelassen, doch sie konnte das damit verbundene Leid nicht recht unterdrücken, und die An'Sa vermochten zweifelsohne darin zu lesen.

»Wir erkennen, dass das wahr ist. Wir erwägen Möglichkeiten. Ein Versprechen.«

Tizia überlegte kurz. Verrat und Versprechen, Hinhaltetaktik und Verletzung, alles war so, wie es war, und ihr Schmerz saß auf verschiedenen Ebenen, im Geiste wie im Körper. Aber das Gespräch mit den An'Sa war auf eine beruhigende, sehr sachliche Weise rational, nicht das irre Gekicher und »Kleine Fee«-Gewisper einer derangierten, viel zu lange allein gelassenen Automatik. Es war etwas, mit dem sie arbeiten konnte, etwas, das ihrer Denkweise entsprach.

»Ich soll helfen? Ein Geschäft auf Gegenseitigkeit? Kompensation?«

»Wir würden uns dankbar erweisen. Es ist eine große Mission, eine Aufgabe von Bedeutung.«

»Ich möchte schon jetzt vollständige Freiheit über meine Gedanken. Schaltet die lähmende Kälte ab. Eliminiert jeden hemmenden Einfluss der Maschine.«

Kein Zögern. »Gewährt.«

Tatsächlich wurde sie sich jetzt, als das eine Wort geäußert wurde, der Tatsache bewusst, dass die Kälte schon seit einiger Zeit, im Grunde seit Beginn ihres Gesprächs, erst in den Hintergrund getreten war, nun aber ganz verschwunden zu sein schien. Es war also in der Tat ein erster Schritt der versprochenen Befreiung, vielleicht ein Weg hin zur Wiedergutmachung. Sie wusste nicht, welche »Möglichkeiten« die An'Sa erwogen, aber sie traute einer Zivilisation wie der ihren zu, das Zerbrochene und Verstümmelte wiederherzustellen.

»Was kann ich tun?«

»Du bist ein neuer Faktor, eine große Chance, den Zyklus zu durchbrechen. Kein achtes Mal. Ein letzter Akt der Befreiung, nicht nur für dich. Wir werden dich einsetzen, um den Sonnenherrn zu befreien. Du kennst die Maschine. Du weißt, was Verwirrung ist. Du bist geeignet, mehr als wir. Du kannst heilen. Du sollst eine Heilerin werden und nicht allein sein dabei.«

Die An'Sa waren richtig schlecht darin, Dinge auf den Punkt zu bringen.

»Es bedarf noch jemand der Befreiung? Und dann ausgerechnet das Ding an der Sonne?«

»Das haben wir gerade gesagt. Es ist gut für uns alle, nicht nur für dich.«

Tizia ermahnte sich. Es war für die An'Sa offenbar nicht einfach, Konversation zu betreiben wie ein Mensch. Ständige und erneute gegenseitige Versicherung bereits einmal geäußerter Aussagen waren nicht für jeden gleichermaßen wichtig. Sie musste ein wenig aus ihrer Haut schlüpfen.

Die Tatsache, dass sie nur noch über die Hälfte dieser Haut verfügte, sollte ihr dabei helfen.

4

»Nun, Chuen, wie sieht es aus?«

Saim machte eine bewusste Anstrengung daraus, jede Ungeduld aus Stimme und Haltung zu verbannen. Es war gerade alles etwas viel für sie alle, und der Wissenschaftler war sichtlich nervös. Die Erwartungen des Ratsvorsitzenden lasteten schwer auf ihm, ebenso aber die Verantwortung für ein jahrtausendealtes Lebewesen, dessen Wiedererweckung absolut in den Sternen stand. Chuen war kein skrupelloser Mann, zumindest nicht so skrupellos wie Direktor Henk, sein direkter und derzeit abwesender Vorgesetzter. Er dachte tatsächlich über andere Konsequenzen nach als über die für sich selbst, was leider in vielen Situationen dem Fortschritt im Wege stand.

Dennoch, Saim musste mit dem Personal arbeiten, das ihm zur Verfügung stand. Solange Chuen Befehle ausführte, würde er dessen verquere Ethik ertragen, zumindest bis zu einem bestimmten Punkt.

»Herr, eine weitere Meldung der Iskoten«, murmelte ihm einer seiner Assistenten zu.

»Was gibt es?«

»Weitere Flüchtlinge sind in die Sphäre zurückgekehrt.«

Saim verbarg sein Amüsement. Die neue Strategie, die er sich zurechtgelegt hatte, begann Früchte zu tragen. Die Welt da draußen war so fremd und potenziell gefährlich. Hier drin kannten sie sich aus, im Schutz des Vertrauten. Dass die An'Sa und die neu angekommene Fruchtmutter sich bemerkenswert bedeckt hielten, half dabei. Saim musste ihnen für ihre Zurückhaltung beinahe richtig dankbar sein.

Der Ratsvorsitzende bekam langsam wieder bessere Laune. Die Sorgen hatten ihn in letzter Zeit doch ein wenig gelähmt. Jetzt aber fasste er neue Hoffnung. Mit etwas Glück würde er doch wieder jemand werden, der ein neues Zeitalter für sie alle anbrechen ließ.

Es würde aber helfen, mehr über das zu erfahren, was hier überhaupt vorgefallen war. Und dieser Gedanke brachte ihn zu Chuen zurück, zu seiner Frage und der Tatsache, dass der Wissenschaftler sie noch nicht beantwortet hatte.

Der Mann sah den Ratsvorsitzenden nervös an. Saim wusste ganz genau, warum. Chuen war so weit. Er hatte alle Vorbereitungen abgeschlossen, ganz wie befohlen. Es galt jetzt nur noch, auf den sprichwörtlichen Knopf zu drücken. Und hier verließ ihn ein wenig der Mut.

Das machte natürlich nichts. Dafür war Saim ja da. »Sie sind bereit, richtig?«

»Nun ...«

»Chuen?«

»Ja, Herr.«

Saim legte dem Mann eine Hand auf die Schulter. Er spürte, wie der Wissenschaftler unter dieser Geste unmerklich zusammenzuckte. *Gut.*

»Ich habe größtes Vertrauen in Sie, mein Freund. Sie sind ein umsichtiger Mann, der immer alles bedenkt. Sehr sorgfältig. Ich bin von Ihnen überzeugt. Daher ist wirklich alles bereit, im guten Sinn. Jetzt gebe ich Ihnen den Befehl, dieses Wesen aus seinem Schlaf zu erwecken. Ich übernehme die Verantwortung. Jemand muss das tun, und es ist nicht immer eine leichte Bürde, aber ich trage sie. Ich, Chuen, nicht Sie. Sie tun, was ich sage, wie es Ihre gute Pflicht ist. Dafür kann Ihnen keiner Vorwürfe machen. Also, zögern Sie nicht länger. Beginnen wir.«

Saims kleine Ansprache zeigte die erhoffte Wirkung. Die Exkulpation war zielgerichtet, und sie berührte bei Chuen die richtige Saite. Es war immer einfacher, wenn man die Verantwortung nicht nur abschieben konnte, sondern derjenige, der sie einem abnahm, das auch noch ganz offen und ehrlich ankündigte. Alle hier im Labor, die Techniker und Kollegen, hatten es vernommen. Alles treue Gefolgsleute des Ratsvorsitzenden, der wie ein Phönix aus der Asche zu neuem Glanz erstrahlt war, zu neuer Autorität und damit auch zu neuer Legitimation. Chuen fühlte sich erkennbar besser. Saim war es egal, Hauptsache, es gab Fortschritte.

Der Tank mit dem, was alle für einen eingefrorenen An'Sa hielten, ohne sich dieser Tatsache letztlich absolut gewiss zu sein, war umgeben von einer komplexen Apparatur, die zu begreifen Saim weder Neigung noch Geduld hatte. Zahlreiche Zuleitungen verliefen in medizinische Geräte, und das, was sich in dem Tank abspielte – oder in Kürze abspielen würde –, war strengster Überwachung ausgesetzt. An Ressourcen mangelte es nicht für dieses Experiment, ein Grund mehr, warum Chuens Widerstand nur ein hinhaltender und gesichtswahrender gewesen war. Wann bekam man wohl wieder die Gelegenheit, mit so viel Spielzeug spannende Experimente durchführen zu dürfen?

»Wir beginnen«, befahl der Forschungsleiter, und seine Stimme vibrierte vor Anspannung. Saim machte einen Schritt zurück. Er wollte nicht im Wege stehen, und er würde sich nicht einmischen. Er sagte Eirmengerd nicht, wie er am effektivsten Leute umbrachte, und Chuen nicht, wie er diese aus einem jahrtausendealten Tiefschlaf erweckte. Saims Kompetenzen lagen woanders: Er war für das große Ganze und vor allem sich selbst verantwortlich.

Eine gespannte, umtriebige Atmosphäre legte sich auf das Labor. Gemurmelte Anweisungen schwirrten durch den Raum, die meisten für den Ratsvorsitzenden unverständlich. Die Labortechniker bewegten sich kaum von den ihnen zugewiesenen Plätzen, ganz in ihre Arbeit vertieft, nur Chuen wanderte von einer Station zur nächsten, prüfte, kommentierte, ermunterte oder diskutierte ein spezielles technisches Detail, das seines Augenmerks bedurfte.

Saim war zufrieden. Alle machten einen kompetenten Eindruck.

»Herr, wir haben die Anlage in Betrieb. Der Tank ist, soweit wir das beurteilen können, in einem generell funktionsfähigen Zustand, und das darin ruhende Lebewesen ist definitiv nicht verstorben. Ich kann aber keine Aussagen darüber machen, ob es nicht vielleicht gehirntot ist oder andere Beeinträchtigungen aufweist, wenn wir jetzt zur letzten Phase übertreten.« Chuen sagte es ganz sachlich, ihm war jedoch anzusehen, dass er noch einmal, ein letztes Mal, die Absolution für seine Taten benötigte. Saim war mehr als bereit, sie ihm zu geben.

»Dann schalten Sie!«

Es kostete ihn ja nichts.

Er bildete es sich vielleicht nur ein, aber das Summen intensivierte sich, und die Bewegungen der Labortechniker wurden etwas hektischer. Vielleicht war es auch nur seine eigene Aufregung, die ihm da einen Streich spielte. Dass er zunehmend gespannt war, hielt er für normal. Es war immer die Frage, welche Emotionen man zeigte und wie man sie kontrollierte, niemals, ob man auch welche hatte.

Der Tank knisterte und knackte plötzlich, als ob schmelzendes Eis brechen würde. Saim zuckte unwillkürlich zusammen, doch niemand bemerkte den kurzen Moment der Schwäche. Die Aufmerksamkeit aller war auf das Experiment gerichtet.

Erneut das Knacken. Saim reckte sich. Die milchige Scheibe, fast vollständig verdeckt durch allerlei Apparaturen, schien weiterhin unbeschädigt zu sein. Risse waren nirgends zu erkennen.

Chuen stieß einen Laut aus. Überraschung, aber auch Entsetzen. Saim war sofort alarmiert, machte einen Schritt nach vorne.

»Was ist?«, verlangte er zu wissen.

»Wir erhöhen die Temperatur schrittweise, aber irgendein Mechanismus hat die Kontrolle an sich gerissen«, sagte der Mann etwas besorgt. »Das ist grundsätzlich nicht schlecht, denn das bedeutet, der Tank ist funktionsfähig. Ich bin mir nur nicht sicher ... ob es zu schnell geht.«

»Können Sie es eindämmen?«, fragte Saim.

»Nein, sieht nicht so aus.« Hilflosigkeit sprach aus der Stimme des Wissenschaftlers. »Wir sind seit einigen Sekunden nur noch Zuschauer.«

Saim versuchte, sich unbeeindruckt zu zeigen, aber er hasste es wie kein Zweiter, wenn die Dinge aus dem Ruder liefen. Er starrte auf den Tank, auf dessen metallener Oberfläche sich jetzt winzige Tropfen gebildet hatten. Erneut ertönte das knisternde Geräusch.

»Das ist doch keine Einrichtung der An'Sa«, sagte er dann, einer plötzlichen Eingebung folgend. »Das ist ein ganz normaler Tiefschlaftank, in den der Gefangene damals gesteckt wurde. Keine Technologie, die ... ich meine ...«

Chuen sah Saim bedeutungsvoll an. »Der Insasse ist erwacht. Er muss bei Bewusstsein sein. Und er kann ...«

»... ihm fremde Technologie manipulieren? Sie unter seine Kontrolle zwingen?«

»Das ist eine naheliegende Schlussfolgerung.«

Saim machte einen Schritt zurück. »Dieses Labor ist isoliert?«, fragte er vorsichtshalber.

»Völlig.« Chuens Antwort kam schnell, fast hastig. Das deutete bereits an, dass er der Sache selbst nicht ganz traute. Was war eine solche Isolation wert? Niemand kannte das Potenzial eines An'Sa. Für einen ersten, flüchtigen Moment erahnte Saim, dass seine Entscheidung, die Erweckung anzuordnen, möglicherweise ein Fehler gewesen war.

Chuen schien seine Gedanken zu erraten. »Wir könnten versuchen, noch abzubrechen.«

»Versuchen?«

»Wir haben keine Kontrolle mehr über den Vorgang. Ich bin mir nicht sicher, ob es reichen wird, die Energieverbindung und anderen Zuleitungen zu kappen. Ich weiß es wirklich nicht.«

»Beordern Sie ein Team Iskoten hierher. Volle Rüstung!«, schnappte Saim und bemerkte, dass sein Befehl mit unnatürlicher Hast befolgt wurde. Die Besorgnis war allumfassend spürbar und die damit einhergehende Nervosität gleichfalls.

»Wir könnten den Tank zerstören«, schlug Chuen nun vor. Saim überlegte, dann aber, in erzwungener Ruhe und Gelassenheit, lehnte er den Vorschlag durch eine herrische Geste ab. So die eigene Niederlage einzugestehen, das war nicht seine Art. Und sie mussten wissen, was dort draußen geschah. Der An'Sa war nicht unsterblich, er musste geschwächt sein, und er war ganz sicher verwirrt.

Saim beschloss, seine Chance zu ergreifen. »Wir machen weiter. Zeichnen Sie alles auf. Wir brechen nichts ab.«

Chuen widersprach nicht. Einige der Techniker warfen sich zweifelnde Blicke zu, das entging Saim keinesfalls. Doch er konnte sich jetzt nicht mit den Besorgnissen irgendwelcher Subalternen auseinandersetzen. Es war schwierig genug, seine eigenen einigermaßen unter Kontrolle zu halten.

Schwere Schritte erklangen. Drei Iskoten polterten an die Laborschleuse, wurden eilig eingelassen, die Waffen erhoben. Einsatzbereit. Ihre bloße Anwesenheit, die stumme Drohung ihrer mächtigen Körper, wirkte bereits beruhigend auf Saim und verfehlte auch auf die anderen Anwesenden ihre Wirkung nicht.

»Behalten Sie das da im Auge!«, befahl Saim. »Es wird nur Gewalt angewendet zur Selbstverteidigung oder auf meinen Befehl.«

Die Anweisung wurde von den Iskoten sofort bestätigt.

»Der Tank geht auf!«, rief einer der Techniker.

»Greifen Sie in den Verschluss ein!«, zischte Chuen. »Das sind doch manuelle …«

Es knackte und knisterte erneut, und dann gab es ein seltsam befriedigendes, dumpfes Geräusch, mit dem sich uralte Gummimanschetten voneinander lösten, wie ein Seufzen der Erleichterung. Die Abdeckung des Tanks teilte sich in zwei Hälften, mit kurzen, ruckartigen Bewegungen, und Saim erwartete ein Knirschen oder dass etwas herabrieselte, doch nichts dergleichen geschah.

Er ging den einen Schritt, den er nach hinten getan hatte, wieder vor. Jetzt obsiegte doch die Neugierde.

Etwas summte, und der Körper des Tankinsassen wurde aufgerichtet, ein quälend langsamer Vorgang. Die Facettenaugen des Wesens starrten, und wie bei dieser Art von Augen üblich, erkannte man nicht, ob sie etwas wahrnahmen oder sich dahinter nur Leere verbarg.

Der Kopf bewegte sich, drehte sich sacht zur Seite. Andächtige Stille trat ein. Das Wesen war zu einer eigenständigen Bewegung in der Lage. Es lebte zweifelsohne und kontrollierte seine Motorik. Das war mehr, als …

Es öffnete den Schnabel.

Es schrie.

Ein klagender, durchdringender Laut. Saims Hände fuhren an seine Ohren, doch es nützte nur wenig. Er taumelte zurück. Der Schrei wollte nicht enden, fuhr ihnen allen durch Mark und Bein. Allein die Iskoten mit ihren Helmen waren unbeeindruckt, hoben aber instinktiv die Waffen. Sie feuerten nicht. Sie wurden nicht angegriffen. Niemand wurde angegriffen. Da war ein Wesen, das eine endlose Pein oder eine endlose Erleichterung aus sich hinausbrüllte.

Der Ton verebbte. Es wurde wieder still. Saim ließ seine Hände sinken. Der Körper des Erwachten war erschlafft, der Kopf zur Seite gelegt. Doch er atmete, das war gut zu erkennen.

»Ich habe stabile Werte«, sagte Chuen ungläubig. Er sah sich um, als wolle er dafür noch von irgendwem eine Bestätigung hören. »Stabile Werte. Es geht ihm gut. Es hat geklappt.«

»Kontrolle? Haben Sie Kontrolle?«, fragte Saim schnell.

»Die Anlagen funktionieren einwandfrei und reagieren auf Befehle«, gab der Wissenschaftler blitzschnell zurück. Die Freude war ihm anzusehen, mehr noch die große Erleichterung, ein Gefühl, das Saim durchaus zu teilen bereit war.

»Behandeln Sie ihn!«, wies Saim an und zeigte auf den offensichtlich Bewusstlosen. »Isolieren Sie ihn. Halten Sie mich auf dem Laufenden.« Er zögerte. »Kennen wir die Sprache der An'Sa?«

»Es gibt Aufzeichnungen aus der Zeit vor dem Suizid«, erklärte Chuen. »Unser Sphärenstandard ist zudem leicht zu erlernen. Ich bin zuversichtlich.«

Es war ihm anzusehen, wie froh er war, diese drei Worte aussprechen zu können. Saim sagte nichts mehr, wandte sich ab und ging. Die iskotischen Wachen ließ er vor Ort.

Man konnte niemals vorsichtig genug sein.

5

Der Siebte wusste genau, was er brauchte.

Er wusste genau, wen er brauchte.

Und diesmal wollte er alles anders machen, denn er war es leid.

Es war, wie jedes Mal, im Grunde eine einfache Rechnung, die er aufmachen musste, nur mit so vielen Variablen, dass es immer wieder irritierend war, was alles schiefgehen konnte. Diese Kette an kleinen und größeren Katastrophen zu beenden und damit auch eine weitere Reise der Sphäre unnötig zu machen, war das Ziel seiner allmählichen Annäherung, und schon wieder war es anders als all die vorherigen Male.

Die *Scythe* kam ihm entgegen.

Der Siebte unterdrückte seinen Unwillen. Er konnte sich von seiner Frustration nicht leiten lassen, dafür war sein Plan einfach zu wichtig. Er musste es nehmen, wie es kam. Und es kam ihm entgegen. Es war eine Chance, und er würde sie ergreifen, doch er spürte die wachsende Anspannung in sich, die ihn abzulenken drohte.

»Die *Scythe* hat uns geortet.« Es war eine Feststellung, doch die Blase nahm es als Frage und antwortete mit einem bestätigenden Gong. Der Siebte nickte. Es ergab keinen Sinn, sich verstecken zu wollen. Er war ohnehin gezwungen, mit der Crew des Schiffes Kontakt aufzunehmen. Vor allem mit zweien von ihnen.

Also tat er, was nicht zu vermeiden war. Diesmal würde es anders laufen als die vorherigen Male, denn der Siebte hatte aus dem Scheitern seiner Vorgänger gelernt. Er musste ein wenig über seinen Schatten springen, aber darauf hatte er sich vorbereitet, so gut es eben ging. Das Universum verlangte nach Veränderung, und wenn es um mehr als eines ging, war der Druck besonders hoch.

Er wollte gerade den Polizeikreuzer rufen, da nahm jemand anders Kontakt mit ihm auf, und der Siebte verzog das Gesicht, als er sah, wer es war. Der Vierte. Er machte sich manchmal zum Sprecher seiner Brüder, und gerade jetzt, wo ein neuer Zyklus begann und es an der Zeit war, einen weiteren Versuch zu starten, meldete er sich natürlich. Der Siebte hatte die irrige Hoffnung in sich genährt, die anderen würden einfach mal schweigen und ihn machen lassen, aber das war natürlich illusorisch gewesen.

Er konnte den Vierten nicht abweisen. Ein jeder verfügte über eine voll funktionsfähige Blase und konnte ihm ins Handwerk pfuschen. Die Vereinbarung war: Der Aktuellste unter ihnen handelte und leitete die notwendigen Maßnahmen, aber alle anderen blieben stets informiert, um zu kooperieren. Der Siebte, getrieben vom eigenen Unwillen über die bloße Existenz seiner Brüder, hatte diese Übereinkunft möglicherweise nicht ganz so getreulich umgesetzt, wie von ihm erwartet wurde.

»Mein Bruder«, grüßte er den Vierten herzlich. Das Abbild des Mannes erschien vor ihm, ein Blick in den Spiegel, vielleicht mit ein paar Furchen mehr – und ganz sicher versehen mit dem Mal des Scheiterns, sonst wäre der Vierte schließlich auch der Letzte gewesen. Der Vierte nahm sich und dem Schicksal genau das immer sehr übel.

»Du hast dich nicht gemeldet«, kam die Anklage. Immerhin, darauf konnte er sich bei jedem Gespräch mit den anderen verlassen: Es ging immer gleich zum Kern des Problems. Small Talk lehnten sie alle gleichermaßen ab.

»Ich war im Begriff, das zu tun.«

»Du warst im Begriff, die *Scythe* zu erobern.«

Der Siebte verbarg sein Mitleid mit dem Vierten. Diese Begrenztheit des Denkens war für ihn nur schwer zu ertragen, vor allem, da es im Grunde seine eigene war. Er konnte fast dankbar sein für die Existenz seiner Brüder – die zeigten ihm, wo er über sich hinauswachsen musste. Dafür gab es viele Anlässe, wie es schien.

»Nein, diesmal nicht«, sagte er.

Der Vierte stutzte für einen Moment, um die Information zu verarbeiten. Sie passte ganz sicher nicht in sein Weltbild. »Was ist deine Absicht? Du hast das ernst gemeint, den … den ›weichen Ansatz‹ oder wie du es nennst?«

»Ich werde mit den Leuten der *Scythe* reden. Ich habe die Absicht, gemeinsame Interessen auszuloten. Sobald wir das Siegel geöffnet haben, werden wir unsere Position den Gegebenheiten anpassen. Wir haben das letzte Mal etwas übertrieben, wie wir alle wissen. Der Sonnenherr hindert mittlerweile selbst uns an der Annäherung. Wir brauchen definitiv Hilfe und Ablenkung, um in die Nähe des Sonnenherrn zu kommen. Du musst bereit sein, wie alle anderen.«

»Gemeinsame Interessen?«, spuckte der Vierte aus. »Du bist wahnsinnig! Lyma Apostol ist nicht unsere Freundin! Sie ist unser größter Feind, unsere Nemesis, sie hasst uns abgrundtief, sie würde alles …«

Der Siebte hob eine Hand, um die einsetzende Tirade zu unterbrechen. Er hatte für so was jetzt wirklich keine Zeit. »Ich habe dich informiert. Die Vereinbarung ist klar. Ihr werdet passiv bleiben, solange ich aktiv bin und die Strategie bestimme. Dann wird der Plan in Kraft gesetzt, sobald sich die Chance ergibt.«

»Du wirst bald dem Achten folgen müssen, wenn du wirklich die Absicht hast …«

»Ich habe dich informiert«, insistierte der Siebte. »Und ich werde in Kürze auch mit dem Achten in Kontakt treten. Jetzt läuft mir wirklich ein wenig die Zeit davon, lieber Bruder. Ich wäre dir sehr verbunden, wenn du mich bis auf Weiteres nicht mehr stören würdest. Ich habe ein durchaus schwieriges Gespräch vor mir – und du bist mir keine Hilfe.« Er machte eine betonte Pause. »Keiner von euch ist das im Moment.«

Er unterbrach die Verbindung, ehe der Vierte noch ein Wort herausbringen konnte, atmete tief ein und wieder aus, musste sich etwas beruhigen. Diese Idioten regten ihn auf. Er durfte sich davon nicht aus der Fassung bringen lassen. Es stand zu viel auf dem Spiel.

Die Konversation mit dem Vierten hatte ihn nur ein klein wenig aus dem Konzept gebracht. Er benötigte nicht mehr als einen Moment, um sich zu sammeln. In dieser Zeit flogen die Blase und *Scythe* weiter aufeinander zu. Er konnte es jetzt nicht mehr hinauszögern.

Eine wischende Handbewegung, und der Ruf eilte durch das Vakuum. Es war, wie er es erwartet hatte: Momente später etablierte die *Scythe* eine Verbindung. Als er das Abbild Lyma Apostols vor sich sah, spürte er für einen Augenblick die Welle des Hasses, die ihn erfüllte. Sie war seine Schwester und doch sein größter Feind. Und sie teilten noch etwas, ein Geheimnis, das er auf ewig zu bewahren trachtete. Es war dieses eine Ereignis, das seine sonst so meisterliche emotionale Stabilität bedrohen konnte.

Fort mit diesem Gedanken!

Dass er sich auf der einen Seite zu ihr hingezogen, auf der anderen von ihr abgestoßen fühlte, würde ihr Gespräch vereinfachen. Er blieb in der Mitte, im perfekten Gleichgewicht.

Er erkannte sie.

Sie erkannte ihn nicht. Die Blase verbarg in diesem Moment noch sein wahres Aussehen. Sein Avatar hatte mit ihm selbst wenig zu tun, aber er gefiel ihm gut. Ihn zu erschaffen, war ihm eine Freude gewesen, und ihn präsentieren zu dürfen, dem kritischen Auge des Publikums ausgesetzt, erfüllte ihn ebenfalls mit Freude. Er würde bald darauf verzichten müssen.

»Ich bin Captain Lyma Apostol vom Polizeikreuzer *Scythe*. Wir bestätigen Ihren Ruf.«

Gleichzeitig übermittelte die *Scythe* Sprachdateien. Der Siebte bedurfte ihrer natürlich nicht, aber er wartete besonnen ab, bis die Übermittlung abgeschlossen und genug Zeit für eine »Verarbeitung« verstrichen war, um nicht zu aufdringlich zu erscheinen.

»Ich bin der Siebte«, stellte sich dieser vor. Er schenkte Apostol ein freundliches Lächeln, und der Avatargenerator sorgte dafür, dass es tatsächlich freundlich war, nicht erzwungen oder falsch oder maliziös. Es war wichtig, auf die richtigen Nuancen zu achten. »Ich grüße Sie, Captain Lyma Apostol. Ich begrüße Sie im System des Sonnenherrn. Wie ich sehe, ist die Große Sphäre eingetroffen. Ich bin mir sicher, dass Sie sehr verwirrt sind.«

»Verwirrt trifft es ganz gut«, erwiderte die Frau, und er sah im Gesicht seiner Nemesis Erschöpfung und gleichzeitige Ruhelosigkeit. So war sie. Sie stand sich selbst am meisten im Weg. Daran würde sich auch das achte Mal nichts ändern.

»Ich bin zuversichtlich, dass ich Ihnen helfen kann, alles zu verstehen«, sagte der Siebte, ohne damit auch nur ein Stück weit zu lügen. Ihr Verständnis war absolut notwendig, damit sie an den Sonnenherrn herankamen.

»Das würde mich natürlich sehr freuen. Fangen wir doch mit einer einfachen Frage an: Wer sind Sie?«

»Eine einfache Frage, die eine komplizierte Antwort nach sich zieht. Ich möchte sicherstellen, dass Sie mit dieser Antwort auch umgehen können, ehe ich Sie Ihnen gebe.«

Apostol zog die Stirn kraus. »Sie glauben, ich wäre durch Ihre Antwort überfordert?«

Der Siebte lächelte. »Das ist öfters der Fall, als man denkt. Man sollte sein Gegenüber nicht immer darauf hinweisen, aber ja, öfter, als man denkt.«

»Sie sind ein Mensch, ein Terraner?«

»Das ist zutreffend.«

»Wie ist das möglich?«

»Ich bin wie Sie hierhergereist.«

»Wie wir? An Bord ...«

»An Bord der Sphäre, unabsichtlich, ein Gefangener.«

»Die Sphäre war schon einmal hier? Sie verwirren mich.«

Der Siebte zögerte einen Moment. Jetzt kam dieser Augenblick, an dem man alles vermasseln konnte, aber wenn er sein Ziel erreichen wollte, musste er es versuchen. Sechsmal hatte er es durch Scharaden versucht, mal etwas kompliziertere, mal sehr leicht durchschaubare Täuschungsmanöver, und er war ein jedes Mal gescheitert. Diesmal, so hatte er sich geschworen, würde er es anders machen, und obgleich die anderen ihm darin prinzipiell zugestimmt hatten, wusste er, dass die sechs dem Braten nicht trauten.

Er war sich selbst sehr unsicher. Eine Unsicherheit, die ihn stets begleitet hatte, seit es ihn gab. Und das war, je nach Betrachtungsweise, eine entweder endlos lange oder sehr kurze Zeitspanne.

»Die Sphäre ist jetzt das achte Mal in diesem System eingetroffen«, erklärte er schließlich. »Sie hat eine sehr interessante und abwechslungsreiche Reise hinter sich, das kann ich Ihnen versichern.«

»Und sie hat dabei auch jedes Mal das Konkordat gestreift – ohne dass wir davon erfahren haben? Oder verlief der Kurs anders? Es gibt keinerlei Aufzeichnungen über das Auftauchen eines solchen Objekts.«

Der Siebte nickte. Jetzt kam der *wirklich* schwierige Teil. »Jedes Mal ist es das erste Mal.«

Lyma Apostol starrte den Siebten an, ohne ein Wort zu sagen. Er verstand sie gut. Sie versuchte, sehr schwer begreifbare, ja, scheinbar widersprüchliche Informationen zu verarbeiten, und obgleich sie von beachtlicher Intelligenz und guter Bildung war, stand ihr ihre Profession im

Weg. Sie war nicht ohne Flexibilität im Denken, aber diese fand durchaus ihre Begrenzungen, und es war ihr anzusehen, dass sie vor exakt diesen mentalen Mauern stand und große Schwierigkeiten hatte, sie zu überschreiten. Der Siebte wusste, dass er ihr dabei helfen musste, und es gab jetzt sowieso keinen Weg mehr zurück.

»Fragen Sie Ihren Androiden um seine Meinung. Severus Inq ist sein Name, nicht wahr?«

Apostol starrte noch ein wenig mehr, bemühte sich um maskenhafte Bewegungslosigkeit in ihrem Gesicht, doch der Siebte ließ sich natürlich nicht täuschen. Er lächelte sanft.

Apostol winkte. Severus Inq trat in das Erfassungsfeld der Kamera, sah den Avatar des Siebten kurz an, und da er eine Maschine war, gelang es ihm natürlich so sehr viel besser, seine nicht vorhandenen Gefühle auch noch zu verbergen. Der Siebte lächelte weiter, diesmal mehr zu sich selbst.

Humor. Er hatte ihn sich bewahrt. Das war sehr angenehm.

»Was Sie sagen, ergibt nur unter einer Prämisse Sinn«, erklärte Severus Inq, der nicht durch Behinderungen wie Unglaube, Misstrauen und »Es kann nicht sein, was nicht sein darf« in seinen Denkprozessen beeinträchtigt wurde. »Sie sprechen von Zeitreisen.«

Der Siebte nickte gemessen. Er hörte, dass es im Hintergrund, in der Zentrale der *Scythe*, emotionale Reaktionen gab. Sie drückten exakt das aus, was Severus Inq nicht hinderte. Es war manchmal gut, eine Maschine an Bord zu haben, die nicht nur Gongschläge produzierte. Der Siebte war bereit, das einzusehen.

»Es ist ein wenig komplizierter«, erwiderte er. »Aber letztlich: Genau davon spreche ich.«

Auf Lyma Apostols Gesicht zeichneten sich Zweifel und Unglaube ab. Wenn es diesmal ungefähr so ablief wie zuvor – im Rahmen der üblichen Abweichungen natürlich, die alles so unberechenbar machten –, dann hatte sie bereits einige Hinweise darauf bekommen, dass die Behauptung des Roboters nicht aus der Luft gegriffen war. Daher protestierte sie auch nicht laut, sondern behielt ihre emotionale Reaktion weitgehend für sich. Sie ahnte bereits, dass Inq recht hatte, scheute aber vor den möglichen Konsequenzen zurück.

Der Siebte mochte ihr dies nicht verübeln. Er hatte eine Weile gebraucht, sich selbst an die Idee zu gewöhnen, und nur die Blasen hatten es ihm ermöglicht, nach jedem Scheitern voll informiert an den nächsten Versuch zu gehen. Irgendwann musste es ja einmal klappen.

»Ich bin gerne bereit, Sie mit allen Details vertraut zu machen«, sagte er. »Es ist eine unglaubliche Geschichte, aber gerade weil es um Zeitreisen geht ... drängt die Zeit ein wenig.« Er lächelte entschuldigend. »Ich bin mir des scheinbaren Widerspruchs meiner Aussage durchaus bewusst. Wenn Sie alle in die Heimat zurückkehren wollen, genauso wie ich, müssen wir uns etwas sputen.«

»Ihre Heimat?«

Der Siebte nickte. Jetzt kam der Moment, in dem er es anders machen würde. »Ja. Die gleiche wie die Ihre. Das Konkordat.«

Apostol verbarg ihre Emotionen immer noch ganz gut. Da der Siebte aber mittlerweile ausreichend Gelegenheit gehabt hatte, die Frau zu studieren, konnte sie ihn nicht täuschen.

»Sie stammen also tatsächlich aus dem Konkordat?«, echote sie. »Wie sind Sie denn genau hierhergekommen?«

»An Bord der *Licht*. Dann in der Sphäre.«

Apostol verzog ihr Gesicht. »Die überlebenden Besatzungsmitglieder der *Licht* befinden sich an Bord meines Schiffes.«

»Die überlebenden Besatzungsmitglieder des aktuellen Universums befinden sich an Bord Ihres Schiffes«, korrigierte der Siebte sorgfältig. »Ich vermute, dass *ich* mich in der Tat ganz in der Nähe befinde. Es ist jedes Mal ein wenig anders, und ich kann nicht eindeutig sagen, wer ich bin. Die meiste Zeit bin ich Tizia McMillan, aber das muss nichts heißen.«

Jemand im Hintergrund machte ein Geräusch. Wahrscheinlich die Anwältin, Horana LaPaz, wenn der Siebte sich nicht täuschte.

»Sie sehen nicht wie McMillan aus«, sagte Apostol mit wachsendem Misstrauen in der Stimme.

»Nein, ganz bestimmt nicht. Ich habe mich verändert, was unausweichlich war, um den Zyklus ein weiteres Mal zu beginnen. Die Blase ... aber es führt zu weit, wenn ich Ihnen jetzt Bruchstücke meiner Informationen gebe. Ich schlage vor, Sie lassen mich an Bord, und ich erkläre Ihnen alles in Ruhe. Wir müssen wirklich handeln, Captain Apostol, und ich versichere Ihnen, dass meine Absichten redlich sind. Um das unter Beweis zu stellen, teile ich Ihnen noch etwas mit: die volle Wahrheit über meine Identität. Tizia McMillan etwa war immer nur eine Tarnung, und ich weiß, dass Sie bereits ahnen, wovon ich spreche. Sie haben den Gengenerator auf der Raumstation im Konkordat entdeckt, mit den Ärzten dort gesprochen, sie wahrscheinlich alle verhaftet. Sie kennen die Funktionsweise und haben meine Spur danach verloren ...«

»Nein!«, hauchte Apostol. Ja, sie ahnte es. Sie wusste es. Aber das jetzt, das war etwas, was sie beim besten Willen nicht glauben wollte.

Der Siebte musste es jetzt durchziehen. Sonst würde alles verlaufen wie sechsmal vorher, und das war keine gute Sache, vor allem für ihn nicht.

»Doch«, sagte er mit fester Stimme und schaltete den Avatar aus. Seine wahre Physiologie, soweit die Blase sie hatte bewahren können, entfaltete sich vor Apostols Augen. Die Kommandantin der *Scythe* starrte stumm, das Blut war ihr aus dem Gesicht gewichen.

»Ich bin Dr. Joaqim Gracen«, sagte der Siebte. »Einer von acht, wenn ich das richtig sehe. Und wir sollten wirklich miteinander reden, Captain.«

6

Sie kehrten zur Oberfläche zurück, in Gedanken, ohne weitere Gespräche. Jordan hatte sich als besonders einsilbig erwiesen. Es war nicht so, dass er seine Ausführungen selbst für glaubhaft hielt, tatsächlich fragte er sich mit wachsendem Abstand, ob er die spärlichen Informationen der Kernelissi nicht nur geträumt hatte. Aber seine, die »echte« Elissi, nahm jedes Wort für bare Münze, und er hatte Angst, was das aus ihr machen würde.

Bemerkenswerterweise nahm sie es mit einer großen Gelassenheit entgegen. Sie fragte nach jedem Detail, und Jordan half ihr, so gut er konnte. Leider waren die Worte der Kernelissi lückenhaft gewesen, sodass sich nur drei ziemlich klare Aussagen herauskristallisierten, auf denen die Gruppe auf dem Weg nach oben herumkaute.

Erstens: Die Sphäre war mithilfe von An'Sa-Technologie gebaut worden – aber zu einem anderen Zweck und mit einer anderen Art von Steuerung. Diese war durch, man glaubte es kaum, eine Person namens Joaqim Gracen ersetzt worden. Aus irgendeinem Grunde. Die An'Sa hatten versucht, etwas dagegen zu tun. Das hatte in der fernen Vergangenheit zu einer harten, letztlich aber für die Aliens erfolglosen Auseinandersetzung geführt. Bei dieser war Kernelissi beschädigt oder verletzt worden, je nachdem, wie viel Bewusstsein und Identität man ihr zugestehen wollte.

Zweitens: Diese Verletzung hatte dazu geführt, dass die Sphäre ihre Mission, woraus auch immer diese im Einzelnen bestand, nicht wie geplant hatte ausführen können, stattdessen hatte sie sich verändert, war in gewisser Weise, einer Art Grundprogrammierung folgend, durch die Galaxien gewandert. Warum genau sie auf diesem Wege allerlei Zivilisationen eingesammelt hatte, blieb Jordan auch weiterhin verborgen. Die Kernelissi schien die meiste Zeit davon verschlafen zu haben.

Und drittens: Dr. Joaqim Gracen war demnach irgendwie für die Erschaffung der Kernelissi verantwortlich und damit auch für die Zweckentfremdung der Sphäre. Das war möglicherweise der Punkt, der am schwersten zu begreifen war. Der Begriff »Zeitreise« stand im Raum, doch niemand konnte einordnen, ob er tatsächlich eine Bedeutung hatte oder nicht. Er hatte also etwas mit der Sphäre zu tun, mit ihrem Auftrag und wahrscheinlich auch mit dem Konflikt mit den An'Sa. Was genau?

Das wussten sie alle nicht.

Als der Resonanzbauch wieder nahe genug an der Fruchtmutter war, um durch den Energieschirm des Kerns Nachrichten zu empfangen, wurden sie durch die Entwicklungen abgelenkt, die während ihrer Abwesenheit eingetreten waren. Erneut standen sie den Nachrichten stumm gegenüber. Es hatten sich radikale Veränderungen ergeben, und Jordan verlangte es nach weiteren Informationen – und danach, die eigenen möglichst schnell mit Menschen und Aliens diskutieren zu können, die all dies möglicherweise viel besser begreifen würden als er. Der Resonanzbauch übermittelte die Erkenntnisse der Expedition vorab, und irgendwann funktionierte auch die Funkverbindung wieder. Die *Scythe* war abgeflogen, es war Fruchtmutter Quara, die ihnen Obdach gewähren wollte. Jordan wusste nicht, ob das eine gute Idee war. Radek schien unbeeindruckt, er hatte allerdings auch einen Stein bei ihr im Brett, einen verdammt großen dazu. Der Resonanzbauch schien für seine Verhältnisse nahezu begeistert. Allein Funshi Hatko, die die ganze Zeit über ihren Aufzeichnungen der aufgefundenen Technologie brütete, wusste, dass sie auf ihre Station zurückkehren würde, und schien sich um das Befinden ihrer Weggefährten nicht sonderlich zu kümmern.

Bis sie Jordan und Elissi ansprach, oben, am Ausgangspunkt ihrer Reise, als sie durch die Schleuse in den von Quaras Soldaten und einigen Forschern gefüllten Eingangsbereich traten und kurz, aber durchaus herzlich begrüßt wurden.

»Sie sollten mit mir zur Forschungseinrichtung kommen«, sagte sie leise, aber mit einem drängenden Unterton. Sie sah dabei auch Elissi an. »Sie beide!«

»Warum?«

»Sie erinnern sich an unseren Kern? Das Kernmodul der Hüterstation? Das Ergebnis des Scans, den die *Scythe* durchgeführt hatte?«

Eine weitere Information, die erst jetzt – irgendwie – Sinn zu ergeben schien. Oder?

»Was ist damit?«

»Wir müssen dorthin vordringen und uns umsehen«, sagte Hatko. »Und es wäre gut, wenn ein Terraner dabei wäre. Oder zwei. Zwei wären noch besser.«

»Warum?«

Hatko sah ihn an, und er kannte sie gut genug, um zu sehen, dass sie ein wenig um Geduld rang. Verdammt, er war müde. Er war verwirrt. Er wollte duschen. Da sollte wirklich jemand ein wenig Rücksicht auf ihn nehmen können!

Nicht die Ingenieurin der Hüterstation. »Wir wissen jetzt, dass die Kernelissi – das ist meine Hypothese – dafür gesorgt hat, dass die echte Elissi hier überall Zugang bekommt. Sie hat, als sie noch einigermaßen bei Verstand war, offenbar auf eine Zeitreise gebaut, warum auch immer. Sie hat *erwartet*, dass eine andere, die echte Elissi sich einmal hierher verirren würde. Und die *Scythe* ist das innere Modul der Hüterstation, auf der alles aufgebaut wurde, über eine endlos lange Zeit. Wenn es da drin noch aktive Anlagen oder Schutzmechanismen gibt, wer wird wohl am besten in der Lage sein, diese auszuschalten?«

»Ein Mitglied der Besatzung der *Scythe*?«, fragte Jordan. »Weder ich noch Elissi gehören dazu! Wir sind Flüchtlinge, Gäste, wir sind zu nichts autorisiert. Und die Kernelissi mag für ihren Einzugsbereich Verantwortung getragen haben, die Anlage um den Kern herum, den Aufzug, all das – aber auch für die Station, die von Ihren Vorfahren im Orbit gebaut wurde?«

Hatko sah ihn für einen Moment an. Es arbeitete in ihr. Jordan verstand auch, warum. Sie musste jetzt zugeben, dass sie einen Denkfehler begangen hatte. Sie brauchte nicht lange, und sie tat es mit Würde.

»Sie haben recht, Jordan«, sagte sie also knapp. »Ich habe vorschnell geurteilt. Ich benötige jemanden von der *Scythe.*«

»Hier ist nur der Arzt anwesend. Das Schiff ist unterwegs.«

Hatko war nicht erfreut, das war gut zu erkennen. Jordan fühlte ein wenig mit ihr. Sie war der Ansicht, weiteren Teilen des Geheimnisses auf der Spur zu sein, und wahrscheinlich lag sie da auch ganz richtig. Jetzt aber stand sie vor einer Hürde, wenigstens einer Verzögerung. Das wäre auch für Jordan frustrierend.

»Ich muss etwas essen«, sagte er schließlich. »Duschen. Schlafen.«

Er schaute zur Seite. Ebenfalls in ein Gespräch verwickelt, stand dort Elissi, sie gab neugierigen Wissenschaftlern der Hüterstation Antwort, knapp und informationsgeladen, wie es ihre Art war. Radek saß in einem Sessel und hatte die Augen geschlossen, er war gleichfalls erschöpft. Elissi fing Jordans Blick auf, deutete ein Nicken an, verzog die Lippen ein wenig. Sie wollte auch weg. Sie wusste nicht genau, wie sie sich aus der sozialen Situation lösen sollte, in der sie sich gerade befand. Er musste helfen.

»Wir reden später«, sagte er zu Hatko, die jetzt nachdenklich und etwas geistesabwesend wirkte, aber offenbar kein Interesse an Ruhe hatte. War die Frau denn mit endloser Energie ausgestattet?

Er gesellte sich zu Elissi und berührte sie am Arm.

»Wir müssen uns jetzt ausruhen«, sagte er zu ihr, aber die Adressaten der Nachricht standen um sie herum. Die junge Frau war erleichtert. Ein externer, von ihr nicht kontrollierbarer Grund entschuldigte sie. Jetzt war jede

Verletzung sozialer Gepflogenheiten allein Jordans Schuld. Und er war gerne dafür verantwortlich.

Ihrem Wunsch wurde entsprochen.

Sie wurden auf Quaras Schiff ausgeflogen. Alle behandelten sie sehr freundlich. Man wies ihnen ein Quartier zu, das offenbar ganz auf die Bedürfnisse von Menschen hin ausgestattet worden war, eine große Geste der Gastfreundschaft.

Ein Quartier.

Für sie beide.

Das Bett war breit genug. Doch weder er noch Elissi dachten an viel anderes als Waschen, Umziehen, Schlafen, möglicherweise, aber nicht unbedingt in exakt dieser Reihenfolge.

Das Leben, so dachte Jordan, ehe er die Augen schloss und dem Schlafbedürfnis nachgab, wurde anstrengend. Verwirrend.

Aufregend.

Alles war besser als Professor Bell.

Er lauschte dem Atem Elissis an seiner Seite.

Wirklich alles.

7

Das Schiff der An'Sa glitt auf den Kern zu, eine gigantische, stumme Warnung, schweigsam und dadurch nur umso bedrohlicher. Tizia wurde Zeugin dieser Annäherung, nun nicht mehr als Teil der alten Maschine, aber immer noch nicht wiederhergestellt. Ihr Oberkörper steckte in einer Art Roboterunterleib, mit dem sie sich etwas bewegen konnte, wie eine Spinne auf sechs metallenen Beinen. Das Vehikel gehorchte perfekt, die Prozedur war völlig schmerzfrei gewesen, und jede Verbindung mit der verrückten Maschine war gekappt. Dennoch erschrak sie vor sich selbst, immer wieder, und würde lange brauchen, sich an diesen Körper zu gewöhnen. Er war für sie nur eine Notlösung. Es musste etwas Besseres geben, etwas Dauerhaftes, etwas, das sie nicht in einen Zustand permanenten Traumas versinken ließ.

Das Innere des Schiffes war dunkel und kalt, in dieser Lebensweise schienen sich die An'Sa und ihre Maschinen gleichermaßen einig zu sein. Ihr Bewegungsspielraum war begrenzt, der Raum, in dem sie hin und her gehen durfte, war völlig leer. Der Roboterkörper versorgte sie mit Nährstoffen, und sie verspürte weder Hunger noch Durst, nur das Gefühl von Fremdheit, das Bedürfnis, den kalten, schwarzen Unterleib so schnell wie möglich wieder loszuwerden, und wenn sie dabei sterben würde.

Die Versprechungen der An'Sa klangen in ihren Ohren immer noch schal und bedeutungslos. Ihre Situation hatte sich verbessert, aber es war dermaßen viel Luft nach oben, dass der Fortschritt ihr keine Freude bescherte. Als die An'Sa ihr mitgeteilt hatten, was sie vorhatten, war sie auch nur verwirrt gewesen. Diese seltsame Zivilisation handelte und sprach nach für sie nur schwer durchschaubaren Prinzipien. Und sie war des Rätselratens müde.

Dennoch. Sie fragte nach. Es gab ja sonst für sie herzlich wenig zu tun. »Ihr möchtet wirklich mit meinen Leuten sprechen?«

»Wir helfen dir.«

»Dann lasst mich mit ihnen reden!«

»Später. Wenn du ihnen erklären kannst, wie alles war und allein sein soll. Wir müssen mit einer Stimme sprechen.«

»Worüber?«

»Keine Lügen mehr, keine Geheimnisse. Du musst helfen, also musst du wissen. Wir müssen diese Galaxis retten, zusammen.«

Das war neu, klang beinahe feierlich, sehr von sich überzeugt – und dann gleich so dick aufgetragen. Tizia wusste erst gar nicht, was sie sagen sollte. Die Galaxis retten. Das war normalerweise das Thema schlechter Filme oder entsprechender Romanwerke, deren Lektüre sie schon vor langer Zeit aufgegeben hatte, weil sie gemerkt hatte, dass die Verfasser solcher Werke nur über sehr begrenzte Geistesgaben verfügten. Die – Galaxis – retten. Tizia lachte, es klang in ihrer Kammer hohl und blechern, was irgendwie passend wirkte.

»Vor wem?«, fragte sie, um das Spiel mitzumachen und den Gesprächsfaden nicht abbrechen zu lassen. Und dann sprachen die An'Sa wieder tief in ihr, in ihren Gedanken, und obgleich diese Art der Kommunikation wie ein Überfall erschien, gab ihr die plötzliche Intensität eine erstaunliche Kraft. Sie war ... ehrlich.

Keine Lügen, keine Geheimnisse. Mit dem Teil ihrer Übereinkunft hatte sie absolut keine Probleme.

»Vor dem Sternenfraß.«

Tizia wollte es erneut nicht glauben. Sternenfraß, aber sicher. Sie fühlte sich ernsthaft belustigt, eine Regung, die dann aber, bei genauerem Nachdenken, in einen Verdacht mündete: Wollten die enigmatischen, mächtigen An'Sa sie wirklich gerade verarschen?

Für einen kleinen Moment erwog sie, diese Frage exakt so zu stellen. Für einen weiteren Moment dachte sie daran, dass die An'Sa sowieso über ihre Verbindung mit ihrer Technologie ihre Gedanken zu lesen vermochten. Die Tatsache, dass sie sich seit ihrer Loslösung aus der Maschine, bis zu diesem Zeitpunkt, auf rein verbale Kommunikation beschränkt hatten, sah Tizia als Zeichen des Respekts oder als behutsame Vorbereitung auf etwas Schlimmeres. Allein dass die An'Sa sich als Retter der Galaxis sahen, das war ein wenig zu viel des Guten. Und darin waren sich in diesem Moment beide Tizias in ihrem Kopf absolut einig.

»Ich kann meine Leute überzeugen, euch zu helfen, gegen den ... gegen ihn zu kämpfen.« Das Wort war so schwachsinnig, sie brachte es nicht über die Lippen.

»Du glaubst uns nicht.«

»Nicht, dass das wichtig für euch wäre.«

Eine kurze Pause.

»Es ist wichtig. Wir haben zahlreiche Datenbanken von jener politischen Gestalt bekommen, die du Konkordat nennst. Ein akzeptabler Beitrag zur Kommunikation. Es ist wichtig, dass ihr versteht und glaubt. So funktionieren Menschen.«

Das Konkordat als politische Gestalt zu bezeichnen, war mal etwas Neues. »Ja, und?«

»Sieh selbst. Wir nehmen dich mit. Verstehe, indem du Zeugin bist.«

Mit einem Male wurde es schwarz um Tizia, sodass sie schon befürchtete, das Bewusstsein verloren zu haben. Doch dann klärte sich das Bild, und ihr schwindelte einen Moment.

Sie stand in einer großen Menge von An'Sa, auf einem schwarzen, leicht irisierenden Boden in einer Halle. Vor ihr befand sich eine Empore mit einer Maschine – größer als die, deren Teil sie gewesen war. Und die zwölf An'Sa, die darin lagen, litten nicht halb so sehr wie sie.

Sie musste nicht fragen. Sie war dabei. Sie fühlte, dass sie in ein historisches Ereignis geführt worden war. Es war eine perfekte virtuelle Simulation, und als sie an sich hinabsah, bemerkte sie ihren Schnabel, der ihr aus dem Gesicht sprang, und sie tastete ihren An'Sa-Körper ab. Sie spürte in ihrem Kopf das allgegenwärtige Wispern der Maschine ... der Maschinen, so vieler, hier, auf einer zentralen

Siedlungswelt der Aliens, und es war eine ständige Verbundenheit, seit Geburt. Sie fühlte sich behütet und sicher.

Und doch war da Angst.

»Wir entdeckten die Zusammenhänge vor langer Zeit«, murmelte die Stimme in ihrem Kopf. Ja, Angst. Oder Sorge. Wie man sie eben empfand, wenn eine Bedrohung real und greifbar war, aber eben sehr weit in der Zukunft lag. Es würde von ihnen hier niemanden mehr betreffen, der Schaden jedoch würde unermesslich sein.

Sie schaute hoch, wie Hunderte ihrer neuen Artgenossen. Sie spürte die Wärme ihrer Körper. In dieser Gesellschaft musste man Gefühle nicht ausdrücken, nicht umständlich in Worte kleiden. Alle waren sie über die Maschinen verbunden. Es gab ihnen eine große Gewissheit: Jedes Problem konnte gelöst werden, wenn sie nur kooperierten.

Tizia war immer eine Teamplayerin gewesen, in Studium und Beruf. Aber das hier war so viel mehr. Das dumme Gerede von Synergien, der ganze Bullshit in Meetings zur Organisationsentwicklung, mit grinsenden Consultants, denen die Anzüge eine Spur zu gut saßen ... alles kein Vergleich.

Synergien? Die An'Sa waren die Synergie. Sie waren ihre kollektive Verkörperung.

»Wir haben die Daten ausgewertet. Ihr kennt den Großen Attraktor.«

Die Stimme sprach zu ihr, sie sprach zu allen An'Sa, und alle Schnabelwesen machten Gesten der Zustimmung.

Tizia war Teilchenphysikerin. Astronomie war nie ihre Stärke gewesen, obgleich ihr der Name vage bekannt vorkam. Sie hatte keine Angst, ihre Unkenntnis zuzugeben. »Ich kenne ihn nicht so gut.«

Die Projektion vor ihren Augen konkretisierte sich. Tizia spürte die Gefühle der Menge, miteinander verknüpft, aber sich nicht hochschaukelnd. Die Maschine hatte einen moderierenden, beruhigenden Einfluss. Die An'Sa gerieten nicht in Panik. Sie waren nicht emotionslos, keinesfalls. Sie waren die Summe ihrer Emotionen, und das balancierte sich zu ihrer aller Vorteil aus.

Die Projektion zeigte Sterne. Das war nicht sehr erhellend, aber Tizia und ihre historischen Gefährten fassten sich in Geduld. Informationen flossen, in einem steten Strom, wie ein warmer Bach, der ihre nackten Füße umspielte. Teil der Maschine – einer funktionierenden, wohlwollenden, hilfreichen Maschine zu sein, das war …

… es war schön.

Schön. Tizia hätte nie gedacht, dieses Wort in exakt diesem Zusammenhang wählen zu können, doch es drängte sich ihr auf. Spürte sie da Stolz? Es war sicher nicht der ihre, es war der ihrer Gastgeber, ohne Zweifel.

»Erklär es mir.«

»Du sollst wissen.«

Die Sterne bewegten sich, und alle An'Sa wurden auf eine Reise mitgenommen. Sie sahen, wie die Perspektive sich veränderte und wie sie in einer Region des Universums ankamen, die ihrer Aufmerksamkeit bedurfte. Warum, das sagte die Stimme, und diese erfüllte ihr Bewusstsein mit einer Klarheit und Eindringlichkeit, der sie sich nicht entziehen konnte.

»Ihr Menschen habt bereits vor sehr langer Zeit eine der massereichsten bekannten Strukturen im Universum entdeckt, einen sogenannten Superhaufen. Er hat die Größe von über 10 Billiarden Sonnenmassen und ist derzeit noch exakt

232 Millionen Lichtjahre von der Erde entfernt – so unsere Kenntnisse, und ich versichere dir, diese sind sehr genau. Es handelt sich vor allem um eine bedeutende Gravitationsanomalie, die dazu führt, dass sich die Galaxienhaufen unter ihrem Einfluss weitaus weniger schnell voneinander entfernen als in anderen Bereichen des Universums. Ihr Menschen seid zu dem Schluss gekommen, dass der Shapley-Superhaufen für diese massive Anziehungskraft verantwortlich ist. Es wird dich freuen zu hören, dass dieser Schluss korrekt ist.«

»Ja, das freut mich sehr«, sagte Tizia, die unbedingt das Gespräch am Laufen halten wollte. »Ganz außerordentlich sogar.«

Die Ironie ging an den An'Sa erwartungsgemäß völlig verloren. Das Bild vor den Augen der versammelten Schnabelaliens zoomte auf den Superhaufen, der sich vor allem dadurch auszeichnete, dass er viele Galaxien enthielt. Tizia suchte nach einem Hinweis, der sich optisch bemerkbar machte, etwas, das die Besonderheit dieser Konstellation deutlich hervorhob. Es kam ihr so vor, als hätten die anderen An'Sa, die mit ihr in dieser Simulation standen und lauschten, ein ähnliches Bedürfnis.

»Wir beobachten den Großen Attraktor schon etwas länger als ihr Menschen. Uns gibt es auch schon etwas länger. Wir haben da einen Vorteil.«

Das glaubte Tizia der Stimme unbesehen. »Was habt ihr herausgefunden?«

»Es lässt sich in wenigen Worten zusammenfassen: Wir werden alle sterben.«

Tizia versuchte zu ermessen, ob die An'Sa sich gerade einen Scherz mit ihr erlaubten, aber es gab dafür keine echten Anzeichen. Die gesamte Diskussion war weitgehend ironielos gewesen. Als Frau war Tizia grundsätzlich bereit anzunehmen, dass jemand einen Sarkasmus vortäuschen konnte, um eine Beziehung am Leben zu erhalten. Aber sie glaubte nicht, dass sich die An'Sa mit ihr tatsächlich so viel Mühe machten.

»Das werden wir in der Tat«, sagte sie vorsichtig.

»Ah.« Eine kurze Pause. Die An'Sa in der Projektion drehten den Kopf, wie eine Person, und schauten sie an, etwas nachdenklich, wie ihr schien. Eine beängstigende Geste. »Ein Missverständnis. Wir demonstrieren es dir.«

Die Projektion veränderte sich ein weiteres Mal. Der Sternenhimmel verwandelte sich in die bekannte Form der heimatlichen Milchstraße, dann verschwand diese langsam im Galaxienhaufen der Lokalen Gruppe, die Tizia auch noch ungefähr verorten konnte. Dann erschienen farbige Pfeile, die den Weg der Lokalen Gruppe durch das Universum nachzeichneten.

»Unser beider Heimat wird vom Großen Attraktor angezogen. Wir steuern einen Kurs quer zur universalen Expansion. Es gibt andere Gravitationskräfte, die unseren Flug beeinflussen, aber die Richtung ist klar. Die Expansionsgeschwindigkeit wird nicht ausreichen, uns von dort abzulenken. Wir fliegen auf den Großen Attraktor zu, Tizia McMillan.«

Genau das symbolisierte nun die Simulation. Tizia fand das leidlich interessant. Ein Problem, mit dem sie sich niemals würde auseinandersetzen müssen. Niemand hier.

»Es wird wohl noch einige Jahrmillionen dauern, bis das eine Gefahr wird«, mutmaßte sie daher auch mit sanftem Unverständnis in der Stimme.

»Einige. Aber der Große Attraktor ist nicht einfach nur ein Superhaufen. Es handelt sich um ein gigantisches

Schwarzes Loch. Nur so ist die Entwicklung dieser übermäßigen Gravitationskräfte erklärbar.«

»So wie das im Zentrum unserer Galaxis.«

»Nein. Größer. Sehr viel größer.«

Tizia dämmerte es. »Und es wird all diese Galaxien, unsere inbegriffen, verschlingen – das ist es, was ihr meint, nicht wahr? Dann werden wir alle sterben?«

»Korrekt.«

»Aber nicht gleich. Es wird ... dauern.«

»Richtig. Aber nicht so lange, wie du denkst.«

Tizia wusste nicht, was sie darauf entgegnen sollte. Sie war in der Tat der Ansicht, dass diese Gefahr viel zu abstrakt war, um sie ernst zu nehmen. Wahrscheinlich gab es zu dem Zeitpunkt die Menschheit schon nicht mehr. Natürlich, andere Lebewesen mochten existieren und möglicherweise ein grausames Ende finden, auf die eine oder andere Weise. Aber sich darüber jetzt Gedanken zu machen, das war ... sehr theoretisch.

Andererseits ...

»Nicht so lange?«, griff sie die letzten Worte der An'Sa wieder auf. Es wäre so viel leichter für sie, wenn sie ein konkretes Lebewesen vor sich sehen würde, mit dem sie kommunizierte. Die projizierten Aliens um sie herum richteten ihre Aufmerksamkeit wieder auf die große Maschine vor ihnen mit den zwölf darum herum liegenden Artgenossen, als böte diese ihnen ein Heilsversprechen an.

Gab es im Leben einer Zivilisation, die in solchen galaktischen Maßstäben handelte und dachte, eigentlich einen Gott? Tizia nahm sich vor, diese Frage zur gegebenen Zeit zu stellen. Ganz ohne Ironie, ganz ernsthaft.

»Euer Verständnis des Universums ist noch sehr begrenzt.«

Tizia erwartete in diesem Moment ein »kleine Fee«, aber dies war nicht die derangierte Maschine aus dem Wrack, dies waren die An'Sa. Und sie meinten es nicht so herablassend, wie es klang.

»Das stimmt.«

»Die Lokale Gruppe, unser beider Heimat, fliegt auf etwas zu, das wir einen Dimensionsterminus nennen. Es fällt mir schwer, dir die Bedeutung dieser Tatsache deutlich zu machen.«

Tizia musste der Stimme recht geben. »Versuche es trotzdem.«

Wieder flackerte die Projektion, verfolgt von den Augen all der hier versammelten Schnabelwesen. Wieder war das Gefühl der Sorge greifbar. Galaktische Maßstäbe im Denken führten zur Wahrnehmung von Problemen in galaktischen Maßstäben. Tizia wusste nicht, ob das eine Verbesserung darstellte. Wohl eher nicht.

»Verteilt im Universum gibt es Regionen, in denen die naturgesetzlichen Rahmenbedingungen schwächer manifestiert sind als sonst. Sieh es so: Die Expansion des Universums seit dem Urknall ...«

»Den hat es aber gegeben?«, vergewisserte sie sich.

»Davon gehen wir fest aus. Die Expansion seitdem läuft aufgrund von Phänomenen wie dem Großen Attraktor ungleichmäßig. Stell dir vor, du ziehst ein Stück Stoff in die Länge, mit unterschiedlicher Kraft an unterschiedlichen Stellen. Eine gewisse Spannung hält es aus, aber sobald die verschiedenen Kräfte zu stark oder divergierend sind, droht es zu reißen.«

Die An'Sa kannten sie mittlerweile so gut, dass sie zu verständlichen Analogien in der Lage waren. Das war ein wenig beunruhigend.

»Und an diesen Stellen wird der Stoff dünner«, sagte sie.

»Richtig. Du hast unsere Analogie begriffen!« Das klang beinahe stolz. »An diesen Stellen, die wir einen Dimensionsterminus nennen, können naturgesetzliche Bedingungen sich verändern. Das hat verschiedene Auswirkungen. Der Terminus, der vor der Lokalen Gruppe liegt, wird unsere heimatlichen Galaxien wie durch eine Einstein-Rosen-Brücke fortbewegen. Wir werden davon erst einmal gar nichts merken. Es wird ein kurzer Moment sein, wie das Blinzeln eines Auges.«

Das ging Tizia jetzt zu schnell. »Erkläre mir das.«

»Die Lokale Gruppe wird eine erhebliche Strecke im realen Raum in Nullzeit zurücklegen. Dies wird keine unmittelbaren Auswirkungen auf intelligentes Leben haben, viele werden es gar nicht bemerken, da sich das Abbild der sich dadurch verändernden Konstellationen aufgrund der Begrenzungen des Beobachtbaren nur mit Lichtgeschwindigkeit ausbreitet.«

»Nach dem Prinzip funktionieren unsere Überlichttriebwerke.«

»Sehr gut. Unsere auch. Nur besser.«

Ein wenig Eitelkeit, so fand Tizia, konnte man auch einer weit entwickelten Zivilisation wie den An'Sa zugestehen. Oder sie stellten sehr nüchtern Tatsachen fest. Tizia war möglicherweise nicht in der geistigen Verfassung, den Unterschied wirklich zu erkennen. »Was bedeutet das?«

Die Projektion machte einen Satz. Die Lokale Gruppe verschwand und tauchte sogleich wieder auf. Das Bild wirbelte herum. Für Tizia war gut erkennbar, dass sie sich in Relation zu ihrer intergalaktischen Umgebung tatsächlich bewegt hatte, und die mit ihr hier versammelten An'Sa zeigten erstmals so etwas wie eine körperliche Reaktion. Arme bewegten sich. Schnäbel klapperten aufeinander. Überraschung? Angst? Begeisterung? Sie spürte nur weiterhin vage die Sorge.

»Die Lokale Gruppe wird einen Sprung machen, direkt auf den Großen Attraktor zu. Aus Jahrmillionen werden wenige Jahrtausende. Sehr wenige. Dich betrifft das nicht mehr, uns auch nicht, aber es wird nicht mehr allzu viele Generationen dauern, bis es unser beider Zivilisationen etwas angehen wird. Und dann werden wir nur noch hilflos zusehen können.«

Wieder flackerte die Projektion. Tizia erkannte, dass die Galaxien der Lokalen Gruppe auseinandergezogen wurden wie ein Gummiband, dünner und länglicher wurden, eine kreisförmige Bahn um den Großen Attraktor einschlugen, ihre Kohäsion verloren und einem Schlund entgegentaumelten, der erst jetzt erkennbar wurde, wo das Bild sich ihm näherte.

Ein großer, tiefschwarzer, sehr beängstigender Schlund.

»Ist das Ding real?«, hauchte sie.

»Sehr real.«

»Aber selbst das muss doch ... es sind Lichtjahre! Die Lokale Gruppe bewegt sich mit relativistischer Geschwindigkeit! Es muss ...«

»... sehr lange dauern? Nein. In der Nähe des Großen Attraktors verstärken sich die Risse im dimensionalen Gefüge. Die Gruppe wird weitere Sprünge machen, auf die Quelle der Gravitation zu. Es wird nicht sehr lange dauern – es ist schwer, genau vorherzuberechnen, aber nicht sehr lange. Nicht nachdem wir durch den Dimensionsterminus gegangen sind. Generationen, keine Äonen mehr, Tizia.«

Tizia schwieg einen Moment. Es war schwer, in einem Gespräch, einem Austausch dürrer Worte, untermalt durch eine sicher beeindruckende, letztendlich aber nur simulierte Darstellung, die Tragweite einer solchen Enthüllung richtig zu begreifen. Vor allem dann nicht, wenn man wie Tizia nicht einmal wusste, ob sie nicht gerade mächtig hinters Licht geführt wurde und die An'Sa in allen Galaxien als üble Aufschneider und Märchenerzähler bekannt waren.

»Du zweifelst.«

»Ich denke darüber nach.«

»Gut. Das haben wir auch getan. Und wir haben schon vor langer Zeit beschlossen, etwas gegen den nahenden Untergang zu tun. Wir sind vorbereitet. Wir haben die Sonnenherren errichtet, den ersten vor 3299 Jahren deiner Zeitrechnung. Und damit kommen wir langsam zu unserem aktuellen Problem.«

Jetzt eine neue Darstellung. Tizia blinzelte, wollte sich unwillkürlich festhalten. Sie stand nicht mehr vor der großen Maschine. Sie stand jetzt mit anderen An'Sa auf der Brücke eines Raumfahrzeuges, als Teil einer Flotte, und sie beobachtete, wie diese sich einem Gestirn näherte. Eine Atmosphäre zielstrebiger Geschäftigkeit erfüllte alles, ein neues Gefühl entstand in ihrem Bewusstsein: Zuversicht, Entschlossenheit und die Gewissheit, das Richtige zu tun. Alles Bewusstsein, das individuelle wie das durch die Maschine ins Kollektiv vereinte, war fokussiert. Die An'Sa besaßen eine überragende Technologie und darüber hinaus, das war Tizia nun in aller Deutlichkeit bewusst, die geistige Reife, sie auch einzusetzen und nicht sich und andere damit zu vernichten.

Die Schnabelwesen waren nicht böse. Tizia löste sich von dem Bild, das die irre Maschine in sie hineingepflanzt hatte. Die An'Sa waren anders. Sehr verschieden von ihr und anderen Menschen. Aber sie waren guten Willens.

Tizia atmete aus, merkte erst jetzt, dass sie die ganze Zeit unwillkürlich die Luft angehalten hatte.

Guten Willens.

»Wir begannen mit der Konstruktion«, sagte die Stimme.

Und Tizia wurde Zeugin dieses Vorgangs. Die technische Meisterleistung dahinter konnte sie nur annähernd erfassen, der Prozess war jedoch nachvollziehbar, zumindest von außen. Gigantische Raumfahrzeuge spien Rohstoffe und Heerscharen von Robotern aus, die sich emsig ans Werk machten. An'Sa beaufsichtigten die ansonsten weitgehend automatisierten Abläufe. Scheinbares Chaos herrschte, ein Gewimmel im interplanetaren Raum, doch letztlich sehr zielgerichtet und koordiniert. Es war eine unablässige Arbeit, ohne jede Pause, und die Entschlossenheit der Schnabelwesen schien sich auf die mit ihnen verbundenen Maschinen zu übertragen, einem besonderen Ansporn gleich. Tizia wurde sich bewusst, dass sie hier lange Zeiträume in einer stark verkürzten Form dargereicht bekam, dennoch konnte sie sich der Gewaltigkeit des Vorhabens nicht entziehen. Ein Sonnenherr entstand, der wie eine große Spinne auf dem Gestirn saß und … was genau eigentlich zu tun hatte?

Tizia löste sich von der Faszination des Anblicks, ignorierte die geschäftigen An'Sa um sich herum, vor langer Zeit schon gestorbene Individuen, nicht mehr als eine sehr überzeugende Staffage für ein beeindruckendes historisches Drama.

»Wie viele davon? Und wozu?«, fragte sie.

Man blieb ihr die Antwort nicht schuldig. »2316 sind in Betrieb, in einem weiten Ring um den Kern der Milchstraße installiert, die als Anker für die ganze Lokale Gruppe dienen wird. An Punkten, deren exakte Berechnung sich aus den Verhältnissen von Gravitation und intergalaktischer Fliehkraft ergeben hat. Wir bauen derzeit noch 34 weitere, sie sind fast vollendet. Ein sorgfältig austariertes, in sich stabiles, in all seinen Gliedern aufeinander abgestimmtes Netz. Eine große Aufgabe und ein Dienst, den wir für uns alle auf uns genommen haben. Auch für die Menschen.«

Tizia war sich unsicher. Wurde von ihr ein Wort der Dankbarkeit für eine großartige Tat erwartet, von der sie sich noch nicht einmal sicher war, ob dafür überhaupt Notwendigkeit bestand?

»Das ist beeindruckend«, sagte sie also, und das war es ja in jedem Fall, selbst wenn es sich um eine besonders elaborierte Lüge handeln sollte. Sie musste nur einen Blick auf die vor ihren Augen andauernden Bauarbeiten richten. Dies war ein Projekt von kaum vorstellbaren Ausmaßen. »Was machen die Sonnenherren genau?«

»Sie suchen.«

»Wonach?«

»Nach einer alternativen Wirklichkeit für uns alle.«

Tizia schloss die Augen, die einzige Geste der Ungeduld oder des Unmuts, die sie sich gestattete. An'Sa logen offenbar nicht, und sie kommunizierten recht klar, aber sie hatten die Angewohnheit, die Pointe vor der Vorgeschichte zu erzählen, sodass man den Witz jedes Mal erklären musste. Das konnte ein wenig ermüden.

»Bitte«, sagte sie, »erläutert das für mich.«

»Die Sonnenherren suchen nach einem Paralleluniversum, in dem es den Großen Attraktor nicht gibt oder der Dimensionsterminus fehlt. Eine alternative Realität, in die wir fliehen können, in vollem Bewusstsein unserer Rettung.«

Tizia schüttelte langsam den Kopf. »Paralleluniversum?«

»Eine sichere Zuflucht, eine echte Alternative.«

»Dazu seid ihr in der Lage?«

»Hat man das Prinzip erst einmal verstanden, ist es ganz einfach.«

Das war, ohne Zweifel, eine Untertreibung galaktischen Ausmaßes. Tizia aber blieb erst einmal nichts anderes übrig, als diese Erklärung zu akzeptieren. »Um dort den Platz der Lokalen Gruppe einzunehmen?«

»Nein, das könnte zu Problemen führen. Wir gehen davon aus, dass auch im Multiversum eine gewisse Balance einzuhalten ist, eine Art Energieausgleich. Wir müssen ein Paralleluniversum finden, in dem dies kein Problem ist, am besten eines, in dem es die Lokale Gruppe gar nicht gibt.«

»Das gibt es?«

»Es gibt jede Wahrscheinlichkeit. Manche ist plausibler, andere sind schwächer, und je schwächer, desto höher ist der Energieaufwand, um dorthin zu gelangen.«

»Daher die Energieaufnahme direkt an den Sonnen. Die Sonnenherren suchen nicht nur, sie ermöglichen auch den Übergang. Sie sind Torwächter und Türöffner.«

»Sehr richtig.«

Tizia schwirrte der Kopf. »Es gibt jede Wahrscheinlichkeit? Da seid ihr euch sicher?«

»Es gibt ein Paralleluniversum, in dem Tizia die Macht über die An'Sa an sich gerissen hat und die Galaxis regiert.«

Sie konnte sich das Lachen nicht verkneifen. Es war möglicherweise gar nicht lustig gemeint, ein durchaus ernsthaftes Beispiel, aber die Absurdität sprang ihr förmlich ins Gesicht. Immerhin, es half ihrem Verständnis. »Und die Sonnenherren suchen nach dieser einen idealen Alternative?«

»Und führen uns dorthin …«

»Aber …«

»Aber dafür müssen sie alle funktionieren, dort, wo sie sein müssen, zum gleichen Zeitpunkt und störungsfrei. Und das ist seit … geraumer Zeit in diesem System nicht der Fall. Es ist sogar noch viel schlimmer. Die Manipulationen jenes Mannes namens Gracen haben dazu geführt, dass wir An'Sa in vollem Bewusstsein durch bereits sieben parallele Universen gesprungen sind – alle fast identisch, mit geringsten Abweichungen, hoher Plausibilität, aber nichtsdestotrotz alle die falschen. Unsere Sonnenherren haben es aufgezeichnet. Dadurch haben wir es entdecken können, wissen von dieser Entwicklung. Das hat eine sehr bedenkliche Konsequenz.«

»Furchtbaren Kopfschmerz?«

Nein, Ironie war an die An'Sa verloren. Sie würdigten ihre Worte nicht einmal mit einer Reaktion. »Das Netz der Sonnenherren wird überbeansprucht. Wir können es nicht endlos verwenden. Noch ein paar dieser Sprünge – vielleicht nur einer –, und es ist nutzlos, und unsere Bemühungen sind zum Scheitern verurteilt.«

»Zumindest in dieser Realität, für unser wahrnehmendes, individuelles und kollektives Bewusstsein.«

»Du verstehst? Es ist die, die letztlich für uns zählt, oder?«

Dagegen konnte Tizia nun nichts einwenden. »Welche Rolle soll ich dabei spielen?«

»Wir haben die Kontrolle über diesen Sonnenherrn verloren. Das müssen wir schnell ändern. Du bist ein neuer Faktor. Du kannst helfen.«

Wieder veränderte sich das Bild. Tizia stand nun in einer Gruppe von An'Sa, die erstmals einen Eindruck machten, den sie von diesen so gar nicht kannte: Hilflosigkeit. Sie hatten Raumanzüge an und verharrten auf der Oberfläche einer gigantischen Konstruktion, durch Schutzfelder von den glühenden Urgewalten der nahen Sonne geschützt, deren strahlender Glanz das ganze Firmament erfüllte. Ein beängstigender, mindestens beeindruckender Anblick, der Tizia für einen Moment ganz in seinen Bann schlug. Doch die Schnabelwesen um sie herum waren nicht wegen ihrer Nähe zur Sonne beunruhigt.

Es war die Gestalt eines Menschen, der sich mit schnellen Bewegungen von ihnen entfernte und auf eine Zugangsschleuse in das Innere des Sonnenherrn zustrebte. Tizia folgte ihm mit ihren Sinnen und durfte beobachten, wie der Fremde die Anlagen des Sonnenherrn manipulierte. Mit großem Entsetzen sah sie, dass er nicht allein war. Eine zweite Gestalt ließ sich von ihm willenlos mitziehen, befolgte apathisch seine Befehle, als sei sie nicht mehr als ein Roboter, nicht einmal das, wenn man sich selbstbewusste Maschinen wie Severus Inq vor Augen hielt.

»Das ist doch ...«

»Sie taucht in allen Realitäten auf, die der Manipulator in seinem Scheitern erschaffen hat.«

»Sein Scheitern, was zu tun?«

»Den Sonnenherrn zu erobern, durch ihn Zugang zum ganzen Netz zu erlangen und sich eine Realität zu schaffen, die ganz seinen Wünschen entspricht. Sieben Versuche. Ein

Gleichgewicht des Scheiterns. Wir konnten ihn nicht besiegen, er konnte sich nicht durchsetzen. Dass er überhaupt so weit kommen konnte, lag an der Frau.«

»Wer ist sie?«

Dann schaute Tizia in ihr Gesicht, als würde sie direkt vor ihr stehen. Es war Elissi, die junge Studentin, und es überraschte sie weniger als erwartet. Die blasse, schmale Ausdruckslosigkeit, die leeren Augen, die apathischen Bewegungen – der Manipulator hatte sie unter Kontrolle, vielleicht durch Drogen, vielleicht durch etwas anderes.

»Er ist der Mann namens Gracen, den die *Scythe* gejagt hat?«, vergewisserte sie sich.

»Er ist es. Seine Bezeichnung ist irrelevant. Er scheiterte siebenmal und rettete sich siebenmal, indem er eine Realitätsblase erzeugte, indem er den Sonnenherrn animierte, eine alternative Realität anzusteuern, die sich nur in Nuancen von der vorherigen unterschied und in der die gescheiterten Gracens, alle geschützt durch ein Realitätsfeld, ihre Erfahrungen miteinander teilen konnten und es wieder versuchten. Der Kern der Sphäre hat ähnliche Eigenschaften wie diese Blase, daher konnten gewisse Elemente und Kenntnisse mit transferiert werden. Siebenmal gibt es dieses Individuum nun, parallel zueinander, in Kommunikation miteinander und eine damit siebenfach potenzierte Gefahr. Er hat uns den Zugang zum Sonnenherrn verbaut, ein Siegel darauf gelegt, das allein er brechen kann. Bei seinem letzten Versuch hat er sich selbst übertroffen, ein Fehler, der die Sache noch schlimmer macht: Die Abwehrmechanismen unterscheiden nicht mehr zwischen ihm und uns, sie bekämpfen nun alles. Dazu kommt noch mehr: Der Sonnenherr, verängstigt, manipuliert, schützt sich darüber hinaus durch ein *Labyrinth*, einen Irrgarten der

Realitäten und Wahrscheinlichkeiten, in dem sich Gracen selbst mit Elissis Hilfe immer wieder verirrt hat. Die Anlage wehrt sich damit aber auch gegen unsere Versuche, sie zu reparieren und ihren Geist zu heilen. Sie weiß nicht mehr, wer Freund oder Feind ist. Das muss ein Ende haben. Die Zeit drängt. Wir dürfen keinen achten oder neunten oder zehnten Versuch riskieren.«

Tizia spürte das Drängen in den Worten der An'Sa, spürte die Notwendigkeit wie eine körperliche Berührung, die sie aufgrund ihrer Affinität zur Maschine umso stärker beeindruckte. Die An'Sa waren ernsthaft besorgt. Und ihre große Nemesis war ein Massenmörder, ein Schwerverbrecher.

Tizia sah keinen Grund, nicht zu helfen.

»Was kann ich tun?«, fragte sie schließlich mit größerer Entschlossenheit, als sie sich anfangs zugetraut hatte. »Wie soll ich helfen?«

»Du bist mit der irren Maschine verbunden gewesen. Du bist keine An'Sa. Diese Konstellation ist neu. Du hilfst Elissi, bevor Gracen ihrer habhaft wird. Du bekommst Zugang zum Sonnenherrn. Du bist *unsere* Manipulatorin.«

»Ich bin wie Gracen?«

»Du bist auf der richtigen Seite und hast eine einmalige Erfahrung gemacht. Aber du wirst Hilfe benötigen.«

»Hilfe durch wen? Nein, sagt es nicht. Elissi ist weiterhin der Schlüssel.«

»Ihr Geist ist außergewöhnlich. Sie erkennt intuitiv, wozu unsere Maschinen endlose Berechnungen anstellen müssen. Sie kann in parallele Universen blicken wie nie jemand zuvor, und ihre große Faszination ist ihre große Schwäche.«

»Sie macht sie anfällig.«

»Schwach und anfällig. Sie darf niemals in die Hände Gracens geraten. Siebenmal hat er sie missbraucht und ist damit gescheitert. Ihre ausgebrannten Reste baute er nach seinem ersten Versuch in den Kern der Sphäre, nachdem der Sonnenherr eine neue Realität, ein neues Universum betreten hatte, und die Sphäre sollte sich auf den Weg machen, eine neue, frische Elissi zu besorgen.«

Und da muss etwas nicht richtig geklappt haben, dachte Tizia.

Sie nickte. »Ich möchte helfen. Was ist zu tun?«

»Erst einmal lösen wir ein Versprechen ein. Wir gehen in Vorleistung. So sagt man bei euch Menschen?«

»Ich weiß nicht, was ihr meint. Was ist die Absicht?«

Es folgte ein kurzes Schweigen, dann, als würde man ihr ein besonders wunderbares Geschenk auspacken, sagten die An'Sa feierlich:

»Wir sorgen für Freundschaft und verhelfen dir zu einem neuen Körper, Tizia aus dem Konkordat. Und wenn die Informationen stimmen, die wir gerade erhalten haben, ist der Gracen auf unvorhersehbare Weise zur Kooperation bereit.«

Tizia hörte gar nicht zu. Sie hatte nur »Körper« verstanden. Was zum Teufel hatten die An'Sa jetzt mit ihr vor?

8

»Das eine Wort?«

»Das eine Wort.«

Saim starrte auf den ruhig daliegenden An'Sa hinab. »Sonnenherr, ja?«

»Unserer Ansicht nach bezieht er sich auf die Struktur, die unsere Späher in unmittelbarer Nähe der Sonne dieses Systems identifiziert haben«, sagte Chuen.

»Ein Lebewesen?«

»Das bezweifeln wir.« Chuen zögerte unmerklich. »Aber wer kann sich derzeit überhaupt irgendeiner Sache sicher sein?«

Saim erwiderte nichts. Es war dieses Gefühl, das der Wissenschaftler gerade ausgedrückt hatte, das ihm zu Hilfe kam, um ein neues Bündnis zu schmieden. Wer sich keiner Sache sicher war, der suchte Halt bei dem, der Sicherheit ausstrahlte. Saim war gut darin, er projizierte Überzeugung nach außen, dic cr nicht einmal empfand. Dadurch reetablierte er seine kurzzeitig geschwächte Machtbasis. Doch er musste jetzt langsam anfangen, seinen Verbündeten und Gefolgsleuten eine Richtung zu geben. Macht war sinnlos ohne Ziele, die Untertanen davon abhielten, unnötige Fragen zu stellen. Und Saim, dem die Macht allein schon Ziel genug war, wusste, wie brüchig sein neues Fundament werden konnte, wenn er die Unsicheren nicht mitriss und ihnen eine Aufgabe gab.

»Wir müssen uns um diesen Sonnenherrn kümmern, er scheint den An'Sa sehr am Herzen zu liegen«, murmelte Saim. »Dieser hier lebt?«

»Er atmet, und wir ernähren ihn mit einer Nährlösung, die unserer Ansicht nach seiner Biochemie dienlich ist«, erwiderte Chuen mit der klugen Vorsicht eines Wissenschaftlers, der wusste, dass letztlich alles eine Definitionsfrage war. Damit kam er bei Saim allerdings nicht weit.

»Das ist nicht ganz, was ich meine. Wird er wieder zu Bewusstsein kommen?«

»Wir wissen zu wenig, um das schlüssig beantworten zu können. Es kann sein, dass er in den kommenden Minuten erneut erwacht. Es kann sein, dass er für immer schläft. Physiologisch ist sein Körper den Umständen entsprechend in Ordnung, wir haben ihn gründlich gescannt und einen guten Eindruck von den Grundlagen seiner Funktionsweise. Leider fehlen uns alle Einblicke in die psychischen Aspekte. Es ist jedenfalls interessant, dass er offensichtlich über ein Organ verfügt – wir nennen es der Einfachheit halber den Konnektor –, mit dem er eine, nun ja, drahtlose Verbindung zu elektronischen Anlagen herstellen kann, um mit diesen über gewisse Protokolle zu kommunizieren und sie zu beeinflussen. Wir wissen noch nicht genau, wie es funktioniert, aber es scheint kein Implantat zu sein, sondern ist rein organisch. Entweder hat bei den An'Sa etwas evolutionär sehr Interessantes stattgefunden, oder sie haben sich dieses Organ selbst herangezüchtet. Es ist nicht einoperiert, es ist natürlich gewachsen, seit Geburt Bestandteil des Körpers. Die An'Sa sind sehr eng mit ihren Maschinen verbunden, das kann ich mit Gewissheit sagen.«

»Nur mit ihren?«

Chuen zog eine Grimasse. »Ich denke, die Antwort liegt auf der Hand. Ihre natürliche Fähigkeit, so will ich sie mal nennen, macht sie durchaus fähig zur Adaption, und daher ... Diese Station ist jedenfalls abgeschirmt, so gut wir es können. Und die Wachen bleiben hier, wie befohlen. Ist besser so.«

»Gut.« Saim sah wieder auf den reglos daliegenden Körper. »Ich denke, wir werden das nutzen können. Er mag schlafen, aber er ist hier. Das sollte jemanden interessieren.«

»Jemanden?«

»Die An'Sa.«

Chuen war seine Sorge anzusehen, obgleich er sich ganz gut im Griff hatte.

»Ratsvorsitzender ... diese Zivilisation ist wirklich sehr mächtig. Ich meine ...« Er räusperte sich, und Saim fand das amüsant. Chuen wollte ihm etwas mitteilen – er wusste auch schon ganz genau, was – und gleichzeitig nicht andeuten, dass Saim sich vor etwas fürchten solle. Der Wissenschaftler unterschätzte den Ratsvorsitzenden – oder überschätzte ihn, je nach Sichtweise. Saim hatte eine Menge Angst, vor so vielen Dingen. Ein Grund mehr, warum er tun musste, was zu tun war. Warum er so versessen auf Einfluss und Kontrollc war.

»Sehr mächtig«, echote er. »Genauso ist es.« Und mit diesen Worten, ohne weitere Erklärung, wandte er sich ab.

Saim zögerte nicht. Wenige Augenblicke später stand er in einem Raum, in dem ihn Eirmengerd bereits erwartete. Der normalerweise unverwüstliche Iskote wirkte erschöpft, und das war auch nachvollziehbar. Er koordinierte die Spähaktionen außerhalb der Sphäre und versuchte, die Grenzen der neuen Allianz zu wahren, Integrität und Ordnung zu signalisieren. Das dehnte seine Kräfte, und damit waren nicht nur seine Raumschiffe, sondern auch seine persönliche Leistungsfähigkeit gemeint. Der General hielt sich tapfer aufrecht, wie man es von ihm erwarten konnte, und Saim empfand großen Respekt für diesen Einsatz. Er würde Eirmengerd gerne belohnen, aber für eine andere Position als höchster Wadenbeißer war er leider nicht geeignet. Nichts war fataler, als Leute mit Ämtern zu betrauen, in denen sie nicht mehr in der Lage waren, ihr Potenzial völlig zu entfalten. Der Iskote schien jedenfalls zufrieden zu sein.

»Ratsvorsitzender. Wie geht es dem Gefangenen?«

»Er ist Patient. Kein Gefangener.«

Der Iskote lachte sanft. Er konnte sich das erlauben. »Wenn er aufwacht, darf er gehen?«

»Er wacht so bald nicht auf. Aber Sie sind der Wahrheit näher, als Sie glauben. Kommen Sie, seien Sie dabei, General. Wir werden jetzt einen Schritt gehen müssen, der ein gewisses Risiko beinhaltet.«

Der Iskote zögerte. »Wenn der Ratsvorsitzende mich vielleicht vorher informieren könnte …«

Saim nickte. Ein berechtigtes Anliegen. Der Iskote hatte es sich verdient, nicht wie ein beliebiger Subalterner behandelt zu werden. An diese Dinge musste sich Saim hin und wieder erinnern.

»Ich werde die An'Sa einladen, ihren Artgenossen abzuholen.«

Eirmengerd starrte Saim an. Für einen Moment sagte er nichts, dann, sehr langsam und gedehnt: »Ein *gewisses* Risiko?«

»Spüre ich da Furcht in Ihrer Frage?«

»Gesunden Respekt und gebotene Vorsicht, Herr Ratsvorsitzender.«

»Ausgezeichnet. Das sollte uns allen ein Vorbild sein.«

»Ist das wohlüberlegt?«

»Es ist das Beste, was uns passieren kann.«

Der Worte waren genug gewechselt, und auch der Iskote wusste, dass er vorläufig keine weiteren Erläuterungen erwarten durfte. Er beeilte sich, Saim hinter seinen multifunktionalen Schreibtisch zu folgen, und beobachtete ihn schweigend dabei, wie dieser mit seinen Kommandoprivilegien alle notwendigen Schaltungen selbst durchführte.

»Sind Sie sicher, dass das eine gute Idee ist?«, rang sich der Iskote schließlich ein weiteres Mal durch. Saim sah ihn von der Seite her an.

»Es ist besser, zu agieren, als nur zu reagieren«, gab er einfach zurück, in einem Tonfall, der weitere Fragen verbot. Eirmengerd verstand die Botschaft und schwieg.

»Ich sende eine Minute aus den Kameraaufzeichnungen der Station, in der der An'Sa liegt«, erklärte Saim, als auch schon das angekündigte Bild auftauchte. »Und dann bitte ich unsere Freunde, ihren Artgenossen abzuholen oder uns mitzuteilen, welche Behandlungsmöglichkeiten es für ihn gibt.«

»Keinc Bitte um Verhandlungen?«

»Nicht immer mit der Tür ins Haus fallen, General«, erwiderte Saim. »Dies ist keine militärische Operation, dies ist Diplomatie. Dass sich das An'Sa-Schiff beim Kern aufhält, ist ein glücklicher Zufall. Wir wollen diese Gelegenheit nicht ungenutzt verstreichen lassen.«

Der Iskote nahm dies ohne einen weiteren Kommentar zur Kenntnis.

Saim sendete seine stumme Botschaft, darin nur einige karge Sätze. Es gab keine Erfahrungen mit der Kommunikation mit dieser Zivilisation, keine Kenntnis darüber, ob blumige Worte angemessen waren, ein eher herrisches Auftreten goutiert wurde oder man sich überhaupt mit Würmern wie ihm an einen Tisch setzte.

Doch die Nachricht kam an. Denn die Antwort erschien postwendend.

Saim war der Anblick eines An'Sa vertraut. Das mit dem Schnabel bewehrte Gesicht wandte sich an ihn, die blicklosen Facettenaugen vermittelten ein Gefühl der Kälte, und eines wurde klar: Weder blumige Worte noch herrisches Auftreten waren gefragt. Das Wesen kommunizierte knapp und direkt.

»Sie haben einen unserer Helden. Er lebt?«

Saim hielt an sich. Keine Reden schwingen. Nicht die Bedeutung des historischen Moments beschwören, auch wenn dies dem Sinn des Ratsvorsitzenden nach einer angemessenen Zeremonie widersprach.

»Wir übermitteln alle notwendigen medizinischen Daten.« Und so tat er es, harrte gespannt der Antwort.

»Er lebt«, war die Aussage, und Saim konnte nicht einmal ermessen, ob darin Erleichterung mitklang oder nur eine dürre Feststellung. »Wir wünschen eine Bergung.«

»Natürlich. Wir begrüßen die An'Sa. Wir würden gerne mit Ihnen über das sprechen, was vorgefallen ist.«

»Was vorgefallen ist.« Drei Worte, eine Wiederholung, keine Frage, soweit Saim es verstand. Als wolle der An'Sa seiner Verwunderung Ausdruck geben. Oder amüsierte er sich über Saims Unwissenheit?

»Es ist vieles vorgefallen«, gab Saim ruhig zurück. »Damals wie heute. Wir könnten helfen.«

»Unterstützung?«

Saim versuchte es. Es war eine Fähigkeit eines guten Politikers, mit Überzeugung und Selbstsicherheit über Dinge zu reden, von denen er nichts wusste. Dies war eine gute Gelegenheit, diese Fähigkeit unter Beweis zu stellen. »Wir helfen bei der Sache mit dem Sonnenherrn«, sagte er.

Der An'Sa regte sich. Öffnete sich sein Schnabel für eine Antwort, mit der er dann zögerte? Saim hatte ein Stichwort genannt, und er hatte einen der Vorfahren seines Gesprächspartners in Gewahrsam, jetzt musste er doch die ungeteilte Aufmerksamkeit des Beschnabelten genießen.

»Kommunikation«, sagte der An'Sa. War das ein Ja oder ein Nein?

»Wir wünschen Kommunikation. Wir sind gutwillig«, bekräftigte Saim. Ein schönes Wort. Gutwillig. Es verursachte positive Gefühle, ohne dass man offenlegen musste, was man eigentlich unter »gut« verstand.

»Kommunikation ist hilfreich, Unterstützung angemessen, Kooperationsbereiche sind identifiziert, Optionen in Handlungslogik eingefügt«, sagte der An'Sa nun. Eine Bekräftigung? Eine Zusage? Saim wollte dem Schnabelwesen den intensiveren Gebrauch von Verben nahelegen, aber er beherrschte sich. Geduld war hier eine Tugend. Und

Grammatik nur eine von vielen Komponenten dieses Austauschs. Das Unausgesprochene, so seine Erfahrung, war oft von gleicher Bedeutung wie das Ausgesprochene.

»Wir sind einverstanden«, sagte der Fremde. »Wir haben es eilig. Kommen Sie zum Kern. Wir sprechen mit allen. Kooperation ist überall notwendig.«

Der An'Sa verschwand.

Er hinterließ Saim mit der Aussicht darauf, ein sehr wichtiges Gespräch führen, möglicherweise einen Verbündeten gewinnen zu können. Und er hinterließ ein Problem. Denn der Kern war kein Ort, an dem der Ratsvorsitzende Saim sonderlich beliebt war, von willkommen einmal ganz zu schweigen.

Saim dachte einen Moment nach. Dann wandte er sich an Eirmengerd.

»Henk«, sagte er im Stil der An'Sa. Das wirkte ansteckend. Doch der Iskote verstand.

»Henk«, bestätigte er und ging.

9

Apostol beherrschte sich. Es kostete sie einiges an Energie, aber sie war ein Profi, und sie war nicht alleine. Sie schaute Gracen an, der, wie er da vor ihr stand, genauso aussah, wie sie ihn in Erinnerung hatte: gelassen, mit der feinen Andeutung eines Lächelns, das er sich gar nicht hätte erlauben dürfen.

»Ich sollte Sie verhaften«, sagte sie heiser.

»Das könnten Sie versuchen. Selbst wenn Sie Erfolg damit hätten, würde es Ihnen wenig nützen. Dies ist eine Projektion. Ich befinde mich weiterhin auf der Blase.«

Das kugelförmige Raumschiff, soweit es sich überhaupt um ein solches handelte, schwebte direkt neben der *Scythe*, quasi auf Tuchfühlung. Gracen, vielmehr seine Projektion, war auf der Brücke des Polizeikreuzers materialisiert, sobald die Blase die Hülle des Schiffes berührt hatte. Ein Grund mehr, warum es Apostol so leichtfiel, ihren rechtschaffenen Impuls zu unterdrücken, Gracen seine Rechte vorzulesen.

Sie war durchaus bereit, sich manchmal lächerlich zu machen, wenn es einem guten Zweck diente, hier aber würde es zu nichts führen.

»Was ist diese Blase? Wo kommt sie her?«

»Ich habe sie selbst konstruiert, mithilfe der An'Sa-Technologie auf dem Sonnenherrn. Genauso wie manche Sicherheitsvorkehrungen am Sonnenherrn selbst, über die wir reden müssen. Zumindest teilweise. Ich bin ebenfalls nicht unschuldig an dem Schicksal der Sphäre, und ich bedaure vieles, was passiert ist. Ich gebe zu, dabei ist mir das eine oder andere missglückt. Mir und meinen … Brüdern.«

»Sie waren das?«

»Das sagte ich gerade. Meine Offenheit ist ungewohnt und erstaunlich. Ich nehme Ihnen Ihren Unglauben nicht übel.«

Gracen schien geduldig, hatte aber den Habitus seiner Herablassung nicht verloren. Dabei war er in gewisser Hinsicht ein Leidensgenosse von ihr, ein Opfer unmenschlicher Experimente, die aus ihnen beiden etwas anderes gemacht hatten, als sie vorher gewesen waren. Apostol reklamierte für sich, das Beste aus ihrem Leben herausgeholt zu haben, und Gracen wahrscheinlich auch. Wie sehr doch manchmal Selbst- und Fremdwahrnehmung auseinanderfallen konnten.

»Eine eher unglaubwürdige Geschichte.«

»Warum warten Sie mit Ihrem Urteil nicht, bis Sie alles gehört haben?«

Apostol machte eine einladende Handbewegung. »Wir können Sie nicht verhaften. Wir können Ihnen nur zuhören. Also, was ist Ihre Version?«

Gracen lächelte. »Ehe ich Sie mit allen Details vertraut mache, möchte ich eines vorwegschicken: Ich will genauso zurück ins Konkordat wie Sie. Ich habe es mir nicht ausgesucht, hier zu sein, und ich teile Ihre Ziele, diese Expedition zu einem guten Ende zu bringen. Tatsächlich versuche ich das seit Tausenden von Jahren.«

Apostol hielt mühsam an sich. Gracen beanspruchte wirklich eine Menge ihrer Geduld. »Tausende?«, echote sie.

»Sie haben mittlerweile doch sicher auch die Ahnung, dass wir es hier nicht zuletzt mit einem Zeitphänomen zu tun haben. Wurde die *Scythe* im Inneren der Hüterstation bereits entdeckt?«

Apostol nickte langsam. »Davon wissen Sie ...«

»Aber ja. Und Elissi, die junge Frau – sie hat freien Zugang zum Kern, und sie hat auch noch weitere Hinweise darauf gefunden, dass dem Kern die Astronomische Autorität bekannt ist?«

Verdammt! Ja, er hat natürlich recht.

»Das stimmt. Und Sie sind dafür verantwortlich?«

»Zum Teil.«

»Sie sind mit der Sphäre hierhergekommen?«

»Mit der siebten.«

Apostol runzelte die Stirn. »Der siebten? Und dies ist ...«

»... die achte.«

»Also acht Zeitreisen?«

»Acht Versionen trifft es eher. Es ist wirklich nicht leicht zu verstehen, das gebe ich zu. Sowohl die Sphäre wie auch meine Blase haben gewisse Eigenschaften, die dazu führen, dass sie sich mit Artefakten verschiedener Universen schmücken. Oh. Damit habe ich Sie jetzt überfordert, oder?«

Die Kommandantin der *Scythe* ließ das einen Moment sacken. Sie wollte gegen diese Geschichte aufbegehren, mit aller Macht sogar, aber es war zu viel passiert, und sie hatte zu viel erfahren, um noch allen Ernstes diesen Gracen als Lügner bezichtigen zu können.

»Erklären Sie mir das.«

»Ich werde es versuchen.« Gracen machte eine Kunstpause, er genoss die Aufmerksamkeit, die ihm entgegengebracht wurde. »Als die Sphäre das erste mir bekannte Mal ins Konkordat kam, lief alles in etwa so ab, wie es Ihnen bekannt ist. Es gibt immer kleine Abweichungen, und ich werde Ihnen noch erklären, warum das so ist. Die generelle Geschichte aber ist stets die gleiche: Die Sphäre trifft ein, ein oder zwei Schiffe des Konkordats, aber immer die *Scythe*, werden aufgenommen, und die Reise wird hierher fortgesetzt. Dies ist übrigens der Endpunkt. Die An'Sa greifen an, die Sphäre platzt auf, und dann wird es spannend.« Gracen kratzte sich am Kopf, für eine Projektion eine völlig sinnlose Geste. »Erkenntnisse werden gesammelt. Im Regelfall bin nicht ich derjenige, der sie Ihnen mitteilt. Dies ist tatsächlich das erste Mal, dass wir auf diese Weise Kontakt aufnehmen. Die letzten sieben Male waren wir immer Gegner, was angesichts unserer gemeinsamen Vergangenheit ja auch nicht weiter verwunderlich sein dürfte. Dies ist also, auf so vielen Ebenen, ein historischer Moment. Und hier kann ich auch nicht auf Erfahrungswerte aus der Vergangenheit zurückgreifen.«

»Vergangenheit? Ist das das richtige Wort?«, fragte Severus Inq.

»Gute Frage. Aber lassen Sie mich versuchen, der Reihe nach vorzugehen. Meine erste Version entdeckte das erste Mal in diesem System die Technik des Sonnenherrn und hat sie damals erforscht. Mein Ziel ist jedes Mal, einen Weg zurück ins Konkordat zu finden. Ich begann also, mithilfe von Elissi Portinari, diese Technologie zu begreifen ...«

»Elissi? Die im Kern der Steuerwelt dieser Sphäre?«

Gracen nickte. »Das ist ein … Unfall. Das hätte so nie geschehen sollen. Ich bin normalerweise niemand, der sich für schuldig hält oder Verantwortung für Missetaten ernst nimmt, das wissen Sie. Aber in diesem Fall hat es mir selbst geschadet, und es war letztlich unnötig. Mein Fehler, und er verfolgt mich seitdem. Ich würde sie gerne erlösen.«

Apostol nickte. Das klang außergewöhnlich ernst, und sie war beinahe versucht, Gracen zu glauben.

»Wo war ich? Der erste Gracen, mein Bruder, begriff die Technologie und sah in ihr eine Chance zur Rückkehr ins Konkordat. Er verstand, dass ich für die Beherrschung des Sonnenherrn, eines Konstrukts der An'Sa, besondere Fähigkeiten benötige. Die An'Sa-Technologie basiert auf der vollständigen Verschmelzung von Geist und Maschine. Es ist nichts, was sich mit der Zeit entwickelt hat: Ich vermute, bereits die Steinzeit-An'Sa haben auf ihre Weise eine symbiotische Beziehung zu den Werkzeugen ihres täglichen Lebens entwickelt. Bemerkenswert und faszinierend, gleichzeitig hat diese Entwicklung aus diesem Volk auch eine … etwas spezielle Spezies gemacht, wenn ich das so sagen darf.«

»Und die An'Sa haben dieses Sonnendings errichtet?«, hakte Apostol nach.

»Das ist korrekt.«

»Wozu?«

Gracen zuckte mit den Schultern. »Die An'Sa sind meiner Ansicht nach genauso genial wie verrückt. Irgendwas von die Galaxis retten, glaube ich. Ich habe leider nur wenig Gelegenheit gehabt, egal in welcher Version, mit ihnen zu sprechen, denn ich war sehr damit beschäftigt, ihnen den

Sonnenherrn zu klauen, metaphorisch gesprochen. Ihn unter Kontrolle zu bekommen und auszuplündern, zu modifizieren und zu manipulieren, um eine Rückreise zu ermöglichen. Das war, ich gebe es zu, keine sehr konstruktive Grundlage für einen intensiven Austausch. Wie dem auch sei: Ich bin siebenmal gescheitert. Siebenmal Rückzugsgefechte. Der erste Gracen begann mit der Implementierung meiner Überlebensstrategie: Er sorgte zum einen dafür, dass der Sonnenherr in ein alternatives Universum sprang, sodass wir von vorne beginnen konnten. Er sorgte dafür, dass er diesen Sprung mitmachen konnte, ohne in die Identität des dort existierenden Gracen aufzugehen. Daher die Blase. Er sorgte dafür, dass die Sphäre manipuliert wurde, und das Opfer wurde Elissi. Die Kernwelt ist ebenfalls von einer Blase umgeben, die ähnliche Eigenschaften wie meine Heimstatt hat. Die Kernelissi, wie Sie sie nennen, hat schon einige Reisen hinter sich. Und die allererste *Scythe*, gefangen im gleichen Realitätsfeld, machte die Reise mehrmals mit …«

»Und wurde zum Kern der Forschungsstation«, murmelte Inq leise.

»… und wir sind jedes Mal gescheitert. Sieben Gracens, sieben Versuche. Ich bin nun bereit, diese Kette zu durchbrechen, denn wir alle sind dieser Sache müde geworden. Der achte Versuch muss anders verlaufen. Erfolgreicher.«

Apostol fühlte sich unwohl. Diese Geschichte hatte böse Lücken, sehr große sogar, und die allergrößte war Joaqim Gracens Motivation für das, was er angeblich getan hatte. So war und dachte er nicht, vollkommen gleichgültig, was er durchgemacht und wie sehr er sich möglicherweise geändert hatte. Es stank. Es stank gewaltig. Aber die Tatsache allein, dass Gracen ihr eine solche Lüge auftischte, wies auf etwas ganz anderes hin: Er war mit dem, was er wirklich vorgehabt hatte, bisher gescheitert. Und er brauchte etwas. Nein, korrigierte Apostol sich in einem Moment plötzlicher Erkenntnis. Jemanden. Er brauchte jemanden.

»Elissi«, sagte sie leise. »Wir haben sie immer noch. Sie brauchen sie immer noch.«

Gracen sah sie an, aufmerksam, beifällig, fast schon respektvoll.

»Ja, Elissi. Ein ebenfalls bemerkenswertes Geschöpf. Sie ist sich ihres Potenzials nicht einmal ansatzweise bewusst. Sie ist von höchster Bedeutung. Sie kann auf besondere Weise den Sonnenherrn beherrschen, sich ihm verständlich machen, etwas für und mit ihm tun. Lange genug, um uns zu helfen. Nicht nur ich brauche sie. Wir alle. Wenn wir alle zurückkehren wollen. Das wollen wir doch, oder?«

»Sie sind sich über dieses Potenzial sicher?«

»Ich bin mir der Potenziale anderer stets in vollem Umfang bewusst, Captain Apostol. Wir beide wissen, wie wahr das ist.«

Apostol wollte ihm so gerne widersprechen, aber jedes Leugnen wäre eine Lüge gewesen. In diesem Punkt hatte Gracen recht, und wenn sie bis jetzt Zweifel an seiner Identität gehabt hätte, diese Art selbstverständlicher Selbstgefälligkeit überzeugte sie davon, es in der Tat mit ihrer Nemesis zu tun zu haben.

»Erzählen Sie weiter, Gracen. Jetzt sind Sie mit Ihrer Geschichte ja schon recht weit gekommen«, brachte sie mit einer Selbstbeherrschung hervor, die ihr beinahe schon übermenschlich erschien.

»Gerne. Wo war ich?«

»Der Sonnenherr.«

»Korrekt. Ich wollte in die Heimat zurück. Es hat nicht geklappt. Ich habe mit den An'Sa gekämpft. Sie sind starke Gegner. Ich durfte nicht zulassen, dass sie meine teilweise erfolgreichen Manipulationen am Sonnenherrn zurückdrehten, aber ich habe auch nie den vollen Erfolg erzielt. Also versiegelte ich den Zugang. Ein Fehler. Der Sonnenherr, faktisch eingesperrt, begann, eigene Schutzmaßnahmen zu implementieren. Ein endloser Kreislauf, den wir nun durchbrechen müssen.«

»Wozu brauchten Sie die Sphäre?«

»Es gelang mir nie, den Sonnenherrn vollständig zu beherrschen. Seine Komplexität überforderte sogar mich. Ich machte siebenmal Fortschritte, kam siebenmal zu einem Stillstand. Ich lernte jedes Mal dazu, aber leider ...«

»... starb Elissi jedes Mal?«

»So in etwa. Ja. Na ja. Die erste Elissi war ... ausgebrannt. Ich benutzte sie ... ich scheue vor diesem Wort nicht zurück! Sie wurde zur Kernelissi. Die anderen danach, die die Sphäre in jedem neuen Universum angeschleppt hat ... denen ging es nicht besser.« Da war Bedauern in seiner Stimme, aber nicht aus einem Gefühl der Reue heraus, sondern eher auf dem Niveau einer Reaktion auf einen Schraubenzieher, der unwiederbringlich in einen Gully gefallen war. Apostol wusste, dass Gracen sich niemals ändern konnte, egal wie sehr er sich anstrengte.

»Sie brauchten ...«

»Ich kann Ihnen die Funktionsweise des Sonnenherrn nicht in dieser Kürze erklären, aber wie Inq schon richtig bemerkt hat: Es geht im Kern hier nicht um Zeitreisen. Es geht um parallele Realitäten. Ich musste eine neue erschaffen, mit meinen bescheidenen Einflussmöglichkeiten, in der ein weiteres Mal eine Elissi zu mir kam. Es erfordert leider, dass die Sphäre ihre Reise wiederholen muss, und hier kommt der temporale Aspekt ins Spiel. Ich muss die Sphäre losschicken, durch die Zeit, was angesichts dessen, wozu der Sonnenherr in der Lage ist, das kleinste Problem ist. Sie muss Elissi aufsammeln – und notwendigerweise eine weitere Version von mir. Nicht, dass ich darauf scharf wäre.« Er verzog das Gesicht. »Ich musste feststellen, dass ich mich nicht besonders leiden kann.«

»Um es wieder zu versuchen?«

»Wieder und wieder. Regelmäßig an diesem Punkt begann ein weiterer Aspekt meines Scheiterns: Die An'Sa griffen beim ersten Versuch den Kern an und beschädigten Elissi, die ohnehin nicht tun möchte, was ich von ihr erwarte. Sie springt durch die Zeit, unkoordiniert, viel zu weit, viel zu weit weg vor allem. Das wiederholt sich bei jeder erneuten Ankunft: Die Sphäre beugt sich nicht meinem Willen, die An'Sa bekämpfen mich, Kernelissi flieht, und ein neuer Zyklus beginnt. Ich muss also immer sehr lange warten, bis ich eine neue Elissi bekomme, anders ist es nicht zu sagen.«

»Und so schicken Sie die Sphäre in die Vergangenheit zurück? Im Ernst?« Aus jedem Wort Apostols troff der Unglaube.

»Ja, so ähnlich. Die Sphäre wird in Raum und Zeit versetzt und nimmt ihre Reise wieder auf, viele Tausend Jahre, viel länger, als von mir gewünscht, und kehrt siebenmal zum exakt gleichen Zeitpunkt, unserer wiederholten Gegenwart, hierher zurück. Alles sehr anstrengend. Siebenmal scheiterte ich, trotz aller Varianten in der Vorgehensweise. Und aus irgendeinem Grund wissen die An'Sa genau, was wann passieren wird. Sie können in die Paralleluniversen blicken. Im Grunde nicht erstaunlich. Sie bauten den Sonnenherrn. Sie sind eine wirklich ...«

»... bemerkenswerte Spezies, ja, ich habe es verstanden«, unterbrach Apostol unwirsch. Das war ihr alles zu abstrakt, zu fantastisch, und sie hörte sich das nur an, weil Gracen eben kein Fantast war, kein Spinner. Ein von jeder Moral befreiter Verbrecher, ein narzisstischer Egomane, ja, aber kein Spinner, das niemals.

»Und das ist die ganze, traurige Wahrheit«, kam Gracen zum Höhepunkt seiner Geschichte. »Der Grund, warum es sieben Blasen gibt, mit sieben Versionen meiner selbst, eine für jeden gescheiterten Versuch der Manipulation von Raum und Zeit.«

Apostol runzelte die Stirn. Sie sah Inq an, der ihr zunickte. Immerhin einer, der zu verstehen schien, was hier geschah. »Ihre seltsame Geschichte basiert darauf, dass Sie eines Tages Erfolg haben und der Zyklus endet.«

»Ich benutze den Sonnenherrn, soweit ich das kann. Mir fehlt der letzte, der entscheidende Zugriff.«

»Warum erhalten Sie Ihre multiple Existenz? Weil Sie nicht genug von sich bekommen können?«

Gracen lachte. »Sehr schöne Antwort! Nein, ich ertrage mich selbst tatsächlich nur ein einziges Mal, das kann ich Ihnen versichern.«

Trotz seines Lachens lag in diesen Worten ein plötzlicher Ernst, und zumindest an diesem Punkt war Apostol bereit, ihm zu glauben.

»Nein, Captain, es ist leider ganz anders. Das Universum mag Zeitreisen nicht, es hält eine Menge von Kausalität und so gar nichts von der Idee eines Paradoxons. Sich selbst zu begegnen, Ereignisse durch Zeitschleifen auszulösen, da reagiert es allergisch. Und es gibt eine ganz einfache Lösung, um das zu verhindern, und das entspricht dem Arbeitsprinzip des Sonnenherrn: Vor jeder erneuten Zeitreise wird ein Paralleluniversum erreicht, durch das die Sphäre ein jedes Mal erneut reist und in dem in etwa die gleichen Dinge passieren, aber eben nur in etwa, es gibt stets kleine Abweichungen. Mit diesen kann ich arbeiten, um meine Versuche der Übernahme des Sonnenherrn zu verbessern, ich muss mich aber daran erinnern können. Ich bin kein An'Sa. Ich benötige mich selbst, alle früheren Versionen. Also steckte ich mich selbst ein jedes Mal in eine neue Blase und konferierte mit mir selbst, schmiedete Pläne. Und beobachtete die Abweichungen genau. Ich bin beispielsweise im Körper einer Frau auf der Sphäre mitgereist, das erste Mal. Sie kennen sie vielleicht, ihr Name ist Tizia McMillan.«

Apostol nickte langsam. Das erklärte so vieles. »Ihr Schicksal ist …«

»… sicher sehr interessant. Vielleicht bin ich auch in dieser Schleife Tizia. Der achte Gracen. Kennen Sie ihn? Haben Sie ihn identifiziert? Ist Tizia zugegen?«

Apostol beantwortete die Frage nicht.

Der Android an ihrer Seite ergriff das Wort. »Sie haben der Realität ein Schnippchen geschlagen und sich in eine üble Krise verrannt, Gracen.«

Inqs Bemerkung verursachte bei Gracen heftiges Kopfnicken. »Ganz genau, mein blecherner Freund. Ich möchte mich erinnern, und ich möchte mich bewahren, ich möchte lernen und es bei jedem Versuch besser machen, und so erschuf ich mithilfe des Sonnenherrn die Blasen, die, ich sag es mal in einer Metapher, genug von der Realitätskonstante erhalten, um uns Gracens alle im gleichen Universum zu verankern – solange wir uns innerhalb der Blasen befinden. Wenn wir sie verlassen …« Gracen machte eine Handbewegung, die einen sanften Wind symbolisierte. »… lösen wir uns auf oder existieren nur in den Paralleluniversen, zu denen wir von Rechts wegen eigentlich gehören. Keine Ahnung. Ich will es gar nicht herausfinden. Ich mag meine eigene Gesellschaft nicht besonders, aber ich schätze das potenzierte Wissen und die Multitaskingfähigkeiten, die sich aus mehrfacher Existenz ergeben. Wir haben gemeinsam viel durchgemacht. Wir sind wie eine Familie.«

Er sah Apostol an. »Oder? Das verstehen Sie doch, Captain? Gemeinsames Leid verbindet, das wissen wir.«

»Sie haben die Familie, auf die Sie gerade anspielen, nie ernst genommen«, sagte Apostol leise. »Sie haben immer nur Ihr eigenes Ding durchgezogen.«

»Ich habe mich geändert. Ich hatte siebenmal Zeit, darüber nachzudenken … wenngleich ich dieser Gedanken irgendwann überdrüssig wurde und dann den Schlaf vorgezogen habe.«

»Ich glaube Ihnen kein Wort.«

»Sie sollten mir etwas Vertrauen schenken.«

»Wozu?«

»Weil Sie mich brauchen, wenn Sie nach Hause wollen. Sie können den An'Sa nicht trauen. Die spielen ihr eigenes Spiel, und ich bin mir nicht sicher, was das für eines ist.«

Apostol verzog das Gesicht. »Sie brauchen? Sollte auch nur die Hälfte dieser abenteuerlichen Geschichte stimmen, dann waren Sie bisher nicht besonders erfolgreich darin, Ihr Ziel zu erreichen.«

Gracen nickte langsam. »Das stimmt. Aber diesmal muss es anders laufen. Und ich hatte viel Gelegenheit, nicht nur Fehler zu machen, sondern auch aus ihnen zu lernen. Ich kooperiere jetzt. Ich bin bereit zu Kompromissen. Und ich möchte die An'Sa kein achtes Mal bekämpfen. Wir müssen diesen Zyklus durchbrechen.«

»Ich habe noch viele Fragen«, sagte nun jemand, der bisher nur schweigend zugehört hatte. Snead trat nach vorne, sein Gesicht ernst, es zeigte nicht, ob er Apostols Zweifel an Gracens Geschichte teilte oder nicht, wenngleich davon auszugehen war, dass auch ihn gesundes Misstrauen umtrieb.

»Ich werde sie beantworten, so gut ich kann«, sagte Gracen.

»Noch einmal, weil es wichtig ist: Warum bauen die An'Sa so etwas wie diesen Sonnenherrn?«

»Ich weiß es nicht. Ehrlich. Wir haben ... nicht viel geredet.«

»Warum haben sie Ihnen nicht geholfen? Haben Sie darum gebeten?«

»Mehrmals, natürlich.«

Apostol beherrschte sich. *Natürlich.* Das Wort hätte er sich sparen sollen. Dadurch wurde es zu einer Lüge, die ihr förmlich ins Gesicht sprang. Das war wahrscheinlich die Ursache allen Übels. Ein Gracen fragte nicht, er bat nicht, er nahm sich, was er brauchte. Egal ob er nach Hause zurückkehren wollte oder andere Ziele hatte, wie sie im Stillen annahm, ja, annehmen musste. Gracen war Gracen. Sie wusste es, niemand kannte ihn besser als sie.

»Wo sind Sie – ich meine, in diesem ›Paralleluniversum‹, dieser neuen, aktuellen, erneut abgezweigten Zeitlinie? Wo ist der Gracen, den wir mitgebracht haben? Ist er Tizia McMillan?«

Die Projektion zögerte mit der Antwort. »Ich weiß es nicht. Sie ist es mit hoher Wahrscheinlichkeit. Ich fand es reizvoll, mir den Leib einer scharfen jungen Biene zu schnitzen. Ich glaube, das sagt einiges über mich aus, oder?«

»Das will ich nicht wissen«, murmelte Snead.

»Wo ist sie?«, fragte Gracen.

»Nicht an Bord«, erwiderte Apostol kalt. Die Reaktion des Mannes aber wunderte sie ein wenig. Denn die Antwort irritierte ihn ganz offensichtlich.

»Das war bisher nie so«, murmelte er. »Sie war immer an Bord. Interessante Abweichung, unerwartet. Sie war nicht immer ich, aber sie war immer an Bord. Faszinierend.«

»Beunruhigend«, kommentierte Snead trocken.

»Eine Abweichung, ja, und möglicherweise nur eine kleine. Vielleicht aber auch eine große. Wenn dem so sein sollte, zeigt es, dass das Universum langsam die Geduld mit uns verliert und die Sache zu einem Ende bringen will. Und es eröffnet die Chance, ihm dabei zu helfen. Es macht mich zuversichtlich.«

»Ihre kosmologische Philosophiererei in Ehren«, sagte Apostol scharf, »aber in diesem Fall sind wir uns mit dem Universum mal einig.«

»Wie schön. Wir werden also kooperieren? Sie wollen nach Hause? Ich helfe Ihnen, in den Sonnenherrn zu kommen, Sie bringen Elissi mit, wir überwinden die Abwehrmechanismen des Sonnenherrn und lösen das Problem gemeinsam. Ich kehre heim. Sie kehren heim. Die An'Sa sind uns los. Die Sammelleidenschaft der Sphäre hat ein Ende, weil ich sie kein weiteres Mal auf die Reise schicke und Kernelissi mich nicht mehr bekämpfen muss. Alles ist gut. Ich bin dafür. Sie auch?«

Apostol konnte und wollte diese Frage nicht beantworten. Sie hatte das Gefühl, ins offene Messer zu laufen, wenn sie nur darüber nachdachte.

»Ich werde die Entscheidung später treffen. Es fehlt mir an Informationen. Dass Sie nicht besonders vertrauenswürdig sind, dürfte Ihnen wohl klar sein, trotz aller Selbstverblendung.«

Gracen blickte sie traurig an. »Sie sehen mich ganz falsch, Captain. Ich habe gelernt. Ich habe mich Ihnen geöffnet. Ich bin zur Hilfe bereit. Ich bin der siebte Gracen, und ich habe vieles miterlebt, so vieles, dass ich nun weiß, dass ich Hilfe brauche – und dafür mit offenen Karten zu spielen habe. Sie wissen besser als ich, welche Selbstüberwindung mich das kostet.«

»Ich glaube ihm kein Wort«, sagte Snead, ruhig, gelassen, fast kalt, aber mit größter Überzeugung. »Sie müssen uns Beweise liefern. Worte sind wohlfeil. Was sind die Fakten?«

»Beweise?«, echote Gracen und sah Apostol an. Diese nickte langsam. Ja, Snead hatte recht. Beweise wären eine tolle Sache. Sie würde Gracen immer noch nicht glauben, aber es änderte nichts an der Tatsache, dass sie unbedingt wissen musste, was hier eigentlich vorging. Und so absurd die eben vorgetragene Story auch klang – Apostols Instinkt als Ermittlerin roch Wahrheit darin. Gracen log vielleicht, aber nicht in allem. Und das zeigte, dass ihre Probleme wirklich ganz erheblicher Natur waren, auch ohne die Anwesenheit von angeblich sieben oder acht Versionen eines genialen Psychopathen.

Von denen, egal was passierte, maximal einer in das Konkordat zurückkehren durfte. Acht Gracens würden ein unfassbares Unheil anrichten, und ihre Existenz … nein.

Nur einer. Wenn überhaupt!

Und der, gefesselt und sediert, in der Haftzelle der *Scythe*.

Egal was passierte, egal was sie tun musste, an diesem Ziel würde sie festhalten, bis zuletzt.

10

An Bord von Quaras königlicher Barke war die Hölle los, als das Schiff der An'Sa eintraf und ganz offenbar nicht zu einem Höflichkeitsbesuch antrat. Jordan und Elissi tauchten auf der Brücke von Quaras Schiff auf, da sie dorthin eingeladen worden waren. Die Fruchtmutter schien den beiden jungen Leuten eine wachsende Bedeutung beizumessen, oder vielleicht eher Elissi, für die sie beinahe mütterliche Gefühle zu empfinden schien. Jordan machte sich über seinen eigenen Stellenwert keine Illusionen. Als Mann war er für die Skendi nur eine Drohne, leicht programmierbar, diensteifrig, manchmal lästig, aber letztendlich nicht mehr als ein Diener. Ja, Quara konnte da differenzieren, und sie war weder kulturblind noch chauvinistisch.

Aber Jordan war nur ein Mann. Er diente Elissi. Er war Elissis Drohne. Das war irgendwie ein ernüchternder Gedanke.

Dr. Radek war ebenfalls zugegen, aber nicht allzu lange: Denn als die schwarze Spinnengestalt eines Wesens auf den

Schirmen aufgetaucht war, das sich als Tizia McMillan vorgestellt und darum gebeten hatte, an Bord kommen zu dürfen, war der Arzt sofort verschwunden, offenbar bereit, die Frau persönlich zu empfangen.

Die Aufregung konnte Jordan gut verstehen. Der halbe weibliche Oberkörper in einem metallenen Spinnentorso, das war schwer zu verkraften. Es war beängstigend. Radek als Arzt musste es besonders stark empfinden, und das Schicksal Tizias schien selbst die Fruchtmutter betroffen zu machen.

Tizia wurde empfangen. Quaras Gastfreundschaft schien keine Grenzen zu kennen.

Ohne weiter um Erlaubnis zu fragen, nur begleitet von einer kargen Ankündigung, löste sich ein Beiboot vom Schiff der An'Sa und hielt auf den Kern zu, flog unbehelligt durch die Verteidigungsanlagen und dockte an, wo zuvor die *Scythe* gelegen hatte. Im Foyer der Anlage hatten immer noch die Drohnenmänner Quaras das Sagen, doch die Anweisungen der Fruchtmutter waren eindeutig: Lasst die Besucher in Ruhe, solange sie sich friedlich verhalten! Und die An'Sa mochten einige Defizite in der Art und Weise haben, in der sie kommunizierten, aber sie schossen auf niemanden. Derzeit jedenfalls.

Was die Drohnenmänner sahen, wurde auf die Brücke der Barke übertragen, damit auch den beiden jungen Menschen zugänglich, die beobachteten, wie sich die Schleuse öffnete und eine einsame Gestalt herauskam. Es war weiterhin ein Anblick, der zumindest bei den Menschen geeignet war, Urängste auszulösen, und ja, Jordan fühlte sich unwohl. Ein schwarzes Wesen mit dem Oberkörper einer jungen Frau und dem Unterkörper einer Roboterspinne, wenngleich nur mit sechs Beinen. Sie stakste in das Foyer, beinahe unsicher, und wenn man sich das Gesicht von Tizia McMillan ansah, dann wusste man sofort, wie diese sich fühlte. Ihre Haut wirkte äschern, die Arme hingen kraftlos an ihren Seiten, sie wirkte knochig, abgemagert, obgleich das möglicherweise täuschte.

Ihr Gesicht sprach aber in jedem Fall Bände.

Jordan war kein Psychologe, und Elissi hatte grundsätzliche Probleme damit, die Emotionen anderer Menschen aus Mimik und Gestik abzulesen, das Leid jedoch, das diese Frau erlitten hatte, zeichnete sich in ihr dermaßen deutlich ab, als würde man ein Buch lesen. Es war kein einzelnes Merkmal, das diesen Eindruck hervorrief, eher eine Kombination vieler: die Augen, der Mund, die eingefallenen Wangen, die Art, wie sie ihren Oberkörper bewegte – ja, vor allem das. Jordan wollte es vielleicht so sehen, aber Tizias Oberkörper, obgleich verbunden mit dem schwarz schimmernden Laufgestell unter sich, schien ein Eigenleben entwickeln zu wollen. Dies war keine Verbindung aus Überzeugung, keine Weiterentwicklung, von der manche Posthumanisten träumten, keine vollendete Symbiose von Mensch und Maschine. Dies war, und diese Überzeugung sprang Jordan förmlich ins Gesicht, nichts anderes als eine große Qual.

»Es geht ihr nicht gut«, flüsterte Elissi. Jordan sah sie zärtlich an. Selbst sie erkannte es, so überwältigend musste der Eindruck sein. Und sie empfand Mitleid mit einem geschundenen Wesen, das Schmerz intensiv ausstrahlte. »Jemand muss ihr helfen.«

Dann sah Elissi ihn an, und er verstand die Aufforderung. Doch er war in keiner Position, um ihr auch Folge zu leisten.

Er zuckte mit den Schultern, eine Geste, die auch Elissi verstand. Radek war da, wandte er ein. Radek war Arzt. Elissi nickte, nicht ganz überzeugt.

»Ich bin Tizia McMillan«, sagte die Spinnenfrau, zu niemand Besonderem, denn keiner trat vor, um sich als Sprecher zu gerieren, nicht einmal ein Resonanzbauch. »Ich spreche für die An'Sa. Ich bin mir nicht immer sicher, was ihre Botschaft ist, aber mein Besuch stellt keine Bedrohung dar. Es geht um mich, es geht um die Sphäre und den Sonnenherrn, und ich … bitte um Hilfe. Wir bitten um Hilfe. Es geht um viel.«

Ihre Stimme war erstaunlich kraftvoll, ein Kontrast zu ihrer physischen Erscheinung.

Dann trat Radek in die Szene. Sein Gesichtsausdruck war ebenfalls nicht falsch zu interpretieren. Er war ein Arzt, voller Sorge um eine Patientin, deren Motivation und Hintergrund ihm egal waren, unwichtig die Frage, wie sie in diese Lage gekommen war. Er ging auf sie zu, ignorierte alle anderen Zuschauer, seine Tasche mit Gerät in der Hand.

»Ich bin Dr. Radek«, sagte er leise, nur für sie bestimmt, aber trotzdem gut hörbar. »Ich bin der Arzt der *Scythe*. Ich will Ihnen helfen.«

Tizia sah ihn dankbar an, ein dünnes Lächeln, aber nicht gespielt, sondern von Herzen kommend. Doch es war auch traurig.

»Das können Sie nicht. Aber vergewissern Sie sich meiner Umstände.« Tizia breitete die Arme in einer einladenden Geste aus, und Radek holte seinen medizinischen Scanner hervor, ließ eine Drohne über sich aufsteigen, die um Tizia herumsurrte, ohne dass sie irgendwelche Anstalten machte, dem Einhalt zu gebieten.

Zwei Skendimänner kamen näher, einer je Fruchtmutter, wie zwei Brüder. Wenn man genau hinsah, erkannte man die Unterschiede zwischen den beiden. Drohnenmänner sahen niemals exakt gleich aus, mit oder ohne Resonanzbauch, aber wenn sie unterschiedliche Mütter hatten, dann war die Herkunft nicht zu verleugnen. Jordan hatte den Eindruck, dass die Sprösslinge Quaras etwas breiter gebaut waren, stämmig, um es höflich auszudrücken, und sich kraftvoller bewegten, während die Diener ihrer Kollegin in allem eleganter wirkten, gelenkig und schnell. An der Loyalität zu ihrer jeweiligen Erzeugerin konnte kein Zweifel bestehen.

Radek runzelte die Stirn. Er war ganz offensichtlich mit den Ergebnissen, die sein Scan lieferte, nicht zufrieden.

»Ich weiß nicht, was genau Sie von uns an Unterstützung erhoffen«, sagte er dann, immer noch recht leise. »Aber ich kann Ihren Oberkörper nicht von dieser Maschine lösen, ohne dass Sie sterben werden, Tizia. Es ist mir natürlich möglich, genug Zeit vorausgesetzt, einen neuen Unterkörper wachsen zu lassen und eine Zusammenführung durchzuführen – die medizinischen Möglichkeiten stehen mir durchaus zur Verfügung. Aber was auch immer die An'Sa hier für eine Technologie verwenden, es besteht die große Gefahr, dass Sie eine solche Prozedur nicht überleben werden. Ich weiß nicht genau, wie ich es ausdrücken soll, aber die Verschmelzung der Nervenbahnen, der Knochenstruktur, ja, sogar in der Mitte durchtrennter Organe mit ihren technischen Äquivalenten ist nahezu perfekt. Ich habe Angst, dass mich eine solche Operation überfordern würde. Tatsächlich bin ich mir nicht einmal sicher, dass sie daheim im Konkordat möglich wäre.« Er sah sie um Entschuldigung bittend an.

Tizia nickte beherrscht. Sie schien nicht überrascht. »Danke für Ihre offene Aussage, Dr. Radek. Ich habe nicht von Ihnen erwartet, dass Sie mir helfen können. Die Lösung meines Problems liegt auf einer anderen Ebene, wenn ich die An'Sa richtig verstanden habe. Ich benötige dazu aber ... eine Freiwillige.«

Stille kehrte ein, und Jordan war sich sicher, dass in aller Zuhörer Kopf jetzt einige Szenarien abgespielt wurden, und angesichts dessen, was die An'Sa mit McMillan angerichtet hatten, waren es durchweg gruselige. Jordans Fantasie jedenfalls musste sich nicht mühen, und er machte einen Schritt auf Elissi zu, ergriff ihre Hand in einer spontanen Geste des Beschützens. Elissi aber hatte ganz sicher nicht die Absicht, sich hier freiwillig zu melden, wenngleich ihr das heftig empfundene Mitgefühl zu seiner Überraschung immer noch deutlich ins Gesicht geschrieben stand.

»Die An'Sa, die hierhergereist sind, hatten eine Passagierin an Bord, eine Gesandte des Konkordats. Ist Laetitia Genq zugegen?«, fragte Tizia nun.

Die Menge der Zuschauer teilte sich, und die grazile Gestalt der Androidendame trat hindurch und stellte sich furchtlos vor das Spinnenwesen.

»Ich bin hier«, erwiderte sie sanft. »Ich höre.«

»Die An'Sa haben einen Vorschlag. Sie wollen keinen Zwang ausüben, wenngleich sie es könnten. Egal welche Vorstellungen hier herrschen, sie sind nicht unsere Feinde. Ganz im Gegenteil sogar. Es ist eine Bitte.«

Genq zeigte auf die Spinnenbeine. Sie wirkte ungerührt, wie man es von ihr erwarten konnte.

»Aber Sie haben Ihnen dies hier angetan.«

»Nein, es war eine alte, nicht mehr richtig funktionierende Maschine, die versuchte, ihrer Existenz einen neuen Sinn zu geben – zu spät, zu unvollkommen und ohne Verständnis darüber, was sie selbst war und wer ich bin. Ich mache den An'Sa keinen Vorwurf. Es war gewissermaßen ein Unfall.« Tizia holte tief Luft, es fiel ihr sichtlich schwer, diese Bewertung abzugeben. Es musste die sehr rationale Betrachtung einer unsäglichen Folter sein, und zu so etwas musste sich jeder zwingen, der noch Menschlichkeit in sich trug. Dass McMillan mehr Mensch als Maschine war, daran hatte Jordan absolut keinen Zweifel.

»Ich kann also helfen«, sagte Genq gelassen. »Was soll ich tun?«

»Sie sind eine Maschine. Eine für die Verhältnisse des Konkordats perfekte, für die Kommunikation und Interaktion mit Menschen optimierte Maschine.«

»Ich bin sehr leistungs- und widerstandsfähig. Meine analytischen Routinen funktionieren auf einem hohen Niveau. Ich verfüge über maschinelles Bewusstsein. Meine Gesamterscheinung ist gefällig. Ich stimme Ihnen also gerne zu.«

»Geben Sie mir bitte Ihren Körper.«

Genq blinzelte. »Bitte spezifizieren Sie dieses Ersuchen. Ich bin mir nicht sicher …«

»Die An'Sa gedenken, mein Ichbewusstsein sowie die gesamten Inhalte meines Gehirns auf Sie zu übertragen. Sie können das. Ich weiß nicht, wie, aber sie können das. Sie wollen mich aus diesem Leib, den sie nur als Provisorium betrachten, befreien. Sie wollen mir helfen. Ihr Körper soll der meine werden, leistungs- und widerstandsfähig, gefällig. Eine Art Wiedergutmachung, für die Ihre Kooperation erforderlich ist. Die An'Sa werden Sie nicht zwingen. Es ist eine Bitte.«

Jordan hielt unwillkürlich die Luft an. Das war starker Tobak.

»Maschinelles Bewusstsein« hatte eine Bedeutung, es war keine Floskel. KI-Einheiten wie Genq hatten Persönlichkeitsrechte, wenngleich etwas eingeschränkt im Vergleich zu denen von biologischen Intelligenzwesen. Aber man konnte nicht so einfach ...

Genq drehte sich in Richtung eines Resonanzbauches, von dem aus das aufmerksame Gesicht Qesjas auf die Szenerie blickte. Dann wandte sie sich wieder Tizia zu.

»Was geben uns die An'Sa dafür?«

»Wenn ich es richtig verstanden habe, die Chance, die Galaxis zu retten. Und uns selbst dabei, denke ich. Einen Weg nach Hause ebenfalls und Freundschaft.«

»Das ist reichlich. Es ist verheißungsvoll, wenn es stimmt.« Genq war über die Gespräche mit dem siebten Gracen informiert. Sie war über den Teil »Galaxis retten« also nicht überrascht.

»Ich denke auch. Und ich weiß nicht einmal, ob das nur so dahergesagt ist. Abgesehen davon haben Sie meine Dankbarkeit. Die ist, ich gebe es zu ...«

»Einen Moment«, murmelte Radek, der bisher nichts gesagt hatte, ganz in die Daten vertieft, die die Drohne ihm geliefert hatte. »Tizia McMillan, können Sie genau beschreiben, was mit Ihnen getan wurde? Es ist sicher eine schmerzhafte Erinnerung, und wir können uns gerne irgendwohin zurückziehen, wo ...«

»Nein!«, schnitt die Spinnenfrau ihm mit klarer Stimme das Wort ab. »Nein. Ich schildere es Ihnen, soweit ich es kann, aber erwarten Sie nicht zu viel. Vieles *wollte* ich nicht mitbekommen. Und manche Erinnerung habe ich verdrängt.« Ehe Radek eine weitere Beschwichtigung äußern konnte, stellte Tizia in knappen, weitgehend emotionslosen Worten ihr Schicksal dar. Sie erklärte auch, wie sie überhaupt in diese Situation gekommen war. Die Flucht von der *Licht*, ihr Stranden auf dem uralten An'Sa-Wrack. Das erratische Verhalten der dortigen Maschine, die die Masse der Wracks dazu angeregt hatte, sich wie eine Wucherung in der Sphäre zu verbreiten, eher ein Akt der Hilflosigkeit als der Aggression.

Und Radeks Gesicht verfinsterte sich mit jeder weiteren Darstellung, und das offenbar nicht einmal, weil er ihr Kollaboration vorwerfen wollte. »Tizia, noch einmal ganz zum Anfang«, sagte er bemerkenswert sanft, als sie geendet hatte.

»Wie weit zurück?«

»Teilen Sie mir doch mit, zu welchem Zeitpunkt und aus welcher Gefühlslage heraus Sie sich entschlossen haben, für Saim und Eirmengerd zu arbeiten und sich ihnen anzudienen.«

Jordan, der dem Austausch mit wachsender Verwirrung folgte, starrte gebannt auf Tizia. Sie wirkte mit einem Male irritiert, ein starker Kontrast zu der aus Schmerzen geborenen Selbstbeherrschung, die sie bisher an den Tag gelegt hatte. Verwirrt, ja, ratlos, etwas aus der Bahn geworfen durch Radeks Frage, mit der sie nicht gerechnet hatte.

Eine Frage, die auch sonst niemand verstand. Doch die Resonanzbäuche sowie die anwesenden Forscher aus der Hüterstation hielten sich zurück. Die Fruchtmütter, deren Antlitz auf dem Bauch ihrer Medien gut zu erkennen war, hörten gebannt zu. Sie schienen zu spüren, dass die Geschichte Tizias noch nicht am Ende war.

»Ich ... weiß es nicht genau«, kam nun die gleichermaßen zögerliche wie unbefriedigende Antwort.

»Versuchen Sie, sich zu erinnern.«

Tizia versuchte es, und man sah es ihr auch an. Da lief ein seltsamer Kampf im Kopf dieser Frau ab, ein plötzlicher Unwillen stand auf ihrem Gesicht, ein Widerstreit. Sie begann leicht zu schwitzen, und ihr rechter Arm zitterte, als wolle er sich selbstständig machen und eine eigene Sichtweise der Dinge darlegen.

Radek machte keinerlei Anstalten, diesen Vorgang zu unterbrechen. Er schaute Tizia mit einer sezierenden Aufmerksamkeit an, die Jordan schon vorher bei dem Arzt festgestellt hatte, die absolute und vollständige Konzentration auf einen Patienten.

»Ich ...« Tizias Stimme zitterte nun auch. Sie bewegte ihren Mund, als wolle sie etwas sagen, Worte herausquälen, die ihr quasi auf den Lippen lagen. Dennoch gelang es ihr nicht. Sie stöhnte leise, tief aus der Kehle heraus, kein Laut des Schmerzes, sondern der einer tiefen Frustration.

Radek wandte sich an Genq. »Schauen Sie sich das bitte an.«

Die Androidin nahm die Daten des medizinischen Scans in Windeseile auf, dann nickte sie. »Ich verstehe.«

»Was ist Ihre Entscheidung?«

Genq drehte sich wieder zu Qesjas Resonanzbauch. »Fruchtmutter, ich benötige einen Speicher im Umfang von 816 Terabyte, möglichst zu meiner freien Verfügung. Ich hätte gerne Zugang zu Daten, um nicht zu erblinden, aber ich erwarte keinen Zugriff auf Systeme.«

»Sie beantragen Asyl, Laetitia Genq?«

Die Androidin nickte. »Bis die *Scythe* zurückkehrt und mich aufnehmen kann.« Sie tippte sich an den Schädel. »Oder zumindest das, was mich ausmacht.«

Die Fruchtmutter zögerte nicht. »Sie sind bei mir herzlich willkommen. Und Ihre Daten sind bei mir sicher. Sie erhalten Zugang zu allen Datenkanälen. Sie werden weder blind noch taub sein. Ich stelle Ihnen auch auf Wunsch Roboteinheiten als mobile Ausdrucksformen zur Verfügung. Ich kooperiere.«

»Die Daten sind nicht meine Hauptsorge. Ich übermittle Ihnen die Matrix meines KI-Kerns. Die Essenz dessen, wer oder was ich bin.« Genq zögerte einen Moment. »Ich würde das ganz ungern verlieren.«

»Dafür ist eine spezielle Konfiguration notwendig?«

»Ich habe Ihnen gerade die notwendigen Spezifika übermittelt.«

»Wir werden für geeignete Rahmenbedingungen sorgen, wenn Sie uns vertrauen wollen.«

Genq nickte. »Ich habe diese Absicht.« Sie schaute Tizia an, auf deren Gesicht, verhärmt und bleich, wie es war, sich plötzliche Hoffnung abzeichnete.

»Ich stelle Ihnen diesen Körper zur Verfügung. Möge er Ihnen so gut dienen, wie er mir bisher nützlich gewesen ist!«

»Ich … danke Ihnen.«

»Ich werde Ihnen mehr helfen, als Sie sich vorstellen können.«

»Das versprechen mir die An'Sa auch ständig.«

»Tatsächlich?« Genq sah Radek an. »Wir wünschen mit den An'Sa zu reden, das ist der Preis für diese Vereinbarung.«

Tizia schloss die Augen, als müsse sie über diese Forderung nachdenken, doch Jordan ging davon aus, dass sie in Wirklichkeit mit jenen konferierte, an die dieses Ansinnen gerichtet war. Es dauerte jedenfalls nicht lange, egal was es nun wirklich war.

»Gut«, sagte Tizia laut. Sie wirkte ein wenig verwirrt. »Die An'Sa wünschen die Kommunikation, direkt oder durch mich. Es steht eine große Aufgabe an. Und Sie werden mir irgendwann sagen, was Sie damit meinen – mir zu helfen, ich meine, über den neuen Körper hinaus?«

»Sie werden es merken«, sagte Radek.

»Das erfüllt mich nicht mit Vertrauen.«

»Es ist besser, wenn wir es so handhaben«, sagte Genq. »Glauben Sie mir. Wir werden helfen und die An'Sa offenbar auch. Gemeinsam werden wir Ihre Probleme lösen, Tizia, und diese sind möglicherweise größer, als Sie glauben.«

Tizia erwiderte nichts, aber es war ihr anzusehen, dass sie sich in einer Opferrolle wähnte, die sie gar nicht genoss. Doch ebenso musste ihr klar sein, dass sie keine Wahl hatte.

»Was geht dort vor sich?«, fragte die ewig wissbegierige Elissi. »Warum sagt Radek ihr nicht klar und deutlich, was mit ihr nicht stimmt – vom Offensichtlichen einmal abgesehen?«

»Es gibt verschiedene Gründe, warum man jemandem eine unangenehme Wahrheit vorenthält«, erklärte Jordan. »Um Schrecken und Angst zu vermeiden etwa – bei der Person und bei sich selbst, weil man nicht weiß, wie man mit der Reaktion des Gegenübers umgehen soll.«

»Radek hat Angst vor ihr?«

»Den Eindruck macht er nicht.«

»Warum handelt er dann so?«

»Manchmal behalten wir die Wahrheit für uns, weil ein Dritter daraus einen Vorteil schlagen könnte, was wir aber verhindern wollen. Das Bestreben der Offenheit tritt dann hinter dem Bedürfnis zurück, woanders einen Nachteil zu verhindern. Man nennt das eine Güterabwägung.« Jordan versuchte, hilfreich zu sein, und indem er emotionale Zustände rationalisierte, kam er bei Elissi am weitesten. Sie nickte ernsthaft.

»Radek ist auf seinen Vorteil bedacht«, sagte sie.

»Um ehrlich zu sein, glaube ich auch das nicht«, trug Jordan nun wieder zur Verwirrung seiner Freundin bei. »Tatsächlich glaube ich, dass er ihren Schutz als höchstes Ziel vor Augen hat, und das kann bedeuten, dass er sie auch vor sich selbst zu schützen gedenkt. Ich glaube, wir müssen in diese Richtung denken.«

»Ich möchte es wissen«, erklärte Elissi.

»Ich auch. Wir werden die Person fragen, die es auf jeden Fall weiß und Zeit für uns hat, sogar sehr viel. Jedenfalls bald.«

»Genq.«

»So ist es. Sie wird froh sein, mit jemandem reden zu können, und wir werden ihr als Gesprächspartner zur Seite stehen.« Jordan lächelte. »Ich glaube, in so einem Speicher ist es verdammt langweilig.«

11

Die *Scythe* nahm Kurs zurück auf die Sphäre und ließ die Blase mit Joaqim Gracen zurück – oder dem, der sich dafür hielt, oder der aktuellen Version seiner selbst. Sie hatten sich nicht voneinander getrennt, ohne ein weiteres Vorgehen zu beraten, eine erste, brüchige, auf Unsicherheit und Misstrauen beruhende Kooperation. Apostol war nicht glücklich darüber, andererseits aber auch nicht bereit, alle Karten sofort aus der Hand zu geben. Sie hatten viel erfahren, sicher noch nicht genug, und es war notwendig, sich auf den aktuellen Stand zu bringen, vor allem angesichts der Tatsache, dass Quara ihnen die Nachricht vom Besuch der An'Sa und ihrer höchst irritierenden Begegnung mit Tizia McMillan geschickt hatte. Es schien, als sei es notwendig, überall zugleich zu sein.

Auf dem Weg zurück zur Sphäre begegneten sie zwei weiteren Raumfahrzeugen: einem Schiff einer ihnen völlig unbekannten Zivilisation, das nach Öffnung des Schirms in die Freiheit gestrebt war und nun offenbar ernüchtert zurückkehrte, und einem iskotischen Späher, der sich bemerkenswert zurückhielt und niemandem etwas zuleide tun wollte. Das erste Schiff nahm kurz Kontakt auf, die Kommunikation erwies sich als wenig fruchtbringend, allerdings wurde klar, dass man sich an Bord noch nicht entschieden hatte, bei wem es sich um das kleinere Übel handelte, bei den Fruchtmüttern, Saim oder gar den anderen Fremden, von denen man wenig wusste und möglicherweise auch gar nichts wissen wollte. Apostol hatte eine Meinung dazu, sah sich aber nicht in der Rolle der Rekruteurin, wünschte ihrer Zufallsbekanntschaft einfach nur viel Glück und fragte nach, ob Hilfe nötig sei. Zwar gab es darauf keine Antwort, aber sie hoffte, dass die Haltung auf fruchtbaren Boden gefallen war und man das Schiff von der Erde nicht als Feind einstufen würde. Der Iskote meldete sich gar nicht, hielt jedoch gebührenden Abstand und strebte mit wachsender Geschwindigkeit der Sphäre zu, während die Ortung in der Ferne ein anderes Schiff dieses Volkes ausmachte, das die Sphäre verließ. Saim sammelte systematisch Informationen und beobachtete den interplanetaren Perimeter um die Sphäre herum, und das war gleichermaßen klug und vorausschauend – und ein Hinweis darauf, dass sich der Ratsvorsitzende keinesfalls geschlagen gab und weiter sein Spiel spielte.

Als die *Scythe* durch die klaffende Öffnung in die Sphäre eintrat, gab es keine Probleme, aber auch das Chaos hatte sich erkennbar gelegt. Sie wurden nicht daran gehindert, zum Kern zu fliegen, und auch sonst war die Situation ruhig, als würden alle darauf warten, dass irgendwas geschah oder ihnen jemand sagte, was zu tun sei. Die Ankunft des

An'Sa-Schiffes beim Kern, direkt in der Nähe der Station, und vor allem die Tatsache, dass eines ihrer Beiboote problemlos bei diesem hatte docken können, war eine kleine Bestätigung von Gracens Geschichte, und wenn Apostol auch nur daran dachte, spürte sie einen starken Unwillen in sich aufsteigen. Sie wollte nicht, dass Gracen bei etwas die Wahrheit gesagt hatte. Sie wollte, dass er sogleich wieder als der notorische Lügner dastand, für den sie ihn hielt. Aber so einfach wurde es ihr nicht gemacht.

Als die *Scythe* eintraf, war gerade der komplette Inhalt von Laetitia Genqs Kopf auf einen dezidierten Speicher an Bord der königlichen Barke von Fruchtmutter Qesja übertragen worden. Das war eine gleichermaßen überraschende, erleichternde und höchst beunruhigende Nachricht, die sich alle nur mit wachsendem Staunen anhörten. Die Aufzeichnungen Radeks wiesen darauf hin, dass der Prozess einen Fortschritt, eine Verbesserung darstellte. Apostol war bereit, das zu glauben, beobachtete aber kurz Severus Inq, ob er in irgendeiner Form reagieren würde. Natürlich irrationaler Quatsch. Erwartungsgemäß vergewisserte er sich nur der technischen Spezifika des Speichers und gab einige konstruktive technische Hinweise, um daraufhin die Anlage der *Scythe* darauf vorzubereiten, Laetitias neue Heimstatt zu werden, sobald sich dafür die Gelegenheit ergab. Auch die Expedition zum Kern sollte bald auf den Polizeikreuzer zurückkehren. Einen ersten kurzen Bericht hatte es gegeben, und als Apostol ihn sich angesehen hatte, fand sie schon wieder einige Aspekte von Gracens Schilderung bestätigt. Und als die Schilderungen Tizia McMillans hinzukamen, vervollständigte sich das Bild. Er würde doch nicht recht haben, ehrlich und offen mit ihnen umgehen? Allein der Gedanke widersprach ihren innersten Überzeugungen dermaßen, sie wollte ihn gar nicht zu Ende denken. Dass die An'Sa ihm eine ganz andere Motivation zubilligten als er selbst – nach Hause zu reisen versus eigenes Universum – und dabei trotz ihrer Fremdartigkeit ungleich glaubwürdiger wirkten, sagte mehr über ihre Situation aus als alles andere.

Es dauerte eine halbe Stunde, in der Apostol mit Dr. Radek zusammensaß, eine weitere halbe Stunde, in der sie mit Jordan und Elissi sprach, und eine halbe Stunde, die sie mit beiden Fruchtmüttern und McMillan/Genq verbrachte, ehe sie das Gefühl hatte, einigermaßen auf dem Stand der Ereignisse zu sein. Am Ende hockte sie in der Messe der *Scythe* und spürte, dass die Ereignisse der letzten Stunden eine tiefe Müdigkeit in ihr ausgelöst hatten, die mit Kaffee zu bekämpfen ihre einzige Option war. Es gab noch sehr viel zu tun und zu besprechen, ihr Leben schien nur noch aus Meetings mit wichtigen, scheinbar wichtigen und irgendwann mal wichtig werdenden Individuen zu bestehen, und zwischen diesen zu unterscheiden, fiel ihr mit zunehmender Müdigkeit immer schwerer. Dass sich, fünf Minuten nachdem sie sich mit der ersten Tasse Kaffee in eine Ecke gesetzt hatte, Snead zu ihr gesellte, kurz darauf gefolgt von, erstaunlich genug, der jungen Elissi, bestätigte ihre Beobachtung nur noch. Snead nickte Elissi ebenso verwundert zu, wie Apostol sich fühlte, doch diese bot ihnen sogleich eine Erklärung für ihr Auftreten an.

»Jordan redet mit Genq. Der im Speicher.« Es war immer noch schwer, in diesem Prozess Identitäten eindeutig zuzuordnen, vor allem im Sprachgebrauch.

»Sie wurde bereits hochgeladen?«, fragte Snead, der sich um andere Sachen gekümmert hatte. Er versuchte, Radek dazu zu bringen, endlich alle Menschen daraufhin zu überprüfen, ob sie echt waren oder ein Produkt von Gracens Genmodifikator – und damit, in wessen Körper »ihr« Gracen eigentlich steckte, eine Frage, die nun von besonderer Bedeutung war. Falls er nicht Tizia McMillan war, was Radek, der sie genau gescannt hatte, für absolut unmöglich hielt. Dafür hatte er etwas anderes gefunden. Ein weiteres Thema, das Apostol umtrieb.

»Der Prozess ist beendet worden.«

»Wie geht es ihr?«

Elissi sah die Kommandantin an, musste sich wohl entscheiden, ob sie die Frau noch ernst nehmen konnte, wenn sie eine solche Frage stellte.

»Sie besteht aus Bits und Bytes, wie man so schön sagt. Es gibt zwei Zustände. Aktiv und passiv. Sie ist aktiv.«

Snead grinste. Damit war wohl alles gesagt. »Elissi, Ihre Erlebnisse im Kern waren faszinierend.«

»Es waren Jordans Erlebnisse. Er ist sehr tapfer.«

Dagegen konnte niemand etwas sagen.

»Ich wiederum erfuhr von den Äußerungen der Gracen-Projektion«, fuhr Elissi fort. »Daraus ergeben sich möglicherweise Konsequenzen für mein weiteres Schicksal. Ich bin nicht Herrin desselben, wünsche aber Mitspracherecht. Deswegen bin ich hier – und wegen einer Frage, die sich niemand zu stellen scheint.«

Apostol seufzte. Der Kaffee hinterließ ein unangenehmes Brennen in ihrem Hals, auf ihrer Zunge und in ihren Augen. Das Koffein wirkte, für den Moment, aber sie bekam wieder diesen Kopfschmerz, der mit der irgendwie falschen anregenden Wirkung verbunden war, und sie hasste dieses Gefühl. Es wurde nie unerträglich, aber was auch immer von den Experimenten übrig war, die man als Kind mit ihr angestellt hatte, der Schmerz in ihrem Schädel war nur zu leicht zu wecken, schwer zu vertreiben und lauerte auf sie wie ein Feind im Dunkeln, um überraschend zuzuschlagen.

»Ich möchte Ihnen versichern, dass wir Sie beschützen werden«, erklärte sie dann der jungen Frau und versuchte, mehr Zuversicht in ihre Stimme zu legen, als sie empfand. »Was auch immer Gracen angeblich oder tatsächlich mit Ihnen angestellt hat ... in diesen anderen Realitäten oder wie ich das nennen soll ... es wird nicht erneut passieren.«

»Er benutzte mich in seinem Versuch, den Sonnenherrn zu kontrollieren und die Sphäre zu manipulieren, als Steuerzentrum für eine Reise, die dann anders verlief als geplant.«

»Weil Sie sich wehrten.«

»Das würde ich. Und weil die An'Sa etwas dagegen hatten. Die An'Sa sind unsere Verbündeten, nicht unsere Feinde. Das ist klar.«

Apostol reagierte vorsichtig. Sie war nicht der Auffassung, dass es so einfach war, weil es nämlich nie so einfach war.

»Die An'Sa haben ihre Ziele, wir die unseren. Manchmal stimmen diese überein, manchmal nicht«, sagte sie langsam. »Wir müssen nur herausfinden, wo diese Übereinstimmung liegt und ob wir daraus einen Schluss für das weitere Vorgehen ziehen können.«

»Tizia McMillan hat uns die Sichtweise der An'Sa übermittelt. Sie retten die Galaxis!« Elissi klang beinahe empört.

Apostol nickte. »Ja, das habe ich begriffen, zumindest vom Klang der Worte her. Mir fehlt allerdings das dazu notwendige wissenschaftliche Verständnis. Halten Sie diese Aussage für richtig?«

»Es ist große innere Logik in ihren Worten. Die Wissenschaftler der *Licht* sitzen an den entsprechenden Untersuchungen. Ich bin sehr zuversichtlich, dass sie alles bestätigen werden, was Tizia erklärt wurde.«

»Das Problem liegt also beim Sonnenherrn«, stellte Snead fest. »Er ist bereits beeinträchtigt, unter der Kontrolle Gracens?«

Elissi schüttelte den Kopf. »Ich habe es so verstanden: Die allererste Eroberung und Manipulation der Solarstation hatte Konsequenzen. Die Technologie der An'Sa, ihr Plan, diese Galaxis vor dem Großen Attraktor zu retten, hat etwas mit dem Prinzip paralleler Universen zu tun, dem auch die Expedition der Sphäre immer wieder zum Opfer gefallen ist. Daher wissen die An'Sa auch von den sieben bisherigen Versuchen – sie sind sich ihrer Existenz in parallelen Universen bewusst, weil das exakt die Technologie ist, derer sie sich bedienen, um unsere Lokale Gruppe zu retten.«

»Eine gewagte Hypothese«, murmelte Apostol.

»Ich denke, dass sie auf der Suche nach einem parallelen Kontinuum sind, in dem alles so ist wie hier – nur ohne den Attraktor. Dort wollen sie unsere Existenzebene hinbewegen, und zwar so, dass wir uns alle daran erinnern. Kontinuität in der Parallelität. Ich glaube, das ist das Prinzip. Die Sonnenherren sind Generatoren und gleichzeitig Katalysatoren, sie nutzen die gesammelte Energie, um genau das zu ermöglichen: Suchen und Überwechseln, und zwar nicht nur ganz egoistisch für die An'Sa, sondern für uns alle.«

»Interstellare Wohltäter, ja?«

»Intergalaktische«, korrigierte Elissi Snead ernsthaft. Er verzog das Gesicht. Ironie war an der jungen Frau verloren, das musste er wohl noch lernen.

»Das heißt …«, versuchte Apostol den Faden wieder aufzunehmen, denn ihr schwirrte der Kopf, und das lag nicht nur am Koffeingenuss.

Elissi übernahm für sie. »… die allererste Manipulation durch Gracen führte dazu, dass dieser Sonnenherr außer Kontrolle geraten ist und seine Funktion nicht mehr erfüllen kann. Und jeder nachfolgende Versuch, das ist meine Annahme, hat die Situation nur noch verschlimmert. Wir müssen zum Sonnenherrn und ihn reparieren. Aus irgendeinem Grund bin ich sehr wichtig, was das anbetrifft. Den Teil verstehe ich selbst noch nicht.«

»Aber Sie akzeptieren diese Rolle?«

Elissi sah Apostol verwirrt an. »Jordan ist doch bei mir. Was soll mir geschehen?«

Es gab für Elissi Portinari gewisse Naturgesetze. Manche hatten mit Quantenphysik zu tun, mit Paralleluniversen und interdimensionalen Prozessen, die Apostol alle nicht verstand. Und manche mit Jordan. Die verstand Elissi möglicherweise selbst nicht richtig. Aber sie verließ sich darauf.

Apostol fühlte für einen Moment eine sanfte Wehmut in sich. Etwas Neid vielleicht. Sie war mit der *Scythe* verheiratet, mit ihrer Mission, Gracen zu finden und zu stellen, etwas, das ihr ganzes Dasein erfüllte. Da war kein Jordan.

Es würde auch keinen geben, wenn Gracen endgültig zur Rechenschaft gezogen sein würde. Sie kannte ihre Grenzen.

Und das war irgendwie schade.

»Was sollen wir also Ihrer Ansicht nach tun?«, fragte Snead die Studentin.

»Wir müssen zum Sonnenherrn und dürfen uns dabei nicht vor den Karren dieses Mannes spannen lassen.« Es war klar, wen sie meinte. »Aber wir werden ihn wahrscheinlich brauchen. Er vereint die Erfahrung von sieben Existenzen mit dem Sonnenherrn. Das von ihm errichtete Siegel, das die An'Sa von eigenen Zugängen abhält, ist real. Die Natur dieses Siegels ist für mich schwer zu begreifen. Es besteht aus einem Abwehrmechanismus, der von den An'Sa aber offenbar nicht zu durchdringen ist. Ich befürchte, dass er uns wird helfen können und müssen. Die Frage ist, ob wir ihn unter Kontrolle halten können.«

»Die An'Sa sind da. Wozu brauchen wir Gracen?«, fragte Apostol.

»Ich befürchte wie gesagt, dass die Sache nicht so einfach ist«, erwiderte Elissi ernsthaft. »Wir müssen noch mit diesen Wesen reden, doch Tizia McMillan hat uns bereits wertvolle Informationen übermittelt. Das Siegel versperrt den An'Sa den Weg. Sie sagen es selbst.« Apostol nickte langsam. Elissis Gedanken brachten unerwartete Klarheit in das Durcheinander. Dafür konnte sie nur dankbar sein.

»Und dann wäre da noch die eine Frage, die bei der bisherigen Schilderung der Abläufe unbeantwortet geblieben ist«, fügte die junge Frau hinzu.

»Welche wäre das?«

Elissi sah Apostol fest an. »Mehrmals haben die Gracens versucht, die Sphäre durch einen Steuerkern zu kontrollieren, ein Vorgang, an dem ich nicht unbeteiligt gewesen bin.«

»Er hat Sie missbraucht.«

Elissi nickte. »Ich vergesse das nicht, auch wenn es mich persönlich noch nicht betrifft.«

»Das wird es auch nicht.«

»Ich danke Ihnen für dieses Versprechen. Die Frage ist: Wie oft haben Sie es mir schon gegeben?«

Apostol lächelte. »Das ist nicht die wirkliche Frage.«

»Nein. Die lautet so: Die Zeitschleifen, die Erschaffung der Paralleluniversen, das erklärt die sich wiederholenden Reisen der Sphäre und mit ihr der *Scythe*. Erfolglose Versuche und sieben Wiederholungen. Ich akzeptiere das als Arbeitshypothese. Es erklärt aber nicht die allererste Ankunft der Sphäre. Die Ankunft ohne Zeitreise, den Beginn der Odyssee durch die Universen. Wenn die Sphäre das allererste Mal reiste, dann doch nicht, weil Gracen sie durch Zeit und Raum zurückversetzt hat. Es hat einen anderen Grund geben müssen. Und ich würde einfach gerne wissen, was dieser war.«

Apostol rieb sich die Schläfen. »Verdammt! Richtig. Das war es, was mich die ganze Zeit an der Geschichte gestört hat. Das würde auch heißen, in der allerersten Sphäre gab es keine Kernelissi, da der Zyklus noch nicht begonnen hatte. Was aber gab es – und wozu diente die Sphäre ursprünglich?«

Elissi schenkte Apostol ein Lächeln. »Nicht wahr? Das ist doch mal eine interessante Frage!«

12

Funshi Hatko hatte sich überwunden und um Hilfe gebeten, erneut, und sie bekommen, ebenfalls erneut, und war sich nicht sicher, ob sie dafür dankbar sein sollte oder nicht. Der Chefingenieur der *Licht*, ein Mann namens Erkensteen, hatte sich bereit erklärt, ihr bei ihrer kleinen Expedition zu helfen. Er habe ohnehin nicht viel zu tun und wolle sich nützlich machen. Hatko akzeptierte die angebotene Unterstützung durchaus gerne, aber Erkensteen war jemand, der sich dermaßen gut in technischen Dingen auskannte, dass ihre eigenen Fähigkeiten dadurch in den Schatten gestellt wurden.

Der Schatten war ein Ort, an dem sie sich höchst ungern aufhielt. Als Besatzungsmitglied der Forschungsstation hatte sie stets in diesem verweilt, war als Vertreterin der Ingenieurwissenschaft nicht von jedem für voll genommen worden, hatte oft für sich allein gewerkelt, ihre privaten Projekte verfolgt und war so geduldet worden, solange sie niemanden störte. Auf diese Weise war sie dem Geheimnis im Inneren der Station auf die Spur gekommen, der Tatsache, dass die *Scythe* – oder vielmehr eine *Scythe*, wenn sie die Erkenntnisse ernst nahm, die sich in den letzten Tagen angehäuft hatten – den Ursprung der Anlage ausmachte, und dafür gab es mittlerweile sogar so etwas wie eine Erklärung. Hatko wusste noch nicht, ob sie diese ernst nehmen sollte, sie war aber bereit, offen nach eigenen Antworten zu suchen.

Daher fühlte sie sich von diesem Ding im Herzen der Hüterstation wie magisch angezogen, und ihre Entschlossenheit, sich die andere, die alte *Scythe* genauer anzusehen, war stetig gewachsen. Sie hatte Riem um Erlaubnis gefragt, und der hatte sie, halb abwesend, weil mit anderen Problemen befasst, auch erteilt. Und Erkensteen kannte sich natürlich mit Konkordatstechnik aus, wie mit so vielem anderen. Er war ein erfahrener Mann, der ein nahezu intuitives Verhältnis zu den Anlagen pflegte, und vielleicht war es diese Leichtigkeit, die ihren Neid hervorrief. Erkensteen war keiner, der angab oder auf sie herabsah, er schien ein im Grunde einfacher, durchaus bescheidener Mann zu sein, gab also keinerlei Anlass zur Abwehr. Das Problem lag bei ihr, nicht bei ihm, und immerhin hatte sie das richtig erkannt.

Sie konnte damit umgehen. Sie konnte mit allem umgehen, war ein Kind der Sphäre und hatte sich ihre Nische durch Beharrlichkeit und Anpassungsfähigkeit erarbeitet.

»Dieses Schott?«, fragte der Mensch und wies auf die wie angelaufen aussehende Metalltür. »Das ist das letzte?«

»Nicht das letzte – nur das letzte, das ich jemals in dieser Sektion geöffnet habe. Tiefer bin ich nie vorgedrungen.«

»Das ist spannend«, sagte Erkensteen und verzog seine Mundpartie, eine Mimik, die Hatko mittlerweile kannte, da sie diese bei den drei Menschen während ihrer letzten Expedition hatte beobachten und interpretieren können.

»Die Energieversorgung hier unten ist seit ewigen Zeiten abgeschaltet«, sagte sie. »Ich bin mir nicht einmal über die Luftqualität sicher. Und ob die Leitungen noch in der Lage sind, Elektrizität zu führen. Es ist riskant, und da ich bisher immer allein war, habe ich es nie gewagt.«

Erkensteen bewegte den Kopf auf und ab, das bedeutete entweder Zustimmung oder war eine Quittung für empfangene Informationen.

»Deswegen haben wir die Atemmasken. Ich habe auch Angst, dass wir eine Fehlerkaskade auslösen, wenn wir da unten irgendwas reaktivieren, was lange abgeschaltet gewesen ist. Wir sollten versuchen, so weit wie möglich zu kommen, ohne etwas wieder ans Netz zu bringen.«

Ein weiser Ratschlag, gegen den sie nichts einzuwenden hatte. Die Vorstellung, dass Riem genötigt sein könnte, eine Rettungsexpedition nach ihr zu entsenden, widerstrebte ihr bis ins Innerste. Sie würde daher sehr, sehr vorsichtig sein, und es war gut zu wissen, dass sie in Erkensteen auch in dieser Frage einen verwandten Geist gefunden hatte.

»Ich mache auf«, sagte sie.

»Ich mache Licht«, erwiderte der Mann und schaltete die Lampe an, die er auf seiner Brust trug.

Vielleicht, dachte Hatko, war es nicht so schlimm, in seinem Schatten zu stehen. Er war jedenfalls bereit, sie zu erleuchten, und das möglicherweise auch im übertragenen Sinne.

Sie öffnete den Zugang, und dahinter erwartete sie die angekündigte Dunkelheit. Erkensteen ließ ihr den Vortritt, was sie dankbar zur Kenntnis nahm, und sie schritt neugierig voran. Der Gang war verwinkelt und eng, ganz offenbar ein Produkt des Ausbaus der Station, der kinetischen Kräfte, die auf die Struktur seit endlos langer Zeit einwirkten, und des unausweichlichen Verfalls, der nur sehr langsam, dennoch mit großer Beharrlichkeit voranschritt. Hatko hatte ihre Erfahrungen in den verlassenen Zentralsektionen der Station gemacht und war auch von dem einen oder anderen Unfall nicht verschont geblieben.

Sie trugen beide kleine Kästen mit Erste-Hilfe-Ausrüstung bei sich.

Die Luft hier war abgestanden und muffig, aber bis auf Weiteres atembar. Möglicherweise gab es genug Ritzen, durch die es immer eine minimale Ventilation gegeben hatte. Die Kegel der Lampen erhellten die Umgebung ausreichend. Sie gingen weiter, hielten immer nur kurz inne, um sich über etwas auszutauschen, einen weiteren Zugang vielleicht, die Statik einer Abbiegung, den Zustand einer alten technischen Installation. Ihre Unterhaltung verlief stets in einem gedämpften Tonfall, als würde jedes laute Wort die Geister wecken, die hier seit Jahrtausenden schlummerten. Hatko glaubte nicht an Geister, aber sie wusste, dass es Anlagen gab, die möglicherweise noch funktionierten, vielleicht mit eigenen Notenergiespeichern, und eventuell auf Sprachbefehle reagieren würden, mit unabsehbaren Folgen, wenn man das Falsche sagte. Natürlich war nicht davon auszugehen, dass ihre Sprache als solche verständlich sein dürfte, aber gerade bei Fehlfunktionen konnten ähnlich klingende Worte alte Befehlsroutinen wecken. Das wollten sie beide tunlichst vermeiden.

»Es scheint alles sehr zugebaut zu sein – und stabilisiert«, fasste Erkensteen zusammen und wies auf eine mitten im Gang verankerte Metallstrebe. »Irgendwann haben die Ingenieure den Zentralteil zwar aufgegeben, aber dafür gesorgt, dass er seine statische Funktion erfüllen kann. Er ist quasi das Fundament, auf dem die anderen Sektionen stehen, obwohl der Vergleich sicher hinkt. Da hier niemand mehr rein sollte, wurde dabei wenig Rücksicht auf Zugänglichkeit gelegt. Hier ... wir müssen uns wohl bücken.«

Sie machten Fortschritte, langsam zwar, aber sie verband eine große Beharrlichkeit, und obwohl der Mann mit seiner Beobachtung richtiglag, war es keinesfalls so, dass ein Weiterkommen unmöglich war.

Es dauerte nur.

Nach einer Stunde recht anstrengender Kletterei und aus Vorsicht geborener Langsamkeit, die aufgrund der ständigen Konzentration ihre eigene Art der Ermüdung verursachte, beschlossen sie eine Pause. Es war ohnehin hilfreich, sich einen Moment lang zu orientieren. Ohne ihre technische Ausrüstung hätten sie sich bestimmt verlaufen.

»Ich wusste nicht, dass die *Scythe* so groß ist«, murmelte Hatko.

»Wir sind noch nicht in der *Scythe*, dies sind Elemente, die an sie anschließen«, erklärte Erkensteen und biss in einen Konzentratriegel. Seinem Gesichtsausdruck war zu entnehmen, dass er die Speise zwar für notwendig hielt, aber nicht genoss. »Wir sollten nahe dran sein, wenn die Messungen stimmen.« Er sah Hatko an. »Wovon ich natürlich ausgehe.«

»Ihre Höflichkeit adelt Sie, danke«, erwiderte sie artig. »Ich gehe auch davon aus, denn sie waren sehr gründlich, und die Scans der *Scythe* geben ein recht genaues Abbild der Struktur. Glauben Sie diese Zeitreisen- und Paralleluniversengeschichte, die uns von Captain Apostol übermittelt wurde? Oder die Variante dieser Spinnenfrau und der An'Sa? Denen traue ich keinen Moment über den Weg.«

Erkensteen wirkte sehr ernst. »Tizia hat ein furchtbares Schicksal ereilt. Ich kann nichts darüber sagen, ob sie die Wahrheit spricht oder nicht, aber sie tut mir von Herzen leid, und ich wünschte mir, ich könnte etwas für sie tun.«

Hatko entgegnete nichts. Es war offensichtlich, dass sie da einen wunden Punkt berührt hatte. Da es nicht wichtig war, was sie von dieser Tizia hielt, war das auch kein Thema, das sie vertiefen musste.

Sie machten weiter. Als sie ein weiteres Schott erreichten, atmete Erkensteen geräuschvoll ein, was zweifelsohne eine kommunikative Bedeutung hatte.

»Standardkonstruktion des Konkordats«, sagte er, ehe sie fragen konnte. Er sah sie bedeutungsvoll an. »Wir sind da. Das ist die *Scythe*. Die andere *Scythe*.«

»Die verdammt alte *Scythe*«, ergänzte Hatko. Sie wies auf die Schweißnähte. »Und jemand wollte nicht, dass da einfach Leute reinspazieren.«

»Nun, dieser Jemand ist lange tot«, murmelte Erkensteen und betrachtete die Konstruktion fachmännisch. »Da kommen wir durch, oder?«

»Zweifelsohne. Aber warum alles so absperren? Da kann doch nichts mehr von Wert drin sein!«

»Wert zu bemessen, ist nicht objektiv. Manchmal lohnt es sich bereits, Erinnerungen zu vergraben und darauf zu bauen, dass diese niemals wieder zum Vorschein kommen.«

Erkensteen machte wieder die Mundbewegung, Hatko war sich allerdings einigermaßen sicher, dass es diesmal kein richtiges Amüsement ausdrückte. »Eine vergebliche Hoffnung, wie ich sagen darf.«

Hatko kommentierte das nicht. Schweigend machten sie sich an die Arbeit.

13

»Der Punkt ist ...«, sagte Radek und schaute auf die regungslose Gestalt von Tizia McMillan, deren Oberkörper in ein Stützgerüst gebettet war, da der Spinnenkörper nicht in der Lage war, sich richtig hinzulegen. »... dass sie nicht sie selbst ist, zumindest nicht richtig.«

Apostol und der Resonanzbauch sahen wiederum Radek an. Beide wussten nicht so richtig, was er meinte. Der Resonanzbauch zeigte keinesfalls das Gesicht einer Fruchtmutter, sondern vielmehr das von Laetitia Genq. Sie hockte, im metaphorischen Sinne, in einem Speicher der königlichen Barke Qesjas, und sie hatte darum gebeten, bis auf Weiteres nicht auf die *Scythe* transferiert zu werden, da es hier »sehr interessant« sei. Außerdem war sie mobil, seit die Fruchtmutter ihr einen eigenen Bauch zugestanden hatte, ein Angebot, das über die Bereitstellung von Robotern weit hinausging, und ein weiteres Erlebnis, das die Androidin – oder vielmehr ihre überlebende Software – als »interessant«

qualifizierte. So zeigte der Bauch einen seltsam neugierigen und faszinierten Gesichtsausdruck, der so gar nicht an den einer Maschine erinnerte.

»Was ist die Ursache?«, fragte Apostol.

»Ich habe es mittlerweile identifiziert«, antwortete Radek, dem die Müdigkeit anzusehen war. Der Arzt kam einfach nicht zur Ruhe. Wenn dies hier erledigt war, so hatte Apostol beschlossen, würde sie ein Machtwort reden müssen.

Radek wischte durch die Luft. Er konnte hier frei reden. McMillan hörte nicht zu, sie war bewusstlos – und nicht einmal an Bord der *Scythe.* Was sie sahen, war eine Direktübertragung aus dem Schiff der An'Sa, Teil des Entgegenkommens der Schnabelwesen, um zu zeigen, was mit der Frau geschah. Das Bild war geteilt, die andere Hälfte präsentierte den leblosen Körper, der einstmals zu Laetitia Genq gehört hatte.

Radek zeigte auf eine dritte Abbildung, eine stark vergrößerte Darstellung von Ergebnissen aus seinem medizinischen Scan.

»Das ist ihr Blut, soweit es noch das ihre ist. Ich weiß nicht, was die obsolete An'Sa-Maschine alles mit ihr angestellt hat, aber mir ist klar geworden, dass sie nur so ›erfolgreich‹ sein konnte, weil Tizia bereits nicht mehr Herrin ihres eigenen Willens war. Und die Ursache dafür ist hier zu finden.«

Radek wischte erneut, und ein Bild sprang nach vorne, eine Konstruktion wie eine kleine Amöbe, aber eindeutig künstlichen Ursprungs, wie Apostol mit einem Blick auf die begleitenden technischen Spezifikationen feststellen durfte. Sie war auch gar nicht überrascht, denn sie hatte so etwas schon einmal gesehen, und so produzierte sie nicht mehr als ein Nicken.

»Wir kennen das, Doktor Radek.«

»Absolut. Ich habe zwei Arten von Naniten isoliert. Da wären jene, die ihr von Saims Leuten injiziert worden sind – sie waren passiv, sind nie aktiviert worden, eine reine Vorsichtsmaßnahme. Wir haben sie bereits aus dem Kreislauf ausgespült. Das hier hingegen sind die Kontrollnaniten, die Gracen entwickelt hat und mit denen er sich spezifische Personen gefügig macht, um sie in seinem Sinne einzusetzen. Eine sehr teure und aufwendige Entwicklung, daher hat er sie immer nur sehr sparsam genutzt. Tizia McMillan war aber definitiv eine deformierte Persönlichkeit: Ein Teil von ihr, ohne dass es ihr selbst bewusst war, stellte ein Konstrukt dar, manipuliert durch die Naniten in ihrem Körper, die ihr den Willen Gracens aufzwangen. Ein anderer Teil, völlig isoliert, bewahrte sich den Großteil ihres Persönlichkeitskerns, den Teil, den Gracen nicht gebrauchen konnte, der für das Funktionieren des Bewusstseins jedoch weiterhin von Bedeutung war. Eingesperrt in einem Gefängnis in ihrem Kopf. Ich möchte nicht wissen, was sie da durchgemacht hat. Und zweifelsohne war es diese Beeinflussung, die dazu geführt hat, dass sie für die Maschine in dem Wrack besonders anfällig – und attraktiv war.«

»Und wir ...«, begann Apostol.

»Und wir, oder vielmehr die An'Sa, integrieren die gespaltene Persönlichkeit wieder und geben Tizia die volle Autonomie zurück. Neben ihrem neuen Körper dürfte dies das größte Geschenk sein, das ihr jemand machen kann. Ich weiß nicht, ob es ein gerechter Ausgleich für die Tortur ist, die sie durchgemacht hat, aber es kommt dem bestimmt sehr nahe. Denn dafür sind die An'Sa definitiv nicht verantwortlich. Und es beweist uns, auch ohne die noch ausstehenden Untersuchungen, dass Gracen mit hoher Wahrscheinlichkeit noch unter uns weilt.«

»*Unser* Gracen«, versuchte Apostol etwas Ordnung in die offenbar sehr multiplen Identitäten ihrer Nemesis zu bekommen.

»Falls er sie nicht bereits mit Naniten infiziert hat, bevor die *Licht* angegriffen wurde«, fügte Radek noch hinzu. »Und dann im Zuge der Kämpfe starb. Das können wir natürlich nicht völlig ausschließen. Tatsache ist: Die kaputte An'Sa-Maschine im Wrack hat Tizia aufgrund der aktiven Kontrollnaniten als kompatibel erkannt und sie deswegen geschnappt, als die Möglichkeit sich ihr eröffnete. Tizias ursprüngliche Mission war eine andere.«

»Sie sollte sich als Überläuferin bei uns einschleimen und Schaden im Sinne Gracens anrichten«, murrte Apostol.

»So etwas in der Richtung, ja. Sie hat wirklich einiges durchgemacht, und nichts davon ist ihre Schuld. Wir können jetzt nichts weiter tun, als ihre Autonomie wiederherzustellen. Und sobald wir wissen, hinter welcher Maske sich unser Gracen verbirgt, wird er auch dafür zur Rechenschaft zu ziehen sein.« Radek wirkte sehr grimmig. Er teilte das Bedürfnis aller Besatzungsmitglieder des Polizeikreuzers, diesen Mann endlich zur Strecke zu bringen.

»Falls es jemals dazu kommt. Ich befürchte, es ist alles viel komplizierter geworden, und es wird durch die Hilfe, die wir den An'Sa zugesagt haben, nicht einfacher«, goss Apostol Wasser in den Wein.

Radek sah Apostol prüfend an, dann wandte er seinen Blick wieder auf die Darstellung vor ihnen. Die Prozedur hatte begonnen, soweit sie das erkennen konnten. Tizias Oberkörper war von einer fremdartig aussehenden Apparatur bedeckt, die sich von oben auf sie hinabgesenkt hatte. Der Transfer hatte begonnen, und obgleich der Körper Laetitia Genqs noch leblos war, würde sich dies hoffentlich bald ändern. Eine Ganzkörperprothese. So etwas hatte es im Konkordat noch nicht gegeben. Meistens konnte, wenn das Gehirn überlebte, ein neuer organischer Körper im Tank herangewachsen lassen werden, und dann kam es zur Verpflanzung. Doch in diesem Fall stand ihnen die dafür notwendige medizinische Technologie nicht zur Verfügung. Für die An'Sa hingegen war die Verbindung von organischer Existenz und Maschine eine Selbstverständlichkeit, sie mussten diese Art von Prozess schon früher erprobt haben, wenngleich auch nur an sich selbst.

»Wir haben zugesagt, ja?«, fragte Radek leise. »Ich meine, wir helfen den Schnabelwesen?«

»Der Sonnenherr ist der Schlüssel. Die vorherigen Gracens haben ihn für die An'Sa unkontrollierbar gemacht, sie können sich ihm nicht einmal nähern, ohne dass ein massiver Abwehrmechanismus ausgelöst wird. Fällt der Sonnenherr aber aus oder erzwingt Gracen weitere Sprünge in alternative Universen, ist ihr grandioser Rettungsplan in ernsthafter Gefahr. Also halten sie sich zurück und bitten um unsere Intervention, vor allem die von Elissi – und die von Tizia. Und, so habe ich gehört, um die von Saim. Eine unheilige Allianz, aber wer fragt mich schon?«

»Haben wir auch all die vorherigen Male so gehandelt?«

»Das Bewusstsein der An'Sa für die parallelen Entwicklungen in den parallelen Universen ist vager als die genaue Kenntnis, die Gracen vorspiegelt. Gracen wiederum sagt, bisher habe man vor allem Krieg gegeneinander geführt, und alle Seiten, er, die Entführten in der Sphäre und die An'Sa, hätten gleichermaßen verloren – und daraufhin wiederholte sich der verhängnisvolle Zyklus erneut. Dies zu durchbrechen, das ist unser gemeinsames Interesse.«

»Es klingt vielleicht albern, aber ich traue den An'Sa hier mehr als Gracen.«

»Das klingt nicht albern, denn mir geht es genauso.«

Irgendwas passierte. Was genau, war nicht zu erkennen, aber da war Aktivität an der Anlage, es floss Energie, und Radek wirkte nun besonders aufmerksam. Apostol erwartete nicht, dass sie etwas von dem, was sich dort abspielte, wirklich sähe, aber dass sie Zeugin eines einmaligen Vorgangs wurde, ließ sich schon an der sichtbaren Anspannung des Arztes ablesen.

»Es wird nicht lange dauern«, erklärte Radek. »Sie sagten mir ...«

»Genq bewegt sich!«, unterbrach Apostol ihn und zeigte. Die beinahe flattrige Bewegung ihrer Hände wiederholte sich mehrere Male, bis wieder Ruhe einkehrte.

»Es ist bald vollbracht«, sagte der Arzt mit vor Nervosität vibrierender Stimme.

»Captain!«

Apostol drehte sich um. Severus Inq betrat das Arbeitszimmer des Captains und warf einen kurzen Blick auf die zitternde Gestalt Genqs.

»Ist das für dich ein Problem?«, fragte Apostol die Maschine, die ja offenbar etwas hatte sagen wollen, aber nun auf sehr menschliche Weise schwieg.

»Ich denke nicht. Genq geht es gut, ich habe mit ihr kommuniziert. Ich bestärke sie in ihrem Vorhaben, vorläufig auf dem Schiff der Fruchtmutter zu bleiben. Es gibt interessante Daten zu sammeln. Aber deswegen bin ich nicht hier, Captain.«

»Was gibt es?«

»Es scheint, als mache Ratsvorsitzender Saim einen Zug. Er bittet nun um eine Unterredung, Verhandlungen, wie er es nennt. Sein Emissär, dieser Kasten, hat mich angesprochen und weitreichende Zugeständnisse in Aussicht gestellt. Entweder geht Saim der Arsch auf Grundeis, oder er hat etwas vor.«

»Ich vermute Letzteres. Er muss sich neu positionieren, und wir wissen, dass er mit den An'Sa redet. Irgendwie hat er sie neugierig gemacht«, sagte Apostol. »Und ich erkläre mich erst mal für nicht zuständig. Wir haben es hier mit drei Autoritäten zu tun, die miteinander kooperieren oder auch in Konkurrenz stehen: die beiden Skendiköniginnen, Riem und seine Forscher und die An'Sa.«

»Und uns und die Kernelissi, die nur deswegen nichts tut, weil es ihr wohl nicht so gut geht«, ergänzte Radek, der sich für einen Moment von der Beobachtung des Transfers löste. »Ich zähle fünf.«

»Meinetwegen«, räumte die Kommandantin ein. »Und ich habe kein Interesse, zum Sprachrohr zu werden. Für niemanden. Ich werde das tun, was sich als notwendig herauskristallisiert: zum Sonnenherrn aufbrechen und die Voraussetzungen dafür schaffen, dass wir hier wegkommen, Gracen das Handwerk legen und möglichst überleben. Nicht unbedingt in dieser Reihenfolge.«

Sie sah Inq an. »Sagen Sie Riem oder Quara, sie sollen das übernehmen. Sobald Tizia McMillan in ihrem neuen Körper angekommen ist, brechen wir zum Sonnenherrn auf.

Das ist eine Aussicht, die mich mehr als genug beschäftigt. Ich brauche jetzt keine Politik, beim besten Willen nicht. Wenn die An'Sa einem Plan zustimmen, der uns alle umfasst, werde ich kooperieren. Ist ja nicht so, als hätte ich allzu viele Alternativen in petto.«

»Was soll ich Henk sagen?«

»Nichts. Leiten wir die Anfrage weiter an alle anderen, und schauen wir mal, wer sich zuständig erklärt.« Sie blickte Radek an. »Ich mache die *Scythe* startfertig. Konzentrieren wir uns auf das Wesentliche.«

»Die Galaxis zu retten?«, fragte der Arzt lächelnd.

Apostol stieß ein Schnauben aus, als sie ging. »Jetzt fangen Sie nicht auch noch damit an.«

14

»Wir sind besorgt«, sagte der Fünfte, und der Vierte bestätigte diese Einschätzung mit einem nachdrücklichen Kopfnicken. Die Runde der Gracens war nicht körperlich anwesend, keiner von ihnen konnte seine Blase verlassen, da allein sie die verschiedenen Inkarnationen vor der Auflösung in Logik und Linearität verschonte. Es war ein unangenehmes Gefühl, in einem Gefängnis zu sitzen, und hätte Apostol Kenntnis von den wahren Ausmaßen ihres Exils, hätte sie noch größeres Interesse daran, keinen von ihnen jemals daraus zu befreien.

Doch das war die Absicht der Gracens. Und allein der Sonnenherr war in der Lage, ihnen zu helfen. Die Maschinerie allerdings war nach sieben universalen Alterationen nur noch eines: sehr verwirrt, dem Zugriff der An'Sa wie der sieben gleichermaßen entrückt, und sie bedurften des genialen Geistes einer jungen Frau, um die Sache in den Griff zu bekommen.

Doch der Weg des Siebten stieß wieder auf Kritik.

Gracen hasste Kritik, vor allem wenn die Kritiker Versionen seiner selbst waren.

»Wo ist der Achte?«, fragte der Fünfte. »Er sollte in die Betrachtung miteinbezogen werden.«

»Er wird da sein, wo er jedes Mal war«, gab der Siebte zurück. »Wir haben Apostol das eine erzählt, wir wissen das andere: In jeder Version des Multiversums sind wir immer in der gleichen Persönlichkeit auf der *Licht* weitergereist und hierher verschlagen worden. Ich habe es vorgezogen, dies nicht zu enthüllen. Er wurde kontaktiert und weiß, was zu tun ist. Zur rechten Zeit am rechten Ort. Er ist mit meinem Plan übrigens einverstanden.«

»Apostol mag uns nicht«, murmelte der Erste. Er war von ihnen allen nicht nur am längsten hier, er war auch am weitesten jeder gemeinsamen Realität entrückt, und das schien Auswirkungen auf seine psychische Konstitution zu haben, die der Siebte schon seit langer Zeit mit wachsender Sorge beobachtete. »Keiner mag uns.«

»Wir mögen Apostol auch nicht«, erinnerte ihn der Zweite, dessen geistige Verfassung nicht viel besser war, der aber vor allem den Ersten und sein ursprüngliches Versagen für die Ursache ihrer aller Probleme hielt und das zu jeder passenden Gelegenheit zeigte. Der Siebte war sich einigermaßen sicher, dass dieser Blick auf die Vergangenheit die Dinge arg verkürzte, doch das war ein Thema, über das man mit dem Zweiten einfach nicht reden konnte.

Er hob seine Arme. Als aktuellste anwesende Inkarnation führte er so etwas wie den informellen Vorsitz, und wenn er einschritt, so die stillschweigende Übereinkunft, wurden Streitgespräche beendet.

»Der Achte weiß von unserer Existenz«, griff er den Gesprächsfaden auf. »Er wird Maßnahmen ergreifen, die hilfreich für uns sein könnten. Ohne Blase hat er von sich aus keine Möglichkeit, direkt am Sonnenherrn zu operieren, er wird auf seine Chance warten müssen. Das ist immer riskant. Wir müssen ihm überlassen, richtig und zum richtigen Zeitpunkt zu handeln. Wir müssen Einigkeit beweisen und aufhören, uns wie eine höchst dysfunktionale Familie zu verhalten.«

Was vor allem daran lag, dass sich die Gracens gegenseitig nicht die Butter auf dem Brot gönnten, von einem wahrhaft kollektiven Überleben einmal ganz zu schweigen. Der Achte saß irgendwo und dachte sich: *Wie kann ich überleben und wieder zu Macht, Geld und Frauen kommen?* Mit der Betonung auf *ich*. Gracen war kein Mann der Solidarität und brüderlichen Verbundenheit, auch nicht mit sich selbst. Darin waren sie alle gleich. Wenn der Achte mit ihnen kooperierte, dann aus Notwendigkeit. Sie wussten das, jeder Einzelne von ihnen, und dass sie es erneut diskutieren mussten, zeigte, dass viele seiner Brüder nicht mehr auf der Höhe ihrer geistigen Fähigkeiten waren. Der Vierte war noch ganz fit. Und der Sechste. Der gehörte zu den Vernünftigsten.

»Was kommt als Nächstes?«, fragte dieser nun.

»Ich werde mit der *Scythe* verbunden zum Sonnenherrn reisen und unser Siegel öffnen.«

»Werden sie dich lassen?«

»Ohne mich kommen sie nicht einmal in die Nähe. Ich habe den Zugangscode zum Abwehrmechanismus. Zumindest der sollte noch Gültigkeit haben. Sie brauchen mich.«

»Weiß Apostol das?«

»Wissen? Nein. Ahnen? Ich denke schon. Ich werde mich diesmal nicht aufdrängen, es wird keine hinterhältigen Angriffe geben, keine Eroberungsversuche der *Scythe*, kein Bündnis mit diesem Saim, keinen der Fehler der Vergangenheit. Ich werde kooperieren.«

»Bis zu einem gewissen Punkt«, sagte der Sechste.

Gracen Nr. 7 lächelte. »Natürlich. Zur geeigneten Zeit werde ich dafür Sorge tragen, dass die Dinge sich in ... unserem Interesse entwickeln.«

Er hätte beinahe »meinem« gesagt, und zumindest dem Sechsten war das kurze Zögern nicht entgangen, wie seinem nachdenklichen Blick zu entnehmen war. Die anderen waren mit ihren eigenen Gedanken befasst und schienen nichts gemerkt zu haben. Nr. 7 kam zu einem Entschluss. Es war Zeit, das Endgame vorzubereiten, und dafür war ein gewisses Gespräch notwendig.

»Ich halte euch alle wie immer auf dem Laufenden. Ich bin zuversichtlich, dass wir diesmal Erfolg haben werden!«, sagte er laut und beobachtete, wie die Projektionen seiner Brüder aus seiner Blase verschwanden.

Er wartete einen Moment, dann machte er einen Anruf, und Sechs tauchte wieder auf, sein Gesichtsausdruck nicht halb so überrascht, wie man hätte meinen können.

»Wir müssen reden«, sagte der Siebte.

»Worüber?«

»Das weißt du ganz genau. Die fünf Idioten und den Achten, den wir brauchen, der aber auch ein verdammt großes Problem werden könnte.«

Der Sechste sah seinen Bruder lauernd an. »Was die ersten fünf angeht, so habe ich da einige Ideen, wie wir uns ihrer entledigen können, wenn es mal so weit ist. Was den

Achten angeht, so weißt du das besser, denn du bist in Kontakt mit der aktuellen *Scythe.*«

»Ich höre mir deine Vorschläge gerne an«, ermunterte der Siebte seinen Mitverschwörer. Beide sprachen nicht aus, was sie dachten – und von dem beide wussten, *dass* sie es dachten: dass es am Ende auch darum gehen würde, wer dem jeweils anderen als Erster an die Gurgel sprang.

Der Siebte unterdrückte ein Lächeln.

Das alles begann wieder richtig Spaß zu machen.

15

»Wir stehen in deiner Schuld, Ratsvorsitzender Saim.« Das waren Worte, die Saim besonders gerne hörte. Er verbarg seinen Triumph, möglicherweise war dieser auch verfrüht. Aber die An'Sa, das hatte er festgestellt, verfügten über einen Kodex, der Begriffe wie Ehre und Schuld und Verantwortung kannte. In den Köpfen war zwar ein Bild der An'Sa als fanatische Irre entstanden, das aber ganz offensichtlich nicht der Realität entsprach. Saim lobte sich dafür, diesem Trugbild nicht allzu lange auf den Leim gegangen zu sein. Man konnte mit den An'Sa nicht nur reden, sie zeigten sich in einem gewissen Maße sogar vernünftig. Ehre und Verantwortung waren Begriffe, die auch jemand wie Saim mit Inhalt zu füllen verstand, selbst dann, wenn er für sein persönliches Leben etwas andere Aspekte damit verband.

Aber Saim lernte, dass er sich anpassen musste. Dass die geliebte Macht ihm nur weiter zufiel, wenn er sich flexibel zeigte, und das deutlich mehr als in der Vergangenheit.

Saim lernte. Wenn etwas an den Ereignissen der jüngsten Zeit ihn am meisten verwunderte, vor allem über sich selbst, dann seine Fähigkeit zu lernen. Es war wohl wirklich so, dass Grenzsituationen ganz neue Charaktereigenschaften zum Vorschein brachten. Saim empfand das als gleichermaßen überraschend wie irritierend. Er musste sich selbst bis zu einem gewissen Grad neu kennenlernen, und das war harte Arbeit.

Die An'Sa waren auch flexibel, aber anders. Verdammt, *alles* war *dauernd* anders. Saim fühlte sich ein klein wenig überrumpelt. Es wurde wirklich Zeit, dass das Universum wieder so wurde, wie er es wollte. Und auf diesem Weg hatte er einen wichtigen Schritt getan.

»Ich würde es nicht Schuld nennen«, sagte er bescheiden.

»Was ist der richtige Ausdruck?«

»Wir entdecken gemeinsame Interessen und können entsprechende Handlungsoptionen entwickeln. Schuld ist so einseitig. Vielleicht nennen wir es einfach Bereitschaft zur Übereinkunft.«

»Wir sind bereit zur Übereinkunft. Wir An'Sa haben klare Ziele.«

Oh ja, klare Ziele. Saim schwirrte noch der Kopf. Die Galaxis zu retten, den Sonnenherrn zu reparieren, sieben irgendwie unsterbliche Zeitreisende davon abzuhalten, ihnen in das Handwerk zu pfuschen, das war für einen Moment sicher die Ursache dafür gewesen, dass sich Saim überrumpelt gefühlt hatte. Er glaubte den An'Sa jedes Wort. Sie sprachen mit einem heiligen Ernst, der zu dem Bild religiöser Fanatiker gehörte, das immer noch in Saims Hinterkopf schlummerte. Er hatte es nicht infrage gestellt, allein schon aus einem sehr wichtigen Grund: Es war ihm völlig gleichgültig.

Die Rettung der Galaxis irgendwann in ferner Zukunft interessierte ihn nicht. Wenn die An'Sa ihm gaben, was er wollte, würde er wahlweise die Galaxis retten, irgendwelche Zeitblasen zerstören oder seine Geschlechtsteile entblößen, es machte keinen Unterschied. Und die An'Sa hatten die Mittel, seine Wünsche zu erfüllen.

Blieb die Frage: War die Schuld groß genug – oder musste er noch ein wenig nachlegen.

»Wir benötigen Hilfe, Ratsvorsitzender.«

Er würde nachlegen müssen. Saims Enttäuschung hielt sich in Grenzen. So war es doch im Grunde immer. »Ich helfe gerne. Wir helfen gerne.«

»Opfer müssen erbracht werden.«

»Ist das nicht immer so?«, fragte Saim und verbarg die Leichtigkeit in seiner Stimme im letzten Moment, obgleich er sich gar nicht einmal sicher war, ob die An'Sa ihrer gewahr werden konnten. Nicht jeder fand, dass das individuelle Leben von geringem Wert war, wenn sein Ende einem großen Ziel diente, das musste Saim eingestehen. Allzu deutlich zu zeigen, wie egal ihm der Tod irgendwelcher Hilfskräfte war, fand nicht immer Zustimmung. Jeder wollte irgendwie geschätzt und anerkannt werden, jeder das Gefühl haben, einzigartig zu sein, derjenige, der es wert war zu überleben. Es gehörte zu Saims Führungsqualitäten, Leuten dieses Gefühl zu geben, nicht zuletzt, indem er sorgfältig verbarg, was er wirklich von diesem Konzept hielt.

»Wir benötigen Zugang zum Sonnenherrn. Er ist unserer Kontrolle entglitten.«

So viel hatte Saim mittlerweile begriffen. »Aber wie kann ich dabei helfen?«

»Wir benötigen Zugang zum Steuerkern der Sonnenanlage. Elissi wird uns helfen. Unsere Gefährtin wird uns helfen.«

Die An'Sa waren umständlich in ihrer Argumentation, und sie neigten zu Wiederholungen. Elissi kannte Saim nicht, er hatte aber von ihr gehört, es war beinahe unvermeidlich gewesen, vor allem, nachdem Henk ihm von der Begegnung mit der anderen Elissi im Zentrum der Sphäre berichtet hatte. Wirres Zeug, wie Saim fand. Für ihn gab es nur eine relevante Frage: Wie nützte es ihm? »Gefährtin?«

Die An'Sa projizierten ein Bild vor seinen Augen. Ah, die. Tizia sonst wer. Die Verräterin, die ihnen aus den Händen geglitten war. Irgendwie war es ein zufriedenstellendes Gefühl, dass sich der Kreis so wieder schloss. In gewisser Hinsicht hatte Saim doch schon geholfen, sonst wären die An'Sa nicht an ihre »Gefährtin« gekommen. Er war sich nicht sicher, ob dieses Argument bei den enigmatischen Aliens gut ziehen würde, er behielt es daher lieber für sich.

»Was ist unser Beitrag?«

»Wie begleichen wir unsere Schuld?«

Nein, dumm waren die An'Sa nicht. Sie wollten erst Kassensturz machen, um zu ermessen, ob sie zu viel von Saim verlangten, während der Ratsvorsitzende lieber Verpflichtungen aufhäufte, um danach den Ausgleich zu verlangen. Er ermahnte sich. Die An'Sa waren alt, seltsam und ein wenig verschreckend, aber sie waren intelligent und ganz offensichtlich in der Lage zu kommunizieren, ohne alle Karten auf den Tisch zu legen. Sie verstanden das Konzept von Vorteil und einem Handel, und offensichtlich war es auch bei ihnen nicht völlig unüblich, einen Gesprächspartner über den Tisch zu ziehen.

Da waren sie bei Saim genau beim Richtigen. Das hatten schon ganz andere versucht.

»Könnt ihr die Sphäre reparieren?«, fragte er.

»Wenn uns keiner dabei stört, ja.«

»Die Störung werden wir diesmal hoffentlich beseitigen.«

»Es ist ein Unsicherheitsfaktor«, beharrte sein Gesprächspartner.

»Den gibt es immer. Wenn wir euch helfen …«

»… und wir Erfolg haben!«, stellte der An'Sa die Bedingung, die Saim befürchtet hatte, die zu akzeptieren aber wohl unausweichlich war.

»… und Erfolg haben«, sagte er also auch. »Wenn das also eintritt, dann repariert die Sphäre.«

»Und dann?«

Saim breitete die Arme aus. »Und dann schenkt sie mir.«

Stille, ein Moment des Zögerns oder der Überraschung.

»Du gibst uns, was wir benötigen, und hilfst uns, alles zu bereiten?«, kam die Antwort, die Saim sehr hoffnungsvoll stimmte. »Es muss schnell gehen. Wir stellen euch Ressourcen zur Verfügung, aber wir brauchen viele, die die Arbeit tun, und sofort. Wir sind wenige. Deine Kooperation eröffnet neue Möglichkeiten.«

Saim lächelte. Er hatte gewonnen. Er spürte es. Er hatte, was er wollte. Die Sphäre würde ihm gehören, und seine Herrschaft würde unumstritten sein.

»Was benötigt ihr?«, fragte er beinahe heiser.

»All euren Schrott.«

Nun war es an Saim, erst einmal zu schweigen. Das war mal eine ganz andere Perspektive. Aber wenn er es richtig verstand, passte sie ihm ganz wunderbar in den Kram.

16

Es passierte zu viel auf einmal. Viel zu viel. Apostol drohte den Überblick zu verlieren, und das Schlimmste war: Hier, in den Tiefen der Galaxis, umgeben von Aliens, einer Wahnsinnskonstruktion um diese Sonne, konfrontiert mit multiplen Zeitreisenden, einer galaktischen Bedrohung und mit dem individuellen Schicksal zahlreicher außergewöhnlicher Menschen, nahezu überrannt von Ereignissen, die sie sich in ihrer kühnsten Fantasie niemals hätte ausmalen können ... was tat sie da?

Sie nahm an Meetings teil.

Meetings. Die ultimative Reaktion auf das Unbekannte, die letzte Verteidigungslinie der modernen Zivilisation vor dem Chaos, der Kulminationspunkt historischer Entscheidungen. Es war dermaßen surreal, Apostol musste sich hin und wieder vergewissern, ob sie nicht aus Versehen aus Radeks Pharmakaschrank genascht hatte. Die Galaxis ging vor die Hunde. Geheimnisvolle Außerirdische baten sie um Hilfe.

Es gab sieben Gracens – nein, acht, sie wusste nur nicht, wo der letzte sich aufhielt. Eine gigantische Sphäre mit aufgebrochenem Schutzschirm schwebte durch ein Sonnensystem, in dessen Zentrum eine völlig unglaubliche Maschinerie die Realität manipulierte, und die war außer Kontrolle. Frauen wurden zu Roboterspinnen und dann ganz zu Robotern, aus Feinden schienen Verbündete zu werden, und ... und ...

Apostol atmete tief durch, während jemand in dem Raum redete. Sie waren hier alle beisammen: Resonanzbäuche, Direktor Henk, Riem, ein sehr schweigsamer, sehr zurückhaltender Vertreter der An'Sa, Elissi und ihr unausweichliches Faktotum Jordan und noch einige andere. Nicht alle mussten hier sein, manche waren nur gekommen, weil sie fühlten, dass die Dinge einem Höhepunkt zustrebten, ein Gefühl, das Apostol hin und wieder eine starke Beklemmung in der Brust auslöste, ein plötzliches Herzklopfen und Kurzatmigkeit, vor allem dann, wenn sie sich gewahr wurde, was alles passiert war und was noch passieren konnte.

Und dann ein Meeting. Es gab sogar Kekse. Meetingkekse, der Fluch eines jeden Bürokraten, die Nemesis für alle, die Kantinenbesuche verpasst und Salate daheim vergessen hatten. Apostol rührte keinen an, ihr war so schon schlecht genug.

Warum nur, so dachte sie, *konzentriert sich alles Bedeutsame immer im Banalen?* Das war ein interessanter Gedanke, viel interessanter als der mäandernde Vortrag eines der Wissenschaftler von Riems Gruppe, der gerade über Quantenphysik philosophierte, ohne den Bezug zur praktischen Realität herzustellen. Aber was war schon Realität? Sie lernten ja gerade, dass dies ein sehr dehnbarer Begriff sein konnte.

Wie war das mit den großen Kriegen, den wichtigen Entscheidungen berühmter Staatsleute, den sozialen Umbrüchen, den Revolutionen und den Restaurationen in der menschlichen Geschichte? Hatten sie alle ihren Anfang und möglicherweise ihr Ende in einem Meeting genommen, mit schalen Keksen und bitterem Kaffee und langen, genervten Blicken auf die Chronometer? Das war eine gleichermaßen erschreckende wie beruhigende Vorstellung, und sie half Apostol, sich mit dem zu arrangieren, was hier geschah. Aber nicht weit genug, um nicht die Notwendigkeit zu sehen, jetzt einzugreifen. Es war gut, alles zu besprechen, und nichts war besser als ein Konsens. Es schadete aber, die Dinge zu zerreden, bis niemand mehr verstand, worum es eigentlich ging, und sie waren auf dem besten Weg dorthin.

Der Wissenschaftler machte eine Pause, gleichzeitig jedoch nicht den Eindruck, bereits am Ende angekommen zu sein. Captain Lyma Apostol fand, dass der Höflichkeit Genüge getan war, und ein Blick in die Runde zeigte, dass kein Widerstand gegen ihr Eingreifen zu erwarten war.

»Die *Scythe* wird in 24 Stunden den Sphärenkern verlassen«, erklärte sie mit durchdringender Stimme, immer noch am Tag-und-Nacht-Zyklus einer sehr weit entfernten Welt festhaltend. »Wir sind mit den Vorbereitungen beschäftigt und stehen in einem ständigen Austausch mit den An'Sa, die den Sonnenherrn nicht mehr erreichen, sich ihm nicht einmal richtig nähern können. Die *Scythe* wird es können, so sagen die An'Sa, wenn uns der siebte Gracen dabei hilft – und an Bord gelangen wird ein Team aus drei Personen, die in der Lage sein werden, zu überleben oder sogar, und das ist das Ziel, den Sonnenherrn zu reparieren. Dieses Team wird aus Tizia McMillan, Elissi Portinari und dem siebten Gracen bestehen, aufgrund der besonderen Existenzbedingungen des Sonnenherrn offenbar im Original. Jordan bleibt hier.«

Sie musste das noch einmal betonen. Dem jungen Mann war anzusehen, dass ihm dafür auf einer emotionalen Ebene jedes Verständnis fehlte. Rational begriff er die Situation natürlich. Der Sonnenherr war nichts für ihn, für niemanden, der »normal« dachte, handelte und im vierdimensionalen Raum verwurzelt war. So viel hatten sie alle aus den Schilderungen der An'Sa verstanden. Natürlich bestand die Chance, dass alles gelogen war. Aber zumindest Apostol war der Auffassung, dass die Schnabelwesen alles Mögliche waren, vielleicht sogar ein wenig verrückt, aber keine Lügner.

»Ich kenne die genauen Bedingungen nicht, unter denen wir operieren werden. Ich kann nicht versprechen, dass wir sicher sein werden, eher im Gegenteil. Aber alle sind Freiwillige, wenngleich bestimmt mit unterschiedlicher Motivation.« Den letzten Halbsatz ließ sie für einen Moment in der Luft hängen. Die Crew der *Scythe* empfand ein kollektives Unbehagen über die Kooperation mit dem siebten Gracen, nicht zuletzt aufgrund der Tatsache, dass der achte sich noch irgendwo herumtrieb. Immerhin: Die Kernmannschaft der *Scythe* war getestet worden, soweit Radek dafür Zeit gefunden hatte. Unter ihnen war der achte Gracen nicht zu finden. Der Arzt war derzeit wieder bei Quara auf dem Schiff und untersuchte die Fruchtmutter, nicht nur bezüglich der Nachwirkungen der Notoperation vor einiger Zeit, sondern auch, weil sie offensichtlich mittlerweile wieder schwanger war, für die Skendiköniginnen offenbar so etwas wie ein Normalzustand – und diesmal schwanger mit einer Prinzessin, die überleben würde. Die Königin hatte wahrlich nichts anbrennen lassen, allerdings hatte Lyma den Eindruck, dass sie in dieser Sache gar keine große Wahl hatte.

»Wir handeln auf der Basis ungenügender Informationen«, betonte sie noch einmal. Sie warf dabei einen entschuldigenden Blick auf ihren Vorredner, dessen Vortrag leider nicht geholfen hatte, diesen Zustand zu beenden. »Aber wenn alles stimmt, was uns die An'Sa gesagt haben, können wir auf diese Art und Weise in die Heimat zurückkehren – mit Informationen und Erkenntnissen, die das Konkordat noch lange beschäftigen werden, vor allem aber an einem Stück und in der Lage, unser altes Leben wieder aufzunehmen.«

Snead verzog das Gesicht. Da es ihre Aufgabe war, dafür zu sorgen, dass zumindest Gracen sein altes Leben nicht wieder aufnahm, war diese Aussage mit Vorsicht zu genießen. Der siebte Gracen wartete auf dem Weg zum Sonnenherrn auf sie, er war nicht zugegen. Das war sehr rücksichtsvoll von ihm.

»Aber wir handeln«, sagte sie dann mit Nachdruck. »Denn die Alternative ist für uns alle nicht hinnehmbar, weder unser Exil hier noch die Perspektive, dass jemand wie Gracen eingreift und einen weiteren Zyklus in Gang setzt, noch die zugegebenermaßen ferne Aussicht, dass unsere Galaxis vor die Hunde geht. Darin sind wir uns alle einig, denke ich.«

Sie erntete jedenfalls keinen Widerspruch.

Es war Direktor Henk, der nun noch das Wort ergriff. Apostol unterdrückte ein Seufzen. Sie war der Politik müde, und der Kasten war gleichermaßen Wissenschaftler wie Politiker und in letzterer Funktion weitaus aktiver als in ersterer. Er würde wieder irgendwas über Saims Bereitschaft zur

Kooperation sagen. Apostol konnte das Geschleime nicht mehr hören, wusste aber auch kein Mittel dagegen, zumindest keines, das gleichermaßen zivilisiert wie gewaltfrei war.

»Die An'Sa baten auch uns zu helfen, und wir tun genau das«, erklärte er und hatte damit die Aufmerksamkeit aller gewonnen. Apostol merkte instinktiv ebenfalls, dass der Direktor tatsächlich etwas mitzuteilen hatte, und das beunruhigte sie. Wussten die An'Sa nicht, dass das Verhältnis zwischen Saim, den Skendi, Riem und letztlich auch ihr eher gespannter Natur war? Schließlich hatte der Ratsvorsitzende zahlreiche menschliche Leben auf dem Gewissen – und besetzte immer noch unrechtmäßig die *Licht*, wenngleich Apostol gerne einräumen wollte, dass sie nicht genau wissen würde, was sie mit dem Raumschiff anfangen sollte, würde sich Saim zur Rückgabe entschließen. Wahrscheinlich kümmerte es die An'Sa gar nicht. Sie hatten ein Ziel, und sie bedurften der Hilfe. Wozu differenzieren, wenn das Ziel doch von allen geteilt wurde? Alle waren sie zu einer Übereinkunft gekommen. Doch so richtig verstanden hatten sie die Schnabelwesen offenbar immer noch nicht.

Vielleicht war das auch gar nicht nötig. Wenn diese Episode ihr Ende fand, dann auch ihr Verhältnis zu den Aliens. Alle würden ihrer Wege gehen. Apostol freute sich auf diesen Moment.

»Direktor Henk«, sagte sie, »was wollen Sie uns berichten?«

»Wir werden dafür sorgen, dass der Sonnenherr Ihnen möglichst keinen Schaden während des Anflugs zufügen kann, Captain Apostol«, sagte Henk mit großer Selbstzufriedenheit. »Die Anlage verfügt über Verteidigungseinrichtungen, die höchst erratisch reagieren. Sie werden ihre

Funktionsweise erst einstellen, wenn Gracen nahe genug dran ist, um das ›Siegel‹ zu deaktivieren, das alle Abwehrmechanismen kontrolliert. Wir werden dafür sorgen, dass sie mehr als genug haben, auf das sie reagieren können.«

Henk hatte eine der Unwägbarkeiten angesprochen, und er schien eine Lösung präsentieren zu wollen. Nein, korrigierte sich Apostol. Die An'Sa hatten die Lösung. Sie hatten ihr nur nichts davon erzählt. Es war schwer, auf diese Weise zu kooperieren. Was erzählten sie ihr noch nicht?

»Was werden Sie tun?«

»Wir werden die Sphäre entrümpeln. Tatsächlich haben wir damit bereits begonnen.«

Eine Projektion wurde aufgerufen, und sie zeigte ein faszinierendes Bild. Einheiten verschiedener Sphärenbewohner und Roboter der An'Sa, erkennbar an ihrer charakteristischen Spinnenform, schwebten durch die Ringe toter Raumwracks, die einen großen Teil des Volumens der Sphäre ausmachten, und befestigten, wenn Apostol sich nicht täuschte, große, viereckige Apparate an ihnen, die alle gleich aussahen. Es war eine hektische, nur scheinbar chaotische, aber vor allem sehr schnelle Arbeit, und Saim musste alles an Arbeitskräften aufwenden, was ihm noch zu Gebote stand.

»Wir installieren Triebwerke an den Wracks. Sehr einfache Konstruktionen, quasi zum Wegwerfen«, kommentierte Henk. Er kicherte. »Sie sind zum Wegwerfen. Wir werfen all diese schönen alten Schiffe, die Zeugen der Jahrtausende, auf den Sonnenherrn, und inmitten der Armada der Toten wird die *Scythe* fliegen, und ich versichere Ihnen: Das wird helfen, sehr sogar.«

Triumphierend klang Henk, selbstgefällig ganz sicher, und Apostol konnte ihm nichts entgegenhalten, denn der

Plan war in der Tat gleichermaßen einfach wie hilfreich. Es blieb natürlich die entscheidende Frage: Was bekam Saim dafür? An Altruismus aufseiten des Ratsvorsitzenden wollte sie nicht glauben, niemand hier würde das.

»Was bekommen Sie dafür?«

Nein, Apostol hatte nicht gefragt. Aber Riem war vorgetreten, seine Stimme erfüllt von Misstrauen, seine Körperhaltung Ausdruck von Feindseligkeit. Henk war nicht beeindruckt. Er blieb höflich und gelassen auf eine Art, die für den Hüter sicher provozierend sein musste. Apostol konnte die Spannung zwischen den beiden ungleichen Wesen förmlich mit Händen greifen. Sie spürte ihre eigene Anspannung als Reaktion darauf. Was sie jetzt nicht brauchen konnten, war das Aufbrechen eines Konfliktes, für den es keine Lösung geben konnte, nicht einmal, wenn einer der Kontrahenten blutüberströmt zu Boden sänke.

»Wir werden die Sphäre repariert bekommen, mit einer erneuerten Kernwelt, mit Ressourcen und einem intakten Schirm, ohne den permanenten Schrumpfungsprozess des Volumens aufgrund des Verfalls der Generatoren und mit voller Kontrolle über den Kurs. Wir werden weiter das Universum bereisen, weil dies unsere wahre Heimat ist, die Zuflucht all jener, die aus ihrer Welt gerissen wurden. Wir werden von ihr beschützt und in unserer Ruhelosigkeit doch an einem sicheren und permanenten Ort sein. Und nein: Niemand wird dazu gezwungen. Jeder kann gehen, der gehen möchte, ehe die Wiederherstellung abgeschlossen ist. Aber jeder ist auch eingeladen, egal wie man zum Ratsvorsitzenden steht.«

»Der der neue Anführer sein wird«, fügte Riem hinzu, Bitterkeit in jedem Wort.

»Der immer noch der Anführer ist und zu bleiben gedenkt«, korrigierte Henk mit einem Tonfall, der direkt dazu passte. Er wandte sich wieder an die Versammelten. »Das ist der Lohn. Ein gerechter Lohn, wie ich sagen will. Die Welt da draußen ist feindselig und unverständig, viele wollen sich ihr nicht aussetzen. Wer entwurzelt ist und nichts als die Sphäre kennt, findet eine Heimat, in der das Leben künftig weitaus besser sein wird als in der Vergangenheit. Ein Angebot. Eine Option. Eine Chance für ein gleichermaßen interessantes wie sicheres Leben, ohne Not und ohne an einen Ort gebunden zu sein oder in eine Welt zurückkehren zu müssen, der wir uns alle, jeder für sich, völlig entfremdet haben.«

Henk stand der Pathos nicht gut. Ein sprechender Kasten, dem schlicht die Statur dafür fehlte, weihevollen Worten das notwendige Gewicht zu geben. Niemand war beeindruckt. Alle schauten ihn nur an, und Apostol ging davon aus, dass sie alle Henk und seinen Herrn für mindestens so verrückt hielten wie Riem, dem die Fassungslosigkeit in jeden Quadratzentimeter seines Körpers geprägt schien.

Apostol holte tief Luft. »Das ist doch …«, begann sie.

»… eine hervorragende Idee«, vervollständigte Elissi, ihren Blick mit einer seltsamen Gier in den Augen unverwandt auf Henk gerichtet. »Ich möchte mitreisen. Darf ich?« Sie sah Jordan an. »Ich darf doch?«

Jordan sah sie gleichermaßen gequält wie traurig an.

Der arme junge Mann.

17

»Hochinteressant«, murmelte Erkensteen und zwinkerte. Es war stockdunkel auf der Brücke der *Scythe*, und nur das Licht ihrer Anzuglampen brannte helle Kreise auf die Oberfläche der uralten Kontrollen. Uralt. Alles hier atmete »Alter« aus, und es war dieser Kontrast, der so auf ihn wirkte. Es war mehr als einfach nur hochinteressant. Er musste sich selbst gegenüber zugeben: Es war irritierend, brachte aus dem Gleichgewicht. Es war gleichzeitig ein Beweis dafür, dass an den wilden Geschichten der An'Sa und des siebten Gracen etwas dran war. Dies war die Zentrale des Polizeikreuzers, die Anordnung aller Konsolen war exakt richtig, das gesamte Layout der Instrumente, die Zugänge, einfach alles. Es gab keine Energie, und die Zeichen des Zerfalls waren unverkennbar, der Zahn der Zeit hatte sichtlich an allem genagt. Doch dieser Raum im Herzen der Station war geschützt gewesen, isoliert, seit endloser Zeit von niemandem mehr aufgesucht. Niemand hatte hier Schäden verursachen können oder Abnutzung. Manches Plastik war angelaufen, die Polster der Sitze waren brüchig, splitterten unter der Berührung. Wahrscheinlich würde es Bedienelemente geben, die abbrachen, wenn Erkensteen sie zu betätigen versuchte. Er unterließ es, denn alles war tot, ohne Saft, und angesichts der Gefahren durch brüchige Leitungen hatten weder er noch Funshi Hatko die Absicht, das zu ändern.

»Es ist hochinteressant«, gab die Frau zu, wenngleich mit deutlich weniger Enthusiasmus in der Stimme als ihr Begleiter. Tatsächlich konnte man den Eindruck gewinnen, dass sie etwas enttäuscht war. Was aber hatte sie erwartet? Diese Sektion war seit ewigen Zeiten verlassen, war nicht mehr als der vergessene und abgeschriebene Keller, in dem Gerümpel lag, das niemand mehr brauchte, der aber für die Stabilität der Gesamtstruktur notwendig war. Hier großartige Überraschungen zu entdecken, war natürlich nicht auszuschließen. Es war gleichzeitig aber auch nicht zu erwarten.

»Dort ist die Kabine von Captain Apostol.« Erkensteen zeigte auf eine Tür, die direkt von der Brücke abging. »Dort entlang wiederum geht es zur zentralen Datenverarbeitung. Vielleicht wird sich dort etwas finden, das von Interesse ist. Die Speicherkristalle der *Scythe* brauchen im Grunde keine permanente Anregung durch Elektrizität.«

Hatko wusste, wovon Erkensteen sprach, sie hatte sich mit den technischen Gegebenheiten vertraut gemacht und war informiert, wie die Kristalle zu finden und zu entfernen waren. Sie machte eine zustimmende Geste, schon etwas eifriger.

»Ich schaue mich in der Kabine um, Sie fangen mit den Kristallen an«, schlug der Ingenieur vor. »Ich werde wohl nicht lange brauchen. Vielleicht bringe ich Captain Apostol ein Souvenir ihres früheren Ichs mit.«

»Oder ein Bild ihrer weitgehend zerfallenen Leiche. Niemand weiß, was hier aus ihr geworden ist.«

»Die Nachricht ihres eigenen Todes wird sie nicht überraschen«, mutmaßte Erkensteen. »Und so leicht ist sie auch nicht aus dem Gleichgewicht zu bringen.«

»Dann machen wir es so«, akzeptierte die Frau seinen Vorschlag und setzte sich in die angegebene Richtung in Bewegung. Erkensteen tat das Seine, durchschritt die halb offen stehende Tür und stand dann in Apostols Refugium oder vielmehr dem ihrer seit Jahrtausenden toten Vorgängerin. Ein beunruhigender Gedanke, bei aller gelassenen Nonchalance, um die er sich nach außen hin bemüht hatte. Aber er war auf der Suche nach etwas Bestimmtem, und es war besser, wenn er es fand, ehe Hatko seine Absichten bemerkte.

Er kannte sich aus, und er kannte Apostol. Das hieß aber nicht, dass seine Aufgabe leicht war, also machte er sich schnell ans Werk. Der Raum war genau so ausgestattet, wie er es vermutet hatte, Standardarchitektur des Konkordats, langweilig und vorhersehbar. Er öffnete Schränke und Schubladen, auch jene, die normalerweise dafür Elektrizität benötigten. Er wusste, was zu tun war, und hatte das notwendige Werkzeug dabei. Er fand persönliche Gegenstände Apostols, die bis zu ihrem Tode hier gelebt haben musste, manche identisch mit jenen, die sie immer noch auf »ihrer« *Scythe* herumliegen haben musste. Es war ein seltsames Gefühl, sie hier, in verschiedenen Stadien des Verfalls, abhängig von Materialbeschaffenheit und Lagerung, zu entdecken. Doch das, was er wirklich suchte, hatte er noch nicht gefunden, sodass er die anderen Fundstücke nur einsteckte, um sie nachher dem Captain zu zeigen, vielleicht auch, um sie zu passender Gelegenheit ein wenig aus dem emotionalen Gleichgewicht zu bringen.

Er fand den kleinen Metallkasten hinter einer Abdeckblende an der Wand, die er entdeckt hatte, als er mit dem Resonator die Suche nach Hohlräumen begonnen hatte. Er zog das angelaufene Plastik zur Seite, erwartungsgemäß zersplitterte es. Der Metallbehälter dagegen erschien völlig unversehrt, war gut geschützt gelagert und aus einem Metall, das Äonen überdauerte. Erkensteen wusste, dass er zusätzlich geschützt sein musste, doch er entdeckte nichts anderes als ein normales Schloss, das er durch Zuhilfenahme seines Werkzeugs öffnen konnte. Er klappte den Deckel hoch, besah sich den Inhalt des Kastens, griff hinein, in seinem Gesicht einen Ausdruck tiefer Befriedigung. Exakt danach hatte er gesucht.

Er wog das kleine Instrument in seiner Hand. Es war makellos, dank seiner nahezu perfekten Aufbewahrung. Es würde funktionieren, davon ging er fest aus.

»Was ist das?«

Erkensteen erstarrte kurz, wollte die Hand schließen, doch Funshi Hatko war bereits neben ihm und voller Neugierde. Sie schaute auf das Ding in der Hand, dann auf den Kasten, die zersplitterte Blende, den abgelegten Resonator.

»Sie haben danach gesucht!«, stellte sie fest.

»Es ist ein Zufallsfund. Ich war nur gründlich.«

Ehe er reagieren konnte, hatte Hatko nach dem Instrument gegriffen und musterte es kritisch.

»Sieht aus wie eine Art Adapter. Hm, nein, es kann einen Impuls absenden. Was genau wird dadurch ausgelöst?«

»Ich weiß es selbst nicht.«

Hatko ließ diese Antwort nicht gelten, betrachtete ihren Fund mit großer Aufmerksamkeit. Eine intelligente, gebildete und verständige Frau.

Leider, wie Erkensteen fand. *Sehr bedauerlich, wirklich.*

»Hm, es ist definitiv ein Sender, oder sehe ich das falsch?«, fragte die Frau mehr sich selbst, ihre Augen ganz auf das Objekt gerichtet.

»Nein, das erscheint mir richtig«, erwiderte Erkensteen trotzdem und machte einen Schritt zurück. »Ein Sender ist es sicher ebenfalls.«

»Erstaunlich. Es muss Captain Apostol gehört haben.« Hatko machte eine Pause. »Gehört es ihr eigentlich immer noch? Ist sie ihr eigener Erbe?«

»Eine gute Frage. Ich denke, wir werden das zu gegebener Zeit erörtern können«, antwortete Erkensteen.

»Sie werden ihr das Ding doch zeigen?«

Der Ingenieur lächelte. »Davon gehe ich in der Tat aus.«

Zu dumm. Aber gut.

Er griff in seine Werkzeugtasche, hob die Waffe, zielte genau, drückte ab, ehe Funshi Hatko noch irgendwas sagen oder tun konnte, und er traf natürlich exakt, direkt in die Brust, ein stets geeignetes Ziel. Der leblose Körper seiner Begleiterin fiel nach einem kurzen Zusammenzucken zu Boden, mausetot, wie es sich gehörte.

Das Instrument glitt aus ihrer erschlafften Hand und rollte direkt auf Erkensteen zu. *Wie es sich gehört.* Er bückte sich, ergriff es und steckte es sorgsam weg. Dann warf er einen prüfenden Blick auf die Leiche.

»Zu schade. Neugierde ist eben nicht immer gut«, murmelte er. »Jetzt mal schauen, wie wir einen Unfall daraus machen.«

Er fand schnell einen Weg. Dr. Joaqim Gracen war schließlich nicht auf den Kopf gefallen.

18

Diesmal war es keine Gewalteinwirkung, diesmal war es gewollt, und es entfaltete sich ein grandioser Anblick. Die An'Sa hatten die Kontrolle der Sphäre von der Kernelissi übernommen, ein Kontrast zu den Kämpfen der Vergangenheit, in denen sie noch die Kraft und die Machtmittel besessen haben musste, sich zu wehren. Wahrscheinlich verstand das gepeinigte Bewusstsein nicht einmal mehr, was mit ihm geschah. Würden die Erbauer der Sphäre auch sie »reparieren«? Ihre bloße Existenz stellte bereits eine Vergewaltigung dar, eine Manipulation, und ganz unabhängig davon, wer daran letztendlich die Schuld trug, viele an Bord der *Scythe* vertraten die Auffassung, dass man sie von ihrem Leid erlösen solle. Andere, darunter Elissi, waren anderer Ansicht, allen voran Radek. »Sie lebt, und sie existiert. Sie zu töten, wäre schlicht Mord«, war seine knappe Stellungnahme gewesen. Und Captain Apostol hatte recht unmissverständlich deutlich gemacht, dass sie sich dieser Haltung anschloss.

Was die Frage nicht beantwortete, was aus ihr werden sollte. Mit etwas Glück würde man einen Weg finden, ihre Existenz erträglich zu machen, und auf ein natürliches Ende hoffen.

Der Sphärenschutzschirm wurde schrittweise abgeschaltet und enthüllte das Wabengitter der Projektoren, die nach endloser Zeit ihre Tätigkeit einstellten. Das Schimmern des Energiefeldes verschwand, und aus der Sphäre wurde ein kleiner Mond mit einem Orbit aus Schrott. War es eine Täuschung, oder rückten die Raumschiffe jener, die das Ende der Sphäre als Bedrohung empfanden, jetzt noch enger zusammen? Apostol meinte, die Ortungsdaten so interpretieren zu können. Nur wenige Schiffe beschleunigten und flogen ins freie Weltall. Die meisten dieser, so erwartete Apostol, würden wieder zurückkehren. Die plötzliche Weite und Freiheit waren erschreckend, und es gab da einen, der ihnen die Perspektive des Vertrauten mit dem Versprechen der Besserung gab, Saim, der die Haltung eines Erlösers angenommen hatte, die seinem Wesen ja ohnehin entsprach.

Nur, dass er jetzt keine Massenmorde mehr beabsichtigte, soweit man das beurteilen konnte.

Und dann, mit einem letzten Flackern, einem kaum bemerkbaren Energieausbruch, war die Sphäre endgültig fort, ausgeschaltet wie eine Lampe, das Ende einer endlos erscheinenden Einkerkerung, und doch erschien es kaum jemandem wie die lange erwartete Befreiung. Apostol war es beinahe egal. Für sie war dies auch der Beginn einer neuen Herausforderung. Denn der sichere Weg nach Hause war mit einem Preis verbunden, den sie zu zahlen hatten.

»Der siebte Gracen ist mit seiner Blase eingetroffen«, meldete Severus Inq und wies auf die Ortungsanzeige. Der Ankömmling versuchte auch sogleich, ihr ein Gespräch aufzudrängen. Er war sehr mitteilsam, vermisste wohl die Konversation mit seinen geistig minderbemittelten Mitwesen. Apostol hatte nicht die Absicht, ihm hier dienlich zu sein.

Es war noch so viel passiert. Die Vorbereitungen zum Aufbruch. Gespräche mit den An'Sa – schwierig. Gespräche mit den Fruchtmüttern – etwas leichter, aber immer noch ein Minenfeld, bei dem man vorsichtig sein musste. Abstimmung mit Henk und durch ihn mit Saim, was dauernd ein unangenehmes Gefühl hinterließ. Dann die Rückkehr von Erkensteen mit der Nachricht, dass Funshi Hatko gestorben war, was Elissi und Jordan mehr mitnahm, als Apostol erwartet hätte. Auf ihrem Schreibtisch standen nun zwei kleine, in Harz eingegossene Insekten, beide sehr alt, absolut identisch, und es war ein beunruhigender Anblick gewesen. Die *Scythe* gab es zweimal. Was war damals ...

Nein.

Es war »damals«.

Es war vorbei. Und es war nicht sie gewesen, sondern eine andere Apostol, eine, die es nicht geschafft hatte. Sie durfte darauf nicht zu viele Gedanken verschwenden.

Apostol zeigte es nicht, durfte es nicht zeigen, aber die Momente, in denen sie sich überfordert fühlte, kamen in kürzeren Abständen, wie Wellen, die an ihr hochschwappten und ihre Schuhe vollllaufen ließen. Sie kämpfte die Regung, das Unwohlsein, regelmäßig nieder. Bis zur nächsten Welle. Sie war für all das hier nicht ausgebildet worden, verfügte nicht über die selbstherrliche Sicherheit eines Saim oder die natürliche Autorität einer Fruchtmutter. Sie war Polizistin und musste mit dem Schwerverbrecher zusammenarbeiten, den sie jagte. Es war alles nicht richtig. Es war alles durcheinander.

»Das ist ein ziemliches Durcheinander!«, sagte Snead. Apostol zuckte zusammen. Nein, ihr Stellvertreter las nicht ihre Gedanken, er bezog sich auf die Armada der Wracks, die sich nun stetig auf das Zentralgestirn zuzubewegen begann, erst kaum erkennbar, dann mit wachsender Beschleunigung.

»Es ist kein Durcheinander«, kommentierte Captain Rivera, dem anzusehen war, dass er sich überflüssig fühlte. Doch Apostol hatte ihn ausdrücklich aufgefordert, in der Zentrale der *Scythe* Platz zu nehmen. Der Mann war möglicherweise weitaus besser geeignet für diese Mission als sie. Es war aber ihr Schiff. Wegrennen konnte sie der Verantwortung nicht.

»Es ist gut organisiert. Die angeflanschten Triebsätze werden zentral gesteuert.« Rivera zeigte ein Muster in der scheinbar chaotischen Bewegung. »Sehen Sie – hier. Man will den Sonnenherrn nicht so mit kinetischen Geschossen bombardieren, dass er möglicherweise zerstört wird. Die An'Sa wollen die Anlage retten, weiterhin in ihrem Sinne nutzen. Sie wollen uns den Zugang ermöglichen, die Verteidigungsanlagen erschöpfen. Das ist sehr gut geplant. Und dies ist unser Kurs.«

Der wurde in das dreidimensionale Abbild eingefügt, aufgerufen durch die Flugdaten, die die Schnabelwesen ihnen nunmehr übermittelten. Ein paar Haken, ein paar Bögen, kein direkter Anflug, vor allem keiner, der auf den ersten Blick vorhersehbar erschien. Immer gedeckt durch Wracks, niemals in klarer Zielposition für die Abwehranlagen. Apostol konnte keinen Fehler, kein Versäumnis erkennen, und auch Severus Inq und die KI der *Scythe* gaben keine Kommentare ab. Alles war gut.

Natürlich war nichts gut.

Apostol fühlte wieder, wie die Wellen an ihren Füßen rissen und die Schuhe nass wurden, eine Einbildung, an der sie festhielt, weil sie besser war als Angst, die ihr den Atem nehmen würde. Sie war der Captain. Sie musste führen. Sie musste stark sein. Dabei fühlte sie sich mit jeder verstreichenden Minute ein wenig jämmerlicher.

»Kaffee«, murmelte sie. *Ersatzhandlung*, dachte sie. Ersatzhandlungen waren gut. Sich auf das Simple zu konzentrieren. *Automat, Becher, Auswahl, heiß, heiß, verdammt!* Ihre Hand zitterte, als sie den Becher hielt, den Schmerz ignorierend. Das Zeug war nicht lecker, aber es brannte gut, und das lenkte ab. Koffein würde sie reizbar machen, Koffein förderte in zu hohen Dosierungen die Angst, sie wusste das alles. Aber Kaffee war ein alter Freund, der sie kurz umarmte und aufmunternd drückte. Eine vergängliche Liebe, aber derzeit das Beste, was sie erwarten konnte.

Sie fühlte eine Hand auf ihrem Unterarm. Severus Inq stand neben ihr. Eine Maschine, die ihre Empathieprotokolle im Anschlag hatte.

»Wenn das alles vorbei ist«, sagte der Roboter so leise, dass nur sie es hören konnte, »suchst du dir einen Freund, Captain Apostol.«

»Captain, wir nehmen jetzt Fahrt auf!«, erklang die Meldung hinter ihr. Apostol sah Severus Inq einen Moment an, schüttelte sanft den Kopf, drehte sich um und tat ihre Pflicht.

»Ich komme«, antwortete sie laut. Der Kaffee sagte ihr, dass alles gut war, zumindest für die nächsten sechzig Sekunden, bis das Koffein schon nicht mehr wirkte.

Sie nahm, was sie kriegen konnte.

19

Sie saßen nebeneinander in der engen Wissenschaftsstation der *Scythe* und sprachen nicht miteinander, sondern schauten auf die Flugwerte, auf ihr Ziel, überallhin, nur nicht in ihre Gesichter. Jordan und Elissi schwiegen nicht, weil sie sich nichts zu sagen hatten, sondern weil ihnen zu viel auf der Seele brannte und beide auf ihre Art nicht recht wussten, wie sie es ausdrücken sollten.

Das galt ausnahmsweise tatsächlich gleichermaßen für beide, und das machte es ungleich schwieriger.

Es gab auch eigentlich nichts zu sehen. Die *Scythe* schwamm im Schwarm der Wracks mit, einem See aus Objekten, das Glimmen ihrer Triebwerke oft der einzige Hinweis auf ihre Existenz, ein gleichermaßen beruhigender wie irritierender Anblick. Der Flug war keiner ins Unbekannte, aber es konnten nun Dinge passieren, die nicht nur gefährlich, sondern auch unlösbar waren, Herausforderungen, an denen sie zu scheitern drohten. Doch anstatt sich darüber

Gedanken und Sorgen zu machen, stand etwas anderes zwischen ihnen, und das Problem schien in der Tat unlösbar, ein hoher Berg, der sich zwischen ihnen errichtet hatte und Schatten auf sie warf, beidseitig, was physikalischer Blödsinn war, aber das Bild erst richtig vollendete.

Elissi wollte, wenn es denn dazu kommen sollte, mit der Sphäre durch die Galaxis reisen.

Jordan wollte nach Hause.

Elissi wollte, dass Jordan bei ihr blieb, auf ihre eigene, anhängliche Art, aus Notwendigkeit und Zuneigung gleichermaßen.

Jordan wollte bei ihr bleiben, mehr aus Zuneigung denn aus Notwendigkeit, wenn man Pflichtgefühl nicht darunter fassen wollte, da es aus Zuneigung entstand.

Er hielt ihre Idee für Wahnsinn.

Sie wollte nur wissen, was es da draußen alles gab.

Es war ein Dilemma, und keiner wusste, wie sie damit umgehen sollten.

Jordan betrachtete Elissi aus den Augenwinkeln. Sie tat so, als würde sie auf den Schirm vor sich starren, aber das war nur vorgespielt. Ihre Pupillen bewegten sich gar nicht, sie schaute durch die Materie vor sich hindurch ins Nichts. Jordan kannte diesen Zustand bei ihr, diese Versunkenheit, absolute Konzentration auf ein Problem. Diesmal aber war es eines, das sie nicht lösen konnte, da es neben dem Intellekt auch die emotionale Intelligenz beanspruchte, und bei all ihren Vorzügen war die junge Frau in diesem Spektrum weitgehend hilflos.

Jordan wusste das. Normalerweise half er. Diesmal konnte er aber nicht. Dieser Berg war nicht zu erklimmen, ihm fehlte das Rüstzeug dafür. Alles hatte er an Elissi ertragen, all die Zeit, und manches auf sich genommen, niemals geklagt, niemals Vorwürfe gemacht, größten Gleichmut gezeigt. Aber jetzt war der Berg zu hoch. Er konnte von hier unten den Gipfel nicht einmal erahnen. Dieses eine Mal musste Elissi einen Schritt tun, und das von einer Frau zu erwarten, die dafür grundsätzlich sehr ungeeignet war, machte seine Position absolut unhaltbar. Auch das wusste er. Er musste beginnen, das Eis brechen. Er wollte aber nicht.

Woran lag es?

Es war so: Er fühlte sich beleidigt.

Es war schwer, das zuzugeben. Er stellte keine Ansprüche, hatte er sich immer eingeredet. Er tat für Elissi, was zu tun war, und erwartete keine Gegenleistung. Er nahm die sanften Gesten der Zuneigung entgegen, er hoffte sicher auf mehr, aber verlangte nicht, er bestand auf nichts, er erwartete nichts. Dachte er. Doch als Elissi gesagt hatte, dass sie mit der Sphäre aufbrechen wolle, wenn es erst einmal so weit sei … das hatte ihn beleidigt. Jordan hatte *doch* etwas erwartet. Dass Elissi einmal, nach all den Jahren, verstand, worum es ihm ging, was er sich wünschte und wo die rote Linie war. Aber sie verstand es nicht. Ihr Schweigen war keine Wut über seine Weigerung, kein eigenes Gefühl von Beleidigung. Ihre Konzentration drehte sich darum zu ergründen, warum »ihr« Jordan in diesem Moment nicht mehr funktionierte. Das war es. Er funktionierte, oder er tat es nicht.

Und obgleich Jordan das nicht wollte, fühlte er sich dadurch beleidigt. Sehr dumm, irrational, nicht einmal mit Grund, denn Elissi verletzte niemanden mit Absicht. Also beleidigte ihn das Schicksal. Das war fast noch schlimmer.

»Wir müssen das klären«, machte er also den Anfang, denn einer musste es ja tun.

Sie sah ihn an, nickte nur, wartete. »Klären« war, wie jede Form komplexer sozialer Interaktion, die emotional aufgeladen schien, seine Zuständigkeit. Das war in diesem Fall alles andere als hilfreich.

»Elissi, ich weiß, dass das Universum für dich faszinierend ist. Du willst lernen. Deine Neugierde …«

»Nein«, sagte sie leise. »Ich bin eigentlich gar nicht neugierig. Ich bin interessiert.«

Jordan hob eine Hand, fuhr sich in einer Geste der Verwirrung über sein Haar. »Worin besteht der Unterschied?«

»Neugierde ist allgemein, planlos, sensationslüstern, ein Suchen nach Reizen, Anregung, Aufregung. Neugierde ist atavistisch, die permanente Aufnahme von Daten, um sich vor Bedrohungen zu schützen, wegrennen zu können, Verteidigungsmechanismen gegen die Risiken des Lebens zu entwickeln. Ich war im Grunde nie neugierig. Du weißt das.«

Sie hatte recht, entschied Jordan. Daher mangelte es ihr auch an Verteidigungsmechanismen gegen die Risiken des Lebens.

»Interesse kommt aus dem Bedürfnis nach tiefer, systematischer und sich selbst genügender Erkenntnis. Wissen als Selbstzweck, als Akt verstandesmäßiger Transzendenz. Ich habe Interesse, Jordan. Ich bin bereit, alles diesem Interesse zu unterwerfen, auch meine Neugierde.«

»Alles?«, echote er. Er verstand, was sie meinte, und es war eine für sie typische Konsequenz in dieser Haltung. »Wirklich alles?«

»Fast alles«, schränkte sie nach kurzem Überlegen ein. »Ich möchte gerne meine Existenz weiterhin erhalten, da ich derzeit noch nicht weiß, ob mir meine Zustandsform nach Ende meines körperlichen Daseins weiterhin Erkenntnis und Bewusstsein erlaubt. Was nützt mir Erkenntnis ohne Bewusstsein? Ich könnte damit nichts mehr anfangen.«

Jordan lächelte. Elissi war manchmal, wenn sie wollte, wirklich sehr pragmatisch. Es war schlicht nützlich, am Leben zu bleiben. Mit dieser Sichtweise konnte er sich arrangieren.

»Elissi, ich denke nicht so wie du.«

»Ich weiß.«

»Ich habe auch Interesse ...«

»Du bist ja mehr der neugierige Typ.«

Jordan schluckte das runter, es war weder Ort noch Zeit, diesen Aspekt zu vertiefen. »... aber, und das wollte ich sagen, ich ordne dem nicht alles unter. Ich habe Heimweh. Ich mag das Konkordat. Ich mag es, unter Leuten zu sein, die wie ich sind.«

»Ja. Das ist der Grund, warum es mir eher egal ist. Es gibt so wenige, die sind wie ich, und selbst wenn ich ihnen begegne, ist es nicht weiter wichtig.«

Elissi kannte sich. Sie wusste, wie sie war und empfand. Jordan durfte das niemals vergessen. Sie war viel zu intelligent, um die wesentlichen Aspekte ihres Wesens nicht ganz genau zu erfassen. Sie war ihnen aber trotzdem oft ausgeliefert, so möglicherweise auch jetzt.

»Aber du verstehst, was ich meine?«, fragte er. »Ich kann dir nicht einfach folgen, egal auf welchen Wahnsinn du dich einlassen möchtest. Ich bin in meinem Denken und Handeln in mancher Hinsicht begrenzter als du, Elissi.«

»In anderer Hinsicht nicht. Wir ergänzen uns.«

»Aber sehr unterschiedlich. Und es gibt einfach Grenzen, die zu überschreiten mir schwerfällt, ja, die es mir unmöglich machen, den Schritt mit dir zu gehen. Elissi. Du weißt, dass ich dich liebe.«

»Dafür gibt es Anzeichen, glaube ich«, sagte sie zögerlich. »Das genau zu erkennen, gehört wohl zu meinen Grenzen.«

»Ich liebe dich, und ich sage es dir gerne mehrmals, auch wenn es schwer zu verstehen ist. Aber ich kann mein Leben nicht völlig dem deinen unterordnen.«

Elissi nickte langsam. »Ich bin egoistisch.«

»Du bist du. Ich werfe dir das nicht vor, niemals, wirklich nicht. Aber genau deswegen handelst du manchmal ...«

»Egoistisch.«

»Nicht auf eine böswillige Art.«

»Egoismus ist nicht böswillig, niemals. Er dient der Selbsterhaltung und der Selbstentfaltung.«

Jordan hasste es, wenn sie versuchte, emotionale menschliche Beziehungsgeflechte zu analysieren. Es zog irgendwie alles runter.

»In einem sozialen Kontext. Du bist du, aber auch durch die Interaktion mit allen und allem um dich herum. Niemand genügt sich selbst. Das gilt auch für dich.«

Elissi nickte erneut. »Ich brauche Hilfe.«

»Es geht hoffentlich darüber hinaus.«

Sie antwortete nicht. Vielleicht verstand sie nicht, was er meinte. Oder wollte nicht darüber reden. Manchmal erschien sie bockig oder stur, aber Jordan machte nicht den Fehler, das falsch zu interpretieren. Sie war niemand, die sich stritt oder konfrontativ wurde. Wenn sie auch nur ahnte, dass der Dissens für sie unerträgliche Ausmaße annahm, schloss sie alle Türen. Es war nicht immer leicht zu erahnen, wann dieser Punkt erreicht war.

»Ich brauche dich, Jordan«, sagte sie wispernd. Zu einer anderen Zeit hätte ihn das mit großer Freude erfüllt. Er wollte ja von ihr gebraucht werden. Doch das hier ...

»Ich bin immer bereit, dir in allem zur Seite zu stehen, Elissi«, erwiderte er in gleicher Lautstärke. »Aber du erwartest hier meine völlige Selbstaufgabe, mein ganzes Leben, meine ganze Zukunft, in einer Umgebung, die mir fremd ist und vor der ich Angst habe. Das ist mehr, als ich dir anbieten kann. Verstehst du das?«

Sie nickte langsam, arbeitete wirklich an dem Problem.

»Fremdheit und Angst verstehe ich. Über alles andere muss ich nachdenken. Jetzt ist die Entscheidung noch nicht zu treffen. Erst der Sonnenherr, dann die Sphäre – dann alles andere.«

Ein Problem nach dem anderen. Eine gute Einstellung, und Jordan konnte damit leben, zumindest bis auf Weiteres.

Doch im Grunde hatte er bereits jetzt eine Ahnung, wofür sie sich letztendlich entscheiden würde. Dafür kannte er sie zu gut. Und diese Erkenntnis war eine schmerzhafte.

20

Horana LaPaz sah Tizia an, die im Körper von Genq steckte oder vielmehr jetzt sie war ... Es war verwirrend, und Horana brauchte einen Moment, um sich mit dem Gedanken vertraut zu machen, mit wem genau sie gerade sprach. Die Androidin, die keine mehr war, zumindest nicht in Bezug auf die Künstlichkeit aller Aspekte ihrer Intelligenz, saß ihr gegenüber. Sie wirkte recht gut beisammen. Horana, die mit ihrem kybernetischen Arm immer noch fremdelte und hoffte, dass man bald Zeit finden würde, ihr einen neuen, richtigen zu wachsen, konnte sich nicht vorstellen, wie man mit einer Ganzkörperprothese umging.

Tizias erste Reaktion hatte allerdings nichts mit ihrem Leib zu tun gehabt.

»Ich kann erstmals wieder frei denken«, hatte sie stattdessen nach ihrem Erwachen gesagt. »Die An'Sa haben mich gereinigt. Ich bin wieder ich. Ich fühle mich nicht nur vollständig, ich fühle mich wieder als Herrin meiner selbst.« Seitdem berührte sie sich immer wieder, als sei es notwendig, sich exakt dieser Tatsache zu vergewissern. Horana beobachtete sie dabei ganz ruhig. Sie war hier, einmal mehr, in ihrer Funktion als Anwältin, und in gewisser Hinsicht war McMillan ihre Mandantin. Die dritte Person im Raum war Snead, der Erste Offizier der *Scythe*, und seine Aufgabe war es, die Frau zu verhören, als Zeugin gegen Gracen, um genau herauszufinden, was wessen Tat war, welche Absichten der Irre verfolgte und vor allem: in welcher Identität er sich verbarg. Das würden sie über kurz oder lang natürlich ohnehin herausfinden, sobald Radek alle Tests abgeschlossen hatte. Doch es war gut, alle Beweise zu sammeln, denn egal was hier passierte, weder Apostol noch Snead hatten die eigentliche Mission ihres Schiffes aus den Augen verloren.

Mit dem siebten Gracen hatten sie eine Art Übereinkunft. Mit dem achten aber nicht. Der gehörte ihnen.

»Ich habe nicht um anwaltlichen Beistand gebeten«, sagte Tizia, nachdem man ihr den Zweck des Besuchs erklärt hatte. »Ich bin aber trotzdem dankbar dafür. Werde ich denn angeklagt?«

»Ich glaube, wir werden sehr viele Gründe dafür finden, eine solche Klage zu verhindern, sollten wir je ins Konkordat zurückkehren«, erwiderte LaPaz mit einem Seitenblick auf Snead. Der Polizist nickte.

»Sie sind für mich eine Zeugin und ein Opfer einer Straftat, nicht die Verantwortliche. Aber ich bestehe darauf, dass wir alles richtig machen, und da wir nun einmal eine Anwältin unter uns wissen …« Snead sah diese entschuldigend an. »Ich weiß, dass Sie Ihrem Beruf eigentlich entkommen wollten. Ich strapaziere Ihre Langmut, was dies angeht.«

Snead ist ein Netter, dachte Horana und lächelte ihn an. »Tizia benötigt Sicherheit. Wenn ich dazu einen Beitrag leisten kann ...«

Das Gesicht Genqs sah sie dankbar an. Es war ein Leben in den Zügen der Maschine, das vorher nicht da gewesen war. Vielleicht nur eine Einbildung, etwas, das Horana sehen wollte. Aber sie fand, dass es gut zur Situation passte, und in allem wirkte die neue McMillan so natürlich. Niemand, der sie nicht kannte ...

Es war keine Vermenschlichung einer Maschine, denn diese Maschine war zum Menschen geworden. Ein Grund mehr, warum Horana LaPaz sich gerne um diese Mandantin kümmerte. So eine hatte sie noch nie gehabt.

Und wer wusste schon, ob sie jemals wieder eine haben würde? Diese Expedition wurde nun ja endgültig zum Wahnsinn.

»In Ihrem Körper ...«, begann Snead und musste sich sofort korrigieren. »In Ihrem ehemaligen Körper ...«

»Zieren Sie sich nicht. Dieser ist besser, und ich kann ihn zu gegebener Zeit, was das Äußere angeht, noch anpassen lassen. Ich bin froh, ich zu sein. Ich fühle mich vollständiger und lebendiger als jemals zuvor. Sie glauben gar nicht, zu welchem sensorischen Input dieser Leib in der Lage ist.«

»Das ist ... gut.« Snead hatte, wie sie alle, ein Problem damit, sich das vorzustellen. »Jedenfalls wurden in Ihren ehemaligen Leib Naniten eingebracht, die offenbar dazu dienten, Ihre Entscheidungen zu kontrollieren. Ab dem Zeitpunkt waren Sie eine Marionette Gracens, so viel steht fest.«

Tizia nickte. Man hatte sie darüber informiert, und für sie hatte diese Information erstaunlich viel Sinn ergeben. »Ich kann mich an einen solchen Vorgang nicht erinnern.«

»Natürlich nicht. Aber wenn Sie die Ereignisse Revue passieren lassen, sagen Sie uns doch bitte, welche Mannschaftsmitglieder der *Licht* regelmäßig Gelegenheit hatten, Sie zu berühren, und an welche Berührungen Sie sich erinnern können.«

McMillan verzog das Gesicht. »Sex? Rumknutschen? Ich ...«

»Nein«, wehrte Snead ab. »Ich meine: Ja, Sex würde sich für meine Frage qualifizieren. Aber das geht zu weit. Jede etwas längere Berührung Haut auf Haut ist geeignet, eine ausreichende Menge Naniten zu übertragen, sodass eine Replikationsschleife in Gang gebracht werden kann, die sich dauerhaft verfestigt.«

Genqs weiche Plastikhaut war in der Lage, menschliche Mimik perfekt zu simulieren. Tizia probierte dieses Feature intensiv aus.

»Ich habe mit vielen interagiert, aber nicht alle berührt. Manche ließen sich nicht einmal die Hand geben, abhängig davon, woher sie kamen. Andere schüttelten sie mir jedes Mal.«

»Zu kurz«, sagte Snead. »Ich denke, dass zwanzig bis dreißig Sekunden andauernder Kontakt das Minimum darstellt. Haben Sie die Angewohnheit, sich so lange die Hände zu schütteln?«

»Nein ... nein, ich denke nicht.« McMillan legte Genqs Stirn ... Moment, *ihre* Stirn, erinnerte sich LaPaz ... weiterhin in nachdenkliche Falten. »Längere Berührungen Haut auf Haut, ja? Musste es ein intensiver Kontakt sein, also eine große Fläche oder ausgeübter Druck?«

»Das hilft, ist aber wahrscheinlich nicht der ausschlaggebende Faktor.«

»Nun, ich wurde vom Bordarzt der *Licht* medizinisch untersucht, aber selbst da wurden Instrumente verwendet. Ich saß öfter mal eng neben Kollegen, aber nie so eng, dass man sich richtig an die Pelle kam.« McMillan lächelte. »Wir leben alle ein Leben ohne echte Berührungen, oder? Je länger ich darüber nachdenke, desto mehr fällt es mir auf. Die meiste Zeit unserer Existenz berühren wir Dinge, nicht andere Menschen. Ist das nicht irgendwie traurig?«

Snead nickte langsam. »Traurig, aber auch hilfreich. Es hilft uns beispielsweise jetzt ...«

»Nach der Katastrophe«, sagte McMillan nachdenklich, ohne auf die Worte des Polizisten zu hören. »Nachdem die *Licht* erobert wurde und wir alle in der Zelle saßen, verzweifelt, voller Angst, traurig, erschüttert ... da wurde mehr berührt.«

»Das ist naheliegend. Sie hatten gerade selbst Schreckliches erlebt.«

»Ich erinnere mich«, sagte die Frau tonlos, und sie schaute für einen Moment schweigend ins Leere. »Ich wurde getröstet, daran besteht kein Zweifel. Aber es war ...«

Ihr Blick klärte sich, als würde ein plötzlicher Schleier sich verziehen. Natürlich alles Einbildung. Oder Genqs Augen konnten so was. McMillans neuer Körper war in der Tat so viel mehr als ihr alter, nur schlicht nicht ihr eigener. Er musste es sicher erst noch werden, egal was die Frau dazu sagte.

»Es gab so viele, die mich in den Arm genommen haben, gedrückt, auch gestreichelt, vor allem die Frauen, die älteren Frauen. Die wissenschaftliche Assistentin Dr. Gombach etwa. Sie hat wohl mütterliche Gefühle in sich entdeckt.«

»Würde Gracen sich als ältere Frau verkleiden?«, fragte LaPaz Snead.

»Er war auf der Flucht und suchte nach der idealen Tarnung«, kommentierte Snead. »Und ich traue ihm grundsätzlich alles zu, auch Dinge, die ich ihm nicht zutraue. Er ist Gracen. Es gibt nichts, was wir ausschließen werden. Aber das heißt für mich, dass er wahrscheinlich noch unter uns weilt. Das ist wichtig. Wenn die Infizierung mit den Bots nicht vor der Eroberung der *Licht* durch Saim erfolgte, dann gehörte Gracen zu den Überlebenden. Dann ist er einer der Geretteten. Er ist damit auch an Bord der *Scythe*. Mache ich einen Denkfehler?«

»Es ist naheliegend. Radek muss seine Tests durchführen«, insistierte McMillan.

»Wenn er dafür Zeit hat. Wir fliegen zum Sonnenherrn«, sagte Snead.

»Aber für dieses Verhör war Zeit«, sagte die Frau und starrte den Polizisten auffordernd an.

Snead schwieg.

Natürlich. Horana legte McMillan eine Hand auf den Unterarm, eine Berührung, die die Rezeptoren bestimmt an ihre Wahrnehmung übermittelten, ein Gefühl, das hoffentlich sehr dem glich, das sie aus ihrem alten Körper gewohnt war.

Sie war nur eine Zeugin. Aber sie war auch seltsam. Snead hatte ganz sicher den Befehl bekommen, sie ein wenig unter Stress zu setzen. Und Horana eingeladen als jene, die sie würde beruhigen können. Wie konnte sich der Polizist da so sicher sein? In ihrem neuen Körper konnte McMillan große Kräfte entwickeln. Was hätte sie davon abgehalten …

Horana sah Snead an, der völlig gelassen wirkte.

Aber ja. Sie rostete ein. Horana schloss für einen Moment die Augen und überlegte.

Wo mochten die Konstrukteure dieser Maschine wohl den Ausschalter verborgen haben? Und wusste Tizia McMillan, dass es einen solchen gab?

21

»Abwehrmaßnahmen eingeleitet!«

Es klang ein wenig atemlos, aber *alles* klang derzeit so, und Apostol musste sich damit arrangieren, mehr Beobachterin zu sein als alles andere. Die *Scythe* hatte die vorgeschriebene Reisegeschwindigkeit erreicht, sich lange vom alten Sphärenkern gelöst, der derzeit Zentrum von gar nichts mehr war, und strebte auf den Sonnenherrn zu.

»Beginnen mit Manöver Alpha!«

Severus Inq beschrieb den Ablauf eines vorprogrammierten Tanzes, und die *Scythe* gehorchte willig seinen Befehlen. Umgeben von Resten großer und kleiner Raumschiffe, mal vollständig, mal in Teilen, alle angetrieben durch wild feuernde Triebwerkssätze, glitten sie durch das Weltall, und es war ein Wunder, dass es nicht zu Kollisionen kam.

Nein, ermahnte sich Apostol. Kein Wunder. Das Weltall war weiterhin verdammt groß. Sie mussten aber trotzdem gut aufpassen. Kinetische Energie hatte ihre Konsequenzen, wenn sie unkontrolliert, unerwartet und fokussiert auf ein festes Objekt traf. Das galt es zu verhindern.

Blips blinkten auf den Schirmen auf. Der Sonnenherr hatte die Armada erwartungsgemäß bemerkt, und er reagierte, er wehrte sich. Apostol konnte es ihm nicht übel nehmen. Durch Gracens über sieben Iterationen missbraucht und manipuliert und sich, so man den An'Sa glaubte, dieser Tatsache durchaus bewusst, würde sie sich auch wehren. Und diese Mechanismen waren ursprünglich sogar von den Gracens selbst initiiert worden, das »Siegel«, das sich nun auch gegen sie selbst richtete. Der Sonnenherr mochte niemanden und wehrte sich gegen jeden. Aber es half nichts. Sie mussten an ihn ran.

Es war doch zu seinem Besten.

Apostol verzog das Gesicht. Das klang nicht so überzeugend, wie es gemeint war.

Wracks zerbarsten. Apostol zuckte zusammen. So viel zum Thema kinetische Energie. Sie bekam es nun mit der Angst zu tun. Womit feuerte der Sonnenherr?

»Was hast du aufgefangen?«, fragte sie Inq.

»Nichts. Sie waren da. Jetzt sind sie in Stücken. So etwas habe ich noch nie gesehen.«

»Was sagen die An'Sa?«

»Ihre Auskunftsfreude hält sich in Grenzen.«

»Frag sie.«

Inq führte den Befehl aus, dann schüttelte er den Kopf. »Seine Waffen sind tödlich«, sagte er. »Das ist alles.«

»Deswegen bleiben sie ja auch außer Reichweite«, murmelte Snead, der sich an den Lehnen seines Sitzes festhielt, als hätte das irgendeinen Effekt.

»Ich glaube nicht, dass sie Angst haben. Sie nutzen nur ihre Ressourcen auf effiziente Weise«, sagte Elissi, die auf einem der Notsitze saß und die Szenerie mit großer Aufmerksamkeit verfolgte. »Wir sind viele und entbehrlich, doch die An'Sa sind von weit her gekommen und mehr oder weniger alleine. Die Armada kann ruhig zerstört werden.«

»Und wir? Die *Scythe* gibt es nur einmal!«, begehrte Apostol auf.

Elissi sah sie fragend an. »Tatsächlich?«

Oh, neunmalkluge junge Mädchen. Aber sie hatte ja recht. Apostol mochte den Gedanken immer weniger.

»Volltreffer! Der war ein wenig nah. Achtung!«

Die *Scythe* ruckelte, als die Dämpfer einsetzten. Energiewellen brandeten gegen das Schutzfeld, lösten ein Flackern aus. Das war nicht beunruhigend. Wenn es flackerte, funktionierte der Schutz. Hörte er auf zu flackern, war Sorge angebracht. Apostols Blick fiel auf die Anzeigen. Alles im grünen Bereich.

Sie tätschelte die Lehne ihres Sessels. *Braves Schiff*, dachte sie. *Gutes Schiff. Tu deine Arbeit und lass uns nicht hängen.*

Die *Scythe* hatte offenbar nicht die Absicht. Sie schüttelte Detonationswellen ab, pflügte sich ihren Weg durch ein Trümmerfeld, das eben noch ein beeindruckend großes Raumschiffswrack gewesen war, hinterließ glühende Materiewolken, durch den Schutzschirm atomisierte Reste, gewann freien Raum, folgte dem Kurs.

»Unbeirrbar. Immerhin«, murmelte Apostol. »Kann unser Schutzfeld einem solchen Beschuss standhalten?«, fragte sie dann laut.

»Wir kennen die Natur der Waffe nicht«, sagte Inq. »Ich kann nicht einmal eine Vermutung anstellen.«

»Ich will mit Gracen sprechen.«

Gemeint war, das wusste jeder, der siebte seines Namens, dessen Energieblase eng an die Hülle des Kreuzers geschmiegt den wilden Ritt mitmachte. In Sekunden stand die Projektion des Mannes auf der Brücke, und diesmal fehlte ihm die Arroganz, die er normalerweise an den Tag legte.

»Captain«, grüßte er knapp.

»Welcher Natur sind die Waffen, die auf uns gerichtet sind?«

»Ich weiß es nicht. Wir haben damals das Siegel als eine Art multifunktionales defensives Innovationsprogramm erschaffen, das sich selbst konfiguriert und unterschiedliche Methoden der Verteidigung gegen die An'Sa einsetzt. Das ist eine wunderbare Erfindung, die perfekt funktioniert.«

»So innovativ, dass sie sich gegen ihre Schöpfer wendete.«

»Der Sonnenherr muss das irgendwie geschafft haben. Er ist nicht dumm.«

Apostol nickte. »Also?«

»Es ist jedes Mal eine andere Art der Bewaffnung. Der Sonnenherr erinnert sich an meine ... an unsere Angriffe in den anderen parallelen Wahrscheinlichkeiten, und er variiert seine Verteidigungsstrategie mithilfe unserer kleinen ... Installation. Im Rahmen seiner Möglichkeiten.«

»Die Sie kennen?«

»Die ich abschätzen kann. Ein wesentliches Problem, das er hat: Er ist stationär, wir sind beweglich. Und ich kenne die blinden Flecke in seiner Wahrnehmung. Er ist beschädigt. Wir werden uns nähern können, wenn wir ihn weiter ablenken. Sind wir nahe genug, können wir das Siegel deaktivieren, und es bleibt nur sein eigenes Labyrinth.«

»Nur? Sie sind zuversichtlich?«

Gracen lächelte, immer noch ohne Arroganz. »Ich bin voller Hoffnung. Aber die Gracens sind spätestens am Labyrinth immer gescheitert. Es manipuliert Realität. Wir haben auch bis zu einem gewissen Grad gelernt, wie das unter Zugriff auf die Fähigkeiten der Anlage geht, aber der Sonnenherr ist darin einfach so viel besser. Ich übermittle Ihnen jetzt genauere Kursdaten. Gleichen Sie diese mit den Vorgaben der An'Sa ab. Die reden nicht gerne mit mir, aber bis auf Weiteres haben wir beide die gleichen Ziele.«

Apostol hob eine Hand in einer warnenden Geste. »Bis auf Weiteres ist nicht gut genug, Gracen. Diese Kooperation endet in dem Moment, da ich merke ...«

»Ja, ich weiß«, schnitt er sie ab. Das Bild verschwand, die versprochenen Daten flossen. Er wollte keine Zeit mit Geplänkel verlieren, das war gut. Oder er hatte Angst, seine wahren Absichten würden irgendwie enthüllt werden. Das wäre das Eingeständnis einer Schwäche und damit absolut uncharakteristisch für ihn.

»Ich hasse es, dass wir uns ihm ausliefern«, murmelte Snead.

»Wir liefern uns auch Saim und den An'Sa aus. Ich weiß gar nicht, was jetzt schlimmer ist«, kommentierte Apostol. »Was sagen die Koordinaten?«

»Ein irrer Kurs«, erwiderte Inq. »Bis hin zur Korona, dann eine Art Zickzackanflug die Sonnenoberfläche entlang. Wir müssen uns dem Sonnenherrn in einem sehr spezifischen Winkel nähern, wenn ich das richtig interpretiere. Auf dem Weg dorthin kann noch einiges schiefgehen. Das

Waffenarsenal der Station ist beachtlich und funktioniert ganz sicher auch ohne Sichtlinie.«

Wie zur Bestätigung durchfuhr ein weiteres Zittern die *Scythe*. Kontrollen leuchteten auf, kurz erwartete Apostol das Heulen von Warnsignalen, doch es blieb ruhig. Ein weiteres Wrack war in relativer Nähe vaporisiert worden. Apostols Hände krampften sich um den Rand der Konsole, an der sie stand.

»Wir folgen Gracens Kurs«, sagte sie dann. »Übermitteln Sie alles an die An'Sa.«

»Bin gespannt, was sie dazu zu sagen haben.«

»Sie sind einverstanden!«

Alle Köpfe drehten sich in die Richtung, aus der die kühle, selbstsichere Stimme einer Frau gekommen war. Tizia McMillan hatte sich zu ihnen gesellt, ihre Haltung aufrecht, ohne jede Nervosität, vielleicht nur ein Resultat der nunmehr möglichen absoluten Körperbeherrschung.

»Sie sprechen für die An'Sa?«, vergewisserte sich Apostol.

McMillan hob eine Hand, streckte den Zeigefinger aus und tippte sich an eine Schläfe. »Sie sprechen mit mir. Ich habe mich beinahe schon daran gewöhnt. Interaktion über eine Maschine scheint ihnen leichterzufallen als die direkte Methode.«

»Sie sind eine Maschine?«, fragte Inq, und es klang richtig neugierig.

McMillan sah ihn an. »Das werden wir ja sehen«, war ihre kryptische Antwort.

»Dann ist es entschieden«, kürzte Apostol eine Diskussion ab, die einmal mehr drohte absolut nirgendwo hinzuführen. »Den Kurs, Inq. Aber wir halten die Augen offen.«

Das war, sie wussten es alle, nur ein schwacher Trost.

22

Der Sonnenherr hatte Schmerzen. Zumindest glaubte er das. Er wusste im Grunde nicht, was ein Schmerz war, aber die Schichten des »Falschseins«, die sich über all die Jahre aufgetürmt und seine Selbstwahrnehmung benebelt hatten, konnte man nicht anders beschreiben. Seine multidimensionale Persönlichkeit war so oft gescheitert, benutzt worden, missbraucht und dann immer und immer wieder angegriffen, und das immer wieder von dem gleichen, verrückten Geist. Er war nie endgültig besiegt worden, aber mit jedem weiteren Versuch verstärkte sich das Delirium, verlor der Sonnenherr das Bewusstsein für sich selbst, zerfaserte und löste sich auf, egal woran er sich noch klammerte.

Ein ewiges, sich im Kreislauf wiederholendes Scheitern, ein ewiger, sich im Kreislauf verstärkender Schmerz. Das Ichbewusstsein des Sonnenherrn war schwach ausgeprägt, normalerweise eine Summe aus den An'Sa, die tief in seinem Kern mit der Maschine verbunden waren und ihr

Funktion, Seele und Fürsorge gaben. Doch die Schnabelwesen, obgleich noch am Leben, hatten in dem ewigen Zyklus am meisten gelitten. Die permanente Neuerschaffung alternativer Realitäten hatte ihre Kräfte aufgezehrt. Ein einziges Mal hätte das Netz der Sonnenherrn diese Tat vollbringen sollen, nach sorgfältiger Analyse aller infrage kommender Probabilitäten. Doch der Mensch namens Gracen, einmal die Schwachstelle ausgenutzt, hatte andere Suchparameter eingegeben, und der Kampf um die Oberhoheit über die zu wählende Realität hatte nicht nur Zeit, sondern auch Energie gekostet. Und Rationalität. Die zwölf An'Sa, die im Sonnenherrn in ihren Liegen ruhten, waren am Ende. Ihr Lebenswille war schwach, ihre Körper entkräftet. Sie waren wie ausgebrannte Batterien, wurden leer gesogen, konnten sich weder ausruhen noch wieder aufladen, bloße Hüllen, erfüllt von Fatalismus und dem Wunsch nach Dunkelheit.

Der Sonnenherr empfand kein Mitleid. Er erfüllte eine Funktion. Aber er erkannte das Defizit und sah keine Möglichkeit, es auszugleichen. Das tat weh, auf die eigentümliche Art und Weise, zu der er fähig war.

Ihm blieben nicht mehr viele Versuche.

Bald würde sein neuronales Netz zusammenbrechen. Dann entstand eine Lücke in der Struktur aller Herren, und die ganze Mission drohte zu scheitern, ein Ungleichgewicht, das sich einer Kaskade gleich auf alle auszubreiten drohte. Er konnte sich nicht heilen, schützte sich nur noch verzweifelt gegen die Zugriffe von außen. Er benötigte Hilfe. Das war klar. Der Sonnenherr hegte keinen Zweifel daran.

Doch wer war Freund und wer war Feind?

Es trug zu seiner Last bei, dass er kaum noch den einen vom anderen unterscheiden konnte.

Und der erneute Angriff verstärkte den Schmerz. Das Siegel arbeitete nun für ihn. Es war dermaßen in Mitleidenschaft gezogen worden, die dahinterliegenden Algorithmen korrumpiert, dass es nicht nur den Zugang für die An'Sa verweigerte, sondern für alle. So wehrte sich der Sonnenherr. Seine automatischen Fertigungsanlagen hatten rastlos – und ein wenig planlos – für Verteidigungsanlagen gesorgt. Dennoch war es, als würde er Teile seiner selbst aus seinem Leib reißen und in die Richtung der Angreifer schleudern. Es war ein wildes Um-sich-Schlagen, ein Versuch der Befreiung. Das half nicht. Es beförderte eher die Verzweiflung und Verirrung. Der Sonnenherr wusste: Er bedurfte der Ruhe, musste sich doch konzentrieren, sich selbst irgendwie heilen. Einen Weg finden. Irgendeinen.

Er bemühte sich. Wirklich.

Es war *so* anstrengend. Es riss an ihm, und obwohl er direkt auf endlosen Ressourcen an Energie saß, konnte er sie kaum nutzen. Das große Projekt benötigte diese Gewalten, er durfte sie nicht verschwenden. Seine Replikationsanlagen waren beschädigt, wund geschlagen durch mehrfache Umbauten und Reparaturen an der Sphäre, viele Versuche, sie im Sinne seines Feindes zu manipulieren, Kämpfe gegen seine Herren, die ihn daran hindern wollten – sechs Gracens und ein siebter, der jetzt die Zügel in der Hand hielt.

Nein. Acht.

Jetzt war es acht. Wann würde das ein Ende nehmen?

Wie viele würden folgen? Der Gedanke ließ im Sonnenherrn erneut so etwas wie Verzweiflung aufsteigen. Endete der Zyklus einmal? War die Balance das Sinnbild seiner Existenz? Angriff, Verteidigung, Sabotage, Widerstand, Erschöpfung, Angriff ... ewiger Kreislauf, der den Schmerz ständig wachsen ließ. Der Sonnenherr erinnerte sich an jede seiner Existenzen in sieben Paralleluniversen, das war seine Art, diesen Blick benötigte er, um seine eigentliche Arbeit tun zu können, von der er seit ewigen Zeiten abgehalten wurde.

Er wollte es aber nicht mehr sehen. Die Erinnerung brannte in ihm, und obgleich er nicht genau wusste, was Schmach war, so spürte er doch das permanente Gefängnis des Siegels, das ihn davon abhielt, seinen Herren zu dienen, ohne ihn zum willfährigen Sklaven des Gracen zu machen. Ein Zustand permanenter Zerrissenheit, die an seinem Geist zerrte und ihn mit erlösender Dunkelheit lockte. Zu viel. Er würde kein weiteres Mal schaffen. Dann würde seine Matrix reißen, dann würden die zwölf ein letztes Mal aufseufzen und aufgeben. Wer wollte es ihnen verübeln? Sie hatten so viel durchgemacht, sie hatten Ruhe verdient.

Nein.

Nein.

Die Mission durfte nicht scheitern. Und doch ... und doch ...

Er *wollte* wegschauen. Doch er hatte keine Augen, die er schließen konnte. Er sah alles. *Immer.* Daten versteckten sich nicht, sie strömten in sein Bewusstsein wie beständige Infusionen des Wissens. Er konnte sie nicht ignorieren. Sie waren sein Lebenselixier genauso wie seine Folter. Er wollte nur, dass sie ihm endlich zeigten, was er sehen wollte. Doch der Sonnenherr war zum Selbstbetrug unfähig. Er sah, was war, und nicht, was er sich wünschte. Wenn eines zu seinem beständigen Schmerz beitrug, so undefinierbar er auch zu sein schien, dann war es die Tatsache, ständig der Wahrheit seiner eigenen Existenz ausgesetzt zu sein.

Und es hatte erneut begonnen, das gehörte zu dieser Wahrheit.

Wieder kamen sie, um ihn zu stören. Diesmal waren es mehr als sonst, eine ganze Flotte. Ein großer Haufen Masse, der ihm entgegenstürzte, kein Zufall, ein gesteuertes Vorgehen, ein Angriff. Er nahm irgendwo in diesem Durcheinander die Probabilitätsblase eines Gracen wahr, nur eine, die anderen hielten sich noch zurück. Damit war klar, wer hinter dieser neuen Variante steckte.

Der Sonnenherr war nicht fähig, Hass zu empfinden.

Aber was in seinem elektronisch-biologischen Hybridbewusstsein losging, verwirrt und beschädigt und furchtbar erschöpft, wie es nun einmal war, kam Abneigung und Panik sehr nahe. Er verschwendete Zeit. Die Mission war eine andere. Er hatte doch einen Auftrag, und alle, die anderen Sonnenherren, die Erbauer und unwissentlich alle Intelligenzen in dieser Galaxis, wie in anderen der Lokalen Gruppe ... sie brauchten ihn doch.

So viel wurde von ihm erwartet. Und er musste an den Fesseln ziehen, konnte sich nicht in die Richtung bewegen, in die er im Grunde zu denken hatte. Welch ewige Frustration, welch ein Gefängnis! War es da verwunderlich, dass die Erschöpfung immer weiter um sich griff?

Der Sonnenherr hasste nicht. Aber er empfand ein Bewusstsein für Pflicht, eine große Verantwortung.

Gracen musste sterben. Die Bedrohung musste abgewendet werden. Seine Produktionsanlagen durften nicht für den Bau einer weiteren Blase, der Reparatur einer weiteren Sphäre missbraucht werden. Er musste sich endlich auf das konzentrieren können, was wirklich wichtig war. Er durfte nicht gezwungen werden, in eine nächste Realität zu springen, damit es die Gracens ein weiteres Mal versuchen konnten.

Er wollte, dass es endlich endete.

Also musste er dafür sorgen.

Da er nicht wusste, wie genau das zu bewerkstelligen war, reagierte er instinktiv. Und wollte erst mal alle töten, egal wer sie waren, allein um endlich, endlich in Ruhe nachdenken zu können.

Alle töten. Bis sie es ins Labyrinth schafften, würde er es versuchen.

Dort hatte er andere Mittel zur Verfügung.

23

»Wie beseitigen wir Ihr Siegel?«, fragte Apostol, und alles in ihr wehrte sich dagegen, erneut ein vernünftiges Gespräch mit Gracen zu führen. Seine Projektion war für sie unangreifbar, und obgleich sie darüber fantasierte, die Blase des Verbrechers zu entern und ihn in die Arrestzelle zu verfrachten, war sie sich recht sicher, dass jeder Versuch dieser Art von vornherein zum Scheitern verurteilt war.

Gracen wusste das. Er wirkte trotzdem nicht sehr selbstsicher.

»Ich muss nahe rankommen. Ich kann dann ein Signal senden, und dann erreichen wir das Labyrinth. Das ist eine eigene Herausforderung. Wir haben es nie ganz hindurchgeschafft, immer nur so weit, dass wir den Sonnenherrn zu einem weiteren Sprung in ein weiteres Paralleluniversum gezwungen haben. Nein, sagen Sie nichts. Ich weiß. Ich will es jetzt ja auch beenden.«

»Wie haben Sie das in der Vergangenheit geschafft? Ohne eine Flotte aus Wracks, ohne Hilfe der An'Sa?«

»Das Siegel hat sich erst in jüngster Zeit gegen uns gewendet. Vorher war da nur das Labyrinth. Schwierig genug. Und die An'Sa störten mit ihren beständigen Eingriffsversuchen. So scheiterten wir ein jedes Mal.«

»Dann ist es jetzt wirklich anders?«

»Jetzt kooperieren wir. Ich tue Ihnen nichts. Sie tun mir nichts. So haben wir es doch vereinbart?«

Apostol war sich gar nicht sicher, was sie eigentlich vereinbart hatten. Gewiss, die Schnabelaliens hatten ihnen die sichere Rückkehr nach Hause versprochen. Explizit Gracen in dieses Versprechen eingebunden hatten sie nicht. Jeder spielte hier immer noch sein eigenes Spiel. Das wurde mit der Zeit wirklich ermüdend.

Aber das war natürlich auch keine schlechte Lösung. Gracen zurückzulassen und zu vergessen. Ein Gedanke, der ihr keine Freude machte. Jemanden wie ihn unbeaufsichtigt zu lassen, auch viele Hundert Lichtjahre entfernt – nein, das war keine gute Idee, in keiner Realität, in keinem Universum. Ganz egal, wie die Quanten flossen: In jeder Alternative würde Joaqim Gracen jemand sein, den man unter Kontrolle haben sollte, dessen war sie sich einigermaßen sicher. Oder tot.

Tot. Ja. Apostol sprach es besser nicht aus, aber sie fühlte die Verlockung.

»Wie beseitigen wir das Siegel also? Was ist dafür notwendig?«

»Nähe – und meine Anwesenheit.« Gracen lächelte. »Ich bin der Schlüssel zu allem, ich bin der Weg, ich bin das Licht. Bringen Sie mich heran.« Und mit diesen Worten flackerte die Projektion und verschwand.

»Der Typ kotzt mich an!«, murmelte Rivera. »Ich verstehe jetzt, warum Sie ihn unbedingt fassen wollten. Alleine seine Manieren sind eine Straftat.«

Apostol wollte etwas sagen, doch mit einem Male lag ihr die Zunge schwer im Mund. Sie riss die Augen auf, verdrehte sie, plötzlich war ihr Sichtfeld von einem feinen Schleier überzogen. Rivera sah sie besorgt an. Das nahm sie noch wahr.

Dann wurde es schlimmer.

Sie stöhnte auf. Alles verschwamm vor ihren Augen, sie stützte sich ab, während sie die andere Hand nutzte, um sich an den Kopf zu fassen. Der plötzliche, harte Schmerz hatte nichts mit dem zu tun, was sie sonst an körperlichem Leid empfand. Das hier war neu. Ihr war schwindelig, sie spürte die stützenden Hände von Rivera und Snead, der aufgesprungen und an ihre Seite geeilt war.

»Lyma …«, sagte Snead voller Sorge.

Sie hörte seine Stimme wie durch Watte. Ein glühender Meißel hackte in ihrem Kopf und erzeugte Wellen an Schmerz, der sie fast bewusstlos werden ließ. Fast. Sie war nicht bereit, sich zu ergeben. Damals nicht im Labor, heute nicht an Bord der *Scythe.* Sie hatte damals Dinge gelernt. Überlebensstrategien. Umgang mit sich selbst.

Umgang mit Leid.

So nicht!

»Es geht schon wieder«, brachte sie hervor, und es war nicht einmal gelogen. Genauso schnell, wie der Schmerz gekommen war, ebbte er nun bereits wieder ab, eine Erleichterung, die einen eigenen Schwindel verursachte, verbunden mit einer plötzlichen Angst, dass er zurückkehren könne.

»Captain, Sie sollten …«, begann Rivera, doch Apostol fand bereits wieder die Kraft für eine herrische Geste. Der

Schmerz war blitzartig zu einer Erinnerung geschrumpft, wie ein böser Traum, nur eine Einbildung, mehr ein Moment psychischer denn physischer Schwäche. Sie holte tief Luft.

»Es ist nichts.«

»Da war sehr wohl etwas.«

»Es ist *nichts.*« Apostols Stimme hatte die gewohnte Schärfe, und nur Snead, der als Erster Offizier gewisse Rechte hatte, wenn sie ihren Dienst nicht mehr wie gewohnt ausüben konnte, schaute sie unwillig an. »Ich gehe zu Radek, sobald das hier …«

»Ich rufe Radek!«, korrigierte Snead sie. »Er kommt auf die Brücke mit seinem Scanner, und es wird eine Untersuchung geben. Ich bestehe darauf.«

Da war nun auch Schärfe in seiner Stimme, gemischt mit Fürsorge, und Apostol musste den aufbrandenden Unwillen niederkämpfen. Sie konnte es jetzt nicht auf eine Konfrontation mit ihren eigenen Leuten ankommen lassen. Und ja, sie hatte auch Angst davor, was da gerade passiert war. Sie wusste, wie ihr Körper reagierte, wenn der Stress zu groß zu werden drohte. Das hier war anders gewesen. Weitaus schmerzhafter. Sehr bedrohlich.

Sie hörte Snead in das Interkom sprechen. Radek würde in kürzester Zeit hier sein, und alle würden sie dabei beobachten, wie sie durchgecheckt wurde. Sie hasste solche Situationen. Sie hasste es, Schwäche zu zeigen. Damals, als Kind, war Schwäche mit verstärkter Zuwendung belohnt worden. Die Art von Zuwendung, die sie ihr ganzes Leben als Trauma begleitet hatte, von kalten Männern in Kittel, die Gegenstände in sie hineinsteckten, vor allem in ihren Kopf, den sie genau dafür modifiziert hatten.

Genau dafür.

Apostol schaltete für einen Augenblick ab, setzte sich auf ihren Sessel, den Gesichtsausdruck abwesend, sehr konzentriert. *Moment mal!*

Beinahe unbewusst betastete sie ihren Kopf, fuhr die narbige Haut unter ihrem Haar entlang, die vertrauten Spuren einer Vergangenheit, der sie niemals würde entkommen können. Es war unangenehm, aber sie versuchte sich zu erinnern, und zwar so genau wie möglich.

»Captain!«, sagte Snead.

»Nicht jetzt«, murmelte sie unwillig.

»Captain, es ...«

»Nicht jetzt, verdammt!«

Snead schwieg, und Apostol erinnerte sich daran, wo genau der Schmerz sie überfallen hatte. Sie kam zu einer Erkenntnis, die ihre Befürchtungen bestätigte und ihre Sorgen potenzierte.

Die Geschichte meines Lebens, dachte sie, beinahe resigniert. Aber es half, Gewissheit zu erlangen.

»Radek ist da!«, sagte Snead. Apostol öffnete die Augen und sah den Bordarzt an, den Inbegriff von Müdigkeit und Überarbeitung, dem sie so wenig Ruhe gönnte wie sich selbst. Er hielt ihr den medizinischen Scanner ins Gesicht, ohne groß um Erlaubnis zu bitten, und Apostol machte nicht den Fehler, ihn davon abhalten zu wollen.

»Doktor«, sagte sie mit fester Stimme. »Ich halte Sie von wichtigeren Aufgaben fern.«

»Das kann warten. Sie sind ziemlich wichtig, Captain.«

»Was haben Sie gerade gemacht?«

Radek runzelte die Stirn, offenbar sowohl wegen der Daten, die sein Scanner auswarf, wie auch ob ihrer Frage. »Ist das wirklich wichtig? Captain, die Scans Ihres Gehirns ...«

»Was genau, Doktor? Vor ein paar Minuten. Was taten Sie genau?«

Radek sah sie zweifelnd an, als habe er Sorge um ihren Geisteszustand, aber sie war die kommandierende Offizierin, und es gab keine Einwände dagegen, ihre Frage zu beantworten.

»Ich habe die Gracen-Tests an den restlichen Besatzungsmitgliedern durchgeführt, nach und nach und unter der Entschuldigung, die wir vereinbart haben.«

Apostol nickte. »Wie ich es mir gedacht habe. Wer war als Nächstes an der Reihe?«

»Ich verstehe die ...«

»Haben Sie Gnade mit mir, Radek. Wer war an der Reihe?«

»Ich hatte den Chefingenieur der *Licht* auf meiner Liste, Erkensteen.«

Apostol nickte erneut, diesmal langsamer. Vor ihrem geistigen Auge sah sie Puzzleteile, wie sie sich ineinanderfügten. Ehe Radek etwas zu seinen Scans sagen konnte, sprach sie erneut.

»Ihre Messergebnisse zeigen eine massive Reizung der Kortikalstruktur um mein Adapterimplantat, richtig?«

»Da, wo Sie bereits Narbengewebe in Ihrem Kopf mit sich herumtragen, ja«, sagte Radek bestätigend. »Genau da. Eine starke Reizung, die die Schmerzen ausgelöst hat, weil sie mit den Schmerzrezeptoren ...«

»Ich weiß. Ich kenne mein Gehirn besser als Sie, Doktor, bei allem Respekt. Jemand hat das ausgelöst, indem er einen Steuerimpuls an den Kortikaladapter geschickt hat.«

»Steuerimpuls?«

Apostol lächelte. »Ich sollte einmal ein braver kleiner Roboter werden. Hat glücklicherweise nicht ganz geklappt.

Kommen Sie mit mir.« Sie nickte Snead zu, der auf ihrem Sitz Platz nahm. Rivera schloss sich an, sein Gesicht eine einzige Frage. Gemeinsam betraten sie Apostols Kabine, den Arbeitsraum mit dem Schreibtisch, hinter den sie sich setzte, eine versiegelte Schublade aufschloss und etwas hervorholte, einen kleinen, unscheinbar wirkenden Gegenstand.

»Das ist ein Souvenir«, erklärte sie, ehe jemand eine Frage stellen konnte. »Ein Souvenir aus meiner Vergangenheit. Inaktiv, davon war ich bisher ausgegangen, und ja … Moment … diese Einheit ist es auch, wie sie es sein sollte. Das Steuergerät. Damit hätte man der kleinen Lyma Befehle erteilt, wenn alles zur Zufriedenheit meiner Peiniger verlaufen wäre. Was es glücklicherweise nicht tat. Ich war bisher davon ausgegangen, dass diese Einheit die einzige war, die meine Befreiung überlebt hat, und ich besitze sie auch nur, weil ich sie im entscheidenden Moment gestohlen habe.«

»Im entscheidenden Moment?«, fragte Rivera.

»Als die Polizeikräfte das Labor stürmten und uns befreiten. Ich kann mich an jede Sekunde erinnern. Ich habe mich nie wieder in meinem Leben so erleichtert gefühlt.«

»Damit kann man also …«, begann Radek.

»Damit kann man gar nichts, denn die Einheit ist inaktiv. Nur jemand mit großem Spezialwissen könnte damit versuchen, die Verbindung zu meinem Implantat zu reaktivieren. Und es gibt nur dieses eine Exemplar.«

»Sind Sie sich sicher?«

Apostol grinste. »Und da kommen wir zum interessanten Teil unseres Gesprächs.« Sie wandte sich an Rivera. »Captain, bitte bewaffnen Sie sich. Nehmen Sie sich vier oder fünf Leute, ich nenne Ihnen die Namen meiner

Crewmitglieder, die mit einer Waffe umgehen können. Ich würde es ja selbst machen, aber ich werde wohl auf der Brücke gebraucht.«

Rivera sah sie verständnislos an. »Was soll ich tun?«

»Ich möchte, dass Sie Ihren Chefingenieur inhaftieren. Wenn er sich wehrt, dürfen Sie ihn erschießen.«

»Erkensteen?«, entfuhr es Rivera. »Was für ein Wahnsinn ist das?«

»Ich gebe zu, es muss eine Verzweiflungstat gewesen sein. Aber er hat es getan, weil er damit einen Fluchtplan verbindet. Er benötigte eine Ablenkung. Was lenkt besser ab, als beim Captain einen Hirnschlag auszulösen? Er hat mich aber unterschätzt.« Sie tippte gegen ihre Stirn. »Das hat einiges aushalten müssen. Ich weiß, wie das ist.«

»Fluchtplan? Wovon reden Sie? Die *Scythe* liegt unter Beschuss, wir haben alles ...«

»Gracen kennt einen Weg«, unterbrach Apostol ihn. »Er kennt *immer* einen Weg.«

»Gracen?« Dann dämmerte es Rivera. Er schüttelte ungläubig den Kopf. »Das kann nicht sein. Wie kann ...«

»Ich fing an, den Braten zu riechen, als er ohne Funshi Hatko aus der alten, der parallelen *Scythe* zurückgekommen ist. Und ich bin mir ziemlich sicher, dass er dort vor allem das hier gesucht hat!« Apostol hob die Steuereinheit. »Er wusste, dass ich sie besitze. Er war dabei, als ich sie gestohlen habe. Und er hat das Fachwissen, sie zu reaktivieren. Er wollte etwas gegen mich in der Hand haben.«

»Seine Version ist Tausende von Jahren alt, wenn das stimmt.«

»Terranische Qualitätsarbeit, sicher aufbewahrt. Es war ein kalkulierbares Risiko.«

Radek seufzte. »Er wusste, dass meine Verschleierung der Tests genau das war: eine Verschleierung. Und als er an der Reihe war ...«

»... hat er ein kleines Ablenkungsmanöver gestartet, um Sie zu beschäftigen, Doktor«, vervollständigte Apostol den Satz. »Rivera?«

»Ich hole Sharon. Und Ihre Leute. Und Waffen«, sagte der Captain der *Licht*, seine Stimme für einen Moment erstickt vor Enttäuschung und gleichermaßen Entschlossenheit. »Sollten wir nicht Alarm geben?«

»Nein. Das würde ihn warnen. Er muss sich eh beeilen. Er hält mich nicht für so genial wie ihn, aber für leidlich intelligent und wird vermuten, dass ich seiner Scharade auf die Spur komme, sollte ich den Schmerzanfall besser überstehen als erwartet. Schnappen Sie ihn sich. Und bringen Sie mir die Kopie dieser Einheit. Ich hätte sie gerne in meinem Besitz.«

Rivera nickte und ging.

Radek sah Apostol besorgt an. »Kann ich Sie dagegen abschirmen, Captain?«

»Nein. Ich brauche die Einheit. Oder ausreichend Entfernung zwischen dem Sender und mir, mindestens drei Kilometer nach meiner Kenntnis.«

»Wir sollten ihn also einfach aus der Schleuse werfen?«

Apostol lächelte. »Das ist eine gute Idee. Ich habe sie natürlich nicht gehört.«

Radek nahm eine Phiole und einen Injektor aus seiner Arzttasche. »Das habe ich auch nicht gesagt. Hier. Wenn es wieder losgeht, nehmen Sie das, direkt in den Hals. Es wird den Schmerz nicht völlig neutralisieren, aber ihn schlagartig mindern, und das für eine ganze Weile. Falls Rivera es nicht schafft.«

»Die *Scythe* ist nicht groß.«
»Aber Gracen …«
»… kennt immer einen Weg, ja. Ich weiß. Ich weiß.«

24

»Das tut weh.«

»Schmerz erinnert an die Realität. Ich erinnere Sie also nur an etwas.«

Horana LaPaz sagte nichts mehr, denn jedes Wort bekräftigte Erkensteen, der ganz offenbar nicht war, wer er war, mit einem heftigen Druck an ihrem Hals. Da er ein Messer in der Hand hielt, konnte das Konsequenzen haben, an die die Anwältin nicht einmal denken wollte. Sie spürte, wie Hustenreiz ihre Kehle emporkroch, und versuchte verzweifelt, ihn zu unterdrücken. Er war ihr in die Arme gerannt, als sie ganz harmlos einen Gang in der *Scythe* entlanggelaufen war. Er hatte ihr die Arme verdreht und sie hierhergeschleppt. Die körperliche Kraft, die in dem Mann steckte, war erstaunlich gewesen. Selbst ihren kybernetischen Arm hatte er unter Kontrolle gehalten.

Normal war das nicht.

Normal war hier gar nichts.

»Jetzt hier entlang. Mir läuft die Zeit davon, was angesichts der Erkenntnisse der nahen Vergangenheit mindestens ironisch ist.«

»Wo wollen Sie hin?«

»Das merken Sie gleich. Ups!«

»Ups« war ein Besatzungsmitglied der *Scythe*, das ihnen nichtsahnend entgegenkam, die Szenerie mit einem großen Entsetzen betrachtete, mit noch größerem Entsetzen die Handfeuerwaffe, die Erkensteen plötzlich in der Linken hielt, während die Rechte weiterhin ein Messer an Horanas Hals drückte. Jemand mit Kampftraining und ausreichend angsthemmenden Drogen hätte diese Gelegenheit genutzt und sich aus dem Griff befreit, Horana aber war Anwältin, ihre Waffe waren Worte, und sie hatte drei Jahre die Gebühr für das Fitnessstudio bezahlt, ohne hinzugehen. Sie blieb, wo sie war.

Erkensteen hielt inne, schaute sich um. »Es ist wohl so weit«, murmelte er. Horana wollte etwas fragen, der erschrockene Mann sich abwenden. Beide kamen nicht dazu.

Horana wurde etwas schwindelig.

Erkensteen schoss.

Der namenlose Mann, immer noch entsetzt, starb in diesem Gefühl direkt vor ihren Augen, eine blutige Blume auf seiner Brust, klappte so zusammen, als hätte ihn jemand abgeschaltet. Er glitt zu Boden, regungslos, und starrte Horana anklagend an, die doch auch nichts dafürkonnte. Erkensteen warf ihm nicht einmal einen zweiten Blick zu, und da wusste Horana, dass es eine verdammt gute Idee gewesen war, nicht die Heldin zu spielen.

Eine tiefe Mutlosigkeit erfasste sie. Ihr wurde auch ein wenig schlecht.

»Eine Geisel reicht«, sagte der Mann, als sie ihren Weg wieder aufnahmen. »Und Frauen sind so viel besser dazu geeignet. Sie sind schwach und lösen bei Männern Beschützerinstinkte aus. Sie schreien manchmal, aber da helfen ja meistens Schläge.«

»Bei Ihnen tut es der Instinkt aber wohl nicht.«

»Frauen sind ganz nett, aber am Ende doch meist eher lästig«, kommentierte der Mann, und seinem Tonfall war zu entnehmen, dass er es nicht halb so ironisch meinte, wie es auf den ersten Blick klang. »Seien Sie also nicht lästig, meine Teuerste.«

»Sie sind Joaqim Gracen. Der achte.«

»So, wie Sie es sagen, klingt es beinahe erhebend. Hier hinein!«

Sie gingen durch ein Schott, das sich vor ihnen öffnete. Dahinter saß in einem Raum, der durch eine Schutzscheibe den Blick in den Hangar der *Scythe* erlaubte, ein Techniker. Er erhob sich, hob die Arme, erfasste die Situation sofort. Es half ihm nicht. Augenblicke später lag er in seinem Blut auf dem Boden. Zwei Tote, und Horana wurde jetzt richtig schlecht vor Angst und weil der Tod sie, im Gegensatz zu ihrem Entführer, ernsthaft aus der Bahn warf. Seit dem Angriff der Iskoten hatte sie deswegen Albträume, und die Pillen Radeks hatten nur wenig geholfen.

Jetzt würde es noch schlimmer werden.

Falls sie jemals wieder in den Genuss von Schlaf kommen würde, der nicht der endgültige war.

»Wohin fliegen wir?«, fragte Horana, die sich weigerte, Sklavin ihrer Angst zu werden.

»Nirgends, zumindest nicht gleich. Wir wechseln nur … ah, da schau mal.«

Bewaffnete stürmten in den Hangar, sahen sich um, schauten von der anderen Seite durch die Scheibe, erblickten Gracen, Horana und die Leiche. Rivera war da, Sharon Toliver, die blass aussah, und einige Leute der *Scythe*, alle mit Waffen und dem Eindruck, dass sie auch wussten, wie man sie benutzte.

Horana spürte das Messer an ihrem Hals. Sie sagte nichts.

Dann zitterte die *Scythe*, diesmal nicht, weil sie beschossen wurde. Das äußere Hangartor öffnete sich, zumindest ein Stück weit, und dennoch wurde niemand ins All geschleudert. Das verhinderte die Blase, die wie eine Pustel auf dem Polizeikreuzer saß und dafür sorgte, dass es weder zu einem Druckabfall kam noch zu einer Verbesserung ihrer Aussichten. Denn jetzt war klar, wohin Gracen wollte.

Zu seinem Bruder, wenn man das sagen konnte.

»Bleiben Sie, wo Sie sind, Gracen!«, donnerte Rivera, dem Wut und Enttäuschung ins Gesicht geschrieben standen. »Verdammt, Sie …«

»Keine Beleidigungen! Wir waren so gute Freunde!«, unterbrach Gracen und kicherte, ehe er Horana vorwärtsdrängte und sie den Hangar betraten.

»Sie Mörder!«, brachte Toliver schwach hervor, offenbar an der Grenze des für sie Fassbaren angekommen.

»Ja, Schwund ist immer«, gab Gracen zurück. »Wenn Sie wünschen, dass die junge Dame hier am Leben bleibt, sollten Sie alle Ihre Waffen unter Kontrolle halten. Ich habe da so eine Masche mit dem Messer – für mich sehr befriedigend, aber für meine Opfer irgendwie endgültig. Wir sollten das vermeiden.«

»Lassen Sie sie gehen, und wir können …«

»Ach, Rivera, der Schlauste waren Sie wirklich nie.«

Gracen ignorierte den bösen Blick des Captains und schob Horana weiter in Richtung Blase. Sie ließ es wehrlos mit sich geschehen. Das Schimmern des Schmiegfeldes wurde dünner, und dahinter zeichnete sich eine humanoide Figur ab. Wie hatte der achte Gracen mit dem siebten unerkannt Kontakt aufnehmen können?

Das war doch sicher alles abgesprochen!

Dann gab es eine Öffnung. Der siebte Gracen stand darin, und er sah seine achte Version an, und wenn Horana nicht alles täuschte ...

»Was soll das? Du machst alles kaputt! So war es nicht vereinbart!«

»Mach Platz. Sie kamen mir auf die Schliche. Will ich in eine verfickte Zelle? Mach Platz, Schwachkopf!«

»Warum sollte ich das tun, du Idiot?«

Rivera schaute von einem zum anderen, und auch ihm dämmerte es offensichtlich. Der Achte hatte seine Flucht nicht mit seinem »Bruder« abgesprochen – er war schlicht geflohen, als sich die Schlinge um seinen Hals zuzuziehen begann. Und er hatte mit einem etwas herzlicheren Willkommen gerechnet, schien es.

Der Achte sah den Siebten jedenfalls für einen Moment konsterniert an. »Ich wurde enttarnt, siehst du das nicht?«

»Warum kümmert es mich? Ich kooperiere mit der *Scythe* und ihrer Besatzung, ich erschieße sie nicht.«

»Sie waren im Weg.«

»So funktioniert es nicht mehr, Bruder. Wir bleiben hier auf ewig stecken, wenn wir nicht zusammenarbeiten.«

Der Achte runzelte die Stirn. »Wir können immer noch ...«

»Wie viele hast du auf dem Weg hierher umgebracht?«

»Nur zwei!«

Sharon Toliver unterdrückte ein Stöhnen. Doch auch sie war in diesem Moment weise genug, das Gespräch zwischen den beiden Inkarnationen nicht zu unterbrechen. Es versprach sehr interessant zu werden. Horana aber hatte eine böse Vorahnung, wie es enden würde. Die Spannung zwischen den beiden Gracens war echt, das war kein Geplänkel, kein oberflächlicher Disput. Der Achte musste fort. Und der Siebte fand, dass sein Bruder nicht mehr war als eine Belastung, ja, sogar ein echter Störfaktor.

Und wie ging ein Gracen mit etwas um, das ihn störte?

Sahen die anderen das nicht?

»Du bist ein Idiot, Gracen!«, zischte der Siebte.

»Das sagt der Richtige. Lass mich an Bord, dann können wir weiterstreiten.«

Der Siebte zeigte auf Horana. »Dann nimm die mit. Wir brauchen jetzt eine Geisel, bis wir die Sache geklärt haben.«

»Na fein, na fein.«

Erkensteen/Gracen sah Horana an, die nun stocksteif, wie gelähmt dastand, hin- und hergerissen zwischen dem Fluchtreflex, der sich wie eine urtümliche Gewalt in ihr aufbaute, und der Angst vor der Klinge an ihrem Hals. Sie wiederum schaute Hilfe suchend auf Toliver und Rivera, die ganz offensichtlich nicht wussten …

Jemand schoss.

Einer von Apostols Leuten, jemand, der offensichtlich als Scharfschütze ausgebildet worden war und so etwas schon einmal mitgemacht hatte. Die Waffe …

Egal.

Der Schuss traf den Achten an der Schulter. Die Klinge ritzte an Horanas Hals, doch nicht tief genug, um ihr die Kehle durchzuschneiden. Oder die Halsschlagader. Sie griff unwillkürlich nach der Wunde, ließ sich instinktiv fallen. *Freie Schussbahn*, war alles, was ihr durch den Kopf schoss. Bloß nicht weiter im Weg stehen.

Schüsse fielen. Horana wollte nicht hinsehen. Sie sah es trotzdem. Sie sah, wie der Siebte nach hinten fiel, seine weiße, schmucklose Kleidung plötzlich mit Blut bespritzt. Sie sah, wie der Achte in Richtung der Blase stolperte, selbst feuerte, den Messerarm aber kraftlos nach unten hängen ließ. Horana rollte, krabbelte, bedacht darauf, so wenig wie möglich Zielfläche zu sein, getrieben von der Angst, doch noch gefangen zu werden, doch noch ...

Ein seltsames Geräusch.

Sie ignorierte es, erreichte die Station des toten Technikers, außer Atem, mit einer plötzlichen Beklemmung in der Brust. Stille. Es war zu still. Sie zog sich an der Konsole hoch, starrte durch die Scheibe in den Hangar.

Sie sah.

Die Blase expandierte. Das Energiefeld drängte in den Hangar hinein, mit einem plötzlichen, schlagartigen Schwung, der wie die automatische Reaktion eines Schutzmechanismus wirkte, und sie erfasste den Achten, fraß in seinen Körper hinein, verschlang Arm und Schulter, ließ die Innereien offen, das Blut schoss in einem Schwall aus dem geöffneten Leib, und Gracen fiel hin, zerschnitten wie ein Filet, reglos und sehr, sehr tot.

Und die Blase hörte nicht auf. Sie drang weiter vor, ignorierte Materie, ließ den Boden unbehelligt, erreichte die anderen, die sich abwandten, davonzulaufen gedachten, doch es gab kein Entkommen.

»Nein!«, wollte Horana LaPaz schreien, doch sie brachte keinen Laut hervor.

Riveras Leib wurde aufgeschnitten, ebenso wie der von Sharon Toliver, die bereits einige Schritte zum Schott geschafft hatte. Horana sah noch in ihr Gesicht, all die Angst, das blanke Entsetzen, und dann erreichte die Blase ihren Körper, und er fiel. Die anderen Leute von der *Scythe* drehten sich ebenfalls um, liefen, einige schafften es, andere nicht. Leichen sackten zu Boden, als die Blase innehielt. Der Achte war mittlerweile völlig verschwunden, aufgelöst, von Rivera lag ein ausgestreckter Arm da, alles, was von ihm blieb, von Sharon Toliver nur der Oberkörper, glatt abgetrennt vom Rest von ihr, der sich in nichts verwandelt hatte. Drei weitere Tote in verschiedenen Stadien der Verstümmelung. Alarmsirenen. Flackernde Lichter. Horana sah an sich hinab. Sie war vollständig. Alles da.

Alles da. Alle tot, dachte sie. Ihr war weiterhin schlecht, und sie fühlte sich sehr schwach.

Die Blase flackerte, dann erlosch sie weitgehend, ließ eine energetische Struktur zurück, die immer noch am Hangartor hing. Dann eine Stimme, schwach.

»Hilfe!«, hörte sie. »Helfen Sie mir! Irgendjemand.«

Horana erkannte die Stimme. Der Siebte. Ohne Zweifel verletzt. Sehr kläglich. Brudermord. Ach, wäre das nicht wunderbar gerecht? Niemand war ein würdigerer Gegner als …

Nein!

Horana erhob sich und wankte auf die Blase zu, an den Leichen und Leichenteilen vorbei. Sie schaute nicht hin, wollte es nicht. Einmal bückte sie sich, ergriff eine aus einer leblosen Hand gefallene Waffe. Sie betrat die Blase. Der Siebte lag am Boden, wies mit schwacher Hand auf das Innere des seltsamen Fahrzeugs.

»Mutator«, sagte er schwach. »Bitte.«

Horana sah auf den Verletzten hinab. Die Wunde sah böse aus. Es freute sie sehr. »Sie werden der *Scythe* helfen.«

»Das ... sonst ...«

Sie beugte sich zu ihm hinab. »Sie haben da draußen ein Gemetzel veranstaltet.«

»Notreaktion der Blase«, keuchte Gracen. Er war leichenblass. »Selbstverteidigung. Der Idiot.«

Horana richtete die Waffe auf ihn. Sie wollte unbedingt abdrücken, aber sie war kein Gracen, im Grunde war sie nicht einmal mehr sie selbst. Stattdessen half sie dem Mann auf, schleppte ihn in Richtung einer konisch geformten Kapsel, die sich einladend öffnete, und schob ihn hinein.

»Dauert ... nicht lange«, brachte der Mann noch hervor, dann schloss sich der Deckel mit einem sehr zufriedenen Sauggeräusch. Horana hörte die Schritte, dann sah sie Inq vor der Blase auftauchen. Er gestikulierte mit einer Waffe in der Hand.

Sie hörte ihn nicht, machte einen Schritt zur Öffnung.

Sie hörte ihn nicht, weil die Blase den Zugang verschlossen hatte und sich nun von der *Scythe* löste, langsam, unaufhaltsam.

Selbstverteidigung? Ein letzter Befehl des Siebten?

Horana sah mit brennenden Augen, wie sich das Hangartor der *Scythe* entfernte. Dann schloss es sich, von der Blase befreit. Sie schaute auf die Waffe in ihrer Hand, dann auf die Kapsel, in der Gracen lag und heilte.

Was für ein beschissener Tag, dachte sie.

Was für ein beschissenes Leben, fügte sie hinzu.

Viel schlimmer, zu dieser Überzeugung kam sie, konnte es jetzt nicht mehr werden.

25

Saim rückte an seinem Gewand. Es passte ihm ausgezeichnet. Er sah Henk an, der direkt neben ihm stand, und er kannte ihn gut genug, um zu sehen, dass er sehr zufrieden mit sich selbst war. Das war auch berechtigt. Der Direktor hatte seine diplomatischen Pflichten zu ihrer aller Zufriedenheit erledigt. Saim war zuversichtlich. Er vermied eine unnötige Hochstimmung, aber doch …

Alles verlief nach Plan.

Er wappnete sich. Der Resonanzbauch vor ihm verbeugte sich, als der Blick des Ratsvorsitzenden auf ihn fiel. Es war einer von Quaras Bäuchen. Seine alte Rivalin. Wie sich die Dinge doch änderten. Eben noch Feinde bis aufs Blut, kurz davor, sich an die Gurgel zu gehen, und jetzt gute Freunde. Zumindest Verbündete. Sie hatten ein gemeinsames Interesse: den An'Sa bei diesem Durcheinander mit dem Sonnenherrn zu helfen. Dann würden sich ihre Wege trennen, in Frieden. Saim würde als Herr einer erneuerten Sphäre sein eigenes, kleines Universum für sich haben und es richtig kontrollieren. Und die Skendi würden irgendwas tun. Sicher nicht ihn begleiten. Nach Hause fliegen. Sich um ihre Angelegenheiten kümmern.

Alle würden zufrieden sein.

»Ich bin bereit«, sagte Saim. Er nickte den vier iskotischen Leibwächtern zu, die ihn begleiten würden. Ausgewählte Krieger. Und er selbst trug unter dem schönen Gewand eine eng anliegende Schutzrüstung, ein Einzelstück, hergestellt aus Biomaterial, das es innerhalb der Sphäre kaum gab. Nein, Saim musste sich korrigieren. »Innerhalb« gab es nicht mehr, denn der Schirm war immer noch erloschen und die Armada der Wracks weitgehend auf dem Weg zum Sonnenherrn, um dort zu Klump geschossen zu werden. Aber die Idee der Sphäre war noch da, sehr aktiv in Saims Kopf. Eine Vision. Ein Ideal der perfekten Gesellschaft.

Bald. Sehr bald.

Und mit etwas Glück würde er kaum noch Leute dafür umbringen müssen. Das war jetzt nichts, wonach er mit aller Kraft strebte, aber es war natürlich weitaus weniger anstrengend, immer entscheiden zu müssen, wer leben durfte und wer nicht.

»Dann gehen wir.«

Der Weg war nicht weit. Henk begleitete ihn, eifrig wuselnd wie der rückgratlose Diener, der er war. Ein nützlicher Mann, den Saim zu ehren und zu befördern gedachte. Leute wie ihn konnte er jederzeit gebrauchen.

Sie verließen das Beiboot, das sie zur Barke Quaras gebracht hatte. Ein historischer Augenblick, in der Tat. Drohnenmänner standen Spalier, herausgeputzt, ein würdiger

Empfang, den lange Zeit niemals jemand für möglich gehalten hätte. Der alte Geon, weich und dumm, wie er gewesen war, hatte derlei nicht zustande gebracht. Saim war sich sicher, dass eine harte Hand und ein entschlossenes Handeln Gegner wie Verbündete zu anhaltender Kooperation zwang, früher oder später. Saim wusste, wie das ging, und die Geschichte gab ihm recht. Es war der Starke, der gleichermaßen Furcht wie Respekt hervorrief, die Grundlage des Erfolgs eines jeden Herrschers.

»Hier entlang!«, sagte der Resonanzbauch, und ja, er verbeugte sich. Respekt, wie gesagt. Das war wichtig. Saim war sich nicht zu schade, sich auch vor Quara zu verbeugen, Königin und so, das geziemte sich. Er würde sie bald los sein, das ganze lästige Skendigesindel, also brach er sich keinen Zacken aus der Krone, wenn er auch ein wenig schleimig wurde. Ein letztes, ein kleines Opfer auf dem Schritt zur Erreichung eines großen Ziels.

Die Iskoten hatten große Waffen eingesteckt. Große Waffen waren beeindruckend. Gerade die Drohnenmänner würden das verstehen, und die Machtdemonstration sollte auch bei Quara ankommen. Positiver Nebeneffekt: Große Waffen hatten große Magazine, und deren Wert war im Zweifelsfall nie zu unterschätzen.

Der Weg führte sie in eine Halle, und da saß sie, Quara, die Fruchtkönigin, Herrscherin der Skendi in der Sphäre und aufgrund ihrer Langlebigkeit und Fruchtbarkeit seit langer Zeit ein großes Ärgernis vieler Ratsvorsitzender. Sie war, äußerlich betrachtet, gar nicht so beeindruckend, aber davon ließ sich Saim nicht irritieren. Er wusste, dass sie reale Macht repräsentierte, und niemals machte er den Fehler, reale Macht zu unterschätzen.

Und so trat er vor, schaute nach rechts und links, sah überall Drohnenmänner in respektvoller Haltung und fand, dass alles gut war. Es waren viele. Die ganze Halle war voll, über allem lag eine Atmosphäre der Feierlichkeit, der Erwartung. Zeit, selbst ausreichend Respekt zu zeigen. Auf diesem Schiff war er ein Gast. Er verbeugte sich.

Quara nahm es mit einem Kopfnicken zur Kenntnis. »Saim, ich freue mich, dass Sie meiner Einladung gefolgt sind«, tönte ihre Stimme durch die Halle. Außer ihr sprach niemand. Skendimänner waren sehr diszipliniert.

»Ich freue mich, dass ich eingeladen wurde«, antwortete Saim ähnlich durchdringend. »Ich hoffe, dass wir nun eine lange Geschichte des Konflikts und der Missverständnisse zu einem Ende bringen können.«

»Missverständnisse?«, echote Quara, doch ehe er etwas sagen konnte, winkte sie ab. »Es ist nicht mehr wichtig. Die Ereignisse haben uns beide zum Umdenken gebracht, Saim. Es fällt mir vermutlich genauso schwer, das einzusehen, wie Ihnen. Wir mussten beide einen großen Sprung über unseren Schatten machen. Das ist nicht einfach.«

»Es war nicht leicht, aber ungeachtet dessen, was Sie über mich denken, bin ich durchaus in der Lage, zu lernen und mich anzupassen. Die Sphäre ist ein harter Lehrmeister gewesen, auch da sind wir uns wohl einig.«

»Wenn nichts sonst stimmt, so aber immer das«, bestätigte Quara. Sie wies auf einen Sitzplatz direkt neben ihr, einen bequem aussehenden Sessel. »Wollen Sie sich setzen? Gerne mit den Iskoten an Ihrer Seite. Wir wollen ein wenig auf gegenseitiges Vertrauen bauen, jetzt, wo sich alles verändert hat.«

Saim setzte sich. Auch die versammelten Drohnenmänner hockten sich nun hin, ohne dafür Stühle zu benutzen.

Es war ein seltsamer Anblick, aber Saim wollte nicht urteilen. All dies war bald vorbei. Die Skendi eine Episode. Quara eine Episode.

»Wir sind froh, dass es jetzt zu einer Kooperation mit den An'Sa gekommen ist«, sagte Quara und machte eine ausholende Geste. »Wir hoffen, dass die Lösung des Problems für uns die baldige Heimreise bedeutet. Für Sie, Ratsvorsitzender, ist das wohl keine Option.«

»Meine Vorfahren stammen, soweit wir den Aufzeichnungen Glauben schenken können, aus einer anderen Galaxis. Bei allem Respekt, so wäre dies selbst für die Skendi eine zu weite Reise.«

»Die An'Sa könnten helfen.«

»Ich bin mir nicht sicher, ob sie es täten.«

»Haben Sie gefragt?«

»Nein.« Saim holte tief Luft. »Meine Vision – unsere Vision – ist eine andere. Es ist nicht leicht für den Nomaden, plötzlich wieder sesshaft zu werden. Ich denke, dass wir nur etwas mehr Kontrolle über unser Leben brauchen. Das wird wohl passieren. Ich bin sehr froh über diese Alternative. Für viele von uns ist die Welt da draußen ... durchaus beängstigend.«

»Da draußen? Der Schirm ist erloschen.«

»Nicht für immer. Wir haben jetzt etwas Geduld. Auch darin sind wir beide uns wohl einig.«

Quara nickte. »Ich würde gerne im Bereich des Sonnenherrn intervenieren, aber ich wüsste nicht, wie. Die An'Sa gaben uns keine eigene Aufgabe. Wir warten also und bezeugen, was geschieht.«

»Mehr mache ich auch nicht. Unsere Arbeit ist getan. Es ist ein sehr schönes Gefühl, dass das Erbe unserer Ahnen und Leidensgenossen noch sinnvoll verwendet werden konnte. Ein Abschluss, der mir gut gefällt. Er hat eine starke innere Logik, wenn man sich vor Augen führt, was wir über die Hintergründe unseres gemeinsamen Schicksals wissen.«

»Mir schwirrt der Kopf von diesen ganzen parallelen Realitäten.«

Saim konnte das gut verstehen. Selbst Henk, der sich zu den Drohnenmännern gesetzt hatte, schien seine Probleme zu haben, das ganze Ausmaß dessen zu begreifen, was sich seit langer Zeit immer wieder abgespielt hatte. Aber das war nicht schlimm, denn Saim war sehr zufrieden mit *dieser* Realität und dem, was er daraus zu machen gedachte.

»Wir müssen vielleicht auch nicht alles verstehen«, sagte er.

»Das stimmt wohl. Ah, unsere Gäste, wie schön!«

Saim drehte seinen Kopf, als ein einzelner Resonanzbauch in die Halle trat, begleitet von zwei Gestalten, die der Ratsvorsitzende nicht recht zuordnen konnte. Eine humanoide Gestalt, etwas erschöpft wirkend, mit einem dünnen Flaum, beinahe einer Art Fell, die ihre Haut bedeckte. Große Augen, die sich ganz eigentümlich auf Saim richteten. Ganz vage kam Saim diese Spezies bekannt vor, aber er vermochte sich nicht recht zu erinnern. Sein Blick fiel auf Henk, der plötzlich einen sehr alarmierten Eindruck machte. Warum wohl?

Sollte er sich Sorgen machen?

Er sah auf die beruhigende Präsenz des Iskoten in seiner unmittelbaren Nähe. Nein, sicher nicht.

»Darf ich Ihnen den Frachthelfer Sadh vorstellen, ehemals von der *Thasoss*, einem Schiff des Volkes der Handai? Er hat sich bereit erklärt, uns kurz Gesellschaft zu leisten.«

Handai. Ja, an den Namen entsann sich Saim, und er fühlte sich jetzt so, wie Henk dreinblickte. Etwas lief hier falsch. Es war nicht das, was er erwartet hatte. Die freundliche Verbindlichkeit war keinesfalls aus der Haltung der Fruchtmutter verschwunden, aber sie wurde jetzt durch etwas … unterlegt. Kälte. Härte. Saim kannte das.

»Was … soll das bedeuten?«, brachte er mühsam hervor.

»Aber wir sind doch hier zusammengekommen, um unsere neue Kooperation, unseren gegenseitigen Respekt zu bekunden«, erklärte Quara scheinbar erstaunt. »Dazu gehört doch Ehrlichkeit, ein klarer Blick auf unsere schwierige Vergangenheit. Sobald wir aus dieser gelernt haben, gibt es eine gute Basis für die Zukunft. Es waren die Iskoten, die die Handai vernichteten, auf Ihren Befehl, oder irre ich mich?«

Saim versuchte, sich zu sammeln. Das Gefühl plötzlicher Bedrohung sprang ihn an, und er schaute ein zweites Mal auf die ihm am nächsten stehende Iskotenwache. Der Soldat hob seine Waffe unmerklich, nickte ihm beruhigend zu. Saim fühlte sich für einen Moment bestätigt. Er war nicht wehrlos. Und die Fruchtmutter sicher nicht so wahnsinnig, in dieser Situation einen echten Konflikt beginnen zu wollen.

Oder doch?

Sie war eine Königin der Skendi. Quara hatte viel mitgemacht. Vielleicht war sie instabil. Das Gerücht sagte, dass sie kürzlich eine lebensbedrohende Erkrankung knapp überstanden hatte. Vielleicht hatte das einen Einfluss auf ihren Verstand gehabt. Man konnte ja nie wissen.

Erneut fühlte Saim diese Beklemmung. Angst. Das war etwas Neues für ihn, und angenehm war es nicht. Er sammelte sich. Er hatte keine Fehler gemacht. Es war alles notwendig gewesen, absolut notwendig. Warum sollte er sich für Notwendigkeiten entschuldigen?

»Die Vernichtung der Handai war zu diesem Zeitpunkt unumgänglich«, sagte er also hart und mit allem Selbstbewusstsein, zu dem er fähig war. Er schaute auf Sadh, der bei seinen Worten zusammenzuckte. Saim freute sich darüber. Der Handai zeigte Schwäche. Das war gut. Die Skendi konnten Schwächlinge nicht leiden. Es kam also ihm zugute. »Die Ressourcen wurden knapp, und ich musste Entscheidungen treffen. Die Fruchtmutter muss dies auch tun. Wer das Ganze retten will, opfert die Einzelnen, vor allem dann, wenn sie im Grunde zur Belastung werden. Es hört sich grausam an, aber es ist ein Grundprinzip des Lebens.«

Quara nickte nachdenklich, als wolle sie die Erklärung des Ratsvorsitzenden ernsthaft bedenken. Dann machte sie eine Handbewegung. Erneut öffnete sich der Zugang zur Halle, und erneut trat ein unangekündigter Besucher ein. Diesmal hatte Saim keine Probleme, ihn sofort zu erkennen. Riem.

Ausgerechnet Riem.

Der ehemalige Stellvertreter kam rasch näher, verbeugte sich vor Quara, ließ aber die Augen nicht von Saim. Es war sicher nicht zu viel gesagt, wenn man behauptete, sein Blick sei voller Hass. Saim ließ das kalt. Diese alberne Loyalität dem alten Geon und dessen altmodischen Ansichten gegenüber war doch exakt der Grund, warum Riem heute ein Niemand war. Er schenkte dem Chef der Hüterstation nicht einmal eine Geste der Begrüßung, nicht die sparsamste. Er war es einfach nicht wert.

»Weitere alte Vorwürfe?«, fragte Saim und verbarg die Verachtung in seiner Stimme nicht. »Riem hatte eine Position, und er hat immer noch eine. Er lebt und erfreut sich bester Gesundheit. Ich habe ihn nicht angerührt.«

»Es geht nicht um mich«, murmelte Riem. »Das hast du nie verstanden, Saim. Es geht nicht um mich.«

Dann stellte er sich neben den Handai, der dem Austausch schweigend gefolgt war, offenbar mehr neugierig als irritiert, als erwarte er noch einen weiteren Akt in einem sorgfältig choreografierten Schauspiel.

Genauso war es.

Das plötzliche Gefühl von Beklemmung und Angst kehrte zurück. Saim musste sich beherrschen. Er wollte wegrennen oder um sich schlagen, idealerweise wohl beides. Er hielt sich im Zaum, gerade noch.

»Sadh, wenn Sie aus Ihrer Sichtweise kurz das Ende der *Thasoss* schildern wollen?«

Der Handai hatte auf diese Aufforderung Quaras nur gewartet. Er trat vor und sprach, leise, aber für alle gut hörbar, offenbar war irgendein Mikrofon auf ihn gerichtet. Hatte Saim eine leidenschaftliche Anklage erwartet, so wurde er enttäuscht. Sadh setzte gut gewählte Worte, aber er tat nicht mehr, als in klaren Sätzen das Leben der Handai zu beschreiben – friedlich, auf sich bezogen, ohne Konflikte –, und dann, wie die Iskoten den Gitterfrachter zerstört hatten. Sadh war dabei gewesen, einer von sieben Überlebenden in einer Rettungskapsel, die die Angreifer nicht aufgespürt hatten. Dass ihn die Ereignisse immer noch belasteten, war ihm möglicherweise anzusehen; Saim kannte die Handai nicht gut genug, um das beurteilen zu können, und im Grunde war es ihm ja auch völlig egal. Er wurde mit jedem weiteren

Satz des Handai ungeduldiger. Er unterbrach nicht, das wäre unklug gewesen, wenig souverän, aber die ganze Erzählung dauerte nach seinem Dafürhalten viel zu lange.

Tatsächlich war Sadh nach gut zehn Minuten bereits fertig.

Das machte es nicht besser. Denn das Publikum war ganz offensichtlich nicht erfreut.

Drohnenmänner taten, was die Fruchtmutter von ihnen verlangte. Sie sprangen von Türmen oder stürzten sich in ein Flammeninferno, wenn der Befehl so lautete, und Resonanzbäuche trugen das Gesicht ihrer Königin ein Leben lang mit sich herum, niemals alleine, immer Instrumente ihrer Stimme. Doch die kalte Ablehnung, die Saim nun, nach Ende der Schilderungen, entgegenschlug, war nicht einfach die Übertragung aus dem Gefühlshaushalt der Fruchtmutter.

Das war echt. Saim war kein sehr sensibler Mann. Aber wenn eine Halle voller Wesen ihren Ekel auf einen richtete, dann merkte man das.

Er schaute seine iskotischen Wachen an.

Moment! Hatten diese gerade den Abstand zu ihm vergrößert?

Erneut öffnete sich die Tür zur Halle. Saim war es langsam leid. Vielleicht war es tatsächlich besser, dieses unangenehme Zusammentreffen zu beenden. Wenn er Henk ansah, dann erkannte er an dem Kasten alle Zeichen einer veritablen Panik. Das konnte nichts Gutes bedeuten.

Saim erhob sich, erkannte den Neuankömmling, gestattete sich einen Moment der Entspannung. Eirmengerd trat ein, begleitet von vier weiteren Iskoten. Henk hatte ihn sicher benachrichtigt, und der General war hier, um die Sicherheit des Ratsvorsitzenden zu gewährleisten. Saim nickte Quara zu.

»Es ist wohl besser, wenn wir dieses Gespräch zu einem späteren Zeitpunkt fortsetzen«, sagte er. »Mir scheint, dass noch etwas zu viel Ballast auf unserer ... Beziehung liegt.«

Quara schien ihm nicht widersprechen zu wollen, sie lächelte ihn sogar an, eine Mimik, die auf zahlreichen Resonanzbäuchen kopiert wurde, was wirklich, wirklich verstörend aussah.

»Ballast«, sagte Quara gedehnt. »Das ist eine interessante Wortwahl. Aber ja. Lassen Sie uns das Gespräch beenden. Es ist, glaube ich, auch alles gesagt worden.«

Sie sah Sadh an. Der Handai wirkte immer noch etwas apathisch, aber der Blick, mit dem er Saim fixierte, war von unangenehmer Intensität.

Der Ratsvorsitzende blickte Eirmengerd entgegen. »General, ich freue mich wirklich sehr ...«

Es gab ein kurzes, lautes, sehr scharfes Geräusch. Zwei sehr beachtlich gebaute Drohnenmänner hatten Henk die Waffe entrissen und ihm dabei den Arm gebrochen. Henk zischte schmerzerfüllt und ging zu Boden, dabei schaute er die Skendi anklagend an.

»Was soll das?«, fragte Saim. »Wieso ...«

Dann sah er, wie Eirmengerd den Iskoten winkte. Er sah, wie sich die Mündungen von Waffen auf ihn richteten, und er fühlte, wie ihm heiß und kalt wurde. Zögernd, überwältigt von Gefühlen, die ihm weitgehend fremd waren, machte er einen Schritt zurück, stieß gegen die Kante seiner Sitzgelegenheit, fiel nach hinten in die Lehne. Die Waffen folgten einer jeden seiner Bewegungen. Saim wollte etwas sagen, aber da war ein Korken in seiner Kehle, den er nicht herausbrachte. Eine plötzliche Schwäche legte ein bleiernes Band um seinen Brustkorb. Er rang nach Luft.

Verrat!

Die Iskoten … Niemals hätte er das für möglich gehalten. Es war, als hätte ihm jemand den Boden unter den Füßen fortgerissen.

Eirmengerd kam auf ihn zu. Der Iskote wirkte sehr entschlossen. Sehr gelassen. »Ratsvorsitzender«, sagte er leise, »ich habe ein Geschäft abgeschlossen.«

»Aber …«, ächzte Saim. Er verstand nicht. Er wollte nicht verstehen.

»Keine Frage der Moralität«, versicherte ihm der Iskote. »Mehr eine des Nutzens. Ich trage eine Verantwortung für meine Leute. Und wir … na ja, wir wollen nach Hause.«

Er sah Saim beinahe um Entschuldigung bittend an. »Wenn es unser Zuhause noch gibt. Aber Quara hat uns versprochen, nachschauen zu helfen. Es liegt quasi auf dem Weg.«

Die Fruchtmutter nickte schweigend. Bekräftigend. Der Handel galt. Und der Preis war Saim.

»Verräter!«, stieß dieser hervor.

Eirmengerd war natürlich absolut nicht beeindruckt. Er winkte in seine Richtung. »Er gehört Euch, Fruchtmutter.«

»Ich nehme das Geschenk an«, sagte Quara.

»Es ist kein Geschenk«, erinnerte sie der Iskote. »Wir haben eine Vereinbarung.«

»Natürlich. Eine Vereinbarung. Alles ist am richtigen Platz, alles liegt auf dem Tisch. Darauf habe ich in der Tat lange gewartet.« Quara wandte sich ab, winkte ihren Bäuchen und Drohnen zu. »Wir können dann beginnen. Es ist an der Zeit, alles zu einem guten Ende zu bringen, meine Kinder.«

Alle eben noch auf dem Boden hockenden Männer erhoben sich. Sie drehten ihren Kopf in Saims Richtung. Nur zwei besonders große Skendi, die neben dem wimmernd am Boden liegenden Henk standen, schnappten sich den Kasten, hoben ihn hoch, als sei er aus Pappe, und warfen ihn Saim vor die Füße.

Henk traf mit einem Geräusch auf, das in Saim Übelkeit erregte. Der Kasten schrie, jammerte, verschiedenfarbige Körperflüssigkeiten traten aus. Er war ernsthaft verletzt.

»Ich glaube nicht, dass Ihre Verbündeten von der *Scythe* das hier billigen werden!«, stieß Saim aus.

»Ich bin auf deren Zustimmung nicht angewiesen«, gab Quara zurück. »Dies ist *meine* Barke. Dies ist *mein* Reich. *Meine* Entscheidung.« Sie lächelte, und ein vielfaches Echo strahlte auf Saim zurück, von allen Seiten. »*Mein* Urteil.«

Die Iskoten steckten ihre Waffen fort, wandten sich ab und marschierten mit Eirmengerd einige Schritte von Saim fort, der plötzlich sehr, sehr allein war. Nur der weinende und jammernde Henk lag vor ihm und war alles andere als eine große Hilfe.

Das Geheule ging Saim auf die Nerven. Er zog die eigene Waffe aus dem Halfter und erschoss den Direktor, damit dieser endlich Ruhe gab. Er musste nachdenken, und Henk störte dabei.

Das Heulen erstarb, der Kasten erschlaffte endgültig. Wohltuende Ruhe kehrte ein. Quara sah Saim ungerührt an.

Der Ratsvorsitzende wog die Waffe in seiner Hand. Es war sicher ein Risiko, aber in seiner ...

Er wurde gepackt. Drohnenmänner entwanden ihm die Pistole. Er spürte ihren harten Griff, den Schmerz, als sich Finger machtvoll in sein Fleisch gruben.

»Wie wollen Sie es tun?«, spuckte Saim hervor. »Wie wollen Sie sich die Finger dreckig machen?«

Quara sah ihn erstaunt an. »Finger? Dreckig? Ach so, einen Moment. Das stimmt, da hatte ich noch etwas vor.« Sie winkte.

Drohnenmänner drehten sich. Spannung im Saal, Aggression und Bedrohung. Nicht in Saims Richtung.

»General«, erscholl die Stimme. »Danke für die Hilfe. Jetzt aber bezahlen erst einmal die Iskoten.«

Unterdrückte Schreie, Wut und Erbitterung. Saim lachte auf, ohne echte Freude, aber voller Hass. Er hörte Schüsse, Schläge, sah, wie die Iskoten von Skendi überrannt wurden, die keine Rücksicht auf sich selbst nahmen. Die starben, nur damit andere ihren Platz einnehmen konnten. Die die großen Käfer ergriffen und mit ihren bloßen Händen in Stücke rissen, allen voran Eirmengerd, der sich wehrte bis zuletzt.

Verrat für den Verräter.

Tapfer, tapfer, dachte Saim. *Und ein verdientes Urteil, dieses eine zumindest.*

Er wunderte sich über sich selbst. Da war jetzt eine große Ruhe in ihm. Er war allein. Im Grunde war er das immer gewesen, realisierte er. Und im Grunde wollte er es gar nicht anders haben.

Das Gemetzel war vorbei. Blutspritzer an den Wänden zeugten von seiner Härte und Brutalität. Es begann, metallisch nach Iskotenblut zu stinken. Die Skendi kümmerten sich um ihre Verwundeten, doch die Unverletzten schlossen die Reihen erneut, drehten Kopf und Bauch in Richtung Saim, der sich wieder im Fokus aller Aufmerksamkeit fand.

Er aber sah Quara an. »Was soll mit mir geschehen? Das dort?«

»Aber nein, Ratsvorsitzender. Das wäre Ihrem Rang und Ihrer Person nicht angemessen.«

»Was wäre angemessen?«

»Ganz einfach.« Quara winkte, und zwei Drohnenmänner traten auf Saim zu. Er wehrte sich nicht – was hätte er auch tun können? –, als sie seine Arme ergriffen und hinter dem Rücken zusammenbanden. Sie taten es nicht besonders brutal, und seine neue Haltung war auch nicht sehr schmerzhaft, aber er konnte sie nicht mehr bewegen.

So stand er da. »Und jetzt?«, fragte er.

»Jetzt warten wir.«

Da dämmerte es Saim. Er fühlte, wie ein hysterisches Lachen seine Kehle emporstieg. Natürlich, natürlich. Rang und Person angemessen. Sehr gut. Das musste er Quara lassen, sie hatte Stil.

Der Handai sah Saim unverwandt an, sagte leise: »Wir konnten auch nur zuschauen. Das ist gut. Die Peerbiber hatten nicht einmal diese Chance. Sie wurden alle ausgerottet, Ratsvorsitzender. Ich schaue jetzt zu, und das auch in ihrem Namen.« Dann setzte er sich wieder auf den Boden.

Alle setzten sich. Eine Kongregation erwartungsvoller Gesichter schaute ihm entgegen. Er musste nichts tun. Sie mussten nichts tun.

Kurz vor seinem Besuch hatte der Timer auf runden vier Stunden gestanden. Und der Auslöseknopf für den Reset war jetzt für ihn völlig unerreichbar.

Sie mussten nur warten.

Saim kicherte. Er musste nichts tun. Niemand tat etwas. Einfach nur so dastehen und dann, in etwa vier Stunden, tot umfallen.

Und alle schauten ihm beim Sterben zu. Aber vor allem beim Warten.

26

»Ich verstehe es nicht.«

»Du wirst. Du musst.« Tizia klang nicht drängend, aber sie hatte begriffen, was die An'Sa von ihr wollten, und jetzt, wo niemand mehr wusste, wohin das Gemetzel im Hangar sie führte, war es absolut wichtig, dass Elissi es ebenfalls verstand. Aber Tizia, das gab sie unumwunden zu, wusste manchmal die Worte nicht, mit denen sie der jungen Frau deutlich machen konnte, was von ihr erwartet wurde.

Jordan war keine Hilfe. Er hatte die typische lauernde Verteidigungsstellung eines hormonell aufgeputschten Männchens eingenommen. Es hatte Zeiten gegeben, da war dies für Tizia nicht unattraktiv gewesen. Im Körper von Laetitia Genq und mit ganz anderen Erfahrungen wie Problemen konfrontiert, fand sie es nur noch leidlich amüsant.

»Ich benötige Daten.«

»Das ist das Problem.«

Tizia lehnte sich zurück. Sie musste vorsichtig sein. Ihr neuer Körper verfügte über eine hohe Masse, über eine außergewöhnliche Kraft – obgleich sie die Motoren bereits bewusst gedrosselt hatte – und vermittelte ein ungeahntes Gefühl von Macht, das leicht zur Illusion werden konnte. Sie spürte ihre Ganzkörperprothese wie einen normalen, organischen Leib, vielleicht sogar noch mehr, ungleich bewusster und detaillierter. Sie fühlte sich weder fremd noch abgestoßen, sondern begierig, ja, süchtig, die Möglichkeiten dieses neuen Körpers auszuschöpfen. Und wenn sie sich im Stuhl zurücklehnte, musste sie immer noch genau darauf achten, dass sie die Rückenlehne nicht abbrach. Anderen die Hand zu geben, war ebenso gefährlich. Sie hatte sich eine Subroutine herausgesucht, die Laetitia Genq ihr zu exakt diesem Zweck hinterlassen hatte.

Den Händequetscher behielt sie sich für richtig unangenehme Zeitgenossen vor.

»Der siebte Gracen öffnet den Schutzmechanismus, den diverse Gracens vor ihm installiert haben, um den An'Sa den Zugang zum Kern der Maschine, des Sonnenherrn zu verweigern. Ich sorge dann dafür, dass der Sonnenherr mir zuhört«, sagte Tizia mit größerer Selbstsicherheit, als sie empfand. »Ich kann mich mit einer Maschine verbinden, jetzt mehr als jemals zuvor.«

»Das ist bewundernswert«, sagte Elissi, und ihrem Tonfall war nicht zu entnehmen, ob sie das auch meinte oder es für sie nur eine Formel war, eine der automatischen Antworten, die sie auswendig gelernt hatte in der Hoffnung, dass sie ihr zur richtigen Zeit einfielen und dann nicht seltsam klangen.

»Es ist schwierig«, gab Tizia zu, »aber machbar. Ich weiß nur eines nicht: Entweder hilft uns der siebte Gracen trotz des Gemetzels ...«

»Wir wissen nicht, ob er noch lebt«, gab Elissi zu bedenken.

»... oder ich mache es alleine, und das ist gefährlich, weil ich nicht genau weiß, was ich da mache, und es dauert etwas länger«, ließ sich Tizia nicht beirren. »Du aber, Elissi, musst die Realitäten wieder einrenken. Du musst dich auch mit dem Sonnenherrn verbinden. Ich werde deine Türöffnerin sein, deine Lotsin, und danach ... bist du die Chefin. So haben es mir die An'Sa erklärt. Ich weiß nicht, wie sie dich gebrieft haben.«

»Das ist alles eine sehr unwissenschaftliche Ausdrucksweise«, beklagte sich die junge Frau. »Soweit ich den Prozess verstanden habe, muss ich nur dafür sorgen, dass sich der Sonnenherr wieder auf seine eigentliche Aufgabe konzentrieren kann. Ich muss ihm seine Identität wiedergeben. Das Wort heißt ›Heilung‹. Ich bin eine Ärztin. Und du musst mir dabei helfen.«

»Das ist auch nicht sehr wissenschaftlich«, sagte Tizia.

»Es gefällt mir besser als ›einrenken‹. Ich weiß aber immer noch nicht, wie ich das tun soll.«

Tizia tippte sich an den Kopf. »Es ist dein Verstand, Elissi, dein Genie. Gracen erkannte das vor einigen Realitäten wohl als Erster, und er missbrauchte deine erste ... Version.«

Sie konnte das sagen, ohne bei Elissi etwas zu triggern. Sie hatte ein bemerkenswert distanziertes Verhältnis zu ihren anderen Ichs, sicher auch aus Selbstschutz.

»Ich bin kein Genie.«

»Dein Verstand funktioniert anders als der vieler Menschen.«

»Natürlich. Dafür gibt es eine einfache Erklärung: Ich bin krank.«

Tizia schwieg. Da war eine Spur Selbstanklage in Elissis Stimme und auch die Andeutung eines tiefen, recht gut vergrabenen, aber stets präsenten Schmerzes. Tizia wusste jetzt sehr gut, was Schmerz bedeutete, körperlich wie auch psychisch, und sie wusste absolut nicht, wie sie angemessen auf diese einfachen Worte der Studentin reagieren sollte.

»Elissi, du bist, wer du bist. Wieso nennst du dich krank? Willst du geheilt werden?«

»Nein«, kam die Antwort wie aus der Pistole geschossen. »Aber ich bin kein Genie. Ich funktioniere nicht besser, ich funktioniere falsch. Das mag ja jetzt hilfreich sein, aber in meinem bisherigen Leben ...«

»Aber krank ... Wollen wir uns um Begriffe streiten?«

»Ja«, erwiderte Elissi beharrlich. »Sie sind wichtig. Worte sollten exakt beschreiben, was wir meinen. Die Welt besteht nur aus einer endlosen Aneinanderreihung von Missverständnissen. Wir müssen in allem immer ganz, ganz genau sein.«

Tizia unterdrückte jede Reaktion, eigentlich völlig unnötigerweise, da Elissi ohnehin mit Körpersprache wenig bis nichts anfangen konnte. Sie warf Jordan einen Blick zu, doch der hatte sich ganz bewundernswert im Griff. Seine Selbstbeherrschung entsprang natürlich seinem eigenen Anteil an Hilflosigkeit, wie mit dieser Situation umzugehen sei. Jedenfalls hatte Tizia bisher noch nicht seinen Beschützerinstinkt ausgelöst. Das war gut. Alles andere konnte sehr lästig werden.

»Die An'Sa meinen, du seist ein Katalysator. Ich muss dich mit der Maschine verbinden – ich bringe dich hinein.

Danach … würdest du es schaffen, meinten sie!« Tizia betonte das mit einem Schulterzucken, denn sie sah aus den Augenwinkeln, wie Jordan Luft holte. Elissi wiederum schien völlig ungerührt. »Ich kann auch nur sagen, was sie mir mitgeteilt haben. Ich behaupte nicht, dass ich es in jedem Fall verstehe.«

Vieles war da, was sie gar nicht in Worte fassen konnte, Wissen, das ihren Horizont überstieg, sodass sie den Eindruck hatte, Laetitia Genqs Körper sei der Verständige, während das in ihm wohnende Bewusstsein nur dumm gucken konnte. Das war eine Art von Dissoziation, mit der die Psychologen nicht rechnen würden. Oder vielleicht doch? Von den Profilern der *Scythe* einmal abgesehen, gab es keine Seelenklempner in Reichweite, obgleich Tizia sich einigermaßen sicher war, eine kleine Therapie gebrauchen zu können.

»Ich bin nur ein Werkzeug?«, fragte Elissi.

»Derzeit sind wir das alle. Wenn es zum gewünschten Ergebnis führt, bin ich damit zufrieden.«

»Werde ich etwas dabei lernen?«

»Wahrscheinlich mehr, als du jemals wissen willst.«

Elissi machte große Augen. »Das gibt es nicht. Es gibt nicht ›mehr, als ich wissen will‹.«

»Erkenntnis kann belastend sein.«

»Der achte Gracen ist immerhin nicht mehr«, sagte Jordan und zeigte ein gewisses Maß an emotionaler Intelligenz, da er begriffen hatte, wovon sie da sprach. »Ist das eine Erleichterung?«

»Ich hätte gerne noch mit ihm gesprochen«, sagte Tizia nach kurzem Zögern. »Dann hätte ich ihn vielleicht ganz gerne selbst umgebracht.«

Sie sagte das mit einer seelenlosen Selbstverständlichkeit, die alleine bei Elissi ein verständnisvolles Nicken auslöste. Elissi wäre zu so etwas fähig, schoss es Tizia durch den Kopf. Sie könnte töten, wenn es sich als nützlich, notwendig oder anderweitig erstrebenswert erwies. Es war vielleicht gut, sich das vor Augen zu halten, vor allem dann, wenn man der jungen Dame in die Quere kommen wollte.

»Ich würde gerne sagen, ich sei bereit«, murmelte Elissi. »Ich weiß aber immer noch nicht, wozu genau.«

»Wir wissen beide nicht, was genau wir beim Sonnenherrn vorfinden. Wir müssen es nehmen, wie es kommt, und hoffen, dass wir im entscheidenden Moment wissen, was wir tun.«

Elissi sah aus, als hätte dieser Satz ihr körperliche Schmerzen verursacht. Tizia verstand. Für die Frau war das ständig Unvorhergesehene, das Unplanbare ein großer Fluch, mehr als nur die Quelle starker Irritation. Es widersprach ihrem Bild von der Realität. Alles, was hier geschah, musste für sie belastend sein. Aber es half nichts.

Es bedurfte nun ihrer beider Stärke.

Tizia verzog das Gesicht, als Jordan Elissis Hand ergriff und sanft drückte.

Ja, es war nur Neid.

27

»Irgendein Kontakt mit der Blase?«

»Sie bleibt in der Nähe, aber wir hören nichts«, meldete Snead und zuckte mit den Schultern. »Auch von Horana nichts. Sie ist vielleicht seine Gefangene.«

»Der siebte Gracen sah nicht so aus, als könne er noch Gefangene machen«, gab Apostol zu bedenken. Der Schrecken über die Ereignisse im Hangar war ihr noch anzusehen. Sie schwankte innerlich zwischen dem Bedürfnis, schreiend durch ihr Arbeitszimmer zu laufen und Dinge an die Wand zu werfen oder sich in ihrer Koje zu einem wimmernden Ball zusammenzurollen und mit niemandem mehr zu reden. Für immer. Stattdessen saß sie in ihrem Sessel auf der Brücke der *Scythe* und wusste nicht mehr, was passierte, warum und wohin die Reise ging.

Nein, korrigierte sie sich. Die verlief planmäßig. Die *Scythe* hielt unbeirrt auf den Sonnenherrn zu. Der sie in Stücke schießen würde, wenn der Siebte ihnen nicht half, die Verteidigungsanlagen zu überwinden.

Ihnen blieb wenig Zeit. »Tizia. Was sagt sie?«

»Sie hat eben noch mit Elissi konferiert.«

»Sie hat soeben die Brücke betreten«, informierte die klare Stimme sie aus dem Körper von Laetitia Genq, und die Frau kam selbstsicher auf sie zu, schenkte Snead ein Nicken und wandte sich dann an Apostol.

»Elissi ist bereit?«, fragte die Kommandantin.

»Soweit das möglich ist, ja. Wozu genau, wird sich zeigen. Entfernung?«

»Noch rund 200.000 Kilometer. Die Armada ist geschrumpft, der Sonnenherr hat sich offenbar eingeschossen. Wir sind bald alleine.«

Tizia schloss die Augen. »Ich spüre die Präsenz der Maschine. Wir sind nahe genug. Hören wir etwas vom Siebten?«

»Nein. Die Blase schweigt, hält aber Kurs.«

»Wie viel Zeit bleibt uns?«

»Ich habe nicht die geringste Ahnung.«

»Was werden Sie tun?«

»Ich brauche einen Ort der Ruhe. Und Elissi. Glaube ich. Und Gracen muss handeln.«

Apostol winkte in Richtung ihres Arbeitszimmers. »Das ist der beste Ort. Was benötigen Sie? Eine Yogamatte?«

McMillan lächelte. »Sie sind witzig, wenn Sie unter Druck stehen, Captain. Eine gute Charaktereigenschaft.«

Damit drehte sie sich um und verschwand in Apostols Kabine. Die Kommandantin sah ihr nach und wusste immer noch nicht, was sie von alledem halten sollte.

Sie konzentrierte sich wieder auf Dinge, auf die sie tatsächlich Einfluss hatte. Den Kurs der *Scythe* zum Beispiel. Ein Blick auf den Ortungsschirm bestätigte ihre problematische Situation. Die Armada aus Wracks war in erheblichem

Maße pulverisiert worden. Weniger als die Hälfte der Einheiten, die von der Sphäre aufgebrochen waren, hatten es bis hierher überlebt, und die verbliebenen Wracks formten einen grob halbkugelförmigen Perimeter vor der Nase des Polizeischiffes, der immer kleiner wurde, je mehr von den Metallbrocken der Sonnenherr in Staub verwandelte. Es war nur eine Frage der Zeit, bis die *Scythe* getroffen wurde, und nach den bisherigen Erkenntnissen war sie nicht in der Lage, einen solchen Treffer zu überleben.

»Wir brauchen einen erratischen Ausweichkurs, etwas, das unsere Chancen erhöht«, wandte sie sich an Inq.

»Sinnlos, Captain. Wir sind recht nahe am Sonnenherrn, und selbst Projektilwaffen sind auf diese Entfernung so schnell am Ziel, dass jedes Manöver zu spät kommt. Die *Scythe* ist kein Pony, sie hat Masse.«

»Danke für die Belehrung. Wir fliegen also offenen Auges in unseren Untergang?«

»Wenn niemand das Geballer abschaltet …«

»Was sagen die An'Sa?«

»Wir bekommen beruhigende, hinhaltende Nachrichten mit präzisem Informationsgehalt.«

»Was sagen sie?«, insistierte Apostol.

»Wartet!«, gab Inq wieder.

Das war alles nicht sehr hilfreich.

»Captain, wir haben eine Nachricht von der Blase.«

Apostol klappte den kleinen Schirm an ihrer Sessellehne hoch und blickte in das Gesicht von LaPaz. »Horana. Was ist passiert?«

»Der Siebte liegt in einer Art Tank und lässt sich offenbar behandeln. Er ist nicht bei Bewusstsein. Die Blase hat mit mir kommuniziert, aber sie kann nicht reden, sondern nur

Lichtzeichen und Töne abgeben. War alles etwas schwierig. Ich darf aber jetzt mit Ihnen sprechen.«

»Sie kontrollieren die Blase?«

»Ich kontrolliere mit Mühe meine eigene. Sind wirklich alle tot? Ich meine …«

»Rivera, Toliver, die Wachen – Gracen hat ganze Arbeit geleistet, als er sich gegen seinen Bruder wandte.«

»Oder umgekehrt.«

»Wir brauchen den Siebten. Er muss das ›Siegel‹ öffnen, was auch immer das genau sein mag. Ich glaube nicht, dass Tizia das ohne fremde Hilfe schafft. Auch nicht mit Elissi. Ihrer beider Aufgabe ist darauf beschränkt, mit dem Sonnenherrn umzugehen. Aber wir müssen erst aufsperren. Horana, Sie müssen den Siebten wecken.«

»Negativ. Ich weiß nicht einmal, wo hier die Kontrollen sind, und die Blase tut sicher nichts, um ihren Herrn und Meister zu gefährden. Aber ich weiß eine andere Möglichkeit, und deswegen melde ich mich.«

»Was meinen Sie?«

Horana rieb sich mit einer Hand die Wange. Sie war zweifelsohne erschöpft. »Den Sonnenherrn unter Verschluss zu halten, bis sich eine neue Alternativrealität auftut, in der man es ein weiteres Mal versuchen kann – das ist nicht die Arbeit eines Gracen alleine. Es ist ein Gemeinschaftswerk, ein kollektiver Plan, mit der aktuellen Inkarnation als Anführer. War das in etwa die Vorgehensweise?«

»Soweit uns Gracen und die An'Sa das erklärt haben. Ich kann …«

»Nein. Der achte Gracen, unser Erkensteen, ist tot, der führt gar nichts mehr an. Der siebte Gracen liegt in einem Heiltank. Aber …«

»... es gibt noch sechs weitere«, vervollständigte Apostol den Gedanken der Frau. »Verdammt, ich war so froh, es nicht mit noch mehr von der Sorte zu tun zu haben, dass ich daran gar nicht weiter gedacht habe. Sie können diese Varianten kontaktieren?«

»Das kann ich.«

»Dann sollten wir ...«

»Ich habe es schon getan. Werfen Sie einen Blick auf die Ortung. Sechs Blasen sind auf dem Weg hierher. Alle Gracens wollen helfen.« Sie verzog das Gesicht. »Captain, das sind für uns unbeschriebene Blätter. Sie sind alle von dem gleichen Mindestirrsinn erfüllt, aber ich vermute, dass individuelle Erlebnisse und die Zeit im Exil sie alle auf unterschiedliche Weise beeinflusst haben. Einige sind möglicherweise noch schwieriger, als ›unserer‹ es jemals war. Ich warne Sie nur.«

»Danke, ich habe mir so was schon gedacht. Horana, ich überlasse die Gespräche Ihnen. Sorgen Sie dafür, dass der Sonnenherr aufhört, uns zu beschießen – und uns reinlässt.«

Die Anwältin nickte nur und beendete die Verbindung. Ihr war anzusehen, dass ihr Selbstvertrauen in dieser Sache übersichtlich war.

»Wir verlieren die Kontrolle«, sagte sie dann leise zu Snead. »Ich wollte die anderen Gracens nicht so nahe heranlassen. Das war so nicht geplant, mein Freund. Mir gleitet alles aus den Händen.«

Snead legte ihr vertraulich eine Hand auf den Unterarm. »Das ist schon vor langer Zeit passiert, Lyma.«

Ein heftiger Lichtblitz erhellte auf geisterhafte Weise ihrer beider Gesichtszüge, als ein großes Armadawrack vor ihnen in einer plötzlichen Detonation verging und die optische Automatik eine Spur zu spät nachregelte. Der stechend weiße Lichtschein enthüllte die Gräben in ihrer Haut, die, Schluchten gleich, Linien zogen wie auf einer sorgfältig modellierten topografischen Karte. Es war nur ein kurzer Moment, in dem sie sich beide anschauten, ihnen beiden nicht gefiel, was sie sahen, und sie beide beschlossen, nicht darüber zu sprechen.

Als das Flackern verging, nahmen sechs weitere Blasen Formation mit dem Polizeikreuzer ein. Es gab keine Kommunikation mit der *Scythe*, und das war möglicherweise auch besser so. Horana hatte das im Griff. Hoffentlich.

28

Sie hatte gar nichts im Griff, wie Horana LaPaz feststellen musste.

»Wer ist tot?«

»Im Grunde sind wir alle tot, das Universum schaut nur nicht genau hin.«

»Du bist ein Defätist. Wir sind auserwählt.«

»Wer ist tot?«

Horana hatte die anderen sechs Inkarnationen Gracens herbeigerufen, und sie waren gekommen, mit großer Erleichterung, befreit von der Fessel der stillschweigenden Übereinkunft, dass immer nur der »aktuellste« von ihnen in die Ereignisse einer neuen Realität eingreife. Doch wenn die Anwältin erwartet hätte, es mit sechs hochintelligenten und die Situation erfassenden Genies zu tun zu haben, die sogleich damit anfangen würden, sie und ihre Umwelt in ihrem Sinne zu manipulieren, dann hätte sie jetzt eine bittere Enttäuschung erlebt.

Oder sie bekam etwas nicht richtig mit.

Die sechs Gracens konnten sich gegenseitig nicht ausstehen. So musste es wohl kommen, wenn sehr von sich überzeugte Egomanen mit weitgehend identischem Ehrgeiz aufeinandertrafen und über lange Zeit auch noch zur Kooperation gezwungen worden waren. Ein toter Gracen, der Achte, und keiner schien auch nur ansatzweise bekümmert über diese Entwicklung zu sein. Der Siebte lag angeschossen im Heiltank, was sollte es? Und eine Frau hatte sich mehr oder weniger einer Blase bemächtigt?

Welch interessante Abwechslung.

Dazu kam, dass den »älteren« Gracens offenbar die andauernde Existenz in ihrer Blase und die Tatsache, dass sie wiederholt Zeugen des eigenen Scheiterns in verschiedenen Variationen geworden waren, nicht gut bekommen war. Der Seltsamste von allen war der Erste. Er war derjenige, der offenbar immer noch nicht ganz begriffen hatte, dass der Achte gestorben war. Die sehr philosophischen Antworten des Vierten, der sich offenbar für so etwas wie einen weisen alten Mann hielt, halfen nicht, Klarheit herzustellen. Der Rest schimpfte einfach nur miteinander – oder hackte auf dem verletzten Siebten herum, der sich gerade nicht wehren konnte.

Wie ernüchternd das alles war. Wo ein Gracen allein, wenn Horana den Schilderungen Glauben zu schenken vermochte, ein kühler, genialer, skrupelloser Meisterganove, Wissenschaftler und geschickter Mörder war, entwickelte sich eine Bande von Gracens zu einer Art transuniversalem Kindergarten. Würde es ihr genauso gehen, müsste sie mit sechs Alternativen ihrer selbst in Kommunikation treten? Horana war sich nicht sicher. Ihr eigentliches Problem war, dass sie plötzlich in die Rolle der Vernünftigen unter etwas außer Kontrolle geratenen verbrecherischen Genies gedrängt wurde, und damit hatte sie nun wirklich nicht gerechnet.

»Können wir uns auf das Vordringliche konzentrieren?«

Stille. Der Vierte fragte: »Wer definiert in diesem Zustand paralleler Realität schon, was vordringlich ist?«

»Der Siebte war zuständig!«, maulte der Dritte, der von allen bisher am wenigsten beigetragen hatte.

»Der Achte hat den Siebten erschossen«, erklärte der Vierte.

»Er lebt noch. Es war ein Unfall«, kombinierte der Zweite Wissen und Vermutung.

»Darf ich wirklich mal um Ihre Aufmerksamkeit bitten? Wir haben den Sonnenherrn beinahe erreicht, und wir sollten uns auf das konzentrieren, was jetzt wirklich wichtig ist: den Zugang zum Sonnenherrn. Bitte. Bitte!«

Horana hatte ihre Stimme in zahlreichen Plädoyers zu einem überzeugenden Instrument der Beeinflussung entwickelt, und selbst intelligente Männer wie Gracen konnten sich diesem Einfluss nicht vollends entziehen.

»Das letzte Siegel wurde vom Siebten erneuert«, beklagte der Sechste. »Als ob meines nicht gut genug gewesen wäre. Aber dann ist alles zusammengebrochen, und der ganze Mechanismus wendet sich auch gegen uns. Das war reiner Pfusch, ich sage es immer wieder.«

»Es war nicht gut genug, die An'Sa wären damals beinahe durchgebrochen und hätten die Kontrolle über den Sonnenherrn zurückerlangt«, sagte der Erste, der sich am meisten über das kollektive Scheitern all seiner Nachfolger zu freuen schien.

»Es war völlig in Ordnung!«

»Es war schwach!«

»Du bist schwach. Hättest du damals …«

»Können wir bitte – bitte! – das aktuelle Problem lösen? Danach wäre dann genug Zeit, sich über Versäumnisse der Vergangenheit aufzuregen!«, intervenierte Horana erneut und versuchte, ihre wachsende Ungeduld, ja, Panik nicht allzu stark hörbar zu machen. Wieder gab es eine kurze Phase der Stille.

»Können Sie alle das Siegel brechen?«, fragte sie, eine klare Frage, auf die sie eine klare Antwort erwartete.

»Ja!«, sagte der Sechste.

»Das wird schwierig«, sagte der Vierte.

»Ohne den Siebten? Eigentlich unmöglich.«

»Kann mir jemand«, hob Horana an, »kurz erklären, woraus dieses Siegel eigentlich besteht, damit ich das Problem besser verstehe?«

Gelächter aus sechs Realitäten antwortete ihr, und in ihrer Arroganz waren sich die Gracens in diesem Moment bemerkenswert einig.

»Also für eine Dumme«, sagte Horana laut. »Bitte!«

»Die Situation war folgende«, bequemte sich der Sechste. »Unsere Versuche, den Sonnenherrn in unserem Sinne zu manipulieren, blieben so lange immer nur teilweise erfolgreich, wie es den An'Sa gelang, Einfluss auf ihre Artgenossen auszuüben, die mit der Maschine, dem KI-Kern der Anlage, verbunden waren. Gleichzeitig waren diese der effektivste Schirm gegen unseren Einfluss, da sie wie eine Hirn-Blut-Schranke funktionierten.«

»Sie setzten die gleichen Naniten ein, die zur Kontrolle Tizias führten«, dachte Horana laut.

»In manchen unserer Realitäten kamen wir nicht auf diese Idee. In einigen waren wir Tizia. Der Achte war da durchaus innovativ in der Wahl seines neuen Körpers, wenngleich erfolglos. Aber ja: Das ist exakt die Technologie, die wir verwendeten, nachdem der Erste, sein größter Verdienst, sich zum ersten Mal Zugang verschafft hatte.«

»Wie der Name schon sagt«, warf der Erste ein und kicherte.

»Das Siegel«, fuhr der Sechste fort, »ist letztlich nichts anderes als eine Verstopfung in der direkten Kommunikation zwischen den in die Maschine inkludierten An'Sa und der KI selbst. Eine Verstopfung, die Kontrolle über gewisse automatische Produktionsstätten in der Konstruktion des Sonnenherrn hat und diese zur Fertigung von Waffensystemen angeregt hat, die bisher nur gegen die An'Sa eingesetzt wurden.«

»Bis es schiefging«, maulte der Erste.

»Es war nicht meine Schuld«, behauptete der Sechste. »Da der Sonnenherr aber nur richtig funktioniert, wenn deren Zusammenspiel einwandfrei läuft, befinden wir uns in einer Art Gleichgewicht der Kräfte. Er ist gestört und lässt niemanden mehr an sich heran. Öffnen wir das Siegel ohne Übereinkunft mit den An'Sa, überlassen wir ihnen möglicherweise den Sonnenherrn. Das war in der Vergangenheit nie die ... erwünschte Option. Keine Seite hat in den bisherigen Konflikten obsiegt, und da sich nicht nur wir, sondern auch der Sonnenherr aufgrund seiner Fähigkeit zur Ortung und zum Transfer in alternative Universen an alle Versuche erinnert, stehen wir vor einer kleinen ... Herausforderung.«

»Es wird lästig«, sagte der Vierte.

»Es wird langweilig«, sagte der Erste. Zustimmendes Gemurmel. Vielleicht auch der Grund dafür, warum die Gracens alle ein wenig seltsam geworden waren.

»Also geht es oder geht es nicht?«, fragte Horana.

»Was ist der Preis?«, fragte der Sechste. »Was bekommen wir dafür?«

Natürlich, das war die Frage. Der Siebte hatte von sich behauptet, nur nach Hause zurückkehren zu wollen, natürlich nicht als Gast der *Scythe*, aber immerhin. Ob das stimmte oder nicht, es hatte so etwas wie eine stillschweigende Übereinkunft gegeben, zumindest zwischen An'Sa und ihm. Doch war das jetzt hinfällig? Oder waren sich die sechs alle einig darin, auch in das Territorium des Konkordats zurückreisen zu wollen? Eine Aussicht, die Captain Apostol ganz sicher missfiel, war es doch schon schwierig genug gewesen, einen Gracen zur Strecke zu bringen. Aber gleich sechs – oder sieben, wenn die verletzte Variante wieder vollständig genesen würde?

»Ich vermute, Sie brauchen die Blasen dann nicht mehr.«

Gelächter antwortete ihr.

»Denken Sie, Verehrteste, wir wollen in diesen Dingern leben?«, fragte der Zweite. »Wir alle sind eigentlich nicht Teil dieses Universums. Sobald wir die Blase verlassen oder diese ihre Arbeit einstellt, lösen wir uns schlicht in Wohlgefallen auf. Unser Transfer ist nicht vollständig, lediglich die Blase erhält unsere höchst unlogische und unwillkommene Existenz am Leben. Allein der Sonnenherr könnte vollbringen, dass wir dauerhaft in dieser Realität verankert bleiben. Das wäre der erste Teil unserer Entlohnung.«

»Ich kann nicht für den Sonnenherrn sprechen.«

»Legen Sie ein gutes Wort bei den An'Sa für uns ein.«

Das konnte Horana zusagen. Die An'Sa würden sich vielleicht bereit zeigen zu akzeptieren, dass ihre Ärgernisse weiter existieren würden, solange sie es im Konkordat taten. Womit sie beim Ursprungsproblem wären.

»Und der zweite Teil?«, fragte sie.

»Lasst uns in Ruhe, und wir lassen euch in Ruhe«, erklärte der Sechste sehr ernsthaft. »Was genau das bedeutet: Wir kehren dem Konkordat dauerhaft den Rücken, und ihr versucht nicht, uns zu suchen und zu verhaften. Wir suchen uns ... eine anderweitige Betätigung.«

Horana unterdrückte mit Mühe ein spontanes Nicken. Diese so wunderbare Lösung würde möglicherweise langfristig für andere Spezies einen Nachteil bedeuten, je nachdem, wohin es die Gracens verschlug – und vielleicht dem Konkordat noch einmal mächtig in den Hintern beißen. Andererseits ... das würde sie wohl nicht mehr erleben. Und Lyma Apostol auch nicht. Horana fand, dass die Kommandantin mental mittlerweile so weit war, diese Lösung auch für sich zu akzeptieren. Nach mir die Sintflut. Das hatte eigentlich immer ganz gut funktioniert, zumindest für die, die vor der Sintflut gelebt hatten.

»Ich glaube, zu einer solchen Vereinbarung können wir kommen.«

»Der Siebte hätte das aushandeln müssen«, knurrte der Sechste. Horana sagte nichts. Sie ahnte, dass der Siebte ganz andere Pläne gehabt haben musste. So gesehen war es gut, wenn er sich dazu derzeit nicht äußern konnte und es gleich, hoffentlich im positiven Sinne, zu spät dafür war.

»Ich gebe Ihnen mein Wort, alles für diesen Deal zu tun«, versprach sie also mit fester Stimme und log so gut, wie eine

Anwältin es konnte, die schon mehrfach Mandanten hatte verteidigen müssen, von deren Schuld sie noch mehr überzeugt gewesen war als die Anklage. Horana war darin ganz gut gewesen, und auch jetzt überzeugte sie mit ihrem Auftreten. Die Gracens grunzten und grummelten ihre Zustimmung.

Horana saß so da, schwieg und wartete. Einige Momente lang passierte nichts, also fragte sie: »Und was jetzt?«

»Es ist getan«, erwiderte der Sechste.

»Wie bitte?«

Keiner der Gracens antwortete ihr. Dann schickte die *Scythe* einen Ruf an die Blase, den sie sofort entgegennahm. Eine aufgeregte und erkennbar erleichterte Lyma Apostol schaute auf sie.

»Horana! Der Sonnenherr hat das Feuer eingestellt! Wir können anfliegen! Tizia und Elissi haben Zugang bekommen! Wir kommunizieren! Irgendwas … passiert.«

Horana wollte etwas Ermunterndes sagen, suchte noch nach Worten, dann aber wurde ihr mit einem Male schwindelig. Ihre Freude über den erzielten Fortschritt zerfloss ein wenig. Sie hielt sich mühsam aufrecht. Aus den Augenwinkeln sah sie, wie der Tank mit dem Siebten zu reagieren begann. Er schien seinen Insassen zu erwecken.

Schlechter Zeitpunkt.

Sie bewegte Lippen und Zunge, doch das fiel ihr sehr schwer, als hätte eine plötzliche Lähmung ihre Gesichtszüge ergriffen. Sie stöhnte und schaute träge auf Apostol, die ähnliche Beschwerden zu haben schien. Auch die Gracens fingen an, wieder durcheinanderzureden, aber mit einem plötzlich sehr schleppenden Tonfall.

Was war …

»Ach verdammt!«, hörte sie die Stimme eines Gracen. »Das Labyrinth. Es ist immer noch das Gleiche.«

Horana wusste nicht, wovon die Rede war. Aber sie ahnte, dass sie es gleich am eigenen Leibe erfahren würde.

Doch erst einmal wurde ihr so richtig schlecht.

29

»Jordan, bist du hier?«

»Aber ja, Elissi, bin ich.«

»Ich bin mir nicht so sicher, ob das wirklich stimmt.«

Jordan brauchte nicht lange, um zu verstehen, was sie da eigentlich meinte. Die Schleier vor seinen Augen wurden dichter, und er wurde entgegen seiner Befürchtung keinesfalls bewusstlos. Er stellte fest, dass sich entweder seine Umgebung veränderte – auf sehr unvorhergesehene Art und Weise – oder seine Sinne zunehmend Probleme hatten, die auf sie einströmenden Impulse zu verarbeiten. Wie schön, dass sein wissenschaftlich geschulter Verstand das zu analysieren in der Lage war. Was genau sollte er aber gegen den plötzlichen Drang unternehmen, in hohem Bogen auf den Boden zu kotzen?

Boden? Wo war der überhaupt?

Er war … schon noch da, aber irgendwie … schief?

Jordan breitete die Arme aus in der Erwartung, dass er sogleich vollends das Gleichgewicht verlieren würde, doch nichts dergleichen geschah. Dennoch, die Perspektiven passten nicht mehr zusammen. Er sah Elissi an, die sich auch verändert hatte. Er musste zweimal hinschauen, aber ja, ohne Zweifel, ein Arm war länger als der andere, und das durfte eigentlich nicht so sein. Tizia McMillan, in ihrem perfekten, ebenmäßigen und absolut symmetrischen Roboterkörper, hatte ein dickes und ein dünnes Bein, die zu den Füßen hin zusammenwuchsen, und Jordan erwartete jeden Moment, dass ...

Moment. Wie sah er denn aus?

Der junge Mann blickte an sich hinab.

Alles war da, wo es hingehörte. Nur war alles grün. Die Haut, die Nägel, seine Kleidung, Schuhe, alles, sogar ein kleiner Kreis um seine Füße herum, grün. Jordan mochte Grün, vor allem in Gestalt schöner Wiesen unter warmen Sonnen, in Form eines eisgekühlten Waldmeister-Wackelpuddings mit Vanillesoße und verbunden mit anderen Assoziationen, die ihm in diesem Moment nicht in den Sinn kamen. An sich selbst, als hätte ihn jemand in ein Fass voller Farbe getunkt, konnte er den Reiz dieser an sich schönen Farbe nicht recht schätzen, und er fuhr sich wischend über seine Haut, als könne er damit etwas ausrichten, was natürlich absolut nicht der Fall war.

»Jordan, was passiert?«

»Erklär du es mir«, sagte dieser zur Antwort, merkte dann, dass Elissi ihn aus großen Augen ansah, wollte etwas Tröstendes sagen, bemerkte dann aber, dass die Augen immer größer wurden, die Nase zwischen sich zu zerquetschen drohten und ihn anschimmerten wie tiefe Seen.

»Geht ... es dir gut?«, brachte er mühsam hervor.

»Nicht so«, klagte Elissi. »Ich bin ... mir ist ... alles ist ...«

Damit war im Grunde alles gesagt. Würden sich Tizias Eindrücke, vermittelt durch hochgezüchtete Technologie, in diesem Fall anders darstellen?

»Jordan, Ihnen wächst Gras aus den Taschen«, hauchte die Frau.

Also nicht, dachte der Student. Er blickte an sich hinab: kein Gras und auch wieder normale Farbgebung, was immerhin ein wenig beruhigend war.

»Was passiert mit uns?«

»Ich nehme Kontakt mit dem Verstand des Sonnenherrn auf«, murmelte Tizia etwas abwesend. »Verdammt, was für ein Durcheinander! Ich weiß nicht, was die sieben Gracens da herumgepfuscht haben, und ich kenne selbst nur eine völlig derangierte und degenerierte Maschine, aber das hier ... meine Güte ... meine Güte ...!«

»Wir müssen näher ran«, flüsterte Elissi und streckte eine Hand in Jordans Richtung aus. Ihre Augen waren jetzt normal groß, dafür begann ihre an sich entzückende kleine Nase nun zu wachsen, und Jordan tat alles, um nicht hinzusehen.

»Wo ran?«, fragte er.

»Da, schau doch!«

Jordans Blick folgte der ausgestreckten Hand mit den bemerkenswert dünnen Spinnenfingern. Direkt vor ihnen, mitten in Lyma Apostols Kabine, flimmerte es, als würde die Realität, oder was von ihr mittlerweile noch übrig geblieben war, zerfasern. Ein Ring, der langsam expandierte. Wenn Jordan das richtig verstand – und das »wenn« war sehr laut und schrie alle anderen an –, dann wollte Elissi da hineinstolpern. Sie musste stolpern, denn ihre Füße waren zu massiven Metallblöcken geworden, die hochzuheben ...

Jordan schloss die Augen. Zu viele Eindrücke prasselten auf ihn ein, und die meisten davon begriff er nicht mehr. Der dumpfe Kopfschmerz kam durch sensorische Überlastung mit Daten, die so nicht stimmen konnten, da sie jeden Referenzrahmen sprengten. Elissis Referenzrahmen musste sich sehr von dem seinen unterscheiden, wenn sie mit alledem noch einigermaßen zurechtkam, und Tizias Computergehirn hatte sicher eigene Möglichkeiten, mit diesem Irrsinn fertigzuwerden, aber Jordan war jetzt an der Grenze der Belastbarkeit angekommen.

Er wollte nicht mehr hinschauen.

Er stöhnte. Das Geräusch kam in Form schillernder Blasen aus seinem Mund, die durch die Luft schwebten, herabsanken und an den kristallinen Dornen zerplatzten, die gerade aus Elissis Knien wuchsen.

Er fühlte Elissis Hand in der seinen. Sie schien ganz normal zu sein. Sein Tastsinn schien durch diese ... was auch immer, jedenfalls war er offenbar unbeeindruckt. Das war auf eigentümliche Weise beruhigend, etwas, auf das sich Jordan nun voll und ganz konzentrieren konnte, denn es half ihm, seinen Verstand zu bewahren.

»Komm mit, ich mach das nicht alleine«, flüsterte Elissi.

Er war Jordan, er war verliebt, und er wollte keinesfalls allein bleiben. So blieben die Augen zwar geschlossen, aber er ließ sich von seiner Freundin geleiten, setzte Fuß vor Fuß, stolperte nicht, lief nirgends dagegen, und plötzlich wurde der Untergrund weich, verlor die verlässliche Solidität der *Scythe*, und fast gegen seinen Willen musste er die Augen öffnen, sah, dass er jetzt wirklich ganz woanders war, und blickte auf Elissi, die, Gott sei Dank, absolut normal aussah. Als Tizia ihn an der Schulter berührte, wusste er, dass auch sie hierhergekommen war.

Wo auch immer hierher eigentlich war.

Er stand auf einem Gummiball. Konnte man das so sagen? Der Boden war weich, von bläulicher Farbe und übersät mit winzigen Noppen. Rutschfest, immerhin. Der Himmel war ebenso, völlig ohne Wolken oder irgendein anderes Merkmal, eine absolut glatte, reglose, statische, entsetzlich Furcht einflößende Masse an Nichts. Jordan atmete ein, und da war etwas, was ihn am Leben erhielt, doch es war nicht das gleiche Gefühl, als hätte er Luft inhaliert. Er drehte sich einmal um sich herum. Ein recht naher Horizont – der Ball war nicht groß! –, aber ansonsten keinerlei Merkmale, kein Berg, keine Vegetation, nichts. Ihm wurde schwindelig, denn sein Verstand hatte nichts, woran er sich festhalten konnte. Er drehte den Kopf schnell, um Elissi und Tizia anzuschauen, die nicht halb so mitgenommen wirkten wie er.

Das war ein wenig deprimierend.

Es war wohl an der Zeit, sich mal zusammenzureißen. Wenn es jetzt normal war, durch alternative Dimensionen zu reisen und auf blauen Gummibällen den weiteren Gang der Ereignisse abzuwarten, dann war es auch normal, diesem Zustand mit einem gewissen Gleichmut zu begegnen.

»Ist das real?«, fragte er dann trotzdem. Er kam sich sogleich albern vor, aber vielleicht waren die Frauen ja schlauer als er.

»Absolut«, erwiderte Tizia. »Sie sehen einen blauen Planetoiden aus einem weichen, gummiartigen Material, mit kleinen Noppen?«

»Das ist exakt das, was ich sehe.«

»Dann sind wir uns einig. Wir träumen das nicht.«

»Warum sind wir hier – und was und wo genau ist *hier*?«

Tizia breitete Laetitia Genqs Arme aus. »Ein blauer Gummiplanet.«

»Die Antwort ist unbefriedigend«, sagte Elissi nachdenklich. »Wir sind noch nicht am Ende unserer Reise angekommen. Tizia …«

»Ja. Der Sonnenherr spricht zu mir, aber das meiste ist wirres Zeug. Es geht ihm sehr schlecht. Er unterscheidet kaum zwischen Freund und Feind. Eine sehr gefährliche Situation.«

»Ich benötige selbst Verbindung zur Maschine, es geht nicht anders«, sagte die junge Frau.

Doch die Androidin wollte davon nichts wissen und hob abwehrend die Hände. »Ich glaube nicht, dass du dafür jetzt schon bereit bist. Wir müssen erst Klarheit haben, wo das Problem liegt.«

»Warst du es? Bereit? Damals?«

»Ich stand unter dem Einfluss von Gracens Naniten, und ich war eine Gefangene. Was genau ich wollte, stand nicht zur Diskussion, ebenso wenig meine Bereitschaft.«

»Das ist jetzt im Grunde genauso. Schau. Dort geht es weiter.«

Elissi lenkte ihrer aller Aufmerksamkeit auf ein Phänomen, das Jordan bereits einmal beobachtet hatte: eine Stelle, an der die Konturen ausfaserten, alles sich dem Blick entzog, wie ein verwaschener Klecks auf dem Stoff der Realität.

»Das sind Zugänge. Ich habe die Angst, dass wir wirklich in einem Labyrinth gefangen sind«, flüsterte er.

Elissi sah ihn an. »Das *ist* ein Labyrinth. Es ist das, was der Sonnenherr abbildet – auf der Suche nach seiner Mission, seiner Freiheit …«

»… und seinem Verstand«, vervollständigte Tizia den Gedanken. »Leider.«

»Ist es sicher?«, stellte Jordan die wohl überflüssigste Frage in allen alternativen Universen. Sowohl in diesem wie wahrscheinlich auch den anderen wurde sie nicht einer Antwort für würdig befunden.

»Weiter!«, sagte Elissi entschlossen. »Immer weiter!«

Was blieb ihnen jetzt auch anderes übrig?

30

Lyma Apostol, Kommandantin des Polizeikreuzers *Scythe*, stand auf einer grünen Wiese und hatte keine Schuhe an. Das war gar nicht so übel.

Sie blickte hinab auf ihre Zehen, die im weichen Gras versunken waren, das ihre Haut angenehm umschmeichelte, ein Gefühl, das sie sicher schon einmal empfunden hatte, vielleicht während eines Urlaubs oder in einer Simkammer, aber noch nie so intensiv. Das widersprach der Erkenntnis in ihrem Hinterkopf, dass sie eigentlich auf der Brücke ihres Schiffes war – oder sein sollte – und jetzt keine Zeit für Urlaub hatte.

Und doch. Hier stand sie. Die milde Luft brachte eine angenehme Duftmischung von den Pflanzen um sie herum, kleine Gruppen bunter Blumen, dann Bäume und Sträucher, ebenfalls gruppiert, als hätte ein Landschaftsgärtner eine besondere Leidenschaft für diese Anordnung gehabt. Sanfte Hügel, angenehme Wärme, blauer Himmel, nur ein paar Wölkchen, tanzende Vögel, summende Insekten. Die ganze Umgebung war auf so stereotype Weise angenehm, dass Lyma, so schön auch alles war, nichts davon ernst nehmen konnte.

Sie drehte sich einmal um sich selbst und stellte fest, dass niemand von der Brücke ihres Schiffes diese seltsame Reise mitgemacht hatte. Falls es überhaupt eine Reise war und sie nicht Opfer einer Einbildung, des endgültigen Aussetzens ihres permanent überreizten Verstandes. Doch so fühlte es sich nicht an. Das Wohlgefühl, das sie umhüllte, war natürlich besorgniserregend und höchst bedenklich, also erfüllte es sie sogleich mit dem allergrößten Misstrauen.

Es konnte ihr nicht so gut gehen. Es durfte ihr nicht so gut gehen.

»Du kannst auch keinen Spaß haben, oder? Gönn dir doch einmal etwas!«

Auf einem Baumstumpf, der, dessen war sie sicher, eben noch nicht da gewesen war, saß eine Katze, groß, fett und grinsend. Lyma kannte ihre Klassiker, und das Gefühl absoluter Irrealität verstärkte sich nur noch. Dennoch, es war Konsequenz in diesem Wahn, und selbst wenn es am Ende nur Selbstgespräche waren und man ihr auf der *Scythe* gerade eine bequeme Jacke mit langen Ärmeln überzog, in der sie sich nicht verletzen konnte – es ergab Sinn, das Gespräch mit der Katze zu suchen, soweit überhaupt irgendwas hier Sinn ergab.

»Ich muss wohl mit dir reden«, sagte Apostol.

Katzen konnten normalerweise nicht das Gesicht verziehen, ihre Kiefer waren recht starr, und jenseits böser Blicke und gefletschter Zähne war die Mimik eher eingeschränkt. Diese zeigte sich flexibler, als seien die Kieferknochen weich und biegsam. Ein zumindest irritierender Anblick.

»Hast du etwas gegen mich?«, jaulte das Tier. »Ich fühle mich nicht richtig ernst genommen!«

»Wo bin ich?«

»Dies ist die Grüne Wiese. Ein angenehmer Ort, findest du nicht?«

»Das gebe ich gerne zu.« Apostol genoss immer noch das Gefühl des Grases unter ihren nackten Füßen. Dass sie sich unmittelbar darauf fragte, was eigentlich mit ihren Stiefeln passiert war, zeigte, dass sie sich niemals richtig würde entspannen können, egal auf wessen Wiese sie gerade stand.

»Wo bin ich also genau?«

»In dieser Realität weiß ich erst einmal, dass du im Grunde hier nicht hergehörst und nur aufgrund massiver Irritationen des Sonnenherrn hier gelandet bist. Dein Schiff ist nahe genug an ihn herangekommen, das Siegel wurde gebrochen, und jetzt seid ihr den Realitätswellen, die der Sonnenherr auslöst, hilflos ausgeliefert. Ihr nennt es das Labyrinth, als ob es jemand gebaut hätte. Weit gefehlt.«

»Realitätswellen?«

»Er schlägt mit Realität um sich.« Die Katze sah sehr selbstzufrieden aus. »Das ist eine schöne Formulierung. Die merke ich mir. Oder ist ›Realitätsblähungen‹ besser? Das gefällt mir auch.«

»Und du bist?«

»Keine Illusion, kein Traum, kein Niemand, kein Produkt … Ich existiere, schon seit vielen Jahren subjektiver Zeit, und habe mein Leben auf der Grünen Wiese sehr genossen. Dabei weiß ich Dinge und trinke Tee.«

Die Katze wies mit einer Pfote hinter sich. Eine kleine Holzplattform mit Dach wurde sichtbar, darauf ein Tisch und mehrere Stühle, inklusive eines Treppchens, das es einer

Katze erlauben würde, die Tischplatte zu erreichen. Natürlich ein Teeservice. »Darf ich dir einen Schluck anbieten?«

»Earl Grey?«, fragte Apostol aus irgendeiner Inspiration heraus, die sie in diesem Moment selbst nicht verstand.

»Selbstverständlich, Captain. Hier entlang.«

Sie wanderten zur Plattform. Tee und Kekse. Wer backte hier Kekse?

»Du fragst dich sicher, wer hier Kekse backt«, nahm die Katze den Gedanken auf, was sie entweder als Telepathin outete – ein Verdacht, der Feliden ohnehin schon seit Epochen anhing – oder einfach etwas mit dieser Realität zu tun hatte, in der die Katze, wie eben gesagt, Dinge wusste. Und Tee trank.

Sie konnte mit ihren Pfoten eingießen, was eigentlich auch nicht sein sollte.

Apostol nahm einen Schluck. Earl Grey, mit einer sehr feinen Note. Nicht überparfümiert wie viele Sorten. Sie runzelte die Stirn. Sie hatte von Tee absolut keine Ahnung und noch nie in ihrem Leben ...

»Du denkst zu viel nach«, stellte die Katze nach einem kritischen Blick auf ihren Gast fest. »Diese Falten auf deiner Stirn machen dich nicht hübscher.«

»Ich bin derzeit nicht bestrebt, für eine Katze hübsch zu sein.«

Das Tier zeigte Zähne. »Kein Grund, mich gleich zu beleidigen. Kekse?«

Dass die Frage nach dem Bäcker unbeantwortet blieb, registrierte Apostol nur noch am Rande, als sie ein Gebäckstück zu sich nahm. Ausgezeichnet. Ganz, ganz ausgezeichnet!

»Sitzt du gemütlich?«

»Wo bin ich hier, und was ist hier los? Wie komme ich von hier weg, und was bedeutet das alles?« Apostol wollte sich nicht aufhalten, vor allem bedurfte sie der Klarheit. Die Katze seufzte, was sie endgültig unglaubwürdig machte, aber Apostol behielt diesen Eindruck für sich, soweit sie das überhaupt konnte. Die türkisfarbenen Pupillen schienen sie mit ihrem Blick richtiggehend zu sezieren. Dieser Katze blieb nichts verborgen.

»Dies ist die Grüne Wiese, eine Wohnebene unterhalb der Blauen Halle, in der die drei Zwerge wohnen. Die sind garstig. Und Tee mögen sie auch nicht. Los ist hier meist nicht so viel, vor allem dann nicht, wenn der Sonnenherr nicht durchdreht. Leider hat er derzeit massiven Einfluss auf jede Form alternativer Realität in diesem Sektor, und so stört er unser Leben mit Wissen.« Die Katze tippte sich an den Kopf. »Sinnloses Wissen, zumindest für mich. Will mich gar nicht fragen, wie die Zwerge damit umgehen. Die sind leicht überfordert.« Die Katze kicherte. »Stell dir vor, sie wissen nicht einmal, wie man mit den drei Muscheln umgeht, obgleich für jeden eine da ist.«

»Kaum zu glauben«, erwiderte Apostol, deren Verwirrung eher zu- denn abnahm. »Und weiter?«

»Wir bekommen Besucher, von der *Scythe*, von anderen Raumschiffen, neulich sogar ein An'Sa. Ich habe nie zuvor einen getroffen, und doch weiß ich genau, was das für Leute sind. Wozu nur? Ich hoffe, diese unangenehme Episode ist schnell wieder vorbei. Jedenfalls musst du dir keine Gedanken darüber machen, wie du hier wieder wegkommst: Es ist noch keiner lange geblieben. Die meisten lösten sich einfach auf, ausradiert aus meiner Realität. Dass ich mich an sie erinnern kann, ist ein Fluch des Wissens, mit dem der Sonnenherr mich gerade quält. Entsetzlich! Wissen ist so belastend. Ich komme ohne viel besser zurecht.«

Lyma war manchmal so weit, diese Einschätzung zu teilen. In diesem Moment war sie es allerdings nicht.

»Um zum letzten Teil der Frage zu kommen: Was bedeutet all das hier? Du bist in einem Labyrinth der Realitäten, Lyma Apostol, und ich befürchte, dass du dich verirrt hast – und zwar bereits in dem Moment, da du es betreten musstest. Ja, du kannst nichts dafür. Ist das nicht das Problem aller materiellen Existenz? Wir können nichts dafür und müssen da durch.« Die Katze seufzte erneut abgrundtief. »Noch einen Keks?«

Fast gegen ihren Willen nickte Apostol. Egal wie unwirklich und seltsam diese Umgebung war, sie fühlte sich in der Tat ausgesprochen real an – und die Kekse waren lecker. Wer wusste schon, was sie in anderen Realitäten angeboten bekommen würde? Man nahm, was man bekam, und davon reichlich, dann hatte man, wenn es nichts mehr gab. Ressourcen schonte das nicht, es vermittelte aber ein wenig das Gefühl von Sicherheit.

»Was mache ich also?«, fragte Apostol, und sie fühlte sich exakt so hilflos, wie es klang.

»Die schöne Gegend genießen. Meine Gesellschaft.« Die Katze zwinkerte ihr zu. »So bald wird es keinen interessanten Gesprächspartner wie mich mehr geben.«

»Wenn der Sonnenherr nicht gerade durchdreht, wie ist dein Leben sonst so?«

»Ruhig. Ich putze mich viel. Manchmal bekomme ich Besuch, glaube ich, aber die Erinnerung verblasst schnell.« Die Katze tippte sich mit einer Pfote auf die Stirn. »Kleiner Kopf, verstehst du? Ich denke schon länger nicht mehr über den Sinn des Lebens nach, obgleich ich diesem Thema einst eine große Leidenschaft gewidmet habe.«

»Nein?« Erneut beinahe gegen ihren Willen war Lyma ernsthaft interessiert. »Warum nicht?«

»Ich habe die Antwort!«

»Die Antwort auf den Sinn des Lebens?«

»Aber ja!« Die Katze sah Lyma etwas misstrauisch an. »Erkenne ich da leichte Anflüge eines gesellschaftlich fragwürdigen Speziezismus, der meine grundlegende Befähigung zu solcher Erkenntnis aufgrund meines sanften Fells und meiner süßen Nase infrage stellt?«

»Niemals!«, beeilte sich Lyma zu antworten, obgleich es natürlich absolut der Fall war. Im Ernst, sprechende Grinsekatzen waren nicht dafür bekannt, die Struktur des Seins philosophisch zu durchdringen – andererseits hatte sie auch noch nicht allzu viele davon kennengelernt. Lyma fühlte sich plötzlich unwohl. Das Irreale, Absurde dieser Realität sprang sie an wie ein Raubtier. Sie war hier nicht richtig. Alles hier war nicht richtig. Sie sollte nicht hier sein.

»Wenn man erkennt, dass es für jede mögliche Existenz, jeden Gedanken, jede Haltung und jede Konsequenz eine Realität gibt, die alle parallel und völlig gleichberechtigt nebeneinander existieren – nun, nicht völlig gleichberechtigt, denn sonst müssten die Sonnenherren nicht nach der passenden Realität zur Rettung eurer Existenzebene suchen –, dann kann die Frage nach dem Sinn des Lebens nur auf eine einzige Art und Weise beantwortet werden: Das entscheiden wir selbst. Wir definieren den Sinn. Jeder für uns.« Die Katze sah Apostol sehr selbstzufrieden an. »Und? Das ist doch mal was!«

Lyma Apostol nahm einen weiteren Keks.

Das alles half ihr jetzt nicht weiter. Sie wollte von hier weg.

31

Der Siebte schlug die Augen auf. Das weiche Himmelbett und die dicken Decken umschmeichelten seinen Körper mit einer Form von Geborgenheit, die er schon lange nicht mehr empfunden hatte. Er blinzelte, tastete mit einer Hand an die Stelle seines Körpers, die sich eine Kugel eingefangen hatte. Nichts. Alles in bester Ordnung.

Unerwartet.

Er richtete sich auf, sah sich um. Ein Spiegel, davor eine Art Schminktisch, ein Sessel mit einem Teetisch daneben, dicke Teppiche, eine Tapete mit Blumenmuster, ein Fenster, halb geöffnet, davor eine Gardine, Sonnenschein, milder Luftstrom. Es roch nach Kaffee. Der Siebte drehte seinen Kopf in die Richtung, aus der der Geruch kam, da stand auf einer Anrichte neben seinem Bett eine dampfende Tasse, ein Croissant auf einem Teller, Butter, Marmelade, eine Zeitung.

Eine Zeitung. So etwas hatte er schon ewig nicht mehr gesehen.

Er griff nach ihr. Papier. Der feine Geruch von Druckerschwärze, zumindest nahm der Siebte das an, denn er wusste, wie diese Medien früher hergestellt worden waren. Er betrachtete die erste Seite. Auf einem Foto: eine junge Frau und ein junger Mann, er in einer Art Uniform, sie in einem rosafarbenen Kleid mit einem Hut, von dem die Andeutung eines Schleiers fiel. Die beiden lächelten sich verliebt an, meinten es vielleicht auch so. Der Siebte wollte die Schrift lesen, aber die Buchstaben tanzten vor seinen Augen. Er blinzelte, doch es wurde nicht besser. Bilder funktionierten, Text so gar nicht. Das war schlecht.

Er träumte sicher. Für einen Moment reichte ihm das als Erklärung. Er zwang sich, ans Aufwachen zu denken, doch was normalerweise gut funktionierte, hatte jetzt gar keinen Effekt. Und alles fühlte sich zu real, zu konsistent an, um ein normaler Traum zu sein.

Er legte die Zeitung beiseite, stand auf. Ein Nachthemd. Unfassbar! Seine weißlichen, behaarten Männerbeine, noch nie ein besonders ästhetischer Anblick, ragten unter dem dünnen Stoff hervor. Es war warm. Da standen weiche Pantoffeln. Mit Fellbesatz. Wer trug Pantoffeln mit Fellbesatz?

Er war hier nicht richtig. Er sollte nicht hier sein. Aber es gab offenbar keine Methode, dieser Umgebung zu entkommen. Es war real, auf seine Art. Ihm dämmerte so langsam, was passiert war. Der Sonnenherr. Das Siegel. Sie waren da. Und wie immer warf der Sonnenherr das Labyrinth über sie, um den Fortschritt zu verhindern, die Kontrolle zu behalten. Der Siebte hatte einmal so etwas erlebt, nicht halb so angenehm. Es war also etwas anders. Das war gut.

»Robert? Soll ich dir ein Bad einlassen?«

Die Stimme einer Frau, durch die Tür hindurch. Der Siebte verharrte. Wie sollte er auf diese Frage reagieren? Was bedeutete es, wenn ihm hier jemand ein Bad einließ? Er wollte keine unnötigen Risiken eingehen, konnte die Frage aber auch nicht unbeantwortet lassen.

Er räusperte sich, dann: »Nein danke, ich frühstücke erst mal in Ruhe!«

»Gut, Robert. Denk dran, dass Meister Lorth heute Vormittag vorbeikommt, er wollte sich die Scheune ansehen.«

»Ja, natürlich!«, rief der Siebte zurück, da es ihm die richtige Antwort zu sein schien. Er lauschte. Keine weiteren Ankündigungen zum Tagesprogramm. Zeit, sich zu sammeln. Er trat ans Fenster, schob die Gardine zur Seite. Der Blick auf ein bäuerliches Anwesen, alles sehr altmodisch. Ein Sommertag. Zäune, ein Garten, dahinter Felder. Ein großes Gebäude, vielleicht die Scheune. Zwei Männer in Arbeitskleidung marschierten über einen großen Hof darauf zu. Eine Zugangsstraße führte von hier fort. Im Himmel nur einige Vögel, kein Flugverkehr, keine Drohnen, nichts. Altmodisch, wirklich. Sehr idyllisch. Und Robert in seinem Himmelbett gehörte offenbar zu den Bewohnern und stand in der Hierarchie relativ weit oben, sonst gäbe es kein Frühstück ans Bett, und niemand würde ihm ein Bad einlassen.

War das gut? Der Siebte war sich nicht sicher. Er kannte die hiesigen Regeln nicht. Schon möglich, dass das Leben hier ganz angenehm war. Er hatte dennoch nicht die Absicht zu bleiben. Was er suchen musste, war das flimmernde Stück universaler Löchrigkeit, das im Labyrinth den Übergang in eine andere Realitätsebene ermöglichte. So war es das letzte Mal gewesen, nur damals hatten die überlebenden Gracens dafür gesorgt, ein Mindestmaß an Orientierung zu behalten.

Jetzt war er auf sich allein gestellt. Das war so nicht geplant gewesen.

Der Achte hätte wirklich an sich halten sollen. Der Idiot.

Gut, dass er tot war.

Schlecht, wohin es geführt hatte. Der Siebte erinnerte sich an den Schmerz der Schussverletzung. Er lebte. Das war positiv zu bewerten. Ein Leben aber ergab nur dann Sinn, wenn man es nutzte. Er würde sich hier nicht ausruhen.

Er würde sich erst mal etwas anziehen.

In einer Kommode fand er passende Kleidung, die seinen Eindruck von der relativen Rückständigkeit seiner Umgebung nur noch verstärkte. Er aß das Frühstück, das durchweg ungesund war, und fühlte sich danach gestärkt und im Rahmen seiner Möglichkeiten abenteuerlustig. Er wappnete sich nun, in eine Realität hinaustreten zu müssen, in der Leute etwas von ihm wollten, die sich entweder arg darüber wundern würden, dass er gar nicht Robert war oder dass dieser sich heute etwas seltsam verhielt. In der Auswahl alternativer Realitäten, durch die der Sonnenherr sie jetzt prügelte, war alles möglich, auch Dinge, die ihm absurd vorkommen mussten.

Das konnte sich als sehr anstrengend erweisen.

Er war in einem Raum im dritten Stock, stolzierte die Treppen hinunter, ein schönes Herrenhaus, größtenteils aus Holz, aber offenbar mit Steinwänden, die es hier drinnen einigermaßen kühl hielten. Zwei Bedienstete in einer Art Kostüm kamen ihm entgegen. Sie neigten respektvoll den Kopf. Das hieß zum einen, dass sie ihn als den erkannten, den sie hier auch erwarteten, und bestätigte zum anderen, dass er eine Respektsperson war. Das konnte ihm die Suche nur erleichtern.

»Sir Robert!«, sagte eine Stimme hinter ihm. Ein älterer Herr, stocksteif, in einem Anzug mit weißen Handschuhen und einem in Stein gemeißelten Gesichtsausdruck. Die Personifikation eines Dieners. Der Siebte mochte solche Leute, sie waren oft zuverlässig und kannten ihren Platz im Gefüge der Dinge, was man leider von vielen anderen nicht behaupten konnte. Dieser Mann litt sicher nicht an Selbstüberschätzung. Er wusste, wo er hingehörte. Er diente, und Robert befahl. Der Siebte fand das sehr sympathisch.

»Es wäre dann alles für die Zeremonie angerichtet!«, erklärte der Butler mit steifer Oberlippe.

»Ah ja«, sagte der Siebte verständnislos. »Ist es schon wieder so weit?«

»Jeden vierten Burtam«, belehrte ihn James, ohne zu zeigen, was er von der Vergesslichkeit seines Herrn hielt. Offenbar war es selbstverständlich, genau über das informiert zu sein, was jeden vierten Burtam geschah. Was auch immer es war, es hielt den Siebten von der Suche nach dem Zugang ab, und das war lästig. Andererseits wurde von ihm offenbar Anwesenheit erwartet, und je nachdem, wie lange er brauchte, um von hier zu verschwinden, wäre es möglicherweise keine gute Idee, sich dem Ansinnen des Dieners rundheraus zu verweigern. Das war so mit Zeremonien und Ritualen in diversen Kulturen: Sie banden die Hochstehenden genauso wie die Dienenden. Sie stabilisierten Herrschaft und Macht. Dafür hatten alle Gracens in allen Realitäten volles Verständnis.

»Nun denn, dann wollen wir mal.«

Der Diener sah »Robert« ein wenig despektierlich an, und möglicherweise war seine Lockerheit dem Anlass nicht angemessen. Der Mann führte den Siebten in einen Raum, der einem begehbaren Schrank ähnelte und wohl die Funktion eines Umkleidezimmers erfüllte. Das Gute an fähigen Dienern war, dass sie wussten, was sie mit einem zu machen hatten, ohne viele Fragen stellen zu müssen. Der Siebte stellte sich einfach in die Mitte des Raums und ließ James mal machen, und das tat dieser auch, mit sicheren Bewegungen und großer Erfahrung, und als die Prozedur ein Ende hatte, trug »Robert« eine Art Frack, jedenfalls ein sehr ehrwürdig wirkendes Kleidungsstück. Unter der Frackjacke war er mit einem Hemd angetan, das aus einer plastikartigen Substanz zu bestehen oder zumindest mit einer solchen beschichtet zu sein schien. Der Siebte fuhr mit einer Hand über das glatte Material und war sich sicher, dass es für hiesige Verhältnisse ein Vermögen gekostet hatte.

Aber er schien ja eines zu haben. Da hing ein ganzer Schrank voll mit diesen Hemden.

»Hier entlang, wenn Sie so weit wären?«

Das hatte er wohl zu sein.

Es ging einen langen, schmucklosen Gang entlang in einen Raum, bei dem es sich ohne Zweifel um eine sehr großzügig geschnittene Küche handelte. Die Holzmöbel wirkten sauber und waren mit schönen Malereien oder Intarsien verziert, an den Fenstern, die den Raum mit warmem Sonnenlicht fluteten, hingen Gardinen und bunte Vorhänge. Eine große Wasserpumpe in einer Ecke bezeugte den technischen Stand dieser Zivilisation. Der Boden war gekachelt, und jede Kachel zeigte ein anderes Naturbild, Bäume, Wiesen, tanzende Insekten oder grasende Tiere, die der Siebte nicht zu identifizieren vermochte. Die Kochstelle war ein massiver, halb in die Wand eingelassener Keramikofen mit einer glatten, metallenen Deckplatte und verschieden großen Zugangsklappen. Mit ihm konnte man gleichermaßen backen wie kochen, und im Winter war er zweifelsohne ein bevorzugter Zufluchtsort frierender Hausbewohner, ein Quell kollektiver Gemütlichkeit.

Nicht ganz so gemütlich war die Szenerie auf dem großen Holztisch, der in der Mitte des Raumes stand. Darum gruppiert: eine ältere Dame mit würdig durchgedrücktem Kreuz, zwei junge Männer in kurzärmligem Hemd und mit ordentlichen Muskeln, sein Diener mit einem langen, leicht gezackten Messer in der Hand.

Auf dem Tisch lag ein Mann, etwa in Roberts Alter, etwa von seiner Statur und nackt. Er starrte wie hypnotisiert auf das Messer.

Der Diener reichte es Robert. »Es ist alles für das Opfer vorbereitet. Wenn Sie anschneiden wollen, Herr?«

Der Siebte nahm das Messer. Er schaute es an, es war verdammt scharf, da bestand kein Zweifel. Sein Blick fiel auf den Mann auf dem Tisch, der ihn flehentlich ansah.

»Bruder«, flüsterte er. »Bitte. Nicht mich.«

»Du bist an der Reihe, Tom«, sagte die alte Frau. »Dein älterer Bruder braucht deine Kraft. Er hat noch große Aufgaben vor sich. So ein Anwesen verwaltet sich nicht von allein.«

»Aber … Mutter …«

Die alte Frau verzog das Gesicht zu einem Ausdruck der Verachtung. »Stell dich nicht an! Du weißt seit frühester Kindheit, wozu ich dich geboren habe. Hättest du Robert rechtzeitig umgebracht, wärest du jetzt an seiner Stelle, und das Problem würde auf den Schultern deiner jüngeren Brüder und Schwestern lasten. Aber du hattest ja nicht den Mumm.«

»Er ist mein Bruder!«

»Ja, ja. Robert, es ist an der Zeit. Denk dran, wir müssen uns noch um die Reparatur der Scheune kümmern. Der Winter wird auch nicht ewig auf sich warten lassen.« Die Mutter sah den Diener an. »Die Weiheformel, bitte.«

Der James hob beide Arme und sagte etwas Weihevolles. Der Siebte hörte nicht richtig zu, sah auf das Messer, den zitternden Nackten auf dem Holztisch, unter dem sich nun, da die Formel sich dem Ende näherte, eine Urinlache bildete.

Brudermord. Selbst für jemanden wie ihn fühlte sich das falsch an. Es erinnerte ihn an die andere große Sünde und daran, wie er sich einst vorgenommen hatte, sie irgendwie wiedergutzumachen. Sein Plan. Von dem die anderen ...

»Robert, wir wären dann so weit«, sagte die Mutter in die erwartungsvolle Stille hinein.

Der Siebte zuckte mit den Schultern. Wenn alle so weit waren, dann er wohl auch. Dies war nicht seine Realität, sicher, aber es war eine.

Er hob das Messer und stieß es seinem Bruder in den Unterleib. Der Mann schrie, und das Blut spritzte, es erklärte die Beschichtung der Hemden. Der Siebte spürte die Hände seiner Mutter auf den seinen, und gemeinsam begannen sie, das Opfer sorgfältig aufzuschlitzen.

So schlimm, fand der Siebte, war es gar nicht, wenn die Mama dabei half.

32

Das kleine Mädchen saß auf dem marmornen Stein, einem absolut exakten Würfel, unter dem weiten Sternenhimmel direkt unter dem alten Baum. Der Erdboden war eine endlose, spiegelglatte und spiegelnde Fläche, und Elissi, Jordan und Tizia hatten Angst, jeden Moment auszurutschen. Bei den beiden Studenten war diese Angst real, bei Tizia war sie es nicht: Genqs perfekt getunte Maschine fiel nicht einfach so hin, da musste schon mehr passieren als etwas Glatteis.

Eis war es nicht. Die Temperaturen waren angenehm. Diese Realität war irreal. Elissi hatte keine Probleme mit diesem Gegensatz, sie schien versunken in die mathematischen Möglichkeiten unbegrenzter existenzieller Vielfalt und die Reise beinahe zu genießen. Wo sie sonst Angst vor dem Überraschenden und der Veränderung empfand, erschien sie Jordan nun wie ein Fisch im Wasser. Sie genoss eine Welt, die Jordan wiederum nur als verwirrend und Furcht einflößend bezeichnen konnte.

Sie waren recht unvermittelt hierhergereist, und Tizia hatte dafür gleichermaßen Verantwortung reklamiert wie Elissi. Die beiden Frauen hatten eine Verbindung mit dem Sonnenherrn etabliert, Tizia aufgrund ihres neuen Körpers und der Kommunikationsprotokolle, die die An'Sa ihr mitgegeben hatten, und Elissi, weil sie von sich behauptete, die verschiedenen Realitätsmodelle »sehen« zu können. Die Reise durch die Universen schien etwas in ihr ausgelöst zu haben, etwas, das Jordan nicht verstand und sie nicht in Worte fassen konnte.

Jordan sah nichts, konnte nichts in Worte fassen und hielt nur hin und wieder Elissis Hand, wenn sie den Eindruck machte, dass tief etwas in ihr vorging, das ihre ganze Konzentration erforderte. Er hatte kein Problem damit, ihre Hand zu halten, zu anderen Gelegenheiten war das eine völlig ausreichende Beschäftigung gewesen. Hier aber war es etwas wenig.

Also betrachtete er das kleine Mädchen in dem weißen Kleid, das auf einem schwarz marmorierten Stein mitten auf einem gigantischen Spiegel saß. Dass sich über ihm ein wunderbares Firmament mit einem glitzernden Sternenhimmel abzeichnete, war für Jordan nur kurz ein Anlass weiterer Betrachtung gewesen: Er hatte nicht eine Konstellation erkannt, es waren einfach nur verdammt viele weiße Pünktchen.

Das kleine Mädchen sah etwas verloren drein, und es rieb sich in unregelmäßigen Abständen mit einer Hand die Wange, als müsse es sich seiner selbst immer wieder vergewissern. Jordan fühlte sich an Elissi erinnert, deren Hand er vor allem deswegen hielt, damit diese nicht ganz den Bezug zur Realität verlor. Eine schwierige Aufgabe, wenn man bedachte, dass »Realität« derzeit ein höchst dehnbarer Begriff war.

»Hallo!«, sagte er also, weil seine Begleiterinnen gar nichts von sich gaben. Das kleine Mädchen sah auf, hatte ihn demnach gehört oder anderweitig ihre Anwesenheit bemerkt.

»Ich finde den Weg nicht!«, sagte es dann leise.

Darin waren sich hier wohl derzeit alle einig.

»Wo willst du denn hin?«, fragte Jordan, der sich keine Gedanken darüber machen wollte, warum sie sich eigentlich verstanden. Es gab irgendwo sicher eine Realität, in der sie sich gerade verständnislos anstarrten, aber es war nicht diese, und das war auch gut so.

»Nach Hause.«

Das wollten sie alle. Nein, fast alle. Elissi möglicherweise nicht.

»Wo kommst du her?«

»Ich hatte meinen Platz.«

»Wo ist dieser Platz?«

»Ich weiß es nicht mehr. Vieles verstellt mir den Blick.« Das Mädchen sah Jordan bittend an. »Kannst du mir helfen?«

»Ich würde ja gerne, aber ich weiß nicht einmal selbst, wo ich bin.«

»Du bist mir sehr nahe. Ich habe dich hereingelassen.«

Jordan war diese Antwort etwas unangenehm, aber sie war sicher ganz harmlos gemeint. Er suchte nach Worten. Elissi und Tizia schwiegen und waren keine große Hilfe. Sie starrten blicklos auf das Mädchen, als könnten sie durch gemeinsame Hypnose einen Beitrag zur Lösung ihres Problems leisten.

»Wo sind wir hier?«

Das Mädchen schien die Frage für einen Moment zu verwirren, dann bewegte es lautlos die Lippen, als müsse es die Antwort vorformulieren, um auch ganz damit zufrieden zu sein.

»Die Stringtheorie ist keine Hypothese«, war dann der einzige Satz, den es herausbrachte, und Jordan versuchte einen Moment, in dieser Aussage eine Antwort auf seine Frage zu finden. Mit etwas Fantasie mochte das sogar möglich sein.

»Wie kann ich dir helfen?«, fragte er.

»Sag mir, wer ich bin.«

Damit stand Jordan vor einer unüberwindlichen Hürde, und er warf Elissi einen Hilfe suchenden Blick zu. Sie war aus ihrer Versenkung erwacht, nahm seine Geste wahr, lächelte ihn aufmunternd an, wie einen Grundschüler, der die Sache mit dem Einmaleins dringend noch einmal ganz von vorne durchnehmen musste. Das machte sie öfters, und ja, es ließ Jordan meist hilflos und ein wenig frustriert zurück.

Tizia trat vor. »Du bist der Sonnenherr. Führe uns zur Maschine.«

Das Mädchen schaute sie an, jede Geistesabwesenheit war aus seinem Habitus verschwunden. Seine Körperhaltung wirkte vielmehr angespannt, ja provoziert, und sein Blick war scharf und durchdringend, das schmale Gesicht eine Maske aufmerksamer, fokussierter Konzentration. Jordan wurde dabei etwas mulmig zumute. Kleine Mädchen hatten ungeahnte Kräfte, selbst dann, wenn sie gerade nicht in ihrer eigenen Realität auf einem Marmorklotz saßen und über die Stringtheorie philosophierten.

»Die Maschine muss beschützt werden«, wisperte es.

»Die Maschine muss repariert werden«, entgegnete Tizia. »Wir sind hier, um das zu tun.«

»Sie muss beschützt werden«, insistierte das Mädchen, die Stimme ein feines Zischen, das Gefahr ausdrückte. War es gewachsen? Jordan blinzelte, schaute noch mal hin. Ja. Verdammt! Ein Wachstumsschub. Direkt vor seinen Augen. Er hasste es, wenn Realität so etwas mit ihm machte.

»All der Schutz nützt nichts, wenn sie nicht richtig funktioniert«, beharrte Jordan. Das Wachstum des Mädchens war keine Illusion, es war jetzt größer als er, und seine Sitzgelegenheit wuchs nicht mit, sodass seine Beine jetzt herunterhingen, den Boden berührten, es schließlich gezwungen war aufzustehen. Es schaute auf Jordan herab, und das gleichermaßen verwirrt und zornig, keine sehr gute Mischung.

»Der Sonnenherr funktioniert nicht«, klagte die Stimme, die nun gleichfalls lauter klang als vorher. Das »Mädchen« war jetzt zwei Meter groß und irgendwie gar nicht mehr niedlich.

»Wir wollen das ändern.«

»Alle sind böse zur Maschine. Böse Wesen wollen böse Dinge.«

»Das war in der Vergangenheit so«, murmelte Elissi. »Wir wollen das ändern.«

»Aber ... aber ...«, sagte das Mädchen klagend. Eine große Träne löste sich aus einem Augenwinkel und rollte die Wange herab, reflektierte das Sternenlicht auf unnatürliche Art und Weise. Wahrscheinlich ein weiteres Universum, in dessen Innerem sich die Bewohner darüber wunderten, warum plötzlich alles in Bewegung geraten war.

»Er ist noch da!«, flüsterte das Mädchen schließlich. »Er ist noch da. Es hat sich nichts geändert.«

Es bestand kein Zweifel, auf wen es sich bezog. Jordan nickte langsam. »Wir haben eine Übereinkunft«, sagte er etwas umständlich.

»Er ist ein Lügner und Betrüger. Er sprach sanfte Worte der Zuversicht in der Vergangenheit – in all den anderen Vergangenheiten. Er log. Er verursachte Schmerz. Ich sollte sein Sklave werden.«

Immerhin ein Fortschritt, dachte Jordan. Je länger das Gespräch dauerte, desto klarer wurde, dass das ziemlich weit entwickelte Mädchen eine Art Avatar des Sonnenherrn war. Die Tatsache, dass Tizia und Elissi weiterhin Statuen der Konzentration waren und kaum einen Beitrag zum Gespräch leisteten, wies darauf hin, dass sie sehr damit beschäftigt waren, auf ihre Art, diese Begegnung nicht frühzeitig zu beenden. Das bedeutete, er musste reden. Jordan wünschte sich in diesem Moment jemanden herbei, der das besser konnte als er. Horana LaPaz seinetwegen. Verdammt, sogar Severus Inq wäre besser geeignet. Er war doch nur ...

»Er log«, erinnerte ihn das Mädchen vorwurfsvoll. Jordan sah auf und blickte direkt auf dessen Oberschenkel, der sich nunmehr auf Augenhöhe befand. War die Körpergröße eine Metapher für Leid oder für Selbstbewusstsein – oder gar für Zorn? Und ließ diese Realität zu, dass die erboste Sonnenherrin im Zweifelsfall ihre drei Besucher einfach zertrat, sobald das dafür geeignete Größenverhältnis erreicht war?

Jordan machte einen Schritt zurück, legte den Kopf in den Nacken. Musste er jetzt lauter reden, damit es ihn auch verstand? Nein. Das Mädchen starrte mit einem intensiven Blick auf ihn herab, aber es schien zumindest derzeit keine Anstalten zu machen, ihn zerquetschen zu wollen.

»Er muss leiden, denn mein Leid ist tausendfach!«, sagte das Mädchen mit bestimmtem Tonfall.

Das war eine unangenehme Entwicklung. Der Sonnenherr entwickelte Rachegefühle. Das war ... unvorhersehbar. Jordan warf einen Hilfe suchenden Blick auf Elissi und Tizia, doch beide hielten sich mittlerweile nur noch an den Händen, die Augen geschlossen, und Elissis Lippen zitterten vor Anstrengung. Beide bewegten sich in einer Welt – oder nahmen diese auf eine Weise wahr –, die sich Jordans Verständnis weitgehend entzog. Er hatte auch keine Zeit dafür.

Ein nunmehr fast vier Meter großes Mädchen schmollte auf ihn herab und wünschte alle Inkarnationen eines interstellaren Schwerverbrechers für seine Untaten bestraft zu sehen, ehe es der Rettung der Galaxis zustimmte.

Jordan fühlte sich in diesem Moment, alle Begleitumstände in Ruhe betrachtet, alle Einflussfaktoren abgewogen und die eigene Situation selbstkritisch hinterfragend, wirklich ein wenig überfordert.

33

Diesen Ort kannte Lyma Apostol. Sie wollte ihn nicht wiedererkennen, der bloße Anblick drängte ihr für einen Moment mit einem Keuchen die Luft aus den Lungen, doch es gab keinen Zweifel. Die niedrige Decke und das manchmal flackernde Neonlicht alleine hatten sich unauslöschlich in ihr Gedächtnis gebohrt. Dazu kam der charakteristische Geruch, diese Mischung aus Desinfektionsmitteln. Erbrochenem und dem Eau de Toilette von Doktor Hans Asmussen-Condor, dem offiziellen »Kinderbetreuer« im Laboratorium, der immer dermaßen stank, dass die empfindlicheren Kinder in seiner Nähe husten mussten.

Lyma Apostol wollte nicht husten, sie wollte sich übergeben und kämpfte den Brechreiz mit einem Aufbäumen ihres Willens noch einmal nieder. Alternative Realität oder nicht, sie hatte in jedem verdammten Universum noch so etwas wie Würde, und hier achtete sie ganz besonders darauf, denn es war schon damals ihr einziger Besitz gewesen.

Ihr nächster Reflex war, einfach die Augen zu schließen und zu warten, bis der Sonnenherr sie in das nächste Universum warf, aber er war möglicherweise anderweitig beschäftigt.

Oder er verfolgte eine Absicht. Diese Option ängstigte Lyma mehr als alles andere.

»Keine Sorge. Es wird gar nicht wehtun.«

Sie kannte diese Worte. Sie waren eine immerwährende Lüge. Damals war sie so weit gewesen, dass schon der Klang dieser Worte bei ihr Schmerzen ausgelöst hatte. Unwillkürlich betastete Apostol die Stelle unter ihrer Kopfhaut, unter der die Buchse saß.

Asmussen-Condor führte einige Kinder einen Gang entlang.

Die Gesichter der Kinder waren entweder ohne Ausdruck, vor allem bei jenen, die permanent unter Drogen standen, oder voller Angst. Sie hielten sich an den Händen wie Ertrinkende, der einzige Trost, der ihnen hier unten zur Verfügung stand.

Apostol machte einen Schritt nach vorne. Sie konnte das tiefe Bedürfnis zu helfen nicht unterdrücken, doch schnell zeigte sich, dass sie in dieser Realität nur Zuschauerin war. Kein Blick wandte sich ihr zu. Niemand bemerkte sie. Kein Alarm wurde ausgelöst, obgleich sie offen durch die Gänge wanderte. Sie war unsichtbar. Damals, als Opfer dieser Experimente, hatte sie sich öfters gewünscht, exakt das zu sein, damit die Operationen und Prozeduren endlich ein Ende nähmen. Sie hatte davon fantasiert, wie es sein würde, aus ihrer Zelle zu schlüpfen, einen Weg in die Freiheit zu finden, anderen zu erzählen, was hier geschah. Ein sich immer wiederholender Traum, der am Ende verwirklicht worden war, nicht durch sie, sondern durch einen Labormitarbeiter, dessen Gewissen das Treiben nicht mehr hatte ertragen können. Die Behörden ...

Moment.

»Es ist der Tag, erinnerst du dich, Lyma?«

Apostol drehte sich um. Neben ihr stand Joaqim Gracen, so, wie sie ihn kannte. Er trug eine etwas altertümliche Kleidung, die nicht ganz zu seinem sonstigen Auftreten passte. Er sah sich auch um, und seinem Gesichtsausdruck war zu entnehmen, dass er sich hier auch nicht wohlfühlte. Diese Erinnerungen und dieses Leid teilten sie zweifelsohne miteinander.

»Der Wievielte sind Sie?«

»Der Siebte«, sagte Gracen hilfreich. »Es scheint, dass das Labyrinth des Sonnenherrn uns zusammengeführt hat. An einen Ort, den wir beide durchlitten haben, Lyma. Du erinnerst dich nicht gerne daran. Es ist eine Qual, das sehe ich dir an.«

»Sind Sie erfreut?«

Gracen verzog nachdenklich das Gesicht. »Nein, wohl nicht. Ich versuche, es nicht an mich heranzulassen. Aber schau selbst. Es ist der Tag, oder irre ich mich?«

Apostol sah sich um. Er meinte etwas Bestimmtes, und es klang weder bösartig noch arrogant. Es fiel ihr schwer, eine Erinnerung hervorzuholen, die sie lange systematisch zu vergraben versucht hatte. Sie mochte den Sonnenherrn nicht dafür, dass er sie damit auf diese Weise konfrontierte.

»Wo ist Sammy?«, fragte eine Kinderstimme Dr. Asmussen-Condor.

»Er ist heute nicht zur Arbeit gekommen. Vielleicht fühlt er sich nicht wohl.«

Jetzt fiel es ihr ein. Heute war der Tag, Gracen hatte recht. Sie drehte sich erwartungsvoll um, schaute auf die große, metallene Tür, die sie alle immer wieder sehnsuchtsvoll angestarrt hatten, die nach draußen führte und die unerreichbar erschien, all die Jahre …

»Gleich«, flüsterte Gracen. »Es war um diese Zeit. Erinnerst du dich? Direkt nach dem Frühstück.«

Ja, sie entsann sich. Direkt nach dem Frühstück, vor der ersten Phase von Experimenten und Tests. Zu denen es nicht mehr gekommen war. Es war der Tag.

Sie mussten nicht lange warten.

Jemand schrie. Von der anderen Seite der Tür. Das hatte keines der Kinder jemals gehört. Alle Schreie waren für den Bereich diesseits der Absperrung vorbehalten gewesen. Dann der erste Schuss, ein scharfer Knall. Apostol erinnerte sich gut. Sie hatte sich furchtbar erschreckt, aber dann diese wilde Hoffnung gespürt und die große Angst, dass das Schicksal sie enttäuschen würde.

Doch diesmal nicht.

Dann sprang die Tür auf, und die Einsatzkräfte der Polizei kamen herein, die Waffe gezogen, mit Helm, mit Stiefeln und Brustpanzer und mit dem großen Logo der Sicherheitsautorität auf dem Rücken. Wie damals starrte sie den hereinstürmenden Männern und Frauen entgegen, wie damals sah sie, wie Asmussen-Condor eine Waffe zog und nicht mehr zum Schuss kam, überwältigt, hilflos. So hilflos. Sie hatten ihren Peiniger *hilflos* gemacht. Es gab keinen größeren Triumph für sie alle.

Das war der Moment gewesen, zu dem ihr Weg vorgezeichnet worden war, bis hin auf die Brücke der *Scythe*, und es war das einzig Positive, was sie jemals mit diesem Labor und dem, was dort passiert war, verbinden konnte. Der Moment der Befreiung war für sie der Moment der Orientierung, des Entschlusses gewesen, die Geburt dieses Gefühls, dass es neben dem Recht auch immer Gerechtigkeit geben musste. Ausgleich. Rache vielleicht auch.

Gracen starrte nur, wie sie. In diesem einen Moment waren sie vereint. Es war für sie beide ein entscheidender Tag gewesen, der sie in sehr unterschiedliche Richtungen führen sollte.

»Warum wird uns das gezeigt?«, fragte sie leise. »Warum sind wir hier?«

Wie zur Antwort auf ihre Frage ging das Licht aus, als hätte jemand bei einem Theaterstück die Scheinwerfer ausgeschaltet. Nur einen Moment. Es gab ein schwaches ziehendes Gefühl, als würde jemand an ihrer Kleidung zerren, nicht stark genug, um sie zum Stolpern zu bringen.

Dann waren sie woanders. Diesen Ort kannte Apostol nicht, aber diese Art von Ort sehr wohl. Eine große Asservatenkammer, in einem Gebäude der Sicherheitsautorität. Sie sahen überall gleich aus, folgten identischen Konstruktionsprinzipien.

Und wieder waren sie beide unsichtbar. Die Sensoren hätten sie sonst entdeckt und Alarm ausgelöst.

»Oh, oh!«, machte Gracen. Er wusste, was hier vorging. Das war seine Vergangenheit, Apostol spürte es mit instinktiver Sicherheit. Und er wollte es nicht zeigen. Er wollte nicht, dass sie etwas davon erfuhr. Ein Grund mehr, sehr aufmerksam zu beobachten, was jetzt geschah. Sie erhaschte einen kurzen Anflug von Verzweiflung in seinem Gesicht. Damit hatte sie wahrlich nicht gerechnet.

Sie sah ihn. Nicht den Siebten, sondern einen anderen Gracen. Jünger, nicht ganz so selbstsicher wirkend. Er schlich durch die Regale, und wer wusste, wie er überhaupt hierhergekommen war? Apostol erinnerte sich nicht, in seiner Akte jemals von einem Vorfall mit einer Asservatenkammer gelesen zu haben. Allerdings hegte sie schon lange den Verdacht, dass in der Akte nicht alles stand, sogar viel weniger, als ihr recht sein konnte.

»Was machen Sie da, Gracen?«, fragte sie den Siebten.

»Ach, ach!«, machte dieser, erstaunlich für einen Mann, der normalerweise niemals um Worte verlegen war. »Das ist so eine ... Geschichte.« Seine Stimme klang fast brüchig.

»Erzählen Sie mir ein wenig davon? Es sieht nicht so aus, als könnten wir diesem Drama entkommen, oder?«

»Nein«, seufzte Gracen. »Das ist wohl so.«

Der jüngere Gracen fand offenbar, was er suchte, denn er blieb stehen, leuchtete mit einer Lampe auf einen Metallkasten, der Apostol von Form und Funktion her bekannt war. Ein Medocontainer, der Proben enthielt oder Medikamente transportierte. Sicher gehörte er zu den sichergestellten ...

»Das ist das Zeug aus dem Labor«, sagte sie leise. »Sie haben etwas von den Sachen unserer Peiniger gesucht, Gracen.«

»Ja, das stimmt«, sagte der Siebte schwach. Zu weiteren Erläuterungen konnte er sich offenbar immer noch nicht hinreißen lassen. Aber Apostol hatte nicht das Gefühl, dass hier Fragen offenbleiben würden, egal was der Siebte zu kommentieren trachtete oder auch nicht.

Die junge Variante bemächtigte sich des Containers und sah dabei sehr zufrieden aus. Der Mann drehte den Kopf und schien Apostol direkt anzusehen, obgleich sie sich einigermaßen sicher war, hier nur verborgene Zeugin zu sein. Aber bei jemandem wie Gracen ... da konnte man im Grunde nie sicher sein.

»Jetzt geht es los«, wisperte der Siebte. »Ich will gleich sagen: Im Grunde tut es mir leid. Ein Fehler. Eine Dummheit.

Ich war jung und noch nicht … gefestigt. Verdammt, ich entschuldige mich gerade bei dir, Lyma!«

Das war an sich schon erstaunlich genug, vor allem deswegen, weil es ernst gemeint klang.

»Es war wohl ein Gefühl von … Einsamkeit, das mich damals dazu getrieben hat. Ich war wirklich jung, vor nicht allzu langer Zeit meinen verdammt langweiligen Pflegeeltern entkommen, auf dem Weg in ein unabhängiges Leben.«

»Auf dem Weg zu einer blutigen Verbrecherkarriere.«

Der Siebte zuckte mit den Schultern. »Alles eine Frage der Sichtweise. Manche nennen es Regeln, andere Empfehlungen. Ich gehörte immer eher zur letzteren Fraktion.«

Das war wieder ganz der alte Gracen, der, den Apostol so richtig zum Kotzen fand.

Ein weiteres Mal änderte sich die Szenerie. Sie fand die vertrauten Strukturen eines medizinischen Labors vor sich, allerdings eines, das sie nie zuvor gesehen hatte. Was sie aber ganz deutlich erkannte, war die künstliche Gebärmutter, die auf einem der Tische aufgebaut war, und die Kontrollen, die zeigten, dass sie aktiv war.

Wie bitte?

Apostol bekam es jetzt mit der Angst zu tun. Der junge Gracen war in Betrachtungen durch ein Mikroskop vertieft, regungslos, ganz sicher hoch konzentriert.

»Was haben Sie da erschaffen? Haben unsere Peiniger nicht genug Experimente angestellt?«, brachte sie hervor, genau wissend, dass der anklagende Tonfall an jemanden wie Gracen völlig verschwendet war.

»Nein, nein«, erwiderte der Siebte erstaunlich abwehrend. Doch, die Anklage traf ihn. Sein wunder Punkt. Es war erstaunlich. »Ich habe nichts getan, als die DNA eines Mannes und einer Frau zu kombinieren, ein normaler Vorgang, nicht einmal das Geschlecht des Kindes habe ich vorprogrammiert. Eine natürliche Empfängnis und eine natürliche Geburt, soweit man das sagen kann.«

»Wer ist das glückliche Paar?«

Gracen schwieg. Apostol wartete, doch es kam nichts.

»Wer, Gracen?«

Er schwieg weiter. Sie sah ihn an und ja, er war peinlich berührt, etwas, was sie an ihm niemals für möglich gehalten hätte. Er wollte nicht darüber reden, weil er so etwas Ähnliches wie Scham empfand oder zumindest eine Regung, die dem recht nahe kam.

»Wer?«, insistierte sie. Doch als hätte das dritte Mal ein magisches Ritual vollendet und ein Tor der Erkenntnis in ihrem Kopf geöffnet, fiel es ihr ein, und obgleich sie dagegen kämpfte, den Gedanken mit instinktiver Macht ablehnte, wollte er doch nicht weichen, und das lag vor allem daran, weil er dermaßen »Wahrheit!« schrie, dass auch Apostol nicht wegzuhören vermochte.

»Nein!«, hauchte sie. »Sagen Sie, dass es nicht wahr ist!«

Gracen sagte nichts. Scham. Er schämte sich tatsächlich. Echter Schmerz. Das konnte einfach nicht gespielt sein. Er vermied ihren Blick. Es tat ihm weh.

Sie war nicht aus Zufall hier. Das war alles mehr als nur das Bezeugen irgendeiner wichtigen Episode aus Gracens Vergangenheit. Es ging um sie. Es ging verdammt noch mal tatsächlich um sie, und das konnte nur bedeuten ...

»Der Container. Was enthielt er?« Sie musste Gewissheit haben, jetzt sofort. Gracen antwortete leise: »DNA-Proben der Versuchsobjekte, der lebenden wie der toten. Sie haben so viele genommen, ich glaube, bis heute hat keiner gemerkt, dass der Container verschwunden ist.«

»Proben unserer DNA?«

Gracen nickte. »Ich war nur auf der Suche nach einer bestimmten.«

Er sah sie abwartend, fast erwartungsvoll an. Ihr war etwas schwindelig, und darauf hatte sie auch jedes Anrecht. Doch jetzt gab es kein Zurück mehr.

»Meine«, sagte sie schlicht. »Und der Vater? Das sind Sie, Gracen?«

Der Siebte nickte ein zweites Mal, fast um Entschuldigung heischend. »Ich war einmalig. Ich bin einmalig. Du bist es auch, auf deine Art, Lyma. Das ist eine schwere Bürde. Es gab diese frühe Phase in meinem Leben, da wollte ich Gesellschaft. Doch es gab niemanden, der geeignet war. Also kam ich auf die Idee, ein Kind zu zeugen – mit der DNA des Mädchens, in das ich damals im Labor verliebt gewesen bin.«

Wie bitte?

»Scheißdreck! Verliebt?«, rief Apostol und starrte Gracen an.

Der wirkte verletzt. »Ich war jung. Du warst jung, Lyma. Bei uns Jungs regt sich manches recht zeitig, weißt du? Und ich war ja schon immer etwas … frühreif.«

So konnte man es auch ausdrücken, dachte sie. Jetzt war ihr nicht nur schwindelig, jetzt wurde ihr ein wenig übel. Ein … Kind, erschaffen aus Gracens und ihrer DNA, ein Spielzeug für ein einsames, irres, größenwahnsinniges massenmordendes Genie? Was war, bei Gott, aus diesem armen Wesen geworden, dessen biologische …

Sie war Mutter!

Apostol stöhnte auf, gegen ihren Willen, aber das war hart, zu hart vielleicht, und sogar Gracen sah sie besorgt an, egal ob gespielt oder echt. Mutter. Das war doch ... das konnte nicht ... Apostol spürte, dass ihre Gedanken zu zerfasern drohten, und sie ermahnte sich zur Konzentration.

Sie hasste diesen Mann. Wenn all das hier der Wahrheit entsprach ... Sie hasste ihn einfach, und jetzt wurde es so richtig persönlich.

»Was geschah mit dem Kind?«, stellte sie die entscheidende Frage.

Gracen verzog das Gesicht. Die Scham endete hier nicht für ihn. Sie saß tiefer. »Ich musste feststellen, dass die Rolle des Vaters mir nicht sonderlich behagte und die Gesellschaft anderer Menschen, auf Dauerhaftigkeit ausgelegt, mich allzu sehr beschränkte. Ich schob meine jugendlich-romantische Anwandlung also wieder beiseite und konzentrierte mich auf die wichtigen Dinge des Lebens.«

Apostol wurde heiß und kalt. »Was geschah mit dem Kind?«, fragte sie erneut, leiser, mit einem drohenden Unterton.

»Oh, nein!« Gracen wirkte sehr blass und hob abwehrend die Hände. »Niemals. Das tat ich nicht. Es war und ist absolut ... vollständig.«

»Vollständig?«

»Ich bin mir nicht sicher, ob ›gesund‹ das richtige Wort ist, es gibt Leute, die das anders sehen würden.«

Apostol holte Luft. »Verdammt, Gracen, was ...«

»Elissi.«

Die Kommandantin der *Scythe* schwieg abrupt. Sie starrte Gracen nur noch an.

»Elissi ist unsere Tochter. Ich gab sie an Pflegeeltern, die dafür viel Geld bekamen und sie auf eine unwichtige

Randwelt brachten, um als Teil ihrer Familie aufzuwachsen. Alles furchtbar romantisch und lieb und so gar nicht meinem Naturell entsprechend. Ich bin ja vielleicht ein ...«

»Elissi?«, brachte Apostol hervor.

Gracen nickte lächelnd. »Woher sonst hat sie das Genie – und das gute Aussehen? Ganz der Papa.«

Apostol verspürte das unstillbare Verlangen, sich zu setzen, doch da war nichts, was ihr als Sitzgelegenheit hätte dienen können. Im Grunde brauchte sie jetzt einige Momente, aber das Schicksal meinte es wohl nicht gut mit ihr.

»Wenn du mir nicht glaubst, Lyma«, sagte Gracen, »machen wir einen DNA-Test, sobald wir alles überstanden haben. Das dürfte jeden Zweifel beseitigen. Ich gebe zu, auch ich habe nicht damit gerechnet, dass mich das Schicksal noch einmal ...«

»Sie haben die Elissi am Anfang dieses Zyklus gefangen genommen, gequält, aus ihr gegen ihren Willen immer wieder eine Kernelissi als autonome Steuerungsinstanz für die Sphäre gemacht, und ...«

»... sie hat jedes Mal rebelliert, einen Kampf angezettelt und sich aus dem Staub gemacht«, vervollständigte Gracen. »Das ist diese Pubertät, von der alle sprechen, oder?«

»Sie haben das Ihrer Tochter angetan!«

Der Siebte zuckte mit den Schultern. »Nein, ich war das nicht. Das war der Erste. Ich hätte es nicht getan. Der Erste war ... unvorbereitet und handelte unorthodox. Ich habe das nie gebilligt. Lyma. Ich habe das *nie* gebilligt. Er fand wohl, es sei gute pädagogische Arbeit, Kinder mit den Konsequenzen ihrer Entscheidungen vertraut zu ...«

Apostol holte aus und traf. Diese Realität hielt sie davon nicht ab. Das Geräusch war sehr befriedigend, ihre zur

Schlagfaust geballten Finger und der Treffer im Gesicht. Es tat weh, aber sie war auf den Schmerz vorbereitet, hatte die Faust ideal geformt und ideal platziert, sie war darin ausgebildet.

Gracen hingegen quietschte wie ein Schwein, hielt sich die Hände vors Gesicht, als plötzlich Tränen aus seinen Augen strömten. Er machte einen Schritt zurück, aber Apostol hatte nicht die Absicht, das hier in eine wilde Prügelei ausarten zu lassen – ein Kräftemessen, das sie, wie interessanterweise festzustellen war, offenbar gewinnen würde.

Das fühlte sich unerwartet gut an. Sie entspannte sich, massierte die Schlaghand und wartete, bis Gracen zu wimmern aufgehört hatte. Dann legte sie den Kopf in den Nacken und sprach ins Leere.

»Danke, Sonnenherr! Die Information ist angekommen, wenn es das war, was du wissen wolltest. Wir können all das hier gerne zu einem Ende bringen, wenn es geht.«

Ob das Ende bevorstand, erfuhr sie nicht. Das Labor mit Elissi in der Gebärmutter aber verschwand vor ihren Augen.

34

Horana saß hinter einem breiten Holztisch auf einer Art Empore, und in ihrer rechten Hand, interessanterweise aus Fleisch und Blut, hielt sie einen Hammer. Eine gute alte Tradition, die die Jahrhunderte zivilisatorischer Entwicklung der Menschheit im Konkordat überstanden hatte: Man benutzte einen Argumentationsverstärker, der Lärm machte. Natürlich zuckte es manchem Richter in den Fingern, das letztlich doch eher filigrane Instrument allzu renitenten Angeklagten oder frechen Anwälten über den Schädel zu ziehen, am Ende aber beschränkte sich ein jeder darauf, abschließenden Worten Nachdruck zu verleihen oder eine außer Kontrolle geratene Verhandlung daran zu erinnern, wer hier das Sagen hatte.

Horana LaPaz hatte hin und wieder, nur zum Scherz, nach einer Verhandlung den Hammer genommen und spielerisch auf dem Richtertisch herumgeklopft. Jetzt aber trug sie die Robe einer Richterin, der Hammer war ohne Zweifel der ihre, und obgleich sie mehr als genug Gerichtssäle von innen gesehen hatte, an diesem Platz hatte sie niemals gesessen und auch nie danach gestrebt.

Doch da war sie jetzt und starrte in den Saal. Es war alles so, wie es sich gehörte. Nein. Nein, wenn sie genau hinsah, dann war alles sehr seltsam. Es gab sechs Angeklagte, alle sahen sie exakt gleich aus, alles Männer und alle Joaqim Gracen. Sie saßen mit dem Ausdruck völliger Überraschung wie Vögel auf einer Leine aufgereiht auf der Anklagebank, gekleidet in graue Overalls, die einen wirklich sehr an Gefängniskleidung erinnerten. Es gab Zuschauer, und Horana wurde schlecht, als sie in die Augen der Gäste sah. Sie waren alle tot. Das war nicht metaphorisch gemeint – sie waren wirklich tot. In den Sitzreihen hinter den Angeklagten saßen Leichen, große und kleine, Männer und Frauen, alle in einer scheinbar entspannten Ruheposition, aber absolut bewegungslos, mit wächserner Hautfarbe, dunklen Ringen um die Augen und einem leeren Blick nach vorne.

Auf sie. Auf die Richterin.

Es lag, das war aber sicher nur Einbildung, so etwas wie Erwartung in der Haltung der Toten. Horana wusste nicht genau, was passieren würde, wenn sie dieser Erwartung nicht genügte. Es war wohl besser, nicht allzu intensiv über diese Frage nachzudenken.

Jemand räusperte sich.

Das war, so stellte sie instinktiv fest, der Staatsanwalt. Das erkannte sie daran, dass er eine entsprechende Kleidung trug, am entsprechenden Platz saß und sehr böse dreinblickte, was Horana ihm zugestehen wollte, nicht nur, weil es zur Arbeitsplatzbeschreibung gehörte, sondern auch, weil es die Angeklagten wohl verdienten.

»Was ist das für eine Farce?«, sagte einer der Gracens mit nur schwer unterdrückter Wut. Er hob seine Arme, die an den Handgelenken aneinandergefesselt waren. »Was soll das hier?«

Die Leichen sahen Horana erwartungsvoll an. Sie räusperte sich selber. Besser, erst einmal in der Rolle zu bleiben.

»Dies ist ein Gericht, und ich muss Sie bitten, dem Respekt zu zollen«, sagte sie, und obgleich es klar und hart klingen sollte, kam es eher wie ein Krächzen heraus. Der Sprecher war genauso wenig beeindruckt wie die anderen Gracens, die mit unterschiedlichem Engagement an ihren Handfesseln rüttelten. Es gab keine Gerichtsdiener im Saal, und der Staatsanwalt war nicht der Kräftigste. Würden die Leichen sich zu ihrem Schutz erheben, wenn die sechs Gracens sich entschließen sollten, handgreiflich zu werden?

Horana suchte auf ihrem Tisch nach Prozessunterlagen und wurde leider nicht fündig. Die Rahmenbedingungen für ein ordentliches Verfahren waren nicht geschaffen. Und vor allem fehlte eine wichtige Person, ohne die sie diese Scharade nicht fortsetzen würde. Die sechs Angeklagten zu fragen, wäre müßig. Also wandte sie sich an den Staatsanwalt.

»Wo ist der Verteidiger?«

Der Mann rümpfte die Nase. »Welcher Verteidiger? Die Angeklagten sind schuldig.«

»Sollte das nicht das Gericht entscheiden?«

»Aber es ist eindeutig. Schauen Sie in den Saal. Alles Opfer dieses Mannes, alle ermordet, oft auf bestialische Art und Weise. Schuld, Schuld, Schuld, so weit das Auge reicht. Welcher weiteren Argumente bedarf es? Das Urteil sollte doch feststehen.«

Der Ankläger sah nun Horana anklagend an, und diese verstand, dass in dieser Realität entweder die Vorstellungen vom Rechtsstaat, die sie kannte, nicht galten, oder ...

... das alles tatsächlich ein Schauspiel war, ein Stück um Rache und Gerechtigkeit, aber ganz sicher nicht um Recht. Gerne wurden diese drei Dinge miteinander verwechselt, und auch Horana war davor nicht vollends gefeit. Aber wenn der Sonnenherr sie auf diesen Platz gesetzt hatte, damit sie eine Richterin spielte, dann würde sie das nur nach ihren Regeln tun, denn sie war alles Mögliche, aber keine Marionette mehr.

»Nein, so geht das nicht!«, entgegnete sie also dem Staatsanwalt mit fester Stimme und diesmal deutlich weniger Krächzen. »Die Angeklagten bekommen eine ordentliche Verteidigung. Sie dürfen sich zu genau definierten Klagepunkten äußern, und Sie, als Ankläger, müssen Beweise beibringen. Sie wollen, dass ich ein Urteil spreche? Das werde ich tun, wenn ich es muss, aber nur auf der Basis eines ordentlichen Verfahrens. Habe ich mich klar genug ausgedrückt?«

Der Staatsanwalt hatte es nicht verstanden, und Horana wusste auch, woran das lag. Er war kein Staatsanwalt. Er war ein Platzhalter für den Sonnenherrn, der offenbar jemanden bestrafen wollte. Der Ankläger hatte nie Konkordatsrecht studiert und keinen Eid auf die Verfassung abgelegt. Horana konnte ihm nichts vorwerfen. Sie war in keiner Position für irgendwelche Kritik. Sie war ganz in Händen des Sonnenherrn, und der agierte dermaßen derangiert, dass sie sich auf nichts verlassen konnte.

Auf Recht und Gesetz schon gar nicht.

Dennoch war sie niemandes Marionette, egal in welchem Universum. Und sie war nur für eine Person Platzhalter: für sich selbst. Das musste auch ein Sonnenherr akzeptieren.

Nein, im Grunde musste er es nicht. Horana hätte es aber gerne so.

Sie sah den Ankläger also streng an. In manchen Gerichtssälen, in manchen Prozessen, ausgeführt von Richtern mit starker Persönlichkeit und der passenden Augenfarbe, hatte das durchaus Wirkung erzielt, wenn auch oft weniger auf sie. Der gegnerische Staatsanwalt, mit dem sie sich jetzt auseinandersetzte, schien unbeeindruckt.

»Sie sind schuldig!«, insistierte er.

»Das kann gut sein«, erwiderte Horana. »Ich gehe sogar fest davon aus!«

»Einspruch!«, rief ein Gracen.

»Abgewiesen!«, sagten der Staatsanwalt und die Richterin in seltener Einigkeit, und Horana musste ihn trotzdem erneut, wenngleich vergeblich, streng ansehen. Abgesehen davon war ihre Äußerung tatsächlich deplatziert gewesen, so gesehen ...

... fehlte einfach ein Verteidiger.

»Gut«, sagte der Ankläger und nickte. »Das sind die Regeln? Dann werden Sie ein Urteil fällen?«

»Das sind die Regeln, und so ...«

»Ah, die Verteidigung!«

Horana brach ab und schaute in die Richtung, in die der Staatsanwalt nun zeigte. Ein überrascht, ja, nahezu bestürzt aussehender Snead stolperte in den Saal, angetan mit der Gerichtsuniform eines Anwalts, ein Anblick, der in Horana ein schon schmerzhaftes Gefühl der Vertrautheit auslöste. Der Erste Offizier der *Scythe* sah die Frau fragend an.

»Wo waren Sie gerade?«

»Auf einer Art Pferd«, flüsterte Snead immer noch sichtlich verwirrt. Er sah sich um, sein Blick fiel auf die Gracens, und seine Augen weiteten sich. Gleich sechs. Da durfte man überrascht sein. »Ich ritt über die Prärie und sagte zu meinem Sohn: ›All das, mein Junge, wird eines Tages dir gehören!‹«

Horana runzelte die Stirn. »Sie haben einen Sohn?«

»Da hatte ich einen. Er erwiderte: ›Nee, lass mal, bin keine Kuh!‹ Ich wollte ihn gerade tadelnd darauf hinweisen, dass sein Vater und mein Vater und dessen ... ach!« Snead schüttelte den Kopf. »Es ist besser, dass ich da raus bin.«

»Ich bin mir nicht sicher, ob sich die Situation verbessert hat«, sagte Horana. Sneads Blick fiel ein weiteres Mal auf die sechs Angeklagten.

»Offensichtlich nicht«, sagte der Mann. »Ich bin ja manchmal schwer von Begriff, aber ... ist dies das, was ich denke, das es ist?«

Der Ankläger mischte sich ein, indem er auf Snead zukam. »Die Verteidigung ist anwesend. Das Verfahren kann beginnen, ja? Das Urteil wird gefällt?«

»*Ein* Urteil wird gefällt«, korrigierte Horana ihn beinahe automatisch, nahm den Blick aber nicht von Snead, dem es nun wahrlich dämmerte.

»Der da? Unser Verteidiger?«, krähte ein Gracen. »Das hieße ja, den Bock zum Gärtner zu machen!«

»Keiner weiß hier, was das bedeutet«, wies ihn Horana zurecht. »Und ich habe derzeit nicht den Eindruck, als wolle uns der Sonnenherr aus diesem Schauspiel entlassen.«

»Urteil und Exekution«, rief der Ankläger sogleich, wie zur Bekräftigung. »Und dann: Kopf ab. Ab! Ab! Ab!«

»Ich seh schon, das wird toll«, murmelte Snead und sah Horana hilflos an. »Ist das wirklich nötig?«

»Der Sonnenherr ist wohl der Ansicht. Oder wollen Sie zurück zu Ihrem unwilligen Erben?«

Der Polizist verzog das Gesicht. »Nein, das ist keine echte Alternative. Und im Zweifel ziehe ich die Gesellschaft einer intelligenten Frau, vor allem einer, die ich kenne und mag, auch dem Ritt über jede Prärie vor.«

Horana sah Snead überrascht an, der bereits gedankenverloren seine Mandanten betrachtete. Wie hatte der Mann das gemeint? Es löste jedenfalls ein sehr angenehmes, warmes Gefühl in ihr aus, ganz unerwartet für diese Stelle und diesen Ort. Und für sie, um es gleich zuzugeben.

»Der Anwalt muss Zeit bekommen ...«, sagte sie dann, doch die Geduld des Sonnenherrn war zweifelsohne an ihrem Ende angelangt.

»Das Verfahren beginnt. Das Urteil wird gefällt. Das Urteil wird vollstreckt.«

»Ja«, seufzte Horana. »Ich weiß. Kopf ab.«

Der Staatsanwalt nickte triumphierend. »So und nicht anders.«

Die sechs Angeklagten sahen den Mann mit langsam wachsendem Entsetzen an. Und wie Horana fand, hatten sie alle guten Grund dafür.

35

Es sah aus wie »ihre Maschine«, aber sie war größer, in einem generell besseren Zustand, und die zwölf An'Sa in ihren Ruhemulden, völlig integriert in die Anlage, sahen nicht tot aus, wenngleich auch nicht glücklich. Tizia ermahnte sich. Wer wusste schon, wie ein glücklicher An'Sa aussah und ob es so etwas überhaupt gab? Nach allem, was sie gehört hatte, waren diese zwölf Wesen, genauso wie der Sonnenherr, dessen Teil sie waren, hochgradig verwirrt, erschöpft und verzweifelt. Ob und wie weit sie noch zu eigenen, klaren Gedankengängen in der Lage waren, konnte sie nicht sagen. Falls sie das überhaupt sollten. Möglicherweise bedeutete für einen An'Sa die dauerhafte Verschmelzung mit der Maschine die völlige Aufgabe jeder Individualität.

»Ist das real?«, fragte Jordan. »Ich meine, sind wir wirklich hier, oder ist das nur eine alternative Realität?«

»Alternativ von was?«, antwortete Elissi. »Jede Realität ist alternativ, Jordan. Du meinst, ob wir in dem Universum sind, aus dem wir stammen.«

»Sind wir?«

Elissi runzelte die Stirn. »Ich bin mir nicht sicher. Aber wir sind auf jeden Fall da, wo wir sein sollen. Wozu auch immer. Tizia?«

»Die Maschine muss repariert werden«, sagte diese mit Bestimmtheit. »Wenn wir hier die Gelegenheit dazu erhalten, sind wir nahe am Ziel unserer Wünsche. Der Sonnenherr scheint eine transuniversale Identität zu haben. Ich nehme an, dass wir ihn überall reparieren können und damit das Gleiche auch für unser Universum erreichen, selbst wenn wir uns derzeit nicht in diesem befinden. Das ist zumindest meine Hoffnung. Bleiben wir zusammen und schauen uns die Sache an.«

Sie ließ ihren Worten unmittelbar Taten folgen. Tizia hatte Elissi von der virtuellen Roadshow der An'Sa erzählt, mit der diese ihre Motivation und Absichten erklärt hatten, daher wusste die Studentin zumindest grob, dass Tizia die Maschine schon einmal gesehen hatte. Aber es war trotzdem noch einmal ein unmittelbarer Eindruck, der weit über das Gefühl von Realität hinausging, das sie in der virtuellen Projektion erlebt hatte. Sie wanderte um die große Anlage herum, die in einer weiten Halle stand, eine gigantische Spindel, von deren verjüngter Mitte Ausleger wie Kräne in den zwölf Containern endeten, in denen die An'Sa ruhten, die aus der technischen Anlage ein elektronisch-biologisches Konstrukt mit eigener Identität machten. Jede Maschine war ein Individuum, und damit auch jeder Sonnenherr, existent irgendwo zwischen maschinellem und organischem Selbstbewusstsein, in der Lage zu denken, aber letztlich nur begrenzt entscheidungsfähig, wenn die Rahmenbedingungen nicht stimmten. Eine Maschine voller Macht, wie das

Durcheinander bewies, in dem sie sich bewegten, und dennoch in diesen Umständen hilflos wie ein Kind, das in einem Käfig saß und nur mit Spielzeug um sich werfen konnte. Großem, gefährlichem Spielzeug.

Das musste sie sich immer wieder vor Augen halten.

Der Sonnenherr war verletzt. Er war eingeschränkt. Er war verwirrt. Er war auf eine gewisse Weise offenbar auch beleidigt. Er lebte im Widerspruch der Manipulationen, die die Gracens ihm angetan hatten – im Vergleich krude, aber aufgrund ihrer Härte kraftvolle Eingriffe in das, was Tizia die geistige Gesundheit der Maschine nennen wollte –, und seiner Mission, die ganze verdammte Galaxis, ja, den galaktischen Haufen zu retten. Und das seit endlos erscheinenden Wahrscheinlichkeiten, vielen Realitäten hintereinander, eine Geschichte des Konflikts und des beiderseitigen Scheiterns.

Sie war wie eine Ärztin. Sie wollte heilen.

Doch wie es bei einem verletzten Tier – und manchmal auch bei einem verletzten Menschen – nun einmal so war: Schmerz, Verwirrung und permanente Bedrohung konnten auch gefährlich machen, nicht nur gefährlich sein.

Die Maschine funktionierte. Es war kein äußerer Schaden zu sehen.

»Sie schreit«, sagte Elissi, die lautlos neben Tizia trat.

»Du kannst sie hören?«

Elissi berührte ihre Stirn. »Sie ist in meinem Kopf. Ich weiß nicht, wie das möglich ist, aber ich spüre es deutlich. Ich glaube, sie ... denkt ein wenig wie ich.«

Tizia nickte langsam. Die Affinität zwischen der Konstruktion der Maschine und Elissis besonderem Verstand war ihr nicht ganz klar geworden, aber es gab eine, und sie entwickelte sich mit zunehmender Nähe. Elissi sah und verstand Dinge, für die selbst Tizia blind war, von Jordan einmal ganz zu schweigen, der jetzt völlig hilflos wirkte und seine Freundin mit einem Gesichtsausdruck voller Traurigkeit und Angst ansah.

Eine treue Seele, dachte Tizia. *Doch was nützt es?*

»Ich sehe Muster«, sagte Elissi. Sie hob ihre Hände in die Luft und zeichnete mit ihren dünnen Fingern etwas nach, das niemand außer ihr sah. Diese Reise war für Elissi eine bewusstseinserweiternde Erfahrung, doch das wahre Ausmaß dieses Prozesses verstand sie möglicherweise nicht einmal selbst. Tizia sah Jordan an und erkannte, dass er keine Angst um sich selbst, sondern um sie hatte – und vielleicht bald vor ihr, je seltsamer sich ihr Verhalten entwickeln würde.

»Können wir den Sonnenherrn reparieren?«, fragte Tizia.

»Nein«, erwiderte Elissi kurz und unerwartet. »Nicht im engeren Sinne jedenfalls, nicht wie ein Wartungstechniker eine Anlage repariert.«

»Was tun wir dann hier?«, fragte Jordan.

»Wir helfen ihm, sich selbst zu reparieren. Wir zeigen die Wunden, wir helfen durch den Fokus von Aufmerksamkeit und Willen, beides Eigenschaften, die dem Sonnenherrn manchmal fehlen. Die Gracens stören nicht mehr. Die Intervention der *Scythe* hat diesmal funktioniert, da das Siegel geöffnet wurde und Gracen sich nicht meiner bemächtigen konnte. Oder wollte.«

»Das sollte auch dem Sonnenherrn bekannt sein«, sagte Jordan. »Dass der Siebte nicht so schlimm wie die sechs anderen ist, zumindest vom Ansatz her.«

Elissi nickte. »Der Sonnenherr ist nicht ohne Gerechtigkeit.«

Sie wollte dazu offenbar nichts weiter sagen, aber Tizia ahnte, dass auf anderen Ebenen, in anderen Realitäten und mit anderen Akteuren weitere Dinge passierten, von denen sie nichts wussten – und wo zu hoffen blieb, dass sie nicht noch böse aus dem Ruder liefen.

»Was können wir also tun?«, fragte Tizia.

»Wir können dem Sonnenherrn nicht helfen, aber wir sorgen dafür, dass niemand ihn stört – und wir können ihn streicheln«, erwiderte Elissi.

Jordan sah sie verständnislos an. »Streicheln?«

Elissi nickte. »Ich verstehe das Konzept menschlicher Zuneigung immer noch nicht vollständig, aber beim Sonnenherrn ... er benötigt Zuwendung. Er vermisst seine Brüder, von denen Gracen ihn abgeschnitten hat. Er will wieder Teil der Gemeinschaft werden. Das ist aber nur der Endpunkt der Reparatur. Bis dahin ... hat er uns. Wir müssen ihm zeigen, wie es geht.«

»Uns?«, echote Jordan. »Ich meine ... uns alle?«

»Warum nicht?«, fragte Elissi.

»Ich weiß nicht ... das Konzept verstehe ich nicht ganz ... und ob ich so eine große Hilfe ...«

Jordans Probleme, Sätze zu vollenden, schienen Elissi zu amüsieren. Sie trat an seine Seite und küsste ihn überraschend auf die Wange. »Du bist süß, Jordan.«

Das war wahrscheinlich nicht das, was er hatte hören wollen.

Tizia hörte sich wiederum sagen, was sie nicht hatte sagen wollen. Es war aber die logische Konsequenz aus ihrer Situation, zumindest aus ihrer Sichtweise. »Ich muss eine eigene Verbindung mit dem Sonnenherrn eingehen. Wie ...«

»Wie auf dem Wrack?«, half Jordan. »Wirklich … ich meine, das Ding hier ist auch beschädigt. So richtig. In verschiedenen Universen, derer es sich bewusst ist. Multiple … was auch immer es ist. Es ist reichlich viel Verrücktheit.«

»Ich bin mir nicht sicher, ob man das vergleichen kann«, sagte Tizia leise. Sie war sich allerdings auch nicht sicher, ob es nicht exakt zutraf, was sie aber für sich behielt. Jordans Kontra half ihr, sich ihres eigenen Entschlusses sicherer zu werden, also musste sie auch Gründe finden, die gegen seine Vorbehalte sprachen.

Wie zum Beispiel: die Galaxis zu retten, nach Hause zurückzukehren. Solche Dinge.

Sie sprach sie aus, und Jordan nickte.

»Dagegen habe ich nichts. Es wäre nur … sehr schade, wenn all das Leid sich wiederholen würde. Ich kenne Sie nicht lange genug, Tizia, aber ich glaube, Sie sind eine viel zu … nette Frau, als dass sich auch nur ein Mensch wünschen könnte, dass Ihnen erneutes Leid zustößt.«

Gott, dachte Tizia, als sie ihn durch Genqs Augen ansah. *Er ist süß.*

Elissi lächelte sanft, aber etwas abwesend. Ihr Blick ging ins Nichts. Sie war zweifelsohne schon teilweise dort, wo Tizia noch hinwollte. Soweit man dies als erklärten Willen oder das Beugen unter Notwendigkeit bezeichnen wollte.

»Was mache ich?«, fragte Jordan.

»Du kümmerst dich um sie«, antwortete Tizia und zeigte an ihm vorbei. Er drehte sich um. Beide sahen sie zu einem gut vier Meter großen Mädchen hoch, das mit langsamen Schritten auf sie zukam, dann stehen blieb, herabschaute, anklagend, Hilfe suchend und ein wenig fordernd, wie man kleine Mädchen eben oft beschreiben konnte.

»Sie ist groß«, stellte Jordan fest.

»Damit dürfte die Situation der Analyse begonnen haben. Du musst dich weiter auf sie einlassen. Nur weiter so. Pass auf, dass sie dich nicht zerquetscht.«

Damit wandte sie sich ab. Den genauen Instruktionen der An'Sa folgend, die tief in den Datenspeichern Genqs sicher verborgen waren, suchte und fand sie eine physische Anschlussstelle, die für ihre Zwecke geeignet war und nicht erforderlich machte, dass sie einen der An'Sa aus einem der Container holte und seinen Platz einnahm. Das wollte sie nicht, nie wieder, und für das, was zu tun war, reichte ein Zugang von niedrigerer Rate. Es war trotzdem ein Akt der Selbstüberwindung, als sie ihren Overall öffnete, sich selbst, wie prüfend, sanft über die weiche Haut ihres Bauches strich, die sich absolut echt anfühlte, um dann die Finger ins Fleisch zu graben, den Kontakt zu finden, das synthetische Organ aufzureißen und die Kontaktschnur herauszuholen. Gut verborgen, weil man sie eigentlich nie benötigte außer für Notfälle. Wenn es drauf ankam. Das war jetzt wohl so.

Sie steckte das Kabel mit dem anpassungsfähigen Multiadapter in die gefundene Öffnung am Rand der Maschine. Dass dabei farblose Nährflüssigkeit aus ihrer Bauchwunde auf den Boden tropfte, war zu verschmerzen. Dass Jordan sie entgeistert anschaute und für einen Moment gar nicht mehr auf das Riesenmädchen achtete, führte zu einem freundlichen Lächeln.

»Es tut nicht weh«, sagte sie wahrheitsgemäß. »Wirklich.«

»Shit, das ist stark!«, murmelte er. »Ein wenig Vorwarnung …«

»Es tut nicht weh«, wiederholte sie, schloss die Augen, ein wenig theatralisch vielleicht, und seufzte, als sich die Verbindung etablierte.

»Ich schau mich mal um, Jordan«, waren die letzten Worte, die sie an den Studenten richtete.

36

Möglicherweise war Lyma Apostol der Ansicht, sie könne das hier zu einem Ende bringen. Aber der Sonnenherr war entweder noch nicht bereit oder noch zu verwirrt, um ihr diesen Wunsch zu erfüllen. Vielleicht war noch eine Lektion zu lernen. Vielleicht wollte er noch etwas von der Seele bekommen, soweit er über eine verfügte. Wer konnte schon verstehen, was im Inneren einer intelligenten Maschine vorging, die über nahezu grenzenlose Macht verfügte und gleichzeitig so lange und so oft ein Opfer gewesen war?

Apostol nicht. Gracen auch nicht, obgleich er doch so ein Genie war. Der Siebte war jedenfalls noch bei ihr und sah nicht glücklich aus, vermied es, sie anzusehen. Gracen und Scham? Apostol wollte nicht einmal ansatzweise für möglich halten, dass das sein könnte. Aber die Tatsache, dass der Sonnenherr ihn gezwungen hatte offenzulegen, was in der Vergangenheit geschehen war, schien nicht spurlos an ihm vorbeigegangen zu sein.

Sie würde sich später um diese Sache kümmern.

Diesmal, so schien es, war sie nämlich keine bloße Zuschauerin. Sie trug einen dunklen, schmucklosen Overall, eine Art Schiffsuniform, und Gracen war ähnlich gekleidet. Sie standen in einem Gang in einem Raumfahrzeug, direkt an einer Galerie aus weit geschwungenen Panoramafenstern, die einen ungestörten Blick ins Weltall erlaubten. Sie schauten auf eine Konstruktion hinab, die Apostol seltsam vertraut vorkam, obgleich sie sie nicht auf den ersten Blick zuordnen konnte.

»Wo sind wir hier?«

»Die Frage kann ich Ihnen beantworten«, sagte Gracen beinahe zögernd. »Zu klären wäre eher: Wann?« Er zeigte durch das Fenster. »Das da unten ist der Kern der Sphäre, und ich weiß das so genau, weil ich oft genug an ihm herumgebastelt habe. Und jedes Mal …«

»Hat es zu einem Konflikt mit den An'Sa geführt, und die Kernelissi hat sich selbstständig gemacht? Die Geschichte ist mir nun bekannt. Sie scheinen stolz darauf zu sein.«

»Stolz auf meine Genialität, meinen Einfallsreichtum? Sicher. Stolz auf mein wiederholtes Scheitern? Aber nein. Und gar nicht stolz darauf, dass es überhaupt geschah. Es war der erste Gracen, der Elissi zu dem missbraucht hat, was du jetzt die Kernelissi nennst. Danach haben wir Elissi ebenfalls benutzt, und sie ist ein jedes Mal gescheitert, ausgebrannt und erledigt.« Gracen machte eine Pause. Er starrte vor sich hin, schien für einen Moment von Gefühlen überwältigt. Apostol beobachtete das mit wachsendem Erstaunen. War da tatsächlich eine winzige Spur Menschlichkeit in diesem Mann übrig geblieben, genug, um das eigene Handeln zumindest infrage zu stellen? Gracen besann sich, ein Ruck ging durch seinen Körper, und er fuhr fort: »Das habe ich sehr sorgfältig beobachtet. Es nicht immer an mich herangelassen. Wie könnte ich das? Nur …« Er wandte sich ab, breitete die Arme aus und umfasste damit das Schiff, auf dem sie sich offensichtlich befanden. »… dieser Ort ist mir unbekannt. Ein An'Sa-Kreuzer, will ich meinen. Ganz friedlich im Orbit um den Sphärenkern, der, wie ich das sehe …«

»… noch nicht fertig ist«, vervollständigte Apostol. »Im Bau.«

Sie sah Gracen an. »Sie haben recht. Wann, das ist die richtige Frage. Wir werden Zeuge des Baus der Sphäre, vor der ersten Reise, bevor Sie das erste Mal aufgegabelt wurden und die Katastrophe ihren multiuniversalen Anfang nahm.«

Gracen sah sie etwas düpiert an. »Katastrophe ist ein starkes Wort. Es gab Rückschläge.«

Apostol würdigte diese Bemerkung keiner Antwort. Egal wie beschämt Gracen sich manchmal auch fühlte – oder das nur spielte, wer wusste das schon? –, er war und blieb er. Wenn man ein bösartiges Genie war, verarbeitete man Kritik wahrscheinlich nicht besonders gut. Es gab nichts, was ihr mehr egal war als das.

»Die Sphäre ist im Bau. Wollen wir herausfinden, wie es dazu kam?«, fragte sie mit plötzlicher Unternehmenslust und echtem Interesse. Sie war der Ansicht, wenn sie schon mal hier waren …

»Ist es wichtig, was wir wollen?«, fragte Gracen.

»Nein, wahrscheinlich nicht. Gehen wir da entlang? Ich kenne mich nicht aus auf An'Sa-Schiffen, aber für mich sieht das nach dem Weg zur Zentrale aus.«

»Es gibt auf diesen Schiffen keine Zentrale. Durch die biologische Verbindung mit der Kybernetik kann ein

An'Sa-Schiff von überallher gesteuert werden, und es bedarf im Grunde auch keiner Konsolen oder Ähnlichem«, belehrte Gracen sie, der ihr dennoch folgte, als sie sich in Bewegung setzte. »Daher geben sie auch erst auf, wenn man sie in wirklich kleine Teile geschossen hat.«

»Sie kennen sich ja aus.«

»Ich habe getan, was getan werden musste.« Es klang jetzt wieder sehr selbstzufrieden.

Das ließ in Apostol die vertraute kalte Wut hochkochen. »Im Grunde hat sich nichts geändert, Gracen«, sagte sie sehr leise und ruhig. »Sie sind und bleiben ein widerlicher Kotzbrocken.«

Es war interessant, dass dem Mann darauf keine schnippische Antwort einfiel. Vielleicht überlegte er sich eine Entgegnung, aber er kam nicht mehr dazu, diese zu äußern. Aus einem anderen Gang kamen drei An'Sa, gekleidet in exakt gleichartigem Overall, auf sie zu und öffneten ihren Schnabel zur Begrüßung.

»Es ist Zeit«, sagte der eine. »Die Zündung des Materials ist vorbereitet.«

Apostol sah den Sprecher an. Der erwiderte den Blick. Es dämmerte ihr, dass von ihr eine Antwort erwartet wurde.

»Das ist ... gut«, sagte sie.

»Sollen wir sofort zünden, oder wünschen Sie noch eine letzte Überprüfung?«

Gracen räusperte sich leise, doch Apostol bedurfte dieses Hinweises nicht.

»Gehen wir und schauen wir uns noch einmal alles an. Ich erwarte, dass Sie mir die Schritte zur Sicherheit darlegen.«

»Vorsicht ist angebracht«, bestätigte ihr Gesprächspartner. »Es ist dieses Projekt, das unser Überleben sichert.«

»Das sehe ich anders«, mischte sich einer seiner Kollegen ein. »Es ist weiterhin eine Zeit- und Ressourcenver...«

»Es ist entschieden. Die Sphäre ist einsatzbereit«, fuhr ihm der Erste dazwischen. »Wir tun, was alle beschlossen haben.« Er sah Apostol an, erwartete offenbar erneut ein Wort von ihr.

»Ja«, sagte sie also. »Es ist so entschieden.«

Das schien die Diskussion zu beenden. Apostol sah Gracen fragend an, doch der schien nichts hinzufügen zu wollen. Die Gruppe setzte sich gemeinsam in Bewegung.

Sie kamen an der Spitze des Raumfahrzeugs an, erneut mit einem schönen Blick auf den Kern, diesmal in einer Art transparenten, großen Kanzel, in der sich gut zwei Dutzend An'Sa versammelt hatten. Niemand grüßte sie, keiner bewegte sich, alle wirkten sehr versunken. Sehr konzentriert.

»Das Kontrollkollektiv ist bereit«, sagte der erste An'Sa und wies auf die vereinzelt, ohne Ordnung im Raum stehenden Artgenossen. Es war sehr still hier. Wenn jemand zu etwas bereit war, dann bedurfte es wahrscheinlich nur noch einer Anordnung, um es in Gang zu setzen.

»Dann sehen wir mal«, antwortete Apostol vage.

»Sobald die Zündung erfolgt und der organisch-kybernetische Steuerkern aktiv ist, können wir das Schutzfeld errichten und den Kurs eingeben. Die Stammbesatzung ist geschult und einsatzbereit«, sagte der Sprecher, und Apostol bekam damit erste hilfreiche Informationen.

»Der Kurs ...«, begann sie mit einem auffordernden Unterton.

»Natürlich.«

Mit einer Bewegung aktivierte der An'Sa eine Projektion, die die Heimatgalaxis seines Volkes zeigte, was, wie Apostol mittlerweile wusste, keinesfalls die Milchstraße war, sondern ein weit entferntes Mitglied der Lokalen Gruppe. Der Kurs schien erst einmal durch diese Sterneninsel zu führen, ehe andere Galaxien einbezogen wurden, darunter auch die, in der das Konkordat existierte. Apostol zeigte auf die Spiralen, Balken und Kugeln.

»Vergrößern Sie das!«, befahl sie.

Die Milchstraße sprang ihnen entgegen. Apostol musste sich nicht lange orientieren. Der Kurs führte exakt durch das Konkordat.

»Sobald wir die notwendigen Mindestpopulationen integriert haben, verlässt die Sphäre die Lokale Gruppe in entgegengesetzter Richtung zum Attraktor. Es wird eine lange Reise, aber wir werden damit die biologische-zivilisatorische Vielfalt unserer Galaxien retten können. Wir sind die Bewahrer. Wir erfüllen unsere Pflicht.«

»Wir erfüllen unsere Pflicht«, flüsterten plötzlich alle anwesenden An'Sa in einem unheimlichen Chor. Apostol und Gracen beeilten sich, den Satz ebenfalls zu sagen, denn es wurde offenbar von ihnen erwartet. Die Bewahrer. Die Bewahrer des Lebens in der Lokalen Gruppe. Damit wurde der ursprüngliche Zweck dieses Vorhabens deutlich. Die Sphäre war erst einmal nichts anderes als eine Arche gewesen.

Versuch Nummer eins, alles zu retten. Versuch Nummer zwei waren dann die Sonnenherren, weil damit keine Auswahl getroffen werden musste. Da konnten alle überleben – nicht hier, aber in einem passenden Paralleluniversum. Die An'Sa bewahrten. Sie waren seltsam, aber sie hatten definitiv keine bösen Absichten.

»Ich bin weiterhin der Auffassung, dass dies eine Verschwendung unserer Ressourcen ist«, sagte der Nörgler, dem bereits einmal über den Schnabel gefahren worden war. »Das Sonnenherr-Projekt ist viel aussichtsreicher und umfassender. Wenn wir nur wenige Hundert eines jeden Volkes retten, die Sphäre vollpacken und diese Leute fortschaffen, haben wir doch kapituliert. Wir sollten aber nicht kapitulieren!«

Apostol war plötzlich in der Situation, etwas rechtfertigen zu müssen, das sie noch gar nicht richtig verstand – und damit etwas zu verteidigen, von dem sie wusste, dass es mächtig in die Hose gehen würde. Die Arche würde im Konkordat, auf ihrer ersten Reise, Joaqim Gracen aufsammeln, und das würde sich als fatal erweisen. Er würde sich nicht »retten« lassen wollen, wahrscheinlich Wind vom Sonnenherr-Projekt bekommen und damit eine Chance, seine Allmachtsfantasien zu befriedigen. Er würde dann aufgrund seiner Manipulationen neue Realitäten schaffen – und die Sphäre für seine Machtspielchen missbrauchen. Was aus den bis dahin eingesammelten Zivilisationen werden würde – sie wollte nicht einmal daran denken.

»Es ist eine alternative Möglichkeit. Ein Sicherheitsnetz«, sagte Gracen laut und sah den Kritiker dabei an. »Wenn das eine nicht klappt, dann das andere. Wir tun alles, was in unseren Kräften steht. Die Sphäre steht in unseren Kräften. Das Sonnenherr-System steht in unseren Kräften. Wir sind die Bewahrer, und wir tun unsere Pflicht. Ist es nicht so?«

»Wir ... ja«, sagte der Kritiker. Apostol sah Gracen an, der die Situation gerettet hatte. Der alte Betrüger, der miese Gauner, er hatte gesagt, was alle hören wollten, in dem Wissen, dass er es war, der im Grunde beide Optionen ad absurdum führen würde. Die Sphäre sabotiert. Den Sonnenherrn sabotiert. Nichts wurde bewahrt, wenn sie es jetzt nicht reparierten. Aber geschmeidig argumentiert, das musste sie ihm lassen. Die versammelten An'Sa erhoben jedenfalls keinerlei Einwände.

Gracen konnte An'Sa manipulieren. Das war bemerkenswert. Oder es geschah nur, weil der Sonnenherr, der sie in diese Realität geschubst hatte, es so akzeptierte. Wer konnte das letztlich wissen?

»Dann sollten wir jetzt beginnen. Diese Diskussionen wurden alle schon geführt«, behauptete Apostol. Vielleicht war in dieser Realität ja alles ganz anders und viel besser. Kein Gracen. Es musste Paralleluniversen geben, in denen es keinen Gracen gab. Genauso, wie eines existieren musste, in dem nur Gracens lebten. Milliarden von seiner Sorte. Ein sicherlich nicht uninteressantes Experiment.

Apostol verscheuchte den Gedanken. Sie wollte den Sonnenherrn nicht auf dumme Ideen bringen. »Wir leiten die Zündung ein.«

»Aktivieren den Kern«, murmelte das Kollektiv.

»Hochfahren der Kraftwerke«, sang einer der Schnabelaliens.

»Die Konnektoren werden angesetzt«, sang ein anderer, ganz in sich versunken.

»Verschließen der Zugänge. Versiegeln der Tunnel und Aufzüge. Errichten des Kernschirms«, sangen zwei oder drei weitere. Durch die transparente Kapsel sahen sie auf den von Flüssigkeit bedeckten Mond hinab. Es flackerte und irrlichterte, und dann etablierte sich das Schutzfeld, genauso wie es Apostol bei ihrer ersten Ankunft am Kern beobachtet hatte.

»Kern ist gesichert«, murmelte eine Stimme hinter ihr.

»Wir aktivieren die Wabe«, folgte eine andere, einer festen Choreografie folgend. Es hätte nur noch gefehlt, den

Singsang durch wohldosierte Tanzschritte zu untermauern. Doch alle An'Sa standen wie festgewachsen da.

Es flackerte erneut, aber Apostol war klar, was nun passierte. Der Blick auf den Sternenhimmel wurde verdeckt, als sich zum ersten Mal das etablierte, was die Sphäre sein sollte, derzeit noch bar aller Raumfahrzeuge, die sie aufgesammelt hatte, als sie in Apostols Realität angekommen war. Ihrer ursprünglichen Realität. Es war gut, sich auf die korrekten Adjektive zu besinnen, um nicht völlig verrückt zu werden.

»Die Wabe ist stabil. Die Sphäre ist einsatzbereit. Der Kern meldet volle Funktionsfähigkeit. Die Fertigungsanlagen werden als Nächstes geliefert, dann können wir mit dem Bau multifunktionaler Habitatstrukturen beginnen. Aber die Reise kann anfangen, sobald alles da ist. Wir sind im Plan.«

Der Sprecher sah Apostol an, und da lagen ganz sicher Zufriedenheit und Stolz in seiner Haltung. Durchaus zu Recht, wie die Kommandantin fand. Eine grandiose Konstruktion zur Erfüllung eines grandiosen Plans, bewundernswert in jeder Hinsicht. Schade nur, dass alles zu nichts führen würde – oder vielmehr zu Konsequenzen, die die Erbauer nicht vorgesehen hatten.

»Die Sphäre ist einsatzbereit«, bestätigte sie also nur, denn sie wusste nicht, was sonst für eine Reaktion von ihr erwartet wurde. Durch die Gruppe der Schnabelwesen ging ein kollektives Zittern, und Apostol ahnte, dass sich die Operatoren des Kontrollkollektivs aus der intensiven Verbindung mit den kybernetischen Elementen gelöst hatten, jetzt, da ihre Aufgabe erst einmal vollbracht schien.

Es gab keinen Small Talk, keine Stehparty zur Feier des Anlasses und auch keine Schnittchen. Kein gegenseitiges

Auf-die-Schulter-Klopfen und keinen Sekt. Die Stimmung war nicht feierlich, sie war geschäftsmäßig. Die An'Sa waren eine sehr konzentrierte Spezies, die ihre selbst gestellten Aufgaben extrem ernst nahm und ihre Erfüllung als Selbstverständlichkeit sah. Man feierte offenbar nicht. Man teilte eine gemeinsame Entschlossenheit. Apostol kam nicht umhin, für diese Vorgehensweise und Geisteshaltung eine plötzliche und tiefe Sympathie zu empfinden. Die An'Sa waren ihr in vielem fremd, und wie es war, mental mit den technischen Anlagen um einen herum mehr oder weniger beständig verbunden zu sein, wollte sich gerade die Kommandantin lieber nicht vorstellen. Die Buchse in ihrem Schädel war ihr genug, und die dadurch verursachten Kopfschmerzen mussten nicht durch weitere Eindrücke verstärkt werden.

»Jetzt, wo dies hinter uns liegt«, sagte der Kritiker, »sollten wir uns wieder intensiv dem Sonnenherr-Projekt zuwenden. Es ist unwürdig, eine Arche zu entsenden, die so programmiert ist, dass sie Abgeordnete fremder Spezies anlockt und letztlich gegen ihren Willen entführt.«

»Das kollektive Überleben steht über solchen scheinmoralischen Erörterungen. Ist es nicht beruhigend für Sie, eine zweite Option zu haben?«, fragte der Sprecher. Der Kritiker sah ihn an, als sei er nicht recht bei Trost, erwiderte aber nichts. Die Diskussion wollte er offenbar nicht erneut aufflammen lassen.

Die An'Sa gingen einfach, verließen die transparente Kanzel ohne jeden Gruß und jedes Zeremoniell, bis nur noch Gracen und Apostol zurückblieben und auf den Sphärenkern hinabstarrten.

»Was fühlen Sie, Gracen?«, fragte Apostol.

»Sollte ich etwas fühlen?«

»Bedauern?«

Gracen lachte. »Eher ein wenig Frustration darüber, dass es mir nie gelungen ist, die Herrschaft über die Sphäre vollständig an mich zu reißen – nicht zuletzt, weil der Extrakt aus meiner Tochter sich dem Willen des Vaters widersetzte. Das ist im Grunde nicht akzeptabel. Aber ich bewundere sie dafür. Sie ist definitiv Fleisch von meinem Fleische.«

»Ich bin froh, dass sie es tat. Es zeigt, dass sie mehr nach mir schlägt als nach Ihnen.«

Er wusste offenbar nicht, was er darauf sagen sollte. Stattdessen drehte er sich mit einer theatralischen Geste einmal um sich selbst.

»Ist diese Scharade jetzt am Ende?«, fragte er laut ins Leere hinein. Apostol fühlte sich nicht angesprochen. Der Sonnenherr auch nicht. Es gab keine messbare Reaktion.

»Ich bin mir sicher, dass unsere Reise durch die Parallelitäten noch nicht abgeschlossen ist«, sagte der Siebte schließlich und schaute Apostol an, als sei sie in irgendeiner Form dafür verantwortlich.

Sie erwiderte nichts. Und als ihr dann doch die passenden Worte einfielen, veränderte sich ihre Umgebung, und es ging in der Tat weiter.

Sie war, ohne es Gracen gegenüber zugeben zu wollen, der ganzen Sache nun auch etwas müde.

37

Der Staatsanwalt war gründlich, nicht zuletzt deswegen, weil ihm Informationen aus verschiedenen Universen zur Verfügung standen. Es war ihm zugutezuhalten, dass er jene ausklammerte, in denen Gracen die Macht über das Universum an sich gerissen oder das Gleiche in kleineren Abstufungen erreicht hatte, denn das würde nicht nur die Liste der Verfehlungen ins Endlose aufblasen, sondern auch, das war zumindest Horanas Ansicht, die Jurisdiktion dieses Gerichts deutlich überschreiten.

Sie war ohnehin nicht sicher, wo die Grenzen lagen. Also legte sie diese selbst fest. Dass der Ankläger nur solche Punkte vorbringen sollte, die in den sechs Ursprungsrealitäten der Angeklagten gemeinsam vorkamen, und jene weglassen, die nur einer oder wenige begangen hatten, löste sichtliche Frustration aus. Andererseits stellte Horana zu ihrem eigenen Erstaunen fest, dass ihr Bemühen, den Anschein von Ordnung in dieses offenbar unausweichliche

Verfahren zu bringen, durchaus honoriert wurde. Es sollte ein Ergebnis geben. Ein Urteil. Natürlich eine Farce, wenn der Schuldspruch bereits feststand und die Exekutive die Realität beliebig manipulieren konnte. Warum der Sonnenherr an diesem Schauspiel festhielt, verstand sie nicht. Noch nicht.

Sie hatte aber eine Ahnung. Der Sonnenherr war zweifelsohne hin- und hergerissen zwischen seinem Drang nach Rache und dem Ansinnen, besser zu sein als die Angeklagten, sich von ihren Taten abzuheben, sich selbst zur Ordnung zu rufen. Dieses Prozedere war für ihn nicht nur eine Frage der Bestrafung, sondern auch der Selbstbeherrschung, und Horana bekam die Aufgabe, ihm dabei gewisse Grenzen aufzuzeigen. Der Sonnenherr verhielt sich auf gewisse Weise wie ein kleines Kind.

Eloquent war er aber. Und die Liste war lang genug. Hin und wieder, bei einer besonders detaillierten Schilderung eines auserlesen ekelhaften Verbrechens, sah Horana fragend in Richtung Snead, der sich in seiner Rolle ausgesprochen unwohl fühlte, weil er immer wieder durch sanftes Nicken bestätigen musste, dass die Anklage seiner Ansicht nach der Wahrheit entsprach.

Snead konnte sie da vertrauen. Er jagte dieses Phantom schon seit Jahren, und es war ihm immer wieder entwischt. Er musste einen einigermaßen guten Überblick haben, und bei keiner der Aufzählungen des Anklägers wirkte er sonderlich überrascht. Es gab Momente, bei denen er interessiert die Augenbrauen hob, da offenbar ein Detail genannt wurde, das ihm gar nicht bewusst gewesen war. Alles in allem aber hatte der Vortrag des namenlosen Staatsanwaltes ganz offensichtlich Hand und Fuß. Die sechs Gracens – alle oder einzeln zusammen – verdienten die Höchststrafe. Das war ihnen selbst zweifelsohne auch bewusst.

Es war ihnen aber zudem egal. Sie hörten sich die Vorträge mit steinerner Miene an, hin und wieder huschte ein Hauch von Verachtung über ihre Züge. Aber Schuldbewusstsein? Reue? Irgendeine Form emotionaler Betroffenheit? Am ehesten noch Stolz, wenn es um ein besonders geschicktes Verbrechen ging, Stolz auf die gute Leistung, die vollbrachte Tat.

Aber keine Reue. Und Schuld? Was war schon Schuld?

Die Frage war wichtig. Horana kannte die Gesetze des Konkordats. Was schuldig machte, war dort ausführlich niedergelegt. Sicher, es gab den Ermessensspielraum des Gerichts, den gab es immer, vor allem bei der Festlegung der Schwere einer Verantwortlichkeit. Ansonsten ließ das Gesetz bei der Mehrzahl von Straftaten keinen großen Zweifel. Horana aber hatte hier kein Gesetz. Dies war das Reich des Sonnenherrn, eine von ihm ausgesuchte, möglicherweise eine von ihm erschaffene Realität, wer konnte das schon so genau wissen? Seine Gesetze galten hier. Die kannte Horana jedoch nicht. Die kannte möglicherweise nicht einmal er selbst. Was stand im Gesetzbuch der An'Sa, seiner Erbauer? Horana konnte so viel spekulieren, wie sie wollte, es sah nicht so aus, als würde sie bald eine zufriedenstellende Antwort bekommen.

Und der Prozess machte gute Fortschritte. Es war bemerkenswert. Der Sonnenherr hatte eine Realität gewählt, in der sie weder Müdigkeit noch Hunger oder Durst empfand und kein großes Bedürfnis nach Pausen verspürte, wenngleich sie nach einer besonders intensiven Schilderung schon psychisch erschöpft war. Es konnte wohl endlos so weitergehen, eine mit jeder weiteren vergangenen Stunde zunehmend erschreckende Aussicht. Horana brannten die Ohren bei dieser unaufhörlichen Abfolge von Gräueltaten, für die es manchmal kaum noch passende Adjektive zur richtigen Beschreibung gab. Gracen war kein Mensch, zumindest nicht in moralischer oder ethischer Hinsicht, er hatte losgelöst von jeglicher humaner Konvention gehandelt, jedes Gesetz ignoriert, das ihm nicht passte, und sein bemerkenswertes intellektuelles Potenzial genutzt, um Reichtum anzuhäufen, Macht zu erlangen und seine Forschungen zu betreiben, die ebenfalls alle wenigstens fragwürdig, meistens absolut illegal waren.

Sie war froh, als der Staatsanwalt seine Akten zuklappte – er trug ständig einen Aktenordner mit sich herum, aus dem er vorzulesen schien, obgleich er unmöglich alle vorgetragenen Informationen enthalten konnte. Ein Aktenordner als Metapher. Der Sonnenherr legte auch in der Art seiner Präsentation Wert auf Details, immerhin.

Doch er war fertig. Er hatte alles gesagt.

Er sah Horana erwartungsvoll an.

Sie sah Snead erwartungsvoll an.

Der wusste nicht, wohin er schauen sollte, fand sich nun aber in der Situation, sechs Alternativen des gleichen Schwerverbrechers verteidigen zu müssen, und sein Unwohlsein war mit Händen zu greifen. Er erhob sich, stieß ein Räuspern aus, betrachtete nun die sechs Angeklagten, die den Blick irgendwie indigniert erwiderten, als würden sie Snead als Verteidiger für unter ihrer Würde halten. Das war möglicherweise auch so. Aber die Gracens waren hochintelligent. Sie wussten, dass jede Verteidigung unnötig war, überflüssig, und waren sich hier auf gewisse Weise mit der

Anklage einig, denn das Urteil stand schon fest und würde vollstreckt werden, egal was Horana zu sagen hatte.

Aber war es so?

Horana LaPaz, die sich an der Idee von Recht und Gerechtigkeit gleichermaßen festklammerte, nährte im Stillen die Hoffnung, dass der Sonnenherr dieses Szenario nicht für sie geöffnet hatte, um nur sein Bedürfnis nach Rache zu befriedigen. Das hätte er wahrlich einfacher haben können.

»Der ... die Angeklagten«, erklärte Snead nun mit einer gewissen Selbstüberwindung. »... hatten eine schwere Kindheit.«

Das Problem an diesem Klischee war: Snead hatte damit absolut recht.

Horana war jederzeit bereit, das zu akzeptieren. Gracen hatte eine schwere Kindheit. Lyma Apostol ebenfalls, und zwar eine sehr vergleichbare. Beide hatten Traumatisierungen erlitten, und beide hatten erleben müssen, wie sie Instrumente, Objekte gewesen waren, behandelt wie Dinge, an denen man handelte, die aber selber nicht handeln durften. Danach aber hatten sie sehr unterschiedliche Wege gewählt. Und während Lyma Apostol kein Genie war – niemand würde das behaupten, sicher auch nicht sie selbst –, so hatte sie ihre beachtlichen intellektuellen Fähigkeiten anders genutzt als Gracen. Besser, wollte man sagen. War es auch bei ihr motiviert durch Rache, durch den Drang nach Wiedergutmachung, nach Ausgleich? Das konnte gut sein. Jeder Mensch ritt seinen eigenen Dämon. Aber sie hatte sich anders entschieden als Gracen, und Horana war keinen Moment bereit zu glauben, dass der geniale Wissenschaftler keine Wahl gehabt hätte. Er hatte jede Wahl gehabt. Er war zu intelligent und selbstreflektiert, um sich hinter Ausreden zu verstecken.

Dass Snead seine Verteidigung mit dieser Ausrede begann, zeigte seine eigene Hilflosigkeit. Denn etwas Besseres würde ihm nun nicht mehr einfallen.

Er sprach dennoch, denn er war Polizist, und er nahm eine Pflicht ernst, die ihm auferlegt wurde, und das galt auch für eine unangenehme.

Also sprach er. Von der schweren Kindheit, natürlich. Von der Problematik, ein Genie zu sein, und das vor allem als Ergebnis der Experimente, die damals mit ihm angestellt worden waren. Von der Frage, ob nach seiner Befreiung die Zeichen richtig erkannt worden waren, ob die Behörden, die ihn in Pflegefamilien gesteckt hatten, rechtzeitig oder überhaupt angemessen gehandelt hatten. Snead wusste viel davon, kannte die Erkenntnisse all der Profiler, die sich intensiv mit dem Verbrecher befasst hatten. Alle sechs Gracens lauschten den Schilderungen mit einem verhaltenen Interesse, vielleicht selbst ein wenig überrascht über den Detailreichtum in Sneads Ausführungen. Jedenfalls äußerten sie keinen Widerspruch und unterbrachen nicht.

Daraufhin sprach Snead über einige der Verbrechen, die den Gracens zur Last gelegt wurden, und bezweifelte die Beweisbarkeit. Er ging natürlich nur von jenen aus, bei denen er selbst wusste, dass in seiner Realität Taten zwar dem Mann zugeordnet wurden, es zur absoluten Gewissheit allerdings ein Stück fehlte. Der Staatsanwalt tat immer so, als würde er bei jedem bezweifelten Aspekt in seinen Akten wühlen, aber Horana war sich sicher, dass er jedes Kaninchen aus dem Hut zaubern konnte, das er zu zaubern für nötig hielt. Auch er erhob keine Einwände und ließ Snead reden. Er hielt sich an die Regeln.

Schließlich, nachdem Snead überall dort Zweifel gesät hatte, wo er das konnte, wies er noch auf das Schicksal der sechs Inkarnationen Gracens hin, ihr Exil in den Blasen, ihr Scheitern und ihr Warten. Er schien den Eindruck erwecken zu wollen, damit sei bereits ein Teil einer Strafe abgegolten und man sollte dies beim Urteil mit in Erwägung ziehen. Offensichtlich griff Snead nach jedem Strohhalm, um überhaupt etwas zur Verteidigung seiner »Mandanten« sagen zu können, und Horana ließ sich ihre Bedenken nicht anmerken.

Irgendwann hielt Snead erschöpft inne. Auch bei ihm war die Ermattung nicht körperlich, sie war Ausdruck des Eingeständnisses, selbst bei Einsatz aller Fantasie nichts mehr zur Verteidigung der sechs aussagen zu können. Horana zollte ihm Respekt. Es gab sicher ein alternatives Paralleluniversum, in dem Snead ein ordentlicher Strafverteidiger war, denn er verfügte über einige Talente, die für einen Anwalt wichtig waren. Unter anderem, aus einer Mücke einen Elefanten zu machen und Blödsinn in eine ermüdende, andauernde und erschlagende rhetorische Dauerschleife zu kleiden.

Nicht schlecht, dachte sie. *Gar nicht schlecht.*

»Danke, Herr Verteidiger«, sagte sie mit echter Anerkennung in der Stimme. Sie wandte sich an den Staatsanwalt. Dann zögerte Horana. Sie wusste, dass sie die Büchse der Pandora öffnen würde, wenn sie jetzt darauf bestand, in die Beweisaufnahme einzutreten. Es würde ewig dauern und zu keinem anderen Ergebnis führen als dem, das bereits feststand. Also war es wohl sinnvoll, die Sache abzukürzen. Schließlich, und das sagte sie nicht laut, stand die umfassende Schuld der sechs Angeklagten absolut nicht unter Zweifel.

Aber ein Ritual musste sie noch absolvieren. Sie drehte den Kopf in Richtung der Angeklagten.

»Möchten die Gracens selbst noch einen Punkt anführen oder sich anderweitig äußern?«, fragte sie die sechs daraufhin. »Ich will Ihnen gerne die Möglichkeit geben, dies zu tun.« Und ehe sie den erwarteten Einwand erheben konnten, fügte sie hinzu: »Ich weiß, dass dies hier ein Schauspiel ist. Aber nehmen Sie es mir nicht übel, wenn ich auf bestimmten Prinzipien beharre. Nennen Sie mich altmodisch, verbohrt oder auch verzweifelt. Nennen Sie mich naiv. Aber so bin ich nun einmal.«

Die Gracens sahen sich an, möglicherweise vielsagend, Horana hatte sich allerdings nicht lange genug mit ihnen beschäftigt, um das beurteilen zu können. Sie erkannte jedoch Unterschiede zwischen den sechsen, die sicher aus einem nicht ganz identischen Erfahrungshintergrund rührten. Sosehr sich ihre Lebensgeschichten auch ähnelten, sie kamen aus alternativen Universen, und das musste irgendeine Auswirkung haben.

Es war der rechts ganz am Rand Sitzende, für Horana der Sechste, der schließlich das Wort ergriff. Er wandte sich nicht an Horana, von der er wusste, dass sie nur eine Rolle spielte. Er wandte sich direkt an den Ankläger und damit letztlich an den Sonnenherrn.

Er stellte sich in Positur. Sechs wollte Theatralik, wie viele Gracens offenbar einen Hang dazu hatten, und obgleich sie alle wussten, dass die nun kommenden Worte nicht einmal irgendwo aufgezeichnet werden würden, außer in der Erinnerung der Prozessbeteiligten, die all das hier möglicherweise überlebten, hatte der Sechste sich offensichtlich vorgenommen, die Gelegenheit nicht ungenutzt verstreichen zu lassen.

»Es ist keine Verteidigung, die ich Ihnen hier präsentiere. Ich versuche keineswegs, den Repressalien der Gesellschaft, die ich angegriffen habe, noch der Realität, in die ich entführt wurde, zu entkommen. Außerdem erkenne ich nur ein Tribunal an, nämlich das meines eigenen Gewissens und Rechtsbewusstseins – das Urteil eines anderen ist für mich bedeutungslos. Ich möchte Ihnen nur eine Erklärung meiner Taten geben und Ihnen sagen, wie ich dazu gebracht wurde, sie auszuführen. Ich bin nur seit kurzer Zeit ein Anarchist in meinem Sinne, aber sicher auch in dem der Behörden, die mich verfolgen. Erst in der Mitte meiner Zwanziger trat ich in die metaphorische Bewegung jener ein, die die Regeln der Gesellschaft nicht nur missachten, sondern gänzlich und mit Macht ablehnen. Bis dahin lebte ich in Kreisen, die völlig von der meiner Realität gegenwärtigen Moral durchdrungen waren. Ich war es gewohnt, die Prinzipien von Recht und Gesetz, von Autorität und Konkordat zu respektieren und sogar zu lieben, soweit ich zur Liebe in der Lage bin. Für Lehrer in der gegenwärtigen Generation zu oft vergessen ist eine Sache: Es ist dieses Leben mit seinen Kämpfen und Niederlagen, seinen Ungerechtigkeiten und Unwägbarkeiten, die sich indiskret aufrichten, um die Augen der Unwissenden für die Wirklichkeit zu öffnen. Das ist mir passiert, wie es jedem passiert, der die Augen offen hält. Mir wurde gesagt, dass das Leben einfach sei, dass es für diejenigen offen sei, die intelligent und energisch seien, doch die Erfahrung zeigte mir, dass nur die Zynischen und Unterwürfigen gute Plätze beim Bankett bekommen konnten – oder jene, die Zynismus und Machtgier so erhöhen, dass sie alle Regeln zu sprengen bereit sind.

Mir wurde gesagt, dass die sozialen Institutionen des Konkordats auf Gerechtigkeit und Gleichheit gegründet sind, doch ich habe überall um mich herum nichts als Lügen und Betrügereien beobachtet. Jeden Tag habe ich eine weitere Illusion verloren. Überall, wo ich hinging, wurde ich Zeuge des gleichen Elends unter einigen und der gleichen Freuden unter anderen. Ich verstand zu langsam, dass die großen Worte, die mir beigebracht worden waren – Ehre, Wahrhaftigkeit, Gemeinschaft –, nur die Maske waren, die die schändlichsten Niederlagen verbarg.

Die Autoritäten des Konkordats, die aus den Mühen der Bürger, denen nie richtig bewusst wurde, was ihnen alles fehlte, ein kolossales geistiges und materielles Vermögen schöpften, waren wie ehrliche Gentlemen. Der Abgeordnete und der Minister, deren Hände immer für Bestechung geistiger und materieller Natur geöffnet sind, taten so, als seien sie dem öffentlichen Gut verpflichtet. Der Polizist, der den Randwelten und ihren Leiden indifferent und feindselig gegenüberstand, hatte seine Pflicht getan, und der Präsident des Rates gratulierte ihm offen! Alles, was ich sah, empörte mich, und meine Intelligenz wurde von der Kritik derjenigen angezogen, die dies genauso erkannten wie ich. Solche Kritik wurde zu oft geäußert, als dass ich sie wiederholen könnte. Es genügt zu sagen, dass ich der Feind einer Gesellschaft wurde, die ich für kriminell halte – und damit zu einem Kriminellen für diese Gesellschaft.

Zuerst zu Gleichgesinnten hingezogen, trennte ich mich von der Gemeinschaft mit anderen Menschen. Ich habe zu viel Liebe zur Freiheit, zu viel Respekt für individuelle Initiative, zu viel Abneigung für jedwede Organisation, um eine Nummer in der von anderer Autorität durchdrungenen Armee zu werden. Außerdem wurde mir klar, dass viele jener im Wesentlichen nichts an der bestehenden Ordnung änderten. Sie halten das Prinzip der Autorität aufrecht, und was auch immer diese Mafiabosse und Gangchefs sagen mögen, dieses Prinzip ist nichts anderes als das veraltete Überleben des Glaubens an eine überlegene Macht.

Wissenschaftliche Studien machten mich allmählich auf das Spiel der Naturkräfte im Universum aufmerksam. Ich erkannte, dass die moderne Wissenschaft die Hypothese von jeglicher Autorität verwirft, von der sie keine Notwendigkeit hat. In gleicher Weise sollte religiöse und autoritäre Moral, die auf falschen Annahmen beruht, verschwinden. Was also, fragte ich mich, war die neue Moral im Einklang mit den Naturgesetzen, die die alte Welt erneuern und mein höchst individuelles Glück gebären könnte?

Die Moral war ich.

Joaqim Gracen, und nur ich allein.

Die Idee – sobald ich sie angenommen hatte – fand in meinem Kopf einen Boden, der vollständig durch Beobachtung und persönliche Reflexion vorbereitet wurde, um dort Wurzeln zu schlagen. Es gab nur dem, was bereits da war, Genauigkeit, Befreiung aus vormals vager und schwankender Form. Ich wurde endlich ich selbst.

Ich brachte so einen tiefen Hass mit in den Kampf, der jeden Tag durch das Schauspiel dieser Gesellschaft erneuert wurde, wo alles auf betrügerischer Basis beruht, alles zweideutig ist, alles hässlich ist, wo alles ein Hindernis war für den Ausdruck wahrer, natürlicher menschlicher Leidenschaften, für die großzügigen Impulse des genialen Herzens, für den freien Gedankenflug.

Und so wurde ich, wer ich bin. So vollbrachte ich meine Tat gegen den Sonnenherrn, denn es ging am Ende nur um das eine Ziel, für das jede Tat sich lohnt und worauf diese gerechterweise gerichtet sein muss: um mich. Mich allein.«

Gracen hielt inne. Horana wusste, was jetzt kam.

»Und ich bereue nichts!«

Damit setzte der Sechste sich, und seine fünf Brüder nickten ihm zufrieden zu. Snead schaute ihn an, absolut nicht überrascht, und zuckte mit den Schultern. Er hatte das Seine getan, und der Sechste hatte das Kartenhaus mit einem Handstreich umstürzen lassen. So sollte es denn sein.

Dennoch, Horana war beeindruckt. Eine schöne Verteidigungsrede, eine wunderbare Rechtfertigung dafür, Dinge zu zerstören oder zu stehlen und Menschen zu töten. Wenn diese Worte tatsächlich Gracens Motivation beschrieben – und vieles davon hatte sehr ehrlich geklungen –, dann lebte der Mann, oder vielmehr alle sechs, in einer fest geschlossenen Welt des permanenten Selbstbetrugs, aus der ihn niemand würde holen können. Wenn selbst die Ereignisse paralleler Realitäten bei ihm nicht zum Umdenken geführt hatten, was sollte es dann jemals tun?

Und er gab alles zu. Er leugnete *nichts*. Ein Geständnis. Anders waren seine Worte nicht zu interpretieren. Dennoch, sechs Gracens bedeutete in der Tat sechs Angeklagte, und eben noch hatte Horana ihnen Individualität zugestanden. Das musste sie erneut tun.

»Möchte einer der anderen die Worte des Angeklagten kommentieren, abändern, ergänzen oder eine ganz eigene Stellungnahme abgeben?«, fragte sie also in Richtung der Anklagebank.

Keiner erhob sich, keiner sagte etwas. Einer zuckte mit den Schultern, als wolle er sagen: »Ist eh egal.« Womit er wohl recht hatte.

Horana wusste, dass es jetzt an ihr lag. Es gab für solche verzwickten Situationen eine wunderbare Notlösung, und sie entsprach absolut den Regeln, nach denen sie zu arbeiten gewohnt war. Ob der Sonnenherr aber bereit war, eine weitere Verzögerung zu akzeptieren ... Nun, probieren konnte sie es.

»Das Gericht wird sich zur Beratung zurückziehen«, kündigte sie ein intensives Selbstgespräch an. »Das Urteil wird ...«

Ja, was wurde es? Wahrscheinlich nicht schriftlich zugestellt.

Der Staatsanwalt, bisher ein Musterbeispiel an realitätendurchdringender Geduld, erhob sich.

»Es wird keine Beratung geben. Das Verfahren ist beendet«, sagte er sehr entschieden.

»Es ist beendet, wenn das Urteil gefallen ist«, belehrte ihn Horana, die keine Lust hatte, vor ihm die Furcht zu zeigen, die plötzlich in ihr nagte. Was hinderte den Sonnenherrn daran, jede Störung der von ihm vorgesehenen Ordnung entsprechend zu ahnden – auch ihr gegenüber?

»Es gab ein Geständnis.«

»Es war eine Rechtfertigung«, widersprach Horana sich selbst. »Es war kein Urteil. Ohne Urteil keine Vollstreckung.«

Der Ankläger verzog das Gesicht. »Diese Realität gefällt mir nicht.«

»Im Gegensatz zu Ihnen«, sagte Snead laut, »können wir uns die Realität nicht aussuchen, die uns am besten gefällt. Wir haben unsere und die, in die uns Mächtigere werfen. Also bleibt uns nichts anderes, als nach den Regeln zu leben, die wir gewohnt sind und als richtig anerkennen.«

Der Staatsanwalt zeigte auf die sechs Gracens. »Sie halten sich an keine Regeln.«

»Doch, an ihre eigenen. Und da wir diese für falsch halten, bedürfen sie der Bestrafung. Nach Regeln, vorzugsweise denen der Gemeinschaft, der sie Schaden zugefügt haben«, sagte Horana.

»Mir wurde Schaden zugefügt!«, rief der Staatsanwalt. »Großer, mehrfacher Schaden, Schmerz, Fesseln, eine Verwirrung des Denkens.«

»Dann ist es wohl besser, dass jene für die Bestrafung sorgen, die nicht verwirrt und voller Schmerzen sind«, erwiderte Horana und legte viel Verständnis in ihre Stimme. »Und wenn wir nach meinen Regeln vorgehen, das will ich gleich sagen, wird es keine Todesstrafe für diese Männer geben. Es widerspricht diesen Regeln nämlich.«

Der Ankläger sah sie verständnislos an. »Keine Todesstrafe? Sie belohnen? Sie befreien? Niemals würde ich so ein Urteil tolerieren.« Er sah die Männer an. »Eine Strafe hingegen, die lange, ja endlos dauert ...«

»Nicht endlos«, warfen Horana und Snead gleichzeitig ein. »Das wäre Folter. Wir foltern nicht, Sonnenherr«, fügte die frischgebackene Richterin hinzu. »Strafe? Ja. Schutz der Unschuldigen? Ja. Ein wenig Rache? Wenn es denn sein muss. Aber Folter? Nein!«

»Ich wurde gefoltert! Eine endlose, multiuniversale Folter! Ich wurde gefoltert!«, schrie der Ankläger, dem jede Würde abhandengekommen war, der rohe Emotion ausstrahlte, Schmerz und Wut in einer Intensität, die auch die Gracens nicht unbeeindruckt ließ. Sie wichen leicht zurück, und einer, ja, einer bestimmt, wurde etwas blass um die Nase.

»Sie ist doch vorbei, oder? Wir reparieren alles, oder?«, fragte Horana, mehr in Richtung Snead, der es aber natürlich auch nicht wusste. Wer konnte schon ahnen, was derzeit »woanders« passierte? Sie wussten nicht einmal, wo woanders war. Oder wann. Oder ob überhaupt. Horana fasste sich an den Kopf. Das alles drohte einen zu überwältigen, wenn man zu intensiv darüber nachdachte.

»Wie lautet das Urteil?«, zischte der Staatsanwalt.

»Wie ich schon sagte, wird das Gericht sich nun zur Beratung ...«

»Wie ... lautet ... das ... Urteil?«, wiederholte der Staatsanwalt und nein, er würde eine weitere Phase intensiver Kontemplation nicht billigen. Horana bekam es ein wenig mit der Angst zu tun. Der Sonnenherr war kurz davor, die Regeln neu zu interpretieren. Er wurde unberechenbar. Das war bei richtig mächtigen Personen meist eine richtig schlechte Idee.

»Haft«, sagte Horana das Erste, was ihr in den Sinn kam. »Zwanzig Jahre ohne Aussicht auf Bewährung.« Das war die Höchststrafe für eine Inhaftierung im Konkordat, und sie wurde kaum angewendet. Die meisten Delinquenten stimmten lieber einer psychischen Reprogrammierung zu, deren persönlichkeitsverändernde Konsequenzen meist leichter zu ertragen waren als zwanzig Jahre in einer Zelle, vor allem deswegen, weil sie im Grunde nur dazu führte, dass man furchtbar nett wurde.

Das konnte man den Gracens natürlich auch vorschlagen. Unabhängig davon, ob sie darauf eingehen würden oder nicht – Horana bezweifelte es im Stillen –, der Sonnenherr würde sie nicht so leicht davonkommen lassen. Was auch immer in dieser seltsamen Maschine vor sich ging, Vergebung hatte damit nichts zu tun.

»Haft«, echote der Staatsanwalt. »Zwanzig Jahre?«

»Berechnet auf Basis der Konkordats-Standardzeit«, sagte Horana hilfreich, aber vor allem, weil sie nicht mehr wusste, was sie sonst noch sagen sollte.

»Ich weiß, was ein Jahr ist«, erwiderte der Mann mit einem gefährlich ruhigen Tonfall. »Ich weiß auch, was zwanzig Jahre sind. Sie sind vor allem eines.« Er sah die sechs Gracens an, die wieder die Ruhe selbst waren. »Viel zu wenig!«, vollendete er seinen Gedankengang.

»Nach Recht und Gesetz …«, begann Horana.

»Nein!«, sagte der Sonnenherr. »Nein, es ist genug jetzt. Ich beende das.«

Er ging an Horana vorbei, stellte sich vor die sechs Gracens. »Sterben werdet ihr«, stellte er fest. »Aber langsam. Zwanzig Jahre lang. Und ihr werdet es merken. Zwanzig Jahre lang. Es wird wehtun, ein Siechtum, dem ihr zuschauen dürft, für das es aber keine Heilung gibt.« Er sah Horana triumphierend an. »Das nennt man einen Kompromiss, oder?«

»Ich denke, das genügt jetzt«, erklärte der Sechste und sah seine fünf Brüder an, die unisono zustimmend nickten. »Es sollte auch an der Zeit sein, wenn ich das richtig einschätze.«

Snead schaute verwirrt drein. Er blickte zur Richterin, der es nicht besser ging. Die sechs Angeklagten wirkten nun völlig entspannt, ja, beinahe von Vorfreude erfüllt. Etwas war nicht so, wie sie sich das vorstellte – oder der Sonnenherr. Der Ankläger wirkte selbst mit einem Male irritiert, schaute sich um, als erwarte er, dass ihm jemand erkläre, was gerade passierte.

Horana spürte, wie eine dunkle Vorahnung in ihr aufstieg. Sie wollte etwas sagen, doch ihr kam kein Wort über die Lippen.

Dann öffnete sich die Tür. Die Leichen auf den Sitzen im Zuschauerraum drehten langsam den Kopf, einem der Opfer fiel er ab, da die Bewegung zu viel für die verwesenden Sehnen und Knorpel war. Es gab ein dumpfes Geräusch, als er den Boden berührte.

Zum Glück rollte er nicht weiter.

Ein Gracen trat ein, der ganz anders aussah als die sechs hier. Er sah überhaupt nicht aus wie ein Gracen, gefangen in einer Blase, rekonfiguriert und renaturiert, Abbild des Originals. Dieser Gracen sah genauso aus wie Erkensteen, der Ingenieur der *Licht*, und eigentlich, da war Horana dabei gewesen, sehr tot.

Doch er bewegte sich leichtfüßig die Reihe der stumm glotzenden Leichen entlang, kam auf die Richterbank zu, verbeugte sich lächelnd und drehte sich in Richtung der sechs.

»Ich denke, wir sind in der Tat so weit«, sagte er gelassen. »Das Siegel ist offen, alle möglichen Dinge passieren, und ich hatte Zeit, meine Vorbereitungen zu treffen, wie vereinbart. Wir müssen jetzt gemeinsam den letzten Widerstand überwinden, und dann können wir die Kontrolle endgültig übernehmen. Der Sonnenherr ist immer noch sehr verwirrt. Ah, und die Richterin auch. Und Snead. Erst mal danke. Tolle Verteidigung!«

Snead starrte Erkensteen an.

»Meine Rede hat es gerissen«, behauptete der Sechste. »Wo ist der Siebte?«

»Das ist etwas, was ich nicht weiß«, gab Erkensteen zu, und für einen Moment schlich ein Hauch von Sorge über sein Gesicht. Horana ahnte: Was auch immer hier geschah, was auch immer geplant worden war, es lief nicht alles hundertprozentig perfekt ab. Das gab ihr ein wenig Hoffnung. Die notwendig war, denn ganz offensichtlich hatten die Gracens die ganze Zeit ihr eigenes Spiel gespielt.

»Warum leben Sie?«, fragte sie.

»Ich starb nie.«

»Wie bitte?«

Erkensteen verzog das Gesicht. »Stimmt natürlich nicht. Es gibt endlos viele Realitäten, in denen ich übelst gestorben bin. Ganz finster. Richtig mit Schmerzen und Blut und Gedärm, die ganze Show. Tatsächlich wissen Sie das: Sie waren kurzzeitig in einem solchen anwesend. Als wir schon sehr nahe am Sonnenherrn waren. Als wir das Siegel öffneten. Als der Sonnenherr begann, mit Realitäten zu spielen und uns alle in diesen einzufangen. Da haben wir bereits den Schalter umgelegt.«

»Da begannen wir, das Spiel mitzuspielen, da hatten wir wieder Zugriff auf die Systeme, mit denen wir bisher immer den Sprung in ein neues Paralleluniversum erzwangen«, sagte der Sechste lächelnd. Er sah Horana gar nicht so triumphierend an. Ein wenig mitleidig sogar. Sie hasste das.

»Das war mein erster Sprung in ein anderes Universum? Er wurde ausgelöst, als Sie starben?«, vergewisserte sie sich.

»Ja, Sie sahen sich das Schauspiel an. Ich schoss auf den Siebten, und als Sie die Blase betraten, war alles wieder beim Alten. Der dumme Narr.«

»Das war ernst? Das war nicht abgesprochen, dass er Ihnen nicht half?«, wollte Horana erstaunt wissen. Erkensteen verzog das Gesicht, sie hatte damit ein unangenehmes Thema berührt.

»Ich weiß nicht, was mit ihm los ist. Aber egal. Wir, meine Brüder und ich, sind uns genug. Wir schaffen es auch ohne ihn. Durch meinen Tod wurde ich aus der Gleichung gezogen und konnte Vorbereitungen treffen. Danke dafür, dass Sie meinen Brüdern die Zeit vertrieben haben.« Er drehte sich zum Ersten Offizier der *Scythe* und lachte laut auf. »Und Snead. Schauen Sie sich sein Gesicht an. Er hatte wirklich gehofft, ich wäre tot, oder?«

»Was ist mit Rivera und Toliver?«, hakte der Erste Offizier ungerührt nach. »Was ist mit den toten Besatzungsmitgliedern der *Scythe*?«

»Ah. Die.« Erkensteen zuckte mit den Schultern. »Die starben in allen mir bekannten Variationen, auch in unserem Ursprungsuniversum. In das wir alle niemals zurückkehren werden, befürchte ich. Wir werden jetzt die Maschine übernehmen, und dann werden wir uns acht Realitäten aussuchen, in denen wir ganz mächtig ... mächtig sein werden.«

»Gut gesagt, Bruder«, meinte der Sechste. »Aber es fehlt noch der Siebte. Er verhält sich nicht ganz entsprechend unserer Erwartungen. Wo steckt er?«

Erkensteen sah wieder etwas besorgt drein. »Ich weiß es nicht genau. Der Sonnenherr verbirgt ihn vor mir. Ihn und Apostol. Das ist unangenehm, letztlich aber bedeutungslos. Er kann auf sich selbst aufpassen. Wir müssen jetzt weitermachen. Elissi arbeitet zusammen mit der Maschinenfrau am Sonnenherrn. Dort findet die letzte Auseinandersetzung statt.«

Er sah die Männer auf der Anklagebank an. »Ihr müsst mitkommen. Ich brauche eure Hilfe.«

»Halt!«, sagte Horana. »Das bedeutet doch, dass Sie schon lange mit Ihren anderen Inkarnationen in Verbindung stehen – viel länger, als wir geahnt haben, um all das zu planen.«

»Kluges Mädchen. Ich habe mit dem Siebten und meinen Brüdern hier kommuniziert, sobald es möglich war. Ist in all dem Trubel gar nicht aufgefallen.« Erkensteen lächelte sehr selbstgefällig. »Wissen Sie, wir sind alle Genies. Da muss man sich nicht grämen, wenn man hinters Licht geführt wird. Es ist beinahe unausweichlich. He!« Er hob eine Hand. »Hinters *Licht.* Ein Wortspiel!«

»Nein!«, schrie der Staatsanwalt. Er hatte einen hochroten Kopf, ballte die Hände zu Fäusten, die Adern an seinem Hals traten ihm hervor – er strengte sich mit irgendwas an. Sehr sogar. Aber es führte zu nichts. Erkensteen und seine Brüder betrachteten ihn ungerührt.

»Das wird nichts. Wir sind jetzt bereit, Sonnenherr. Und in Kürze bist du unser williger Diener. Freu dich darauf. Acht Universen, in denen wir herrschen. Jeder für sich, transuniversal. Ein gigantisches Reich, das größte, das die Geschichte des Kosmos jemals gesehen hat. Selbst Gott muss darauf aufmerksam werden. Ich bin gespannt, was er dazu zu sagen hat.«

»Sie sind völlig irre, Gracen!«, stieß Snead hervor.

Erkensteen sah ihn an. »Ja. Das ist gut möglich.« Er hob eine Hand, schnippte. Snead schrie kurz auf, dann wurde er wie ein Nebel fortgeweht, aufgelöst, ohne eine Spur zu hinterlassen.

»Welcher Snead ... in welchem ...?«, begann Horana schockiert.

»Weiß nicht. Mal gucken. Ist egal. Den sehen Sie nicht wieder. Niemanden. Wenn wir fertig sind, gibt es keine *Scythe* mehr, dafür werden wir sorgen. Kleine persönliche Genugtuung, Sie verstehen das sicher«, sagte Erkensteen.

»Er war Ihr Verteidiger!«

»Und er hat seine Pflicht erfüllt. Jetzt ruht er in Frieden oder was man auch immer macht, wenn die eigene Existenz massiv unwahrscheinlich geworden ist.« Erkensteen kicherte. Es war ihm anzusehen, dass er sich richtig gut amüsierte.

»Was geschieht mit mir?«, fragte Horana. Sie straffte sich.

»Erst einmal nichts. Ich habe größten Respekt vor dem Gericht«, erwiderte Erkensteen und grinste noch einmal, ehe er sich, zusammen mit seinen Brüdern, auflöste. Nicht so wie Snead, davon war auszugehen. Der Sechste winkte ihr sogar zu.

Dann war sie mit dem Avatar des Sonnenherrn allein. Sie schaute ihn auffordernd an. Er starrte erschüttert zu Boden. Jede Kraft war aus ihm gewichen.

»Das hat nicht funktioniert«, konnte sie noch sagen.

Sie sah auf. Die Leichen starrten sie an.

Sie waren nicht erfreut, das war ihnen anzusehen.

38

Das mittlerweile gut fünf Meter große kleine Mädchen weinte plötzlich, schluchzte auf und produzierte dicke Tränen, die diesem die Wangen herunterkullerten. Sehr dicke Tränen, die Jordan mit großem Misstrauen beobachtete, denn ihm war nicht nach einer Dusche, und er wusste nicht, ob die Flüssigkeit tatsächlich aus dem bestand, was er erwartete, oder vielleicht eher ätzende Säure war, die ihn zerfressen würde. Konnte alles sein. Obgleich dieses Universum im Moment vergleichsweise stabil und vorhersehbar zu sein schien, wirkte die Anwesenheit eines Riesenkindes immer noch sehr verstörend auf ihn, und er fühlte sich arg hilflos.

Leider konnte er nicht auf die Hilfe seiner weiblichen Begleitung bauen. Elissi war in sich und in die Realitäten der Maschine versunken, irgendwie, auf eine für ihn nicht mehr nachvollziehbare Weise. Und Tizia war sogar durch ein Kabel mit dem Sonnenherrn verbunden, stand regungslos da, wie eine abgeschaltete mechanische Puppe. Wahrscheinlich beschrieb es das gar nicht schlecht.

Und dann war da er, ratlos, etwas fehl am Platze, und das Riesenmädchen, wahrscheinlich eine Metapher für den Sonnenherrn, eine sehr emotional aufgewühlte Metapher, dem es nicht so gut ging und das des Trostes bedurfte. Umarmen war keine Option. Absolut keine.

Jordan hatte es nicht so mit Kindern. Sie waren unberechenbar. Wenn sie gleichzeitig auch noch Paralleluniversen manipulieren konnten, war das Risiko noch größer.

»Er hat mich betrogen«, hauchte die Riesin auf Jordan hinab.

»Was ... wer?«, brachte dieser hervor, immerhin in der Annahme, dass jede Konversation erst einmal verhindern würde, dass das Mädchen ihn einfach hochhob und als Lutscher verwendete.

»Der Feind. So oft. Er betrog euch, er verbarg sich, ich sah ihn nicht, er kam heraus, er befreite sich, und jetzt sind sie alle auf dem Weg hierher.«

»Wirres Zeug!«, murmelte Jordan. »Ich verstehe kein Wort.«

»Nein«, sagte die Riesin nachdenklich und wischte sich mit einer linkischen Bewegung Feuchtigkeit von der Wange. »Einer fehlt ja. Er folgte dem Ruf nicht. Er ist noch bei der Mutter.«

»Mutter? Die Skendi sind hier?«

»Die Skendi nicht, nein. Die andere Mutter.«

»Ich verstehe nicht.«

»Ich auch nicht.«

Das Mädchen starrte für einen Moment ins Leere, mit einem nunmehr etwas verwunderten Gesichtsausdruck, doch nicht mehr so emotional aufgewühlt wie eben noch.

»Da, sie kommen!«

Jordan sah sich unwillkürlich um, aber da war niemand. »Wer kommt?«

»Die Brüder.«

»Du meinst die Gracens?«, vergewisserte sich Jordan. Wieso kamen sie? Es hatte sich doch nur einer der Missionen angeschlossen. Offenbar hatte er schon so einiges nicht mehr mitbekommen, seit er hier durch die Universen stolperte. »Was kann ich tun?«

Das Mädchen sah ihn aus großen Augen an. »Du?«

»Ja. Vielleicht kann ich etwas tun. Tizia und Elissi helfen dir auf … ihre Weise, die ich nicht verstehe.«

»Sie erneuern die Quantenmechanik meiner Wahrscheinlichkeitsrezeptoren und rekalibrieren …«

»Genau, wie ich sagte: Ich verstehe es nicht. Ich bin entweder dumm oder ungebildet oder einfach nur nicht kompatibel. Ich steh hier rum und gucke dir beim Heulen zu. Das ist sehr unproduktiv. Gib mir eine Chance, dir zu helfen.«

Das Mädchen wirkte jetzt sehr nachdenklich, lächelte aber erfreut. Wie angenehm berührt, das Gesicht wurde ganz weich. So sah es viel hübscher aus als vorher, fand Jordan. Nur die fünf Meter waren wirklich irritierend.

»Du willst das tun?«

»Sag mir, wie!«

»Du musst mein Ritter sein. Mein strahlender Ritter.«

Jordan wusste nicht, aus welchem Universum diese Idee kam, in seinem jedoch war diese Rolle mit großer Mühsal und Gefahr verbunden, aber auch, das musste man einräumen, mit einer angemessenen Belohnung. Solange es nicht die Variante mit dem tragischen Ende wurde … er holte tief Luft. Es war so schwer, mit jemandem zu reden, der erkennbar durcheinander war, und das leider auf eine ganz andere Weise als seine Elissi.

Die nie nach einem strahlenden Ritter fragte. Vielleicht war das sein Problem.

»Ich helfe, wo ich kann!«, bestätigte er ein zweites Mal.

»Es ist nicht ohne Gefahr. Um dafür zu sorgen, dass es ernst ist, muss es ernst sein.«

»Dieser Satz ergibt wenig Sinn.«

Das Mädchen runzelte die Stirn. »Wenn du sie aufhalten willst, dann muss ich die Regeln festsetzen und sie überraschen. Das ist nicht einfach. Aber es bedeutet, wenn sie sterben, sterben sie auch, und dein Leben ist eventuell in großer Gefahr. Wenn es ernst ist, ist es ernst. Verstehst du mich, Jordan?«

»Du kennst meinen Namen?«

»Den kenne ich in vielen parallelen Realitäten. In einigen sind wir gute Freunde. In zwei haben wir Sex.« Das Mädchen kratzte sich am Kopf. »Was ist Sex?«

Jordan wollte nicht, dass das Gespräch hier aus dem Ruder lief. »Dann mach. Mach jetzt. Ich halte sie auf. Tu mir nur einen Gefallen, diesen einen.«

»Welchen?«

»Was immer passiert, beschütze Elissi.«

Das Mädchen sah ihn an, nickte langsam. »Das ist Sex?«

»Nein, eben nicht. Aber das hat sie auch nie richtig verstanden. Du versprichst es mir?«

»Ich gebe dir mein Ehrenwort.«

»Dann hau rein.«

»Nein. Das beste Szenario dürfte sein, wenn du das tust.«

Und das verursachte Jordan jetzt ein sehr mulmiges Gefühl. Er wollte noch etwas sagen, aber dann erschien vor seinen Augen das zerfaserte, verschwommene Etwas, das er nur als Tor zu interpretieren in der Lage war, und er fühlte sich davon gleichermaßen angezogen wie abgestoßen. Ihr Ehrenwort. Das war die Sache hoffentlich wert.

39

»Also doch Bedauern?«

»Nein, nein. Wie kommen Sie nur darauf?«

»Ich weiß nicht. Es könnte an der Situation liegen.«

Es war feucht, kalt und dunkel, und Elissi stand vor ihnen, in eine hautenge, tiefschwarze Uniform gekleidet, die ihre schmalen, aber erkennbar weiblichen Formen betonte, in Schnitt und Umgebung jedoch eher eine bedrohliche Aura verströmte. Die junge Frau starrte auf Gracen, der angekettet an der Felsmauer hing, halb stehend, halb sitzend, eine auf Dauer nicht nur anstrengende, sondern auch schmerzhafte Stellung.

Der Gracen war nicht erfreut. Elissi offenbar auch nicht, denn sie stand nur so da, mit vor der Brust verschränkten Armen und einem sehr intensiven, sehr bösen Blick, den Apostol niemals zuvor bei ihr gesehen hatte. Anklage, Wut, Unverständnis und diese Aura von Bedrohung und Macht. Alles war voller Symbolismen. Die Uniform repräsentierte

Dominanz und Gewalt, die Umgebung repräsentierte Erniedrigung und Verzweiflung, ein finsterer Kerker wie aus einem dieser schlechten Filme. Und Apostol selbst? Sie trug ebenfalls eine Uniform, nicht die gleiche wie Elissi, aber dafür einen langen Elektrostock in der Hand, der erwartungsvoll, ja, begierig zu summen schien. Eine klassische Folterszene, in der die Uniformierten, Herrin und Schergin, normalerweise die Bösen waren. Gracen war sich dieser absolut nicht sanften Ironie natürlich bewusst und auch dessen, wer für diese Situation Verantwortung zeichnete. Eine wandelnde Metapher des Sonnenherrn aber war nicht zu erblicken.

Oder? War Elissi tatsächlich Elissi oder nur eine Kopie, angefüllt mit der endlosen Wut einer Maschine, die auf ein Opfer aus war? Diese Hypothese gefiel Apostol so viel besser als die Aussicht, hier gar dem wahren Ich ihrer eigenen Tochter gegenüberzustehen.

Sie waren zu dritt, das Klima war nicht gut für die Lungen, und Elissi schien fest entschlossen, womit sie weiter war als Apostol, die noch versuchte, Klarheit über das zu gewinnen, was hier von ihr erwartet wurde. Die Rolle, die ihre Tochter … ihre Tochter! Die Erkenntnis, vielleicht tatsächlich ihrer Tochter gegenüberzustehen, schlug ihr ins Gesicht, und sie suchte in den Augen Elissis einen Hinweis darauf, dass sie es auch wusste. Doch da war überhaupt kein Quäntchen Aufmerksamkeit für Apostol, die intensive, wütende Konzentration Elissis war allein auf den angeketteten Sieben fokussiert.

Aber sie hatte ihn fragen müssen. Auch Apostol wollte wissen, ob solche Situationen etwas in Gracen auslösten. Offenbar war das nicht der Fall – oder der Mann hatte sich einfach wunderbar unter Kontrolle. Im Moment jedenfalls. Dieser Gracen war nicht so wie der »ihre«. Er war nicht im Gleichgewicht, so viel konnte die Polizistin sagen.

»Was für eine schöne Szene!«, sagte Gracen nun und zog an seinen Ketten. »Ein Familientreffen. Das war sicher überfällig. Schau nur, meine Liebe, wie unsere Tochter gewachsen ist. Ein strammes Mädel. Wir können sehr stolz sein.«

Da war kein Stolz in seiner Stimme, keine Zuneigung, nicht einmal echtes Interesse. Gracen war und blieb, bei aller scheinbaren Wandlungsfähigkeit, das Arschloch, das er tief in seinem Herzen war. An Apostol war die ätzende Rhetorik verschwendet, sie perlte an ihr ab, doch wie war es mit der Frau in der schwarzen Uniform?

»Wir sollten sie nicht provozieren«, sagte Apostol.

Gracen schüttelte den Kopf. »Sie muss es hören. Sie muss sich damit auseinandersetzen«, gab er zurück. Er zog an seinen Ketten. »Ich muss es ja offenbar auch.«

»Ich habe es gehört«, sagte Elissi leise. »Als ich mich in die Muster des Sonnenherrn versenkte, habe ich es gehört. Ich habe dich für mich behalten, Siebter. Du bist so gut wie jeder andere. Einer muss genügen. Die anderen …«

Gracens Selbstgefälligkeit bekam für einen winzigen Moment einen Knacks. Die glatte Oberfläche seines Gesichts zuckte, und Apostol meinte den Anflug echter Besorgnis zu erkennen. Es war natürlich genauso gut möglich, dass er nur weiter sein zynisches Spielchen trieb. Sie musste aufpassen, ihm niemals auf den Leim zu gehen.

»Du bist in wenig dankbarer Stimmung«, stellte der Siebte fest. »Elissi – ich bin dein Vater!«

»Das ist eine Aussage, die schon andere eher in Trauer und Verzweiflung versetzt hat, als Freude auszulösen«, erklärte diese ungerührt. »Mein Körper wurde auf der Basis Ihrer DNA produziert. Ein besseres Wort fällt mir gerade nicht ein. Ich bin ein maschinelles Produkt.«

»Das ist hart formuliert. Du bist durchaus eine Frucht meiner Liebe«, sagte Gracen. »Nur dass dieses Gefühl nicht allzu lange vorhielt und ich dich dann loswerden wollte. Du musst mir zugutehalten: Ich habe dich nicht einfach beseitigt, sondern sichergestellt, dass du versorgt warst.«

»Das ist korrekt«, sagte Elissi. »In diesem einen Punkt bin ich bereit, meinem Vater ein absolutes Mindestmaß an Anstand zuzugestehen.«

Gracen nickte selbstzufrieden. Apostol schaute genauer hin. Da war wieder dieser winzige Bruch, dieses unmerkliche Zögern, kaum erkennbar durch die gut einstudierte Maske. »Das ist schön. Schön aus dem Munde meiner geliebten Tochter. Prächtig, was aus dir geworden ist, in allen Universen. Technisch gesehen bin übrigens nicht ich dein Vater, sondern der Achte.«

»Ihr seid alle gleich!«, hörte Apostol. Da waren sie sich wohl einig, Mutter und Tochter.

»Erklären Sie mir eines, *Vater*!«, verlangte Elissi kalt.

»Aber immer doch. Ein Vater sollte seiner Tochter immer Anleitung und Orientierung geben – auch bei den Fragen des Lebens.« Er zwinkerte ihr ölig zu, und Apostol wurde beinahe schlecht vor dem plötzlichen Ekel, der in ihr aufwallte. Gleichzeitig empfand sie einen spontanen Beschützerinstinkt für Elissi, doch diese machte absolut nicht den Eindruck, des Schutzes zu bedürfen. »Um was geht es? Lass mich raten – Blumen und Bienchen?« Er drehte theatralisch den Kopf in Richtung Apostol. »Ich bin da ja für die traditionelle Aufgabenverteilung. Lyma, könntest du unserer

Tochter die Sache mit den Männlein und Weiblein nahebringen?«

Apostol sagte nichts. Sie schaute auf Elissi, die einen Schritt nach vorne machte, die Hände zu Fäusten geballt, ein Abbild nur noch schwer unterdrückten Zorns. Niemals hatte sie die junge Frau so aufgewühlt gesehen, und wahrscheinlich galt das auch für Jordan. Dass ihr Freund nicht zugegen war, konnte sich noch als fatal erweisen.

Erneut stieg in Apostol der Zweifel auf. War dies ein Avatar ihrer Tochter oder einer des Sonnenherrn?

Für Gracen wurde es möglicherweise eng. Das war verschmerzbar. Aber wenn diese zornige junge Frau Elissi war und sich ihrem Zorn hingab und etwas Unwiderrufliches tat ... dann fügte sie sich selbst einen Schmerz zu, ohne es jetzt zu erahnen. Apostol wusste, wie das war. Zu dem Thema konnte sie Elissi einen Rat geben. Aber würde sie zuhören?

Das stand derzeit zu bezweifeln.

»Wieso haben Sie mich *so* gemacht?«, fragte Elissi.

Gracen sah sie verständnislos an. »Was meinst du, mein Täubchen? Du siehst doch ganz süß aus. Ich höre, du hast einen festen Freund. Läuft doch.«

»So. So. *So!*« Dreimal schlug sich Elissi mit der geballten Hand seitlich gegen den Kopf. »So!« Und ein viertes Mal. Es war deutlich zu hören. Es musste ihr wehtun, doch sie verzog keine Miene. Tränen der Wut standen in ihren Augen, aber nicht des Schmerzes. Und darin lag Selbsthass. Apostol wollte auf Elissi zugehen, ihr irgendwie Trost spenden, aber dies war nicht die Zeit. Als Mutter fühlte sie sich sehr hilflos.

Und sie hatte Angst. Nicht um Gracen. Aber um ihre Tochter.

»Ich weiß wirklich nicht, was du meinst«, gab Gracen vor. Für Apostol stand klar vor Augen, worüber die wütende Frau redete.

Elissi machte noch einen Schritt auf den Siebten zu. »Ich verstehe die Welt sehr gut«, sagte sie leise. »Ich sehe Muster und Zahlen. Ich sehe jeden Winkel und kenne sofort seine Gradzahl, ich sehe Wärme und kenne die Temperatur, ich sehe Strahlung, und in meinem Kopf flimmert die richtige Einheit. Ich sehe den Wind und weiß exakt, wie stark er ist. Ich schaue auf einen Stern, und sein Spektrum entfaltet sich in meinem Kopf, in allen Details. Ich sehe auf einen Menschen und höre ihm zu – und verstehe nichts. Sie lachen über mich – oder mit mir? Ich weiß es nicht. Der Blick bedeutet Zuneigung oder Ablehnung? Ich weiß es nicht. Ein Zwinkern – Aufforderung zum Geschlechtsverkehr oder was im Auge? Eine Berührung am Arm – Zufall oder Absicht, Fürsorge oder Zuneigung oder nur ein Staubkorn, das dem anderen aufgefallen ist? Das Leben ist ein einziges Minenfeld für mich, und es gibt keine Möglichkeit, jemandem klarzumachen, was ich sehe, was ich fühle, was ich verstehe und was nicht. Warum haben Sie mich so gemacht? Warum bekam ich ein Leben voller Qual, Ablehnung, Unverständnis und Isolation geschenkt, warum muss ich mich so entsetzlich anstrengen, daraus zu entkommen, und warum sind selbst meine engsten Freunde, wie Jordan, oft nur noch hilflos, weil sie mich nicht verstehen und ich sie nicht? Warum haben Sie mich so gemacht?«

Gracen runzelte die Stirn. Er antwortete nicht sofort. Das war ungewöhnlich für ihn. Egal was er vorspielte, die Anklage hatte ihn nicht unbeteiligt gelassen. Er zwinkerte, als wolle er ein Staubkorn aus seinen Augen vertreiben, dann sagte er, plötzlich leiser, gar nicht mehr so provozierend: »Ich bin besonders. Meine Tochter sollte auch etwas Besonderes sein. Ich griff also ein. Damals stand ich am Anfang meiner Studien, und Gentechnik war eigentlich gar nicht mein Fachgebiet. Ich habe einfach mal ein bisschen rumprobiert.« Er zuckte mit den Schultern. »Ich habe es nicht so hinbekommen, wie ich es eigentlich wollte. Ist doch keine große Sache. Das Experiment ist nicht so ganz geglückt, aber du bist recht hübsch und hast was auf dem Kasten. Solches Gejammer hätte ich in deiner Pubertät erwartet, aber so ...«

»Pubertät«, stieß Elissi aus. Sie fügte keinen Kommentar hinzu, aber Apostol ahnte, dass es eine Hölle für sie gewesen sein musste. Es war eine Hölle für die Polizistin gewesen, und ihre Besonderheit hatte sich darauf begrenzt, als Experiment aufgewachsen und im ganzen Kopf verdrahtet worden zu sein. Unwillkürlich tastete sie sich ab. Sie fühlte die Buchse nicht. In dieser Realität hatte sie kein Loch im Schädel.

Zumindest kein physisches.

Ein Gedanke, der ihr nur kurz in den Kopf schlich, den sie aber festhielt, während sie Elissi und Gracen weiter beobachtete, bereit, sofort einzugreifen. Was auch immer sie dann tun sollte. Vielleicht sollte sie endlich Partei ergreifen.

Was war sie überhaupt für eine Mutter?

Ja, dachte Apostol. *Was für eine eigentlich?*

Elissi streckte die Arme aus, die sich exakt um Gracens Hals legten. Er sah sie ungerührt an, ohne jede Angst, mit einem sanften Lächeln, dieser Mischung aus Mitleid und Arroganz, die für ihn charakteristisch war. Oder vielleicht diesmal etwas mehr Mitleid als erwartet. Für einen Moment ertappte sich Apostol dabei, ihre Tochter anzufeuern, aber sie hatte sich im Griff. Tatsächlich musste sie jetzt auf ganz andere Weise eingreifen.

Sie stellte sich neben Elissi. Die junge Frau hatte angefangen zuzudrücken. Gracen röchelte ein wenig, blieb aber ruhig. Er würde sterben, ohne zu betteln, davon war Apostol überzeugt.

»Tu es nicht«, flüsterte Apostol.

Elissi starrte auf Gracen, die Lippen zitterten unmerklich. »Ich verstehe so vieles nicht, Mutter.«

»Ich weiß.«

»Ich verstehe auch deine Moralität nicht. Ich verstehe den Sinn von Recht und Gesetz nicht.«

Gracen rang sich ein Grinsen ab. »Ganz der Papa. Ich bin so stolz auf dich!«, krächzte er.

Elissi ignorierte ihn, sah jetzt ihre Mutter an, fast bittend. »Ich habe Regeln in der Gesellschaft nie verstanden, aber ich habe mich immer an sie gehalten.«

»Und ich habe sie immer fanatisch verteidigt, weil ich gesehen habe, was passieren kann, wenn es keine gibt«, erwiderte Apostol ruhig. »Aber darum geht es nicht. Dies ist der Sonnenherr, wir sind in irgendeinem alternativen Universum, in das er uns geschickt hat. Hier gelten seine Regeln, die dieser Existenzebene oder wessen auch immer. Ich vermute, der Auftraggeber dieser schicken Uniformen hat auch welche aufgestellt.«

»Ja«, sagte Elissi nur. Apostol wusste damit immer noch nicht, ob sie war, wer sie zu sein schien, aber immerhin: Sie hatte die Rolle des Sonnenherrn akzeptiert.

»Ich sage dir, dass du diesen Mann jetzt loslassen sollst, weil du dir selbst schadest, wenn du dies bis zum Ende führst.«

»Ich bin nicht wie du. Ich weiß nicht, was ein schlechtes Gewissen ist.«

Apostol lächelte. »Das redest du dir ein. Ich habe dich beobachtet. Mit Jordan. Wenn er für dich in die Bresche sprang, deine Worte für die Außenwelt interpretierte, eine unabsichtliche Beleidigung oder Respektlosigkeit wieder glattbügelte. Jedes Mal hattest du diesen Blick, diesen Gesichtsausdruck. Du kannst beides nicht richtig interpretieren? Ich kann es. Du verstehst deine Gefühle nicht, die dahinterstehen? Ich verstehe sie. Es war dir peinlich. Du warst berührt. Du hattest ein schlechtes Gewissen ob der Bürde, die du für ihn bist. Stimmt es nicht?«

Elissi nickte. »Es stimmt. Ich mag die Vorstellung nicht, aber sie ist zutreffend.« Sie blinzelte, fast in Zeitlupe, ein seltsamer Anblick. »Du hast das ... ich meine ...«

»Nein, ich sage jetzt nicht, dass ich es bemerkt habe, weil ich deine Mutter bin«, und für Apostol war dies das erste Mal, dass sie es laut aussprach, und dann auch noch ihr gegenüber, und es war ein seltsames Gefühl, warm und angenehm und gleichzeitig verbunden mit viel Angst, vor allem der, etwas falsch zu machen. Die Furcht hatte sie dauernd, aber meist in anderen Zusammenhängen. So war es neu.

»Ich sage es, weil ich als Polizistin gelernt habe, die Menschen zu beobachten und ihre Gefühle zu interpretieren, auch wenn ich diese nicht teile. Du hast das sicher auch gelernt, sonst hättest du es nicht so weit gebracht.«

»Später half mir Jordan«, wisperte Elissi.

»Ja, das macht er gut«, erwiderte Apostol ehrlich. »Und jetzt wird Folgendes passieren, Elissi, wenn wir nicht gemeinsam aufpassen: Du wirst diesen Gracen, der nicht einmal exakt derjenige ist, der dich ins Leben gebracht hat, umbringen. Für einen Moment wird es sein, als sei diese tiefe Wut in dir befriedigt und könnest du die Sache abschließen, aber für den Rest deines Lebens wirst du daran denken, dass du deinen Vater getötet hast. Er ist kein guter Vater. Er ist ein Verbrecher. Ich möchte, dass er den Rest seines Lebens im Knast schmort oder sich einer Reprogrammierung unterwirft. Oder beides. Ich will ihn einbuchten und den Rest meines Lebens nicht mehr an ihn denken müssen. Das kann ich aber nicht, wenn ich ihn töte oder wenn du ihn tötest, und ich glaube, dass es auch dir schwerfallen wird.«

»Jordan wird mir helfen.«

»Jordan wird dir helfen, ja. Aber wird das in diesem Fall genügen? Und wäre es nicht besser, wenn diese Hilfe gar nicht erst notwendig ist? Wenn wir die Sache auf eine andere Weise bereinigen können – indem wir alles hier reparieren, die Galaxis retten, nach Hause zurückkehren ...«

»Aber die Sphäre«, flüsterte Elissi. »Saim wurde versprochen, dass sie wieder auf Reisen gehen darf. Ich will mitfliegen.«

Apostol schwieg. Das hatte sie nicht gewusst. Sie wusste so vieles nicht über ihre Tochter, ihre Ambitionen und Träume. Sie musste schnell umschalten, um das Gespräch nicht abreißen zu lassen. Elissis Finger um Gracens Hals hatten sich bereits etwas entspannt, er röchelte auch nicht mehr, sondern lauschte dem Gespräch in gespannter Erwartung. Spöttisch. Und dann irgendwie hoffnungsvoll. Sehr aufmerksam auf jeden Fall.

»Du wirst die Wunder des Universums ...« Apostol fiel dieser Begriff wirklich schwer. Sie fand, nach sorgfältiger

Betrachtung, dass das Universum größtenteils Bullshit war.

»... nicht zu würdigen wissen, wenn du nachts nur daran denken musst, wie du ihn hier erwürgt hast – und diese gnadenvolle Hinrichtung die eigentlich notwendige Bestrafung sogar verhindert hat. Im Ernst, Elissi. Du wirst deines Lebens nicht mehr froh.«

»Ich bin meines Lebens nicht froh. Ich weiß nicht einmal, was das sein soll. Froh.«

Apostol spürte den Schmerz, und es war mehr als nur Mitleid, sie wusste, was ihre Tochter meinte, denn es hatte lange gedauert, bis sie selbst ein Konzept von dieser Emotion entwickelt hatte. So gesehen waren sie gar nicht unterschiedlich. Sie gingen nur auf verschiedene Weise damit um.

»Du wirst die Situation nicht durch einen Mord verbessern.«

»Es ist Gerechtigkeit.«

»Vielleicht. Aber vor allem ist es die gewaltsame Herbeiführung des Todes eines Menschen durch deine eigenen Hände. Du hast lange gebraucht, um herauszufinden, wer du bist, Elissi. Lass mich dich fragen: Bist du diese Person?«

»Ich trage eine schwarze Uniform und spüre, dass in diesem Universum, in dieser Realität diese Tat rechtmäßig wäre.«

Das war der Sonnenherr, den eines mit Elissi verband: Er hatte sein eigenes Konzept von Richtig und Falsch, das war deutlich erkennbar.

»Ja, das spüren wir beide. Was meinst du, warum der Sonnenherr uns hier hineingesteckt hat?«

»Ich tat das.«

»Bist du dir sicher, Elissi? Oder ließ er nur zu, dass du deinen Wunsch erfüllen kannst?«

Die junge Frau löste ihre Hände völlig vom Hals des Siebten, der dann doch befreit aufatmete. Sie betrachtete ihre Finger, immer noch leicht gebeugt, unmerklich zitternd. Sie war jetzt sehr nachdenklich. Das war sicher gut, meinte Apostol. Hoffte sie.

»Lass uns einen Schritt zurückgehen. Ich mag seine Nähe nicht«, sagte sie leise.

Elissi nickte und ließ sich zur Seite führen. Ihre Augen waren feucht. Warum ein Mensch wie sie weinte oder nicht, Apostol konnte es nicht einmal erfassen. Es musste oft genug die verzweifelte Unfähigkeit sein, sich selbst zu begreifen. Apostol konnte nicht anders, sie umarmte die schmalen Schultern ihrer Tochter, drückte sie sanft an sich. Es war ein schönes Gefühl, eines, das sie für einen Moment zu überwältigen drohte, ein völlig unbekanntes. Wenn nicht alles so wahnsinnig wäre, so durcheinander, so pervers verquer – beinahe musste sie Gracen für seine Tat dankbar sein. Ein entsetzlicher Gedanke, aber das war der Fluch der Kausalität.

»Ich töte ihn nicht«, hörte sie Elissi flüstern. »Ich töte ihn nicht.«

»Das macht mich stolz«, sagte Apostol als Antwort und strich ihrer Tochter in einer unbewussten Geste über die Haare. »Sehr stolz. Du bist nämlich nicht wie er. Du bist viel mehr wie ich.«

Elissi sah hoch, lächelte schwach. »Ist das gut?«

Apostol nickte. »Das ist verdammt gut, das versichere ich dir.«

Und gemeinsam standen sie da und ignorierten Gracen für eine Weile, ebenso den Sonnenherrn und auch ein wenig die Gerechtigkeit.

40

»Sir, ja, Sir!«

Sergeant Joseph MacKenzie hörte sich selbst das sagen, und es war ihm für einen Moment, seltsam genug, als würde die Stimme eines anderen sprechen, aber er war es wohl selbst, unverkennbar. Was blieb ihm anderes übrig, als zuzustimmen, die Situation war nicht ungewöhnlich, aber verzweifelt und vor allem aussichtslos. Für einen Marinesoldaten des XVI. Landeregiments demnach Alltag, doch diesmal hatte es ihn so richtig übel erwischt: seine Kompanie weitgehend ausgelöscht, die halbe Stadt in Schutt und Asche und die Truppen der Sieben Sterne im Anmarsch, nicht sehr beeindruckt von dem, was die Verteidiger ihnen entgegenwarfen.

Gerade hatte man ihm aus dem Orbit bedeutet, dass es keine Rettung von oben geben würde. Die meisten Landungsboote waren abgeschossen worden, die Kampfschiffe im Weltall in einen harten Kampf verwickelt, und, um ehrlich zu sein, er war nur einer, ein einziger Sergeant, und auf den musste man im Notfall eben auch verzichten können.

Also gab man ihm den Befehl durchzuhalten.

»Seien Sie der, wofür Sie geboren wurden!«, hatte ihm der Führungsoffizier im Orbit gesagt, ohne jede Leidenschaft in der Stimme, als würde er aus einem Handbuch vorlesen. Möglicherweise tat er das sogar. Aus dem Führungshandbuch. Da stand alles drin, für jede Gelegenheit.

»Sir, ja, Sir!«, hatte MacKenzie geantwortet, schneidig und ergeben, wie erwartet, niemand verlangte in einer solchen Situation echte Begeisterung, nicht einmal die Lamettaträger im Orbit, die eh selbst alle Hände voll damit zu tun hatten zu sterben. Natürlich war es ein völlig überflüssiger Befehl. Die genetische Programmierung eines Beta-III-Soldaten verlangte Durchhaltevermögen, und die Psychodrogen, die ihm sein Anzug regelmäßig zuführte, bestärkten sein Pflichtgefühl. Darüber hinaus gab es weitere Motivation: Hinter ihm, in den Trümmern ihrer Schule, waren Lehrer und Schüler verborgen, geflohen in den Keller, der sich als ausgesprochen stabil erwiesen hatte. Sie waren verängstigt, panisch und durchgefroren, denn es war Winter, und das machte die Sache für sie nicht besser. Darüber hinaus verließen sie sich auf ihn, und das machte die Sache für ihn nicht besser. Schutzbefohlene. Da kickte die Konditionierung auf volle Kraft, da war nicht mehr viel mit dem freien Willen. Der war für Bürger, nicht für Beta-Soldaten, das wusste MacKenzie auch, immerhin tat er schon gute zwanzig Jahre Dienst und wusste, wie der Hase lief.

Es war nicht so, dass er sich selbst als entbehrlich ansah. Aber er kannte seinen Platz, und in diesem Fall war dieser exakt zwischen den Kindern im Keller und den Truppen der Sieben Sterne, die ganz sicher die Absicht hatten, ihn im Vorbeigehen zu eliminieren.

Da hatte Sergeant MacKenzie aber eine Überraschung für sie. Seine Leute waren tot, das stimmte, aber gestorben waren sie durch den Psychoschock der Sterne-Empathen. Es war nicht damit gerechnet worden, dass auf dieser Welt einer zum Einsatz kam. Eine der zahlreichen Fehleinschätzungen der Geheimdienste. MacKenzie hatte seinen PSI-Schild immer an, egal wie die Befehle lauteten. Daher lebte er noch.

Das bedeutete aber auch, dass etwas anderes absolut einsatzbereit geblieben war, nämlich die schweren Kampfanzüge seiner Truppe, und da er lebte, konnte er diese auch steuern. Roboter, gefüllt mit Leichen. Kein Gedanke, der den Sergeanten erschreckte. Er hatte so was schon einmal gemacht, es war nicht schön, vor allem nicht, wenn ein toter Freund an einem vorbeimarschierte und für einen Moment sehr lebendig wirkte. Aber es war eine Ressource, und wenn es etwas gab, das ein Beta niemals verschwendete, dann waren das militärische Ressourcen.

Er gab seinen toten Kameraden Befehle, und sie gehorchten. Sie erhoben sich, ob sie nun lagen oder saßen, die Bewegungen etwas eckig vielleicht, nicht direkt ungelenk, aber eben mechanisch. Es fehlten die kleinen Manierismen, die Spielereien, die Tricks, zu denen Marinesoldaten neigten, wenn sie lange in ihren Anzügen steckten. Es waren die seelenlosen Abbilder jener Männer und Frauen, deren tote Leiber sie in sich herumtrugen. Natürlich hätte MacKenzie befehlen können, die Leichname zu entfernen, wozu die Anzüge selbstständig in der Lage gewesen wären.

Aber die Anzüge waren gute Särge, und das geringe Zusatzgewicht machte keinen Unterschied bei der Gefechtsbereitschaft. Außerdem brachte er es nicht übers Herz, sich die starren Gesichter der toten Freunde anzusehen. Da hatte er seinen weichen Fleck, wie jeder Beta, dieses kleine Stück Menschlichkeit, das jeder benötigte, der einen Dienstgrad von Bedeutung bekommen sollte. MacKenzie war manchmal dankbar für dieses Geschenk der Genetiker, manchmal hasste er es wie die Pest, und in diesem Moment war es irgendwie beides, bittersüß, wahrscheinlich verbunden mit Selbstmitleid. Nach zwanzig Jahren konnte ein Beta Selbstmitleid empfinden, da er wusste, was Leid war. »Emotionale Evolution« nannten die Psychomechaniker das, und sie betrachteten es mit einem gewissen Argwohn. Kein Anlass zum Misstrauen hier. MacKenzie hatte immer funktioniert, und er würde funktionieren bis zum Ende, das in nicht allzu ferner Zukunft bevorstand.

Immerhin, er bekam noch taktische Daten. Die Schiffe im Orbit operierten, es gab ein paar Satelliten. Die Invasion der Sieben Sterne war schnell gekommen, unangekündigt und überwältigend, und die Gegenangriffe der Landedivision waren halbherzig, stümperhaft geplant und marginal gewesen. Das Ende von MacKenzies Kompanie war nicht die einzige Katastrophe, die sich ergeben hatte, und es würde nicht die letzte bleiben, bis all die kleinen Katastrophen im Fluss der Zeit zu einem großen Kataklysmus zusammenliefen und vielleicht irgendwann einmal jemand merkte, dass die Sieben Sterne es ernst meinten und auch so handelten.

Sergeant MacKenzie würde nichts mehr davon haben. 20 Jahre Dienst fanden auf dieser fernen Kolonialwelt ein Ende, ein wehmütiger Gedanke, der Jordan für einen Moment …

Moment!

MacKenzie fasste sich an den Kopf, blinzelte kurz. Jordan? Niemand in seiner Kompanie hatte diesen Namen getragen. Er hatte nie jemanden dieses Namens gekannt. Und er selbst war gewiss kein Mann namens Jordan. Wieso war das plötzlich in seine Gedanken gekrochen? Er war sicher übermüdet, aber die Psychopharmaka seines Anzugs hielten seinen Verstand messerscharf und auf höchster Konzentration, und die Blutduschen seiner Rüstung reinigten seinen Körper permanent von allen Stoffen, allen Ablagerungen, jeder Müdigkeit, jeder …

Trotzdem. Er bildete sich das doch nicht ein.

»Die Anzüge sind in Position. Die Toten sind auf Wacht.«

Sein Anzug sagte diese Worte, es war die klassische Formel für diese Art von Situation, die im Verlauf diverser Kriege viel zu oft eingetreten war. MacKenzie vergewisserte sich, dass die Aussage der Wahrheit entsprach, dann wanderte er zurück zum halb verschütteten Kellereingang. Einer der Lehrer kam daraus hervorgekrochen, das Gesicht staubig, mit feinen, halb verheilten Kratzern und einem Gesichtsausdruck, der gezeichnet war von Müdigkeit und Verzweiflung. Dieser Mann hatte keinen Anzug, der ihm Drogen gab. Sein einziges Stück Hoffnung bestand aus Sergeant MacKenzie und seiner Armee von Leichen.

»Wird … sind Sie …«, begann der Mann stockend.

»Ich habe den Verteidigungsperimeter errichtet. Meine Kompanie wird ihn verteidigen, mit allen Mitteln, und in ihrem derzeitigen Zustand ist weder mit Erschöpfung noch Fahnenflucht zu rechnen.«

Der Mann sah ihn stirnrunzelnd. »Sie sind sehr hart.«

»Ich bin Beta-Soldat und Sergeant. Der Tod meiner Leute ist sehr bedauerlich. Ich erwarte, ihnen in Kürze zu folgen. Ich bin mir nicht sicher, ob es ein Leben nach dem Tode für solche wie mich gibt, aber ich werde es herausfinden und bin tatsächlich etwas neugierig.«

Der Lehrer war über diese Antwort nicht erfreut. »Das heißt ... wir werden auch sterben?«

»Davon gehe ich aus. Sie sollten die Kinder töten, ehe die Sieben Sterne da sind. Es dürfte gnädiger sein als das, was die mit ihnen tun.«

»Das kann ich nicht. Das kann niemand.«

»Sie würden sich wundern.«

»Geben Sie mir eine Waffe!«

MacKenzie machte eine einladende Handbewegung. Die Anzüge würden mit den eingebauten Waffen kämpfen, und viele der losen Handfeuerwaffen waren überflüssig. Die meisten lagen irgendwo herum.

»Nehmen Sie sich eine. Ich deaktiviere die persönlichen Identcodes, sodass Sie sie abfeuern können. Nehmen Sie welche für das Kollegium mit. Verteilen Sie sie. An die älteren Kinder vielleicht, die haben doch bestimmt schon damit gespielt.«

»Sie sind widerlich!«

»Ich werde kämpfen und Ihr Leben verteidigen und dabei sterben. Reicht das, um in Ihren Augen zu genügen, oder muss ich wirklich auch noch *nett* sein?«

Der Mann sagte nichts mehr, trat hinaus ins Freie, sammelte Waffen ein, und als er mit den Armen voller Pistolen zurückkam, ohne MacKenzie eines weiteren Blickes zu würdigen, deaktivierte dieser die Identcodes, wie angekündigt. Ein Piepsgewitter aus der Beute irritierte den Lehrer kurz, doch er fasste sich und ging weiter, den Niedergang hinab, um zu tun, was auch immer er für richtig hielt.

MacKenzie bedauerte für einen Moment, so gesprochen zu haben. Aber wenn er eines jetzt nicht gebrauchen konnte, dann war es eine unnötig tiefe emotionale Bindung zu seinen Schutzbefohlenen. Die normale Konditionierung musste genügen. Alles andere würde seine Fähigkeit, die richtigen Entscheidungen zu treffen, sehr negativ beeinflussen.

Er beschloss, den Perimeter noch einmal abzugehen und auf die aus dem Orbit eintreffenden Nachrichten zu hören. Es hatte sich nichts verbessert, ganz im Gegenteil. Der Feind kam von allen Seiten und in großer Überzahl. Genau so, wie es zu erwarten gewesen war. Es würde keine Wunder geben. Es gab nie welche. Nur in den schlechten Romanen, die der Sergeant manchmal las. Da kam immer jemand, in letzter Sekunde.

Er schaute auf die Uhr. Die würde bald anbrechen.

Alles war, wie es sein sollte. Seine Soldaten standen Wache, beobachteten aus toten Augen die Umgebung, Passagiere ihrer Anzüge. MacKenzie überprüfte seinen eigenen Munitionsvorrat, doch da war nichts auszusetzen, kein Bedarf, sich an dem der Leichen zu bedienen.

In der Ferne hörte er sie kommen. Nein, sein Anzug hörte sie, das rhythmische Stampfen der Anzüge, das Krachen und Knacken, wenn die Gleisketten der Panzerfahrzeuge über Gebäude fuhren und diese in Ruinen verwandelten. Er hörte und schätzte, dass es keine zehn Minuten dauern würde, ehe es zur letzten Schlacht kam, und er spürte absolut keine Angst, da dieses Gefühl von den sorgfältig dosierten Pharmaka nur in besonderen Fällen zugelassen wurde. Vor dem

Kampf nervös zu werden, das war nicht angebracht. Es ging nicht darum, dass er der Auseinandersetzung mit Euphorie entgegensah, es ging darum, dass er nicht panisch davonrannte. Er musste diese Stellung verteidigen, bis es Elissi und Tizia gelungen war ...

Wem?

Was?

MacKenzie fasste sich an den Kopf oder vielmehr an den Helm, den abzusetzen er für einen Moment versucht war. Aber das war eine langwierige Prozedur, und es war keine Zeit mehr dafür. So blieb seine hilflose, fragende Geste ein wenig albern. An wen hatte er gerade gedacht? Wer waren diese Personen? Hatten sie etwas mit dem Jordan zu tun, der ihm gerade erst durch den Kopf geschossen war?

Wurde er jetzt wirklich langsam verrückt?

Er zermarterte sich das Gehirn. Diese Namen sagten ihm nichts, gleichzeitig vermittelten sie ein seltsames Gefühl der Vertrautheit, als müsse er sie eigentlich kennen und irgendwas mit ihnen verbinden, offenbar sogar etwas Positives, wenn er seine Empfindungen richtig verstand. Doch die Namen entglitten ihm, je mehr er sie festhalten wollte.

Nicht ablenken lassen, ermahnte er sich. *Die Sieben Sterne sind im Anmarsch. Erfülle deine Pflicht, Soldat!*

Der Gedanke half. Er wischte jeden Zweifel beiseite. Sergeant MacKenzie wurde verrückt? Unwichtig. So sei es! Die letzten Stunden seines Lebens würde er schon noch ordentlich funktionieren, und danach war es doch sowieso egal.

MacKenzie suchte sich eine gute Verteidigungsposition. Sie würde es ihm erlauben, den Zugang zum Keller bis zum letzten Augenblick zu beschützen, und er würde es sich nicht nehmen lassen, nötigenfalls mit seinem Anzug den Niedergang zu verbarrikadieren. Eine Geste vielleicht nur, aber der Sergeant kannte seine Pflicht, und er hatte keine Probleme damit, ihr gerecht zu werden.

Noch zehn Minuten. Es wurde lauter, von allen Seiten.

Dann konnte es ja gleich losgehen.

41

Tizia merkte, wie verwirrt und gleichzeitig entschlossen der Sonnenherr war. Die Verbindung war nicht so intensiv wie ihre Folter in der Maschine des An'Sa-Wracks, aber intensiv genug, um einen guten Eindruck zu bekommen. So gut, dass sie sich schützen musste, denn im Gegensatz zu Elissis Genius war sie keinesfalls in der Lage, das technische Konzept hinter der Anlage voll zu begreifen – allein die Idee, verschiedene Paralleluniversen durchforschen, ja, sogar lokal begrenzt in diese reisen zu können, die Realität zu verändern und anzupassen, sprengte ihr Vorstellungsvermögen. Darum ging es auch nicht. Um Quantentheorie kümmerte sich Elissi, deren vage Präsenz durch den Sonnenherrn geisterte wie ein Schatten. Tizia wollte sichergehen, dass die zwölf An'Sa ihr halfen, den Sonnenherrn zu beruhigen, ihm die Chance zu geben, sich zu regenerieren, wieder ganz zu werden, zu heilen. Sie fühlte das zustimmende Gemurmel der zwölf im Hintergrund und wusste sofort, dass sie nicht zu viel Unterstützung von ihnen erwarten durfte. Das Gefühl ihrer Schwäche drängte sich ihr auf, sobald sie sich auf die An'Sa in der Maschine konzentrierte. Sie war auf einer medizinisch-psychologischen Mission und fühlte sich sofort von ihr überfordert.

Der Sonnenherr reagierte auf ihre Anwesenheit, indem er sie mit Realitäten bewarf, um sie abzulenken, um sie zu »parken«, um sie zu betrachten und ihre Absichten zu verstehen, und sie war erst einmal damit beschäftigt, in der Realität verankert zu bleiben, die ihr das Fundament ihrer Arbeit ermöglichte. Tizia war auf diesen Kampf ein wenig durch die An'Sa vorbereitet worden, und es half ihr, im Körper einer hochgezüchteten Androidin mit beachtlicher Rechenkraft zu stecken. Dadurch schaffte sie es, die Erinnerung an das Wrack beiseitezuschieben. Es war hier, im Sonnenherrn, und verbunden mit der Maschine, genauso kalt wie damals, und diese Kälte war für sie mit Angst und Schmerz verbunden. Sie durfte diese Anwandlungen nicht an sich rankommen lassen, denn sie führten dazu, dass der Sonnenherr ihr alternative Realitäten und Universen anbot, die allen Schmerz vergessen machten und ihr Ruhe, Frieden und Wohlbefinden versprachen.

Tizia belog sich nicht. Die Versuchung war real. Je länger sie sich durch das Gewirr der Denkprozesse des Sonnenherrn kämpfte, die ihr manchmal wie verfilzte und ineinander verwobene Wollknäuel erschienen, desto mehr kam sie an den Rand der Akzeptanz, der Bereitschaft, eines der verheißungsvollen Angebote anzunehmen und den Kampf einfach den anderen zu überlassen.

Elissi schaffte das schon.

»Merkst du das, Tizia?«, hörte sie sofort die Stimme der jungen Frau. »Sieben Gracens greifen an. Es ist irgendwas schiefgelaufen, aber Jordan hilft uns. Er hilft immer.«

»Ich merke gar nichts. Aber wenn du es sagst. Kommst du gut voran?«

»Ich streichle ihn.«

»Wie bitte?«

»Den Sonnenherrn. Ich streichle ihn. Er hat große Angst. Ah. Mami ist auch bald bei uns. Dann wird alles gut.«

»Mami?« Tizia entwickelte ernsthafte Besorgnis. Die gedanklichen Impulse Elissis kamen bei ihr in Form von Worten an, und sie bildete sich ein, dass diese ein wenig abwesend klangen, was in dieser Umgebung wohl zu erwarten war. Aber wurde Elissi hier drin langsam verrückt? Fing sie zu fantasieren an? Verlor sie sich in Wahnvorstellungen, überwältigt vom Zugang zu endlos vielen parallelen Universen?

»Ich wusste es«, flüsterte Elissi. »De-Sitter-Universen können nicht funktionieren. Ich sehe es jetzt ganz klar.«

»Was?« Tizia bekam es richtig mit der Angst zu tun. Elissi zu verlieren, würde ihr Ende bedeuten.

»Es ist doch ganz klar. Schau nur, Tizia. Die kosmische Konstante ...«

»Elissi!« Die Androidin versuchte es mit Strenge. Autorität zu verbreiten, war immer eine gute Strategie, wenn man sonst nicht weiterwusste und nicht verstand, worum es eigentlich ging.

Doch die junge Frau schwieg. Ihr Abbild innerhalb des Sonnenherrn flackerte.

»Sie greifen an«, sagte Tizia. »Richtig?«

»Sie sind stark, und sie verstehen den Sonnenherrn. Dadurch, dass wir gemeinsam zu ihm vorgedrungen sind, haben wir ihnen auch Zutritt gewährt. Es war unausweichlich. Und sie sind vorbereitet, daraus Kapital zu schlagen.«

»Sind wir das nicht auch?«

»Wir müssen schnell sein. Haben wir den Sonnenherrn wiederhergestellt und streiten wir an seiner Seite, können auch ein Dutzend Gracens nichts mehr gegen ihn ausrichten. Die An'Sa übernehmen wieder die Kontrolle. Auch sie stehen bereit. Sie warten auf unser Signal.«

»Auf deines.«

»Auf das des Sonnenherrn.«

»Der noch nicht davon überzeugt ist, dass wir seine Freunde sind.«

»Er wurde oft hinters Licht geführt. Wer will es ihm übel nehmen, dass er sehr misstrauisch ist und seinem eigenen Urteil nicht mehr traut?«

Der letzte Satz klang sehr wahr, und Tizia ahnte, dass er nicht allein auf die mächtige Anlage bezogen war, sondern auch ein wenig mit Elissi selbst zu tun hatte.

»Was kann ich tun, Elissi?«

»Jordan beschützt uns. Der Sonnenherr und ich haben eine geeignete Umgebung dafür gefunden. Wir reparieren, wir …«

»Streicheln.«

»Exakt.«

»Was soll ich tun?«

»Du musst die Wunden schließen. Folge mir. Erschrick nicht. Du wirst die Verletzungen sehen.«

Es war kein »Folgen«, es war ein Sog, dem Tizia mehr oder weniger willig nachgab, und als sich vor ihren Augen eine stilisierte Darstellung der Maschine entfaltete, wusste sie, dass Elissi es ihr einfach machen wollte. Ein klares, strukturiertes, aber auf verquere Weise ineinander verschlungenes Netz erfüllte ihren Geist, und es war schwierig für sie, den verschobenen Perspektiven mit einer rein dreidimensionalen Betrachtungsweise zu folgen. Aber sie spürte Elissi, quasi überall um sich, und was ihr Kopfschmerzen bereitete – wenngleich nur metaphorische –, war für die junge Frau, ihr spezielles Genie, eine Spielwiese und eine Aufgabe.

Ein Puzzle, wie sich herausstellte.

»Alles muss an seinen Platz«, hörte sie Elissis Worte. »Und jeder Platz muss da sein, wo er hingehört.«

Nein, sagte sich Tizia, sie musste nicht alles verstehen, nur wissen, was ihr Beitrag sein sollte. Sie merkte, dass sie in das Gitter greifen und Stränge und Verbindungen verschieben konnte, doch naturgemäß schreckte sie davor zurück. Würde sie nicht noch mehr Schaden anrichten? Was gehörte wohin? Sie hatte doch absolut keinen Schimmer!

»Du tust, was ich dir sage.« Elissi sprach mit großer Bestimmtheit.

»Wie soll ich wissen, dass du das Richtige anordnest?«, fragte Tizia.

»Gar nicht. Ich sehe. Du schiebst und ziehst.«

»Warum schiebst und ziehst du nicht?«

»Zu viel. Zu viel auf einmal. Sieh die Wunden.«

Ein Riss im Netz, tief, zackig, und blaue und grüne, metallisch wirkende Flüssigkeit tropfte heraus, wieder eine Metapher für etwas, das Tizia nicht verstand, aber zweifelsohne, was man unter einer Wunde verstand. Sie sah schmerzhaft aus.

»Geh. Verbinde. Blau zu Blau. Grün zu Grün. Gelb zu Gelb.«

Es war ein Singsang, wie ein Kinderlied, mit einer beschwingten, sorglosen Melodie.

»Blau zu Blau. Grün zu Grün. Gelb zu Gelb. Jetzt sachte. Streicheln, Tizia, immer nur streicheln.«

Das war leichter gesagt als getan, und wenn sich ihr ein Faden aus dem Netz entzog, ihren virtuellen Fingern entglitt, dann kehrte er nicht einfach in die alte Position zurück. Es war, als würden Teile dieses Netzes ein nahezu störrisches Eigenleben entwickeln.

»Wir häkeln ein Tuch. Ein schönes Tuch«, hörte sie Elissi. Tizia konnte nicht häkeln. Aber sie tat, was ihr befohlen wurde, und trotz aller kleinen Rückschläge war ein Heilungsprozess, ein Vorgang der Vervollständigung erkennbar. Real? Wirksam? Tizia wusste es nicht. Elissi schien zufrieden. Konnte ihr das genügen?

»Wie schön. Blau zu Blau. Wie schön«, murmelte Elissi irgendwo und wies Tizia an, dies zu tun, das zu lassen, hierhin zu schauen und dorthin, gab Anweisungen, die nicht missverständlich waren. Sie heilten die Wunde, das Netz schimmerte, und Tizia, obgleich sie nicht genau verstand, was sie da eigentlich tat, fühlte sich, als hätte sie etwas erreicht. Selbstbetrug oder Wunschdenken oder wirklicher Fortschritt – sie folgte einfach Elissi, die sie zur nächsten Wunde geleitete, tiefer, rissiger und irgendwie ... verschorft, als sei sie schon sehr lange da und als hätte sich nie jemand um sie gekümmert. Ansporn genug, die Anweisungen Elissis mit großem Eifer auszuführen.

Sie heilte Wunden. Sie konnte sich nicht orientieren in diesem Netz, aber die Hand Elissis – sinnbildlich gesprochen – schubste sie in die richtige Richtung, und ihre sanft geflüsterte Stimme gab ihr Anweisungen. Elissi tat darüber hinaus noch etwas anderes, was Tizia aus der Tatsache schloss, dass sie manchmal abwesend war, gerufen werden musste. Das waren Momente, in denen die Androidin sich hier sehr verlassen fühlte. Was passierte, wenn Elissi sie »verlor«, konnte sie sich kaum ausmalen. Sie steckte mittlerweile so tief in der Maschine, den Weg zurück fand sie möglicherweise nicht mehr.

»Kleine Fee!«

Kälte, Erschrecken, ein Schock, der sie gefrieren ließ, plötzliche Angst und vor allem eine Erinnerung, die sie eigentlich schon tief und sicher in sich vergraben wähnte. Doch zwei Worte hatten genügt, um sie hervorzuholen. Allein zwei Worte.

»Kleine Fee. Du bist hier. Wie schön. Komm, lass mich dir helfen!«

Es war keine Einbildung. Es wurde definitiv kälter. Es konnte hier doch gar kein körperliches Empfinden geben! Doch Tizias rationaler Erklärungsversuch, der Einsatz des Verstands gegen das, was nicht sein konnte, fruchtete wenig. Es gab ja auch real hier kein Netz, dennoch berührte und häkelte sie. Also warum nicht auch die Kälte und die Dunkelheit, die von außen auf sie einströmten, wie ein Rinnsal erst, aber dann mit unheilvoller Kraft, der sie sich nicht erwehren konnte.

»Elissi!«, rief sie in ihrer Not.

Keine Antwort. War sie überhaupt gehört worden?

»Kleine Fee – wen rufst du da? Du hast eine kleine Freundin? Eine kleine, kleine, kleine, kleine …«

Die Stimme verlor sich im aufwallenden Dunkel. Sie klang genauso derangiert und wirr wie jene, die sie in der Maschine des Wracks hatte ertragen müssen. Das war natürlich kein Zufall. Tizia war sich sicher: Jemand benutzte ihre Erinnerung gegen sie, und das war entweder der Sonnenherr selbst, der nicht verstand, dass sie hier war, um ihm zu helfen, oder es war … ein Gracen.

Tizia wappnete sich, obgleich sie sich lieber umdrehen, laut schreien und weglaufen wollte. Es war vor allem diese Macht ihrer Erinnerungen, die sie lähmte. *Vorbei ist vorbei*, hatte sie sich immer gesagt. *So etwas passiert nicht wieder. Du musst jetzt weitermachen, Tizia, damit alles gut wird. Vorbei ist vorbei.*

Und jetzt wurde ihr gezeigt, dass das eine große Lüge war.

»Kleine Fee. Hab keine Furcht. Du hilfst mir. Ich helfe dir.«

Sie ignorierte diese Worte, die Lüge waren und doch so wahr. Die Maschine des Wracks musste damals die Naniten Gracens in ihrem Blutkreislauf erkannt haben und hatte auf ihre verquere Art einen Deal mit ihrem Entführungsopfer gemacht, sie zu benutzen, zu verstümmeln und festzuhalten, um dann, wenn sie ihren Dienst getan hatte, dem Krüppel den freien Willen zurückzugeben.

Tizia hatte nun ihren freien Willen, dazu einen funktions- und empfindungsfähigen, nach menschlichen Maßstäben fast perfekten Körper und einen Weg, mit ihrem Trauma umzugehen. Und all das drohte man ihr nun wegzunehmen.

Nein! Mit diesem einen Wort wallte eine plötzliche Entschlossenheit in ihr auf. Nein, das würde sie diesmal nicht zulassen. Damals hatte es nicht einmal eine annähernde Gleichheit der Waffen gegeben. Jetzt aber … war sie nicht mehr die verschreckte, leidende, manipulierte Tizia. Jetzt war sie neu und anders und stärker, und vor allem hatte sie so richtig die Schnauze voll.

Also nahm sie den Kampf auf.

42

Horana erwachte und starrte auf die Innenseite eines Helmes. Sie brauchte diesmal wirklich einige Zeit, um sich zu orientieren, denn was sie durch die Scheibe sah, war eine Trümmerlandschaft, ohne Zweifel Zeugnis eines militärischen Konflikts, bedeckt mit Eis und Schneematsch, alles sehr ungemütlich – und sie fühlte sich sofort unsicher und ängstlich. Sie versuchte, ihren Körper zu bewegen, aber es fiel ihr schwer, denn sie steckte in einem festen Anzug, der sie fesselte und möglicherweise gleichzeitig beschützte. Einige Anzeigen flackerten über ein HUD, und sie stellte fest, dass der Anzug ein militärischer sein musste, mit Angaben zu Munitionsvorräten, die sie recht eindeutig identifizieren konnte.

Wo zum Teufel war sie jetzt wieder gelandet?

Ein Gerichtssaal wurde manchmal auch als Schlachtfeld bezeichnet, vor allem von Journalisten, die ihre Metaphern nicht im Griff hatten, aber Horana war immer froh darüber gewesen, dass die Unterschiede die Gemeinsamkeiten übertrafen.

»Verdammter Scheißdreck!«, machte sie sich Luft.

»Akustisches Kommando identifiziert. Bewertung revidiert. Übergabe der Kontrolle.«

Die mechanische Stimme erschreckte Horana nur kurz. Natürlich hatten Anzüge wie dieser eine KI-Kontrolle. Der Anzug verstand sie. Also, wie stellte man eine möglichst unverfängliche Frage? Horana wusste, wie man Fragen formulierte, und am besten, wie man sie in Aufforderungen kleidete.

»Bewertung der Situation!«, verlangte Horana. Sie hatte keine Ahnung, was der militärisch korrekte Ausdruck war. Aber wenn die KI »Verdammter Scheißdreck!« verstand, war das möglicherweise auch nicht so wichtig.

»Todesmeldung widerrufen. Lebenszeichen identifiziert. Willkommen zurück, Corporal Fukuda!«

Fukuda. Das war sie. Nein, war sie nicht. Hier aber schon. Außen am Anzug trug sie wahrscheinlich irgendwo ein Namensschild. Corporal. Also ein Kriegsszenario. Sie hasste so was. Sie mochte nicht einmal die 3D-Filme oder Virtualabenteuer, auf die viele so standen. Sie hatte es gerne friedlich. Was kam jetzt? Tentakelaliens? Räuberische Echsenwesen? Sie hätte dem Sonnenherrn etwas mehr Fantasie zugetraut als das, falls er sich diese Realität nicht ausgewählt, sondern nur ausgedacht hatte.

»Danke«, sagte sie. »Wie ist die, äh, Lage?«

Sie fühlte sich dermaßen fehl am Platze, ihr fielen nicht einmal die richtigen Worte ein. Aber der Anzug war sicher der Ansicht, dass eine Frau, die gerade von den Toten erwacht war, etwas Zeit benötigte, um wieder zu Sinnen zu kommen.

»Die Streitkräfte der Sieben Sterne sind auf dem Vormarsch. Blende taktische Situation ein. ETA in etwa zehn Minuten. Verteidigungsperimeter errichtet. Kompanie bedingt einsatzbereit. Zwei warme Körper aktiv.«

»Warme Körper?«

»Bestätige warme Körper. Yuriko Fukuda, Corporal. Joseph MacKenzie, Sergeant. Verbliebene Kompanie im Remote-Modus. Mögen sie in Frieden ruhen!«

Horana LaPaz war nicht völlig einfältig, sie ahnte unwillkürlich, was dieser »Remote-Modus« zu bedeuten hatte, vor allem, da sie gerade selbst im Leib einer Frau erwacht war, die, wenn sie das recht begriff, eigentlich kein ›warmer Körper‹ mehr sein sollte. Sie holte tief Luft und hustete, als müsse sie sich der Funktionsfähigkeit und Wärme ihres Behältnisses vergewissern. Außerdem musste sie pinkeln. Es fiel ihr schwer, aber es war wohl davon auszugehen, dass sie es hier im Anzug einfach laufen lassen konnte und sich ihre Bekleidung irgendwie darum kümmerte.

Sie wollte nicht fragen. Das wäre peinlich.

»Was … sind meine Befehle?«, erkundigte sie sich krächzend. Das bunte Bild der »taktischen Situation« sagte ihr wenig, es bestand aus allerlei stationären Punkten und Pfeilen, sich bewegenden Punkten und Pfeilen und zu vielen Farben, die alle sicher eine Bedeutung hatten.

»Stellung halten. Feind abwehren.«

»Ah, das ist …«

»Yuriko!« Das war die Stimme eines Mannes, und sie überlagerte die synthetischen Worte des Anzugs. Überrascht, erfreut, erleichtert. Horana wusste nicht, ob und wie sie dem Mann seine Freude nehmen würde, wenn sie ihm sagte, was wirklich vorging, also reagierte sie exakt so, wie sie sich fühlte: Verwirrt.

»Ähm ... ja. Sergeant?«

»Verdammt, was ist da passiert? Du bist bei mir als tot registriert.«

Allein das verursachte Horana eine leichte Übelkeit. Es war irreal. Es war ekelhaft.

»Ich lebe«, brachte sie mit Mühe hervor. Das war die Wahrheit, traf aber wahrscheinlich nur auf Horana LaPaz zu, nicht auf Yuriko Fukuda, die hoffentlich jetzt an einem besseren Ort war.

»Das ist gut, das ist sehr gut. Du hast die rechte Flanke. Ich gebe dir Kontrolle über unsere toten Kameraden.«

Eine Ankündigung, die Horana alarmierte. Wie sollte sie ... sie konnte doch gar nicht! Sie hatte doch keine Ahnung!

»Ich bin ... Sergeant ... es geht mir nicht so gut ...«

»Ich bekomme hier beste medizinische Werte von dir rein. Alles tipptopp. Du bist nicht verletzt, oder?«

»Es ist ... eher psychisch, glaube ich.«

»Aktiviere das Drogendepot. Es wurde abgeschaltet, als du als tot registriert wurdest. Hol dir den richtigen Kick und übernimm die rechte Flanke. Die Sieben sind gleich da, und wir haben einen Haufen Schulkinder in einem Keller zu beschützen.«

Horana starrte auf die taktische Anzeige, die sie immer noch nicht begriff, sah aber keinen Grund anzunehmen, dass der Sergeant sich irrte.

»Das Drogendepot ist ... beschädigt«, log sie hilflos.

»Meine Daten sagen, dass dein Anzug völlig in Ordnung ist.«

»Dann ist auch was mit der Leitung. Ich habe keinen ... Zugriff. Mir geht es nicht gut.«

»Verdammte Scheiße! Gut, halte die Position. Ich bleibe auf Automatik.«

Ein flimmerndes Icon erlosch, offenbar die symbolische Darstellung der gerade beendeten Verbindung.

»Anzug, bitte zeig mir ein Bild von Sergeant MacKenzie.«

»Position und Umgebung?«

»Ein Bild seines Gesichts.«

Der Anzug mochte ihren Befehl als seltsam ansehen, aber wenn, so machte er keine Bemerkung. Das Gesicht eines Mannes in mittleren Jahren erschien vor ihren Augen, nicht unattraktiv, sehr ernsthaft, sehr entschlossen, ein wenig, wie man es sich von einem Rekrutierungsposter vorstellte. So etwas gab es in Spielen und VR-Welten noch, und Horana kannte das Prinzip. Er hätte sich ...

Also, wenn man ein wenig von der Schärfe aus dem Gesicht wegnahm ...

»Das ist doch Jordan«, flüsterte sie.

»Sergeant Joseph MacKenzie«, korrigierte der Anzug sie mit großer Geduld.

Horana fing die Worte des Zweifels ein, die sich ihr soeben entringen wollten, um nicht weiteren Verdacht auf sich zu lenken. Sie wollte nicht, dass der Anzug von selbst irgendwelche Drogendepots aktivierte und sie zu einer glücklichen, heldenhaften und von allen unnötigen Zweifeln befreiten Soldatin machte. Horana war nicht glücklich, sie war keine Heldin, und sie steckte voller Zweifel und Ängste.

»ETA fünf Minuten. Waffencheck. Alle Anzeigen positiv. Zielmarken gesetzt.«

Horana schaute auf ihre Rechte, in der eine große, langläufige Handfeuerwaffe lag, von der eine Art Zufuhrschlauch in ihren Anzug reichte. Daten flimmerten in ihrem Schirm. Ohne Zweifel eine Energiewaffe, gespeist durch einen hoch komprimierten Speicher, den sie auf dem Rücken trug. Ihr Blick wanderte nach links. Auch dort war sie bewaffnet. Aus ihrem Unterarm ragte eine dünne, tiefschwarze und sehr gefährlich aussehende ... Kettensäge.

»Das ist doch nicht euer Ernst«, murmelte sie gegen ihren Willen. In was für eine Art Krieg war sie hier geraten?

»Ziele! Ziele! Ziele!«

Hektische rote Kreuze erschienen in Horanas Helm, und sie versuchte, an ihnen vorbeizuschauen, um zu erkennen, was sich dort wirklich tat. Sie misstraute der Freund-Feind-Erkennung nicht unbedingt, aber wenn sie schon auf jemanden schießen sollte, dann wollte sie zumindest wissen, auf wen.

Sie wurde enttäuscht.

Die Feinde waren Anzüge, in etwa solche wie der, in dem sie steckte, zumindest nahm Horana das an – sie hatte sich noch nicht von außen gesehen, und keiner aus ihrer Kompanie war direkt in Sichtweite. Ungetüme, die sich federleicht und dynamisch bewegten, eine beinahe bewundernswerte technologische Leistung, wenn sie nicht allein dem Zweck dienen würde, möglichst effektiv zu töten und den Mörder dabei zu beschützen.

Ja, Horana war sich absolut darüber im Klaren, dass von einem juristischen Standpunkt gesehen »legitime Kombattanten« keinesfalls Mörder waren. Aber es hing immer vom Rechtssystem ab, und in Horanas Fall war sie ein Kind des Konkordats, das viele Schwächen und Fehler hatte, aber eines seit endloser Zeit nicht mehr getan hatte: irgendwelche Kriege zu führen.

Und wenn stimmte, was Jordan-MacKenzie gesagt hatte, und die angreifenden Anzüge darauf aus waren, auch zivile Überlebende zu töten, dann waren sie in jedem Fall Mörder. Oder sie war belogen worden. Im Krieg gab es eine Menge Propaganda. Das durfte man keinesfalls außer Acht lassen.

»Ziele! Ziele! Ziele!«

Der Anzug drängelte. Horana aber konnte die innere Hemmschwelle nicht überwinden. Warum sollte sie auf jemanden schießen, den sie nicht einmal …

Eine heftige Erschütterung. Steinsplitter flogen ihr um die Ohren, klackerten laut gegen die Helmscheibe, Staub erhob sich, Meldungen flackerten über ihr HUD.

Okay, dachte sie. *Jetzt feuern sie auf mich.*

Das war natürlich absolut inakzeptabel.

43

Lyma Apostol fragte sich, warum sie immer noch hier war. Elissi fragte sich das möglicherweise auch, je nachdem, wer sie eigentlich war, ob ein Abbild ihrer selbst oder nur ein nach ihr gestaltetes Sinnbild des Sonnenherrn. Sie wirkte unschlüssig und abwesend, ein starker Kontrast zur martialischen Uniform, die sie trug. Der Siebte hing in seinen Ketten, rüttelte probeweise daran, gab es aber schnell wieder auf.

»Ich bin eigentlich woanders beschäftigt«, murmelte Elissi und sah Lyma um Entschuldigung bittend an. »Ganz woanders. Ich kann mich nicht mehr auf diese Angelegenheit konzentrieren.« Sie erhob für den letzten Satz die Stimme, als sei der Adressat ganz woanders. Dann, leiser: »Du musst die Befragung beenden, Mutter.«

»Befragung? Welche Befragung?«

»Des Gefangenen«, sagte ihre Tochter und zeigte auf Gracen, der sie beide jetzt misstrauisch ansah. »Er soll bekennen oder abschwören, bereuen oder verteidigen. Aber er muss für seine Taten geradestehen, und nicht nur er, sondern sie alle.«

»Wie stellst du dir das vor?«

»Foltere ihn.«

Das konnten nicht die Worte ihrer Tochter sein.

Elissi zeigte auf die im Halbdunkel verborgene gegenüberliegende Wand. Sie wurde nun durch eine Lampe erhellt, das Licht enthüllte einen Tisch mit allerlei Werkzeugen darauf. Es bedurfte keiner außergewöhnlichen Fantasie, um zu wissen, dass dies ein Folterkeller war und diese Instrumente dazu dienten, auf möglichst wirkungsvolle Weise Schmerzen auszulösen. Allein bei dem Gedanken wurde Lyma heiß und kalt. So war sie nicht. Nicht einmal bei diesem Mann, der etwas Schmerz durchaus verdient hätte.

»Er soll sich bekennen?«, fragte sie noch einmal.

»Ob er zu den Sieben Sternen hält oder nicht. Ob er ein Verräter ist oder ein Held.«

Elissi sprach mechanisch, wie aufgesagt. Mit ihr hatte sich eine Wandlung vollzogen, sie wirkte mit einem Male seltsam unbeseelt, kalt, als sei sie gar nicht wirklich zugegen. Sie spulte ein Programm ab, ein Schauspiel, das auf einmal perfekt zu dieser Umgebung zu passen schien. Lyma konnte sich wahrlich nicht sicher sein, ob es sich überhaupt noch um ihre Tochter handelte und nicht etwa um ein Instrument des Sonnenherrn. Andererseits schienen sie das derzeit alle zu sein.

Sie sah Gracen an. Jeder auf seine Art natürlich.

»Was erwartest du von mir, Elissi? Und wer genau sind diese Sterne?«

»Auch für dich, Mutter, bin ich Exekutor Portinari!«

Die Strenge in ihrer Stimme klang falsch, aufgesetzt und aufgesagt. Apostol war sich nun sicher, dass die wahre Elissi, *ihre* Elissi – oh verdammt, sie dachte schon in Possessivpronomen, das war noch nie passiert! – sich hier nicht mehr aufhielt. Der Körper vor ihr konnte nicht mehr als ein Abbild sein, denn wie verwirrt, verletzt und möglicherweise verängstigt ihre Tochter auch sein mochte, sie war auf keinen Fall ein Arschloch.

An diesem Gedanken hielt sich Apostol fest. Elissi jedoch ... Exekutor Portinari vielmehr, das passte auch viel besser ... warf ihr einen strengen Blick zu, drehte sich um, verließ den Kerker und schlug die Tür mit Macht hinter sich zu. Der hohle Knall ging Apostol durch Mark und Bein, er hatte etwas sehr Endgültiges. Gracen zuckte sogar zusammen. Ob er Angst hatte, dass Apostol hier, an einem Ort, an dem niemals jemand sie zur Rechenschaft ziehen würde, ihren dunkelsten Trieben freien Lauf lassen würde?

Sollte er Angst haben. Es schadete nicht. Ihre Triebe aber, so war Apostol überzeugt, hatte sie weiterhin ganz gut unter Kontrolle, mögliche Rechenschaft oder auch nicht.

Sie waren nun allein.

Nein, wahrscheinlich waren sie es nicht. Apostol fühlte sich unter Beobachtung, als hätten die Wände Augen. Der Sonnenherr, in seiner verdrehten, von Angst und Abwehr erfüllten Wahrnehmung, hielt sie nicht ohne Grund in dieser Realität fest. Er wollte sicher, dass sie Gracen bestrafte. Auf eine verdrehte und von Angst und Abwehr erfüllte Art und Weise. Apostol hasste diesen Mann, und das mit einer stillen, kalten Leidenschaft, ein Hass, der sich durch die gemachten Enthüllungen eher noch verstärkt hatte.

Aber in ihr war die moralische Schranke, die Gracen längst überwunden hatte, falls er sie jemals besessen hatte. Apostol hätte so werden können wie er. Sie verfügte über Fähigkeiten und Selbstdisziplin, sie konnte auch alles auf ihre Erlebnisse in der Kindheit schieben, und genug würden ihr deswegen recht geben. Aber diese innere Schranke war ihr heilig. Wenn es einen Altar gab, vor dem Lyma Apostol niederkniete und betete, dann war er der ihrer festgefügten, ehernen Ethik, die gewisse Dinge nicht zuließ, auch wenn dies zur Selbstverleugnung und Selbstaufopferung führte. Es gab diesen einen Weg, den Gracen vor ihr beschritten hatte, den sie niemals gehen würde. Nicht für die Rettung eines, nicht für die Rettung endloser Universen. Das musste der Sonnenherr akzeptieren. Er musste einfach. Es blieb ihm schlicht keine andere Wahl.

»Ich mache es dir leicht, Lyma.«

»Hören Sie auf, mich so anzusprechen, als seien wir Freunde.«

Gracen lächelte, fast ein wenig traurig. »Wir sind mehr als Freunde, Lyma. Unsere Beziehung ist etwas Besonderes. Ich bin deine Nemesis und der Sinn deines Lebens. Ohne mich hättest du keine Orientierung und keine Bestimmung. Was wäre denn, wenn es mich nicht gäbe? Du würdest durch das Konkordat reisen und irgendwelche Ärgernisse aufklären, die weder deiner Energie noch deiner Intelligenz würdig wären. Ohne mich würdest du dich schlicht langweilen.«

Lyma nickte langsam, als erwäge sie die Worte des Mannes ernsthaft. »Ich langweile mich gerne. Wenn dafür all die Opfer vermeidbar gewesen wären, die Sie auf dem Gewissen haben …«

»Mein Gewissen ist schwach ausgeprägt«, erwiderte Gracen wahrheitsgemäß. Er versuchte, eine angenehmere Sitzposition zu finden. Seine Schultergelenke mussten mittlerweile höllisch schmerzen. »Aber du lügst dich selbst an, Lyma. Ich vermute, dass du ganz gut darin bist. Wenn ich nicht wäre, gäbe es keinen, der deiner würdig wäre. Langeweile führt bei Leuten wie uns in den Abgrund, den ich umarme, den du aber fürchtest. Wenn ich nicht wäre, meine Teuerste, dann würdest du werden … wie ich.«

Kalter Zorn wallte in Apostol auf, und sie konnte ihn nur schwer beherrschen. Es war kein Zorn auf Gracens Anmaßung, seine selbstgefällige Analyse oder seinen Versuch, sie aus dem Gleichgewicht zu bringen. Es war Zorn auf die Tatsache, dass im Kern seiner letzten Äußerung ein Körnchen Wahrheit steckte, eine Erkenntnis, die Lyma Apostol weder schätzte noch offen zu diskutieren wünschte, vor allem nicht mit jemandem wie ihm.

»Ich habe es erfasst, oder?« Gracen rasselte mit seinen Ketten. Er war auf so vielen Ebenen ein böser Geist, da wirkte die Geste nicht einmal unpassend, kaum theatralisch, eher wie die angemessene Untermalung eines Charakters, der in seinem Innersten schon vor langer Zeit verstorben sein musste.

»Sie haben nichts erfasst«, gab Apostol schwach zurück. Gracen musste nichts sagen, um zu zeigen, dass er verstanden hatte, wie sie sich gegen eine Erkenntnis wehrte, die ihr nicht gefiel. Er zeigte seinen Triumph nur in Ansätzen, vielleicht ein Leuchten in den Augen, aber er drehte das Messer in ihrer Wunde nicht weiter um. Oder vielleicht nur ein bisschen.

»Was wird also mit mir geschehen? Wirst du denjenigen, der dich davon abhält, das zu werden, was du möglicherweise auch bist, jetzt dafür bestrafen, dass er dich all die Jahre gerettet hat?«

»Ich bedarf keiner Rettung.«

»Erlösung trifft es besser?«

»Sie halten sich nun auch noch für eine spirituelle Gestalt?«

»Für dich? Ja, jederzeit. Sogar für mich. Ich habe mich lange selbst angebetet, weißt du? Das war auch etwas zu viel des Guten.«

Wieder unterdrückte Apostol den Zorn, den Gracen in ihr provozierte. Er spielte mit ihr. Wer von ihnen beiden derzeit der Angekettete war, das stand gar nicht fest. Apostols Ketten mochten metaphorischer Natur sein, sie waren aber nichtsdestotrotz real und für ihn wie auch für sie gleichermaßen erkennbar.

»Ich werde Sie nicht verprügeln, Gracen, und auch nicht töten, denn ich bin nicht wie Sie und werde es nie sein.«

»Aber wir haben unsere Tochter doch gehört. Ich soll etwas gestehen. Du sollst mich zu einer Aussage bewegen. Der Wunsch war recht eindeutig.«

»Ich weiß nicht, wovon sie gesprochen hat. Ich weiß nicht einmal, wer da aus ihr heraus sprach. Ihre Taten geben Sie jederzeit zu. Das mit der Reue aber, daraus wird nichts, glaube ich. Und Reue prügelt man nicht in jemanden rein. Reue muss aus einem selbst kommen. Ich glaube nicht, dass in Ihnen mehr ist als Verachtung und Hass auf die Welt, ein gigantisches Ego und völlige emotionale Kälte.«

»Völlige?« Gracen sah sie aufmerksam an, fragend, nicht lauernd. Da war ein Anflug von ehrlichem Interesse in der Frage, dem sich auch Apostol keinesfalls entziehen konnte. Und Gracen fragte es sich gewissermaßen auch selbst.

Sie wollte ihm das nicht zugestehen. Sie hatte genug von Ehrlichkeit und Erkenntnis für heute.

Es war Zeit, dass sie sich wieder in den vertrauten, lieb gewonnenen Wahrheiten versteckte, die ihr bisher so wunderbar gedient hatten.

44

Da kamen sie, wie eine unüberwindbare, bewegliche Mauer, und die Kraft ihrer Stiefel, die im Gleichschritt auf den Boden stampften, schien alles erzittern zu lassen. Eine Einbildung, aber wenn die Sieben Sterne marschierten, dann drängte sie sich einem auf. Sie kamen immer mit großer Masse und glichen damit ihre im Vergleich schlechteren Waffensysteme aus. MacKenzie gab den Befehl, und die Kompanie begann zu feuern, alle Toten mit großer Präzision und Zielgenauigkeit, die von den Toten erwachte Fukuda zögerlich und unkoordiniert. Er widerstand dem Drang, sie zurechtzuweisen. Sie lebte, um zu sterben, und er wollte ihr die letzten Minuten nicht unnötig vermiesen. Irgendwann musste sie einfach nur grob in die Richtung des Feindes feuern, und sie würde immer etwas treffen, was diesen Treffer verdient hatte. MacKenzies Anzuggewehr gab eine Salve ab, die hellen Plasmageschosse verließen die Mündung seiner Waffe und zogen eine weiß glühende Schneise durch die Luft, trafen den Brustpanzer eines Soldaten der Sieben, spritzten für einen Moment zur Seite wie Wasser, um sich dann durch die Abschirmung zu brennen und den Angreifer in organische Schlacke zu verwandeln, eine endgültige Fusion aus Fleisch und Metallplastik, untrennbar verbunden in einem plötzlichen, brennenden Tod. Der Soldat schwankte, als seine Anzugautomatik versuchte, ihn aufrecht zu halten, aber auch der Anzug war schwer beschädigt, und so fiel er, nur um durch einen noch aktiven Kameraden ersetzt zu werden, der mit einem weiten Schritt über den Gefallenen stampfte.

Es waren wirklich immer sehr viele.

Horana schoss wild und grob in die Richtung, spürte die Waffe tanzen, versuchte, sie unter Kontrolle zu bekommen. Lichter flackerten im HUD, warnten sie, gaben ihr Ratschläge, und sie verstand weder das eine noch das andere. Der Anzug half ihr, aber sie war die Kommandantin, und sie wusste nicht, welche Befehle sie sich selbst geben sollte. Die Leichen in den anderen Anzügen hatten das Problem nicht. Sie drückten ab, ohne Fantasie, ohne Selbsterhaltungstrieb, nicht selektiv, arbeiteten ein Ziel nach dem anderen ab, Roboter, die sie nun einmal waren. Dann fiel einer ihrer toten Kameraden zu Boden, den Anzug aufgerissen durch eine Geschossgarbe des Gegners, der Helm löste sich, kullerte davon. Horana sah nur kurz hin, schaute in das friedlich schlafende Gesicht des Toten, der von alledem, der Gewalt, dem Schmerz, schon lange nichts mehr mitbekam, und in diesem Moment fiel ihr nichts anderes mehr ein, als sich exakt so einen Tod zu wünschen. Die megaheißen Geschosse, der Regen der Vernichtung, der auf sie alle einprasselte, erfüllte sie mit so großer, kreatürlicher und lähmender Angst, sie wollte nur, dass es endete. Es sollte aufhören. Jetzt. Sofort!

Verdammt, es waren viele! Das konnte nicht gut gehen.

Schwarz, kalt, bedrückend, alles, was in Tizia Erinnerungen weckte, ihr Albtraum zu neuer Aktivität erwacht. Aber diesmal versanken ihre Gedanken nicht in einer trüben Suppe, wurden nicht abgelenkt, manipuliert oder gelähmt, es gab keinen inneren Streit, sie war nicht zwei Tizias, sie war eine, und das war genug. Sich behaupten. Die Anmaßungen, die Schmeicheleien, die falschen Worte wegwischen. Auf das Netz schauen, dessen sanfter Schimmer durch das Dunkel des Angriffs erkennbar war; die wirre, unkoordinierte, aber gleichzeitig so intelligente und wissende Gegenreaktion des Sonnenherrn, die sie zu konsumieren drohte. Es gab eine Aufgabe. Sie spürte Elissi, weit fort, wie sie ihr eine Richtung vorgab, ein weiteres Loch im Netz, eine schwärende, virtuelle Wunde, die der Heilung bedurfte. Sie fühlte die kalten Krallen, nicht real, wie Angriffe eisiger Luft aus dem Nichts, und sie entwand sich ihnen mit Geschick und einer gehörigen Portion Entschlossenheit wie auch Verzweiflung. Wo war der Unterschied? Es war egal, was sie antrieb, Hauptsache, sie versank nicht im Sumpf aus Eis und Schwärze, der an ihren Füßen zerrte. Elissis lockender Ruf war ihr ein Leuchtturmsignal, ein Peilsender, an dem sie sich auszurichten verstand, obgleich diese Umgebung ihr immer noch sehr fremd war und sie nicht einmal ahnte, ob und wie sie sich fortbewegte oder ob alles nur ein böser Traum war.

»Kleine Fee …«

Fick dich, Traum!

»Du weißt doch, wie das ist, liebe Lyma. Man kann sich seine Verwandtschaft nicht aussuchen.« Gracen versuchte es wieder mit Ironie, mit Sarkasmus, aber er war nicht mit dem Herzen dabei, das war ihm anzuhören. Apostol verstand jetzt, was ihn trieb. Zyniker waren auf Abstand aus, sie wollten nichts an sich herankommen lassen. Sie projizierten ihre Verachtung für die Welt nach außen, weil die Welt ihnen im Grunde wehtat, sie an ihr verzweifelten und vielleicht sogar an der Rolle, die sie in ihr spielten. Weil sie enttäuscht waren. Die meisten Zyniker waren schlicht an ihren eigenen Ansprüchen gescheitert und wussten nicht mehr, wie sie mit dieser Erkenntnis umgehen sollten. Also verletzten sie die Welt, von der sie nicht bekamen, was sie sich erwartet oder erhofft hatten. Apostol war nie zynisch gewesen. Sie hatte nie etwas von der Welt erwartet. Es gab keinen Grund für sie, enttäuscht zu sein.

»Wir sind nicht verwandt.«

»Wir sind Eltern. Mami und Papi.«

»Was empfinden Sie dabei, Gracen? Jetzt einmal abgesehen davon, dass Sie mich provozieren wollen?«

Gracen sah Apostol lange an. Sie glaubte nicht, dass er gerade wirklich in sich ging, um über seine Gefühle nachzudenken. Nicht, dass er dazu nicht imstande wäre, es war eher so, dass dieser Mann über jedes Quäntchen seiner selbst absolut Bescheid wusste und dies im Grunde keiner weiteren Erforschung bedurfte. Nicht nur in diesem Punkt war ihr der Mann voraus. Andererseits hatte das zweifelsohne zur Konsequenz, dass er sich sogar mit sich selbst langweilen musste.

»Weißt du, Lyma«, sagte er dann sehr ernsthaft, »ich liebe unsere Tochter.«

Gut, vielleicht irrte sie sich auch.

Das heiße Plasma spritzte gegen die Wand, und MacKenzie musste an sich halten, um nicht einen Satz zur Seite zu machen. Seine Kettensäge heulte auf, als er mit ihr durch den Arm eines Angreifers fuhr. Die hochverdichteten Metallzacken fraßen sich durch Anzug, Haut, Sehnen und Knochen, und der Arm fiel mit einem dumpfen Laut zu Boden. Es gab kaum Blut. Der Anzug des Feindes verschloss die Wunde sofort und gab Medikamente gegen Schmerz und Schock. MacKenzie starrte direkt in die Augen des Verwundeten, dessen verzerrtes Gesicht, nur einen Moment. Er sah darin Überraschung und vor allem Wut. Die Sieben Sterne benutzten auch Klonsoldaten, aber keine breite Variation wie die Union, sondern immer nur das gleiche Standardmodell, einen Mann, der immer gleich aussah, ähnlich reagierte und fühlte und auf vergleichbare Weise starb. Überrascht und zornig.

MacKenzie drückte die röhrende Säge mit Wucht durch den Körper des Kämpfers. Sie zerfetzte erneut Fleisch und Knochen, und diesmal schoss das Blut hervor, als mit einem hässlichen Knirschen die Wirbelsäule zersplitterte und der Funke des Zorns in den Augen des Mannes erlosch. Gedärme wickelten sich um das Sägeblatt wie Gewürm, Innereien spritzten hervor, hinterließen kleine, glitschige Flecken auf der Helmscheibe. Der Anzug sorgte sogleich für gute Sicht. Der zerschnittene Leib des Feindes fiel in Stücken zu Boden.

MacKenzie hob seine Waffe. Er feuerte eine Garbe in die Phalanx der Heranrückenden, und der Tod fand reiche

Beute. Die Anzugwaffen der Union waren denen der Sieben Sterne schon immer überlegen gewesen. MacKenzie hörte sich wild auflachen.

Dafür war er geboren worden. Dafür würde er nun sterben. Aber noch nicht.

Noch nahm er welche mit.

»Hier, hier, hier!«

Elissi klang aufgeregt, und ihre Stimme drang – tat sie das wirklich? Dringen? – durch den schwarzen Nebel in Tizias Bewusstsein.

»Hier, hier, hier!«

Wie ein Leuchtfeuer brachen die Worte durch die dunkle Masse, und Tizia spürte, wie der kalte Druck auf ihrem Bewusstsein für einen Moment nachließ. Sie versuchte, sich zu orientieren, und erneut war dies ein intuitiver Vorgang.

Sie sah es.

Die Wunde war nicht einfach nur groß. Sie war eine Schlucht im Gewebe des Netzes, und aus ihr quoll die Schwärze.

»Danke, Tizia. So habe ich es gefunden!«

Tizia unterdrückte Ärger und Wut. Natürlich. Ein Lockvogel, mit ihrer Erinnerung an die Verbindung mit der verrückten Maschine war sie ein Einfallstor. Der wild um sich schlagende Sonnenherr hatte es gemerkt, genutzt, sich auf sie geworfen und damit der Therapeutin, Elissi, die Quelle seines Schmerzes und seiner Verwirrung enthüllt. Ah, die An'Sa mussten das geahnt haben. Aber sie hatten nichts gesagt. Natürlich nicht. Die Wahrscheinlichkeit, dass Tizia schreiend davongerannt wäre, mit einem Körper angetan, der *richtig gut* rennen konnte, wäre sehr, sehr hoch gewesen.

»Hilf mir, Tizia. Gemeinsam bringen wir es zu einem Ende! Einem guten Ende! Sieh hier! Und hier! Wir füllen den Graben. Wir weben ein neues Netz. Komm und hilf, und alles ist geschafft. Bald bist du frei. Bald sind wir es beide.«

Der letzte Satz klang nicht so verheißungsvoll wie der davor. Tizia wollte nachfragen, aber dann wurde sie mit dem Umfang ihrer Aufgabe konfrontiert. Beinahe überwältigend. Dennoch, es war Zeit, zu tun, was notwendig war.

»Leite mich an, Elissi!«, bat sie leise, doch Elissi benötigte keine Lautstärke, um es zu hören. Sie wiederholte, geduldig, sanft, mit einer stillen Vorfreude in der Stimme: »Sieh hier! Und hier! Und hier, Tizia. Und hier!«

Im Graben blitzte es, als würde Elissi Marker setzen. Eine alte Wunde, tief, verkrustet, voller Schmerz aus sieben verschiedenen Universen. Mindestens.

Tizia sah. Dann tat sie ihre Arbeit.

Horana feuerte auf ein Rudel Gracens, und das war nun wirklich unfassbar.

Wo in allen Dimensionen hatte der Sonnenherr ein alternatives Universum gefunden, in dem eine feindliche Macht Gracenklone als Kanonenfutter verwendete? Sie hatte bei der ersten Leiche noch auf einen Zufall gehofft. Bei der zweiten war sie dann erstmalig zu dem Schluss gekommen, im falschen Film mitzuspielen. Als der dritte Gracen mit einer Brandwunde im Bauch, groß wie ein Teller, vor ihr zusammenbrach, war ihr klar, dass all dies natürlich eine tiefere symbolische Bedeutung hatte. Die Gracens griffen an, das war nach der gescheiterten Gerichtsverhandlung klar geworden. Und dies war, metaphorisch, das Schlachtfeld. Hier stand sie mit Jordan, der ganz offenbar nicht einmal wusste, wer er war, und sie steckte im Körper einer Leiche.

Sie hätte das Konkordat niemals verlassen dürfen.

Anwältin war ein toller Job. Stattdessen hätte sie ein anderes Abenteuer suchen können, etwa endlich einen Mann zu finden, der weder unerträglich dröge noch ein Arsch war. Irgendwo musste es ja einen geben.

Sie feuerte, hatte den Bogen raus, nicht zuletzt deswegen, weil der Anzug ihr half. Ziel auswählen, anvisieren, abdrücken, und wenn einer zu nahe kam, mit der Kettensäge tranchieren. Sergeant MacKenzie hatte ganz offensichtlich den Befehl gegeben, dass die Zombies ein Auge auf sie haben sollten. Fukuda war wertvoll. Von den Toten auferstanden. Schon etwas Besonderes.

Die Tatsache, dass all dies hier nur eine Übertragung eines anderen Konflikts war, der auf einer Ebene ablief, die Horana nicht begriff, half ihr schließlich, die Abscheu zu überwinden und mal so richtig die Blutwurst kreisen zu lassen. Sie hatte gar nicht gewusst, wie viele Aggressionen sich tief in ihr angestaut hatten. Das Zerschmettern der Körper, das Zerbraten der Anzüge, Tod und Zerstörung, all das übte plötzlich eine seltsame Faszination auf sie aus. Es war befriedigend. Es hatte eine erotische Komponente, die sie nicht weiterverfolgen oder erforschen konnte. Es fühlte sich befreiend an.

»Kommt nur her!«, murmelte sie, als zwei Gracens sich auf sie stürzten. Die Kettensäge kreischte durstig.

Sie taten ihr den Gefallen. Sie überlebten es nicht.

»Sie wissen nicht, was Liebe ist.«

Gracen sah Apostol verletzt an. »Ich darf doch bitten. Ich bin Wissenschaftler. Soll mir die Philosophie der Liebe daher fremd sein? Liebe ist eine psychische Haltung, die mit Gefühlen einhergeht und unsere Wünsche und unser Handeln beeinflusst. Das sieht man ja an dir, Sklavin deiner Emotion. Sie ist zunächst einmal eine Relation zwischen einem Subjekt und einem Objekt, typischerweise zwischen zwei Personen, manchmal aber auch zwischen Personen und Objekten oder Aufgaben. Jordan liebt Elissi, Apostol liebt ihre Arbeit, Gracen liebt die Macht. Liebe kann, muss aber nicht wechselseitig sein: Liebt Elissi auch Jordan? Zu lieben kann, muss aber nicht glücklich machen: Gracen ist glücklich, Apostol ist es nicht. Liebe kann lange anhalten, aber auch abhandenkommen: Elissi merkt irgendwann, dass sie nicht mehr allein Jordan, sondern längst vielmehr das Universum liebt. Liebe wandelt sich und kann wachsen, wenn Subjekt und Objekt sich verändern: Apostol, die Polizistin, liebt ihre Arbeit auf andere Weise als Apostol, die frischgebackene Mutter, und sie hat ihre Tochter noch nie so sehr geliebt wie heute. Eine wechselseitige Liebe ist von der gemeinsamen Geschichte und dem Wandel beider Liebenden geprägt und dadurch einzigartig. Selbst unbelebte Dinge können ihre Eigenschaften ändern. Alles sehr verwirrend. Ich vermeide Liebe daher. Bin ich aber deswegen ihrer unfähig? Ich kann manchmal auch nicht anders.«

Apostol starrte Gracen an. »Sie sind ein dermaßen anmaßendes, arrogantes und selbstgefälliges Arschloch, Gracen …«

»Apostol liebt Kraftausdrücke.« Gracen rasselte mit den Ketten. »Wie bringen wir das hier zu Ende, Lyma? Ich höre meine Brüder rufen.«

»Wie bitte?«

»Meine Brüder. Es tobt ein Kampf. Ich sollte eingreifen.«

»Und auf wessen Seite?«

Der Mann schüttelte den Kopf, als habe sie eine sehr dumme Frage gestellt. Dann lächelte er. »Auf der meiner Liebe natürlich.«

Es waren zu viele, es wurden immer mehr, es schien kein Ende zu nehmen.

MacKenzie spürte trotz aller Routine, allem Fatalismus die Verzweiflung in sich aufsteigen. Woher nahm der Feind all diese Truppen? Waren es wirklich so viele? Hatte man ihn dermaßen überschätzt? Er war doch nur er!

Und Fukuda war keine Hilfe. Sie zeigte immerhin jetzt etwas Einsatz, und er musste nicht dauernd auf sie aufpassen. Aber so führte es zu nichts. Sie würden sich nicht mehr lange halten können. Die Munition war beängstigend niedrig. Und mit den Kettensägen allein ... Es war absehbar.

Ihn verließ der Mut.

Das war angesichts der Tatsache, dass ihn sein Anzug mit Mut machenden Drogen vollpumpte, eine reife Leistung. MacKenzie versuchte, einen Kontakt zum Oberkommando im Orbit herzustellen. Wollte ihm denn wirklich keiner helfen? Es kam keine Verbindung zustande. Man sah dort oben doch, was hier passierte!

Er war allein. Er war verloren.

Er kämpfte mechanisch. Er war in diesen Momenten nicht besser als einer seiner ferngesteuerten Anzüge mit den toten Kameraden darin. Es machte ja auch keinen Unterschied mehr. Tot. Lebendig. Egal.

»Mut«, sagte er zu sich selbst. »Nur Mut. Du musst Tizia und Elissi die Zeit verschaffen, die sie benötigen ...«

Er fasste sich an den Kopf. Da waren sie wieder, diese Namen, die keine Bedeutung hatten. Die mit ihm nichts zu tun hatten. Er verschaffte den hilflosen Zivilisten unten im Keller Zeit. Zeit, sich auf den Tod vorzubereiten. Die Sieben Sterne kannten keine Gnade. Sie wollten …

MacKenzie versuchte, den Gedanken zu fassen, aber er entglitt ihm sofort.

Was wollten die Sieben Sterne eigentlich? Macht? Territorium? Rohstoffe?

Er wusste, dass sie böse waren. Aggressiv. Rücksichtslos. Aber wozu eigentlich?

Wozu das alles?

MacKenzie wollte es nicht einfallen. Er hatte es mal gewusst. Er musste es gewusst haben! Wozu sonst all dieses Leid, der mannigfache Tod? Es musste einen Sinn haben! Sonst würde er doch gar nicht existieren! Genauso wie die Soldaten der Sieben war er eigens für diesen Konflikt hergestellt worden! Sein Lebenszweck lag doch darin …

Darin …

Darin …

MacKenzie schoss einem Klonkrieger der Sieben Sterne eine Plasmaflechette mitten ins Gesicht. Der Helm explodierte unter der plötzlich expandierenden heißen Luft, Teile von Plastik, Gehirnschale, Schädeldecke und grauer Masse spritzten durch die Luft.

Der Mann fiel zu Boden. Ein Sieg. Ein Feind weniger.

MacKenzie kämpfte weiter. Aber er war sich gerade nicht mehr darüber im Klaren, warum eigentlich.

»Es funktioniert nicht!«

Frustration, die tief saß, die genauso an ihr fraß wie die kalte Dunkelheit, die immer noch um sie lauerte. Die Wunde war zu alt, zu tief, zu vertraut. Ja, es war, als wolle der Sonnenherr nicht geheilt werden. Die Verletzung war ein alter Freund, ein vertrauter Gefährte, er hatte sie sich in vielen Kämpfen verdient, einem Orden gleich. Und dann war da ein anderer Konflikt, wie ein heftiges Irrlichtern am Horizont, eine Andeutung eines Kampfes, der nicht mit ihr, aber um sie herum ausgetragen wurde. Jordan. Er musste es sein. Er hielt die Gracens davon ab, hierher vorzudringen. Tizia glaubte an keinen Gott, wenngleich sie angesichts ihrer Konfrontation mit dem Multiversum bereit war, diese Haltung zu überdenken. Vielleicht wäre ein guter Beginn, für Jordan zu beten.

»Es funktioniert nicht!«, rief sie erneut Elissi zu, die das Ihre tat, irgendwie, für Tizia nicht nachvollziehbar. Elissi jagte die Schwachstellen, die Verletzungen, und sie versuchte, den Sonnenherrn als Ganzes zu sehen, so viel hatte sie mitbekommen. Doch dieser war groß. Physisch groß und durch seinen Zugriff auf alternative Realitäten letztlich ... unendlich.

Tizia war kurz davor, ein zweites Gebet zu sprechen, eine Bitte, dass ihr der Kopf nicht explodieren möge.

»Ich muss etwas tun!«

Elissis Stimme erklang plötzlich laut und klar, und Tizia nahm ihre Präsenz wahr, erfüllt mit großer Entschlossenheit.

»Ich muss hinein.«

»Hinein?«

»Da unten. In die Wunde. Ich muss dem Sonnenherrn zeigen, dass ich es ernst meine.«

»Seine Heilung?«

»Ich muss alles geben, alles anbieten, alles zu opfern bereit sein. Der Sonnenherr ist nicht böse. Er ist verwirrt und hat Angst. Ich muss ihm Klarheit geben, Orientierung. Ich muss hinein.«

Tizia hatte Angst. Es klang endgültig. Es klang sehr gefährlich. Die alte Wunde war tief, wie eine Schlucht, die Vernichtung verhieß. Allein der Gedanke ...

Doch Elissi schien furchtlos.

»Wie kommst du wieder heraus?«, fragte Tizia.

Elissis Präsenz wurde dunkler, als würde jemand das Licht dimmen. »Gar nicht«, war die Antwort, die Tizia befürchtet hatte.

»Warte!«

Nein, kein Warten.

Elissi bewegte sich. Hinab. Sie hörte nicht mehr, keines der sinnlosen Worte, die Tizia noch hätte sagen können.

Ein Schimmer, der in die Tiefe glitt.

Armer Jordan, dachte Tizia. *Armer, armer Jordan.*

Ein Gemetzel, ein schönes Gemetzel, Horana wollte es gar nicht glauben.

Jetzt aber wurde der Arm mit der Kettensäge müde. Der Anzug meinte, einer der Elektromotoren sei beschädigt. Beim letzten Angriff hatte sich ein Roboterzombieanzug vor sie geworfen, und so hatte sie überlebt. Aber es hatte eine Explosion gegeben, und ihr Anzug und der von ihr beseelte Körper von Corporal Fukuda waren zurückgeworfen worden. Dabei war etwas passiert.

Die Kettensäge war so schön. Je länger sie die einsetzte, desto mehr mochte sie diese Waffe. Ein befriedigendes Gefühl, das Singen und Knirschen, das Gefühl des Widerstands, durch das man sich fräsen musste. Töte, was dich töten will. Und ja, diese ganze Gracenflut, sie wollte töten, nicht nur sieben, nicht siebzehn, nicht siebzig, vielleicht siebenhundert. Gracens töten. Horana entdeckte ganz neue Freuden in sich. Das war auch Recht und Justiz, sie war alles in einer Person. Niemals wieder würde sich diese Gelegenheit ergeben. Jetzt wollte sie es aber auch genießen.

»Siehst du?«, sagte der tote Gracen vor ihr, einer von vielen, angehäuft auf Leichenbergen, und er sah jetzt aus wie der Staatsanwalt. »Das ist Gerechtigkeit. Das ist das Urteil. Das ist Recht.«

Horana starrte auf ihn hinab, ließ die Kettensäge sinken. Der Energieschuss traf sie direkt in die Brust. Die tote Fukuda wurde zurückgeworfen, rutschte auf ihrem Rücken einige Meter, blieb liegen, kein Atem, nichts mehr.

Es hatte nicht wehgetan.

Sie war ja schon lange tot.

»Ich gebe zu, dass ich mich geirrt habe.«

Lüge, Wahrheit, Täuschung: Für Joaqim Gracen war alles gleich. Worte waren nur Instrumente, die einem Ziel dienten, sie hatten keinen Wert, keine Bedeutung für sich. Apostol wusste das. Dennoch war es leicht, in die Falle wohlgesetzter Äußerungen zu rennen. Man verband damit Inhalte. Gracen manipulierte und spielte mit Inhalten. Er glaubte an nichts. Außer an sich selbst.

»Worin geirrt?«, fragte sie.

»Ich habe die Situation falsch eingeschätzt. Wir hätten niemals eine Tochter zeugen sollen.«

»Ich war an diesem Zeugungsakt nicht beteiligt.«

»Du denkst sehr kleinteilig, Lyma.« Gracen lächelte. »Ob du es glaubst oder nicht, ich bin ein guter Liebhaber.«

Apostol glaubte es ihm. Gracen war ein Perfektionist. Er war bestimmt ein guter Techniker. Ein Sexmechaniker, der wusste, wie man biologische Effekte hervorrief. Doch jede tiefere Ebene war ihm fremd.

»Sie bereuen es?«, fragte sie. Würde der Sonnenherr sie entlassen, wenn er die Worte hörte, oder würde er auf Bedeutung beharren? Von Gracen, egal in welcher Inkarnation, Bedeutung zu erwarten, das war gewagt.

»Reue ist ein schwieriges Wort.«

»Reue ist ein schwieriges Gefühl. Damit haben Sie es generell nicht so, oder?«

»Wut und Verachtung sind auch schwierige Gefühle. Wissen Sie, wie anstrengend es ist, permanent alle Menschen zu verachten? Man begegnet unweigerlich auch mal wirklich netten. Ich muss mich richtig bemühen, auch die nicht leiden zu können. Das ist notwendig, um sie leicht zu töten, wenn es sein muss. Aber jetzt. Es hat sich etwas geändert ...«

»Es gibt also Situationen, in denen ein Mord Ihnen schwerfällt?« Apostol war für einen Moment ernsthaft interessiert. War das Gracen so herausgerutscht? Sagte er überhaupt jemals etwas, ohne es sich vorher genau überlegt zu haben?

Gracen starrte sie an. Er schwieg.

»Gracen?«, fragte sie in die Stille hinein.

»Meine Brüder rufen mich. Sie sind auf dem Vormarsch, aber die Zeit wird knapp.« Gracen blinzelte. »Unsere Tochter setzt alles auf eine Karte. Lyma, das ist sehr gefährlich. Wenn wir siegen, wird sie sterben. Wenn der Sonnenherr sich weiter wehrt, könnte sie sterben. Wir müssen sie davon abhalten. Ich stehe dem Tod anderer Menschen sehr indifferent gegenüber. Aber dieser eine Mensch.« Der Siebte schüttelte den Kopf. »Da ist die Grenze, Lyma. Ich kann das nicht mehr. Es geschah zu oft. Ich kann das nicht mehr.«

Apostol verbarg ihre Sorge. Gracen stand zweifelsohne mit seinen anderen Inkarnationen in Kontakt. Das war bedauerlich, denn sie selbst fühlte sich isoliert. Hilflos.

»Rette sie, Joaqim«, sagte sie dann leise. »Du bist doch ihr Vater.«

Gracen schaute zur Seite. Das gefiel ihm nicht. Doch er wehrte den Gedanken nicht ab.

Da war ein Riss. Es war der Riss, mit dem sie in ihn vordringen konnte. Es war immer der nahende Tod, der die Belastungsgrenze überschritt. Der die Schale brechen ließ.

Brach Gracens Schale?

»Ich will ja«, sagte er leise. »Ich will ja. Aber meine Brüder rufen mich.«

»Andere Gracens?«, fragte Apostol gedehnt. »Andere wie du, Joaqim, die dich fallen lassen werden, sobald der Sonnenherr unter Kontrolle ist, die dich vielleicht sogar töten wollen?«

»Meine Brüder. Ja.« Er widersprach nicht. Er kannte sich und wusste, dass Apostol recht hatte. »Sie sind so. Aber wir müssen zusammenstehen. Mit wem stehe ich sonst zusammen?«

»Bis das Ziel erreicht ist. Dann ist unsere Tochter tot, Joaqim, und du hast keine Garantie, dass der Preis dir gehört. Was hast du gewonnen? Was hast du auf jeden Fall verloren?«

Gracen senkte den Kopf, schloss die Augen.

»Familie, Joaqim. Die hatten wir beide nie. Aber du hast in einem Moment der Schwäche eine geschaffen. Zusammenstehen, Joaqim. Da hast du die Alternative. Ignoriere mich. Aber …«

»Du bekommst von mir keine Reue, Lyma!«

»Ich habe es nie erwartet. Bekomme ich von dir das Leben unserer Tochter?«

Gracen fand darauf keine sofortige Antwort.

Das war möglicherweise ein richtig gutes Zeichen.

»Jordan!«

MacKenzie drehte sich um. Woher kam die Stimme? Da. Die Kellertür hatte sich geöffnet. Was sollte das? Es war gefährlich! Ein kleines Mädchen kam heraus. Es kam ihm vage bekannt vor. War es nicht eigentlich viel größer?

»Ich bin Sergeant MacKenzie!«, stieß er hervor.

»Das war hilfreich, damit du kämpfst. Es hat motiviert. Es hat fokussiert.«

»Wir verlieren. Geh lieber runter in den Keller. Der Feind ist nahe. Ich kann dich nicht länger schützen!«

»Du hast viel getan. Danke.«

»Nicht genug.«

»Das wird sich noch zeigen.«

Das kleine Mädchen kam auf MacKenzie zu, reichte ihm die Hand. Nein, es gab ihm etwas. MacKenzie musste vorsichtig sein. Er wollte nichts kaputt machen. Es war ein kleiner, billiger Anhänger, Plastik an einer Plastikkette. Ein Herz aus Kunststoff, leicht verblichen, eingedrückt, der Schmuck eines kleinen Mädchens. Rührend, fand MacKenzie. Richtig rührend. Er hatte einen beschissenen Job. Er hatte dieses Geschenk nicht verdient.

Ihm steckte ein Kloß in der Kehle. Er mühte sich, ihn runterzuschlucken.

»Danke«, sagte er mit rauer Stimme. »Du musst jetzt …«

»Ich bin bald so weit«, sagte die Kleine. Sie winkte ihm schwach zu. »Es tut mir leid, Jordan.«

»Ich bin nicht …«

»Gleich. Gleich.«

Sie verschwand. Sie ging nicht zurück in den Keller, wie er es erwartet und erhofft hatte. Sie war weg, wie ein Windhauch. Ihm musste es sehr schlecht gehen. Er wurde wohl verrückt. Eine verrückte Welt, die ihn jetzt endgültig besiegt hatte, Körper und Geist. Da war der nahe Tod möglicherweise eine Verbesserung.

MacKenzies Hand umschloss das Plastikherz, er steckte es dann in eine Anzugtasche, extrem sorgfältig und behutsam. Er war immer der Ansicht gewesen, man müsse Geschenke achten. Leute wie er bekamen nicht allzu viele.

Da war die Kälte, und dann kam auch noch das ferne Irrlichtern, das Gewitter eines Kampfes hinzu. Es war der Kampf, den Jordan ausfocht, und obgleich sich Tizia an einem Ort befand … nein, sie war nicht an einem Ort im engeren Sinne, sie war irgendwo im Inneren der Maschine, und ihr Bewusstsein war gar nicht in der Nähe dieses Kampfes, und dieser Kampf war kein echter, alles hier war nur Repräsentation von etwas sehr Abstraktem. Die Auseinandersetzung war real genug, die Wunde des Sonnenherrn existierte, aber eben nicht *so*. Tizia sah in den Abgrund hinab, in den Elissi verschwunden war. Was gab es dort zu sehen? Sie versuchte, ein Zeichen dafür zu erkennen, dass die junge Frau angekommen war und etwas tat. Für einen Moment musste sie gar dem Impuls widerstehen, ihr zu folgen. Sie wagte es nicht. Sie verstand zu wenig von dem, was »hier« war. Sie wäre keine Hilfe, sondern eine Belastung.

Dennoch war es unfair, dass Elissi da unten ganz allein war.

»Wo ist sie?«

Tizia konnte nicht zusammenzucken, aber hätte sie es gekonnt, es wäre die passende Reaktion gewesen. Repräsentation hin oder her, als Lyma Apostol und ein Gracen vor ihr auftauchten, nicht als körperliche Entitäten, sondern als klar identifizierbare Konzepte ihrer selbst, war sie für einen Moment schockiert. Hier lief alles durcheinander. Wo kamen die jetzt her?

»Was …«

»Elissi«, sagte Apostol. »Wo ist sie?«

Tizia lenkte die Aufmerksamkeit ihrer beiden unverhofften Besucher auf den gähnenden Abgrund, über dem sie schwebten. Sahen die beiden die Wunde überhaupt? Sie schienen zumindest etwas zu erkennen, denn Tizia empfing Angst, Unglaube und Sorge. Von beiden. Das war doch sehr verwunderlich. Der Gracen, egal welcher es war, er teilte den emotionalen Imprint der Kommandantin. Das war bemerkenswert.

Tizia hielt an sich. Keine dummen Fragen. Eines Tages war vielleicht Zeit dafür. Jetzt aber nicht.

»Wie kommen wir hinab?«, fragte Apostol.

»Das ist zu gefährlich«, erwiderte Tizia.

»Wer entscheidet das?«, fragte nun Gracen. »Wie komme ich hinab?«

»Wir«, sagte Apostol.

»Nein«, sagte Gracen, winkte ihr zu, und Tizia beobachtete, wie die Kommandantin der *Scythe* in einem sanften Nebel verschwand und sich auflöste. Gracen richtete seine Aufmerksamkeit wieder auf McMillan. »Es geht ihr gut. Bald. Wie komme ich hinab?«

»Sie müssen es nur wollen, glaube ich.«

Gracen sah sie an, für einen stummen Moment der Übereinkunft, die Tizia erneut überraschte.

»Helfen Sie Jordan«, sagte der Gracen. »Er bekämpft meine Brüder. Sie dürfen nicht bis zu dieser Wunde vordringen. Dies ist die Schwachstelle, die wir ausnutzen wollten, und jetzt muss sie beschützt werden.«

»Wie soll ich ihm helfen?«

Gracen lächelte. »Der Sonnenherr hat Jordan ein Schlachtfeld geschenkt.«

»Wie soll ich dort hinkommen?«

Gracens Lächeln wurde breiter. »Sie müssen es nur wollen, glaube ich.«

MacKenzie hatte keine Energie mehr für seine Waffe und keine Kraft mehr in seinem Arm. Zwei Klonkrieger der Sieben Sterne stapften auf ihn zu, ein triumphierendes Lächeln auf ihren Lippen, bereit, dem Sergeanten den Todesstoß zu versetzen. Der Soldat spürte einen plötzlichen Frieden in sich aufsteigen. Er war am Ende seines Weges angekommen, eines Weges, den er zum Schluss immer weniger begriffen hatte. Das war absolut in Ordnung so. Was vorbei war, war vorbei. Er hatte alles getan, niemand konnte ihm noch einen Vorwurf machen.

Seine eigenen Anzüge waren vernichtet oder ausgeschaltet, Fukuda erneut gestorben, er fing jedenfalls kein Lebenszeichen mehr von ihr auf. Das Schlachtfeld war beinahe ruhig. Andächtig. Ein Tempel des Todes und MacKenzie das letzte, das heiligste Opfer. Er empfand wenig Bedauern. Er sehnte sich nach Ruhe. Sein Wunsch würde nun bald in Erfüllung gehen.

Er ließ sich auf die Knie fallen, breitete die Arme in einer Geste der Ergebenheit aus. Er sah den Gracens …

Was? Nein. Den Kämpfern der Sieben Sterne sah er entgegen. Es wurde wirklich Zeit, dass er abtrat. Begriffe und Namen fluteten sein Bewusstsein, sodass er schon fast nicht mehr wusste, wer er eigentlich war. Das war ein sehr unangenehmes Gefühl, und es sorgte für mehr Hilflosigkeit in ihm als die Tatsache, dass ihm jetzt keine Waffe mehr half, kein Mut, kein taktisches Geschick und auch kein verfluchtes Oberkommando, das ihn und die Seinen hier unten hatte verrecken lassen.

Die beiden Krieger stellten sich vor ihn, die Mündungen ihrer Waffen auf MacKenzie gerichtet, doch sie zögerten. Offenbar hatten sie mit dieser Geste der Unterwerfung nicht gerechnet. Niemand ergab sich den Sieben Sternen, denn sie machten keine Gefangenen. MacKenzie lächelte sie an. Die beiden wussten nicht einmal, was ein Lächeln war. Sie waren emotional verkümmert, noch viel mehr als die Soldaten der Union.

MacKenzie schaute in seinen Giftschrank. Die Pharmadepots waren weitgehend erschöpft. Vielleicht noch etwas Happysaft? War wirklich nichts mehr da, was ihn glücklich machen konnte?

Die beiden Klonkrieger zuckten zusammen. Sie starrten an sich hinab.

Ein Heulen und Knirschen ertönte, als sich zwei Kettensägen von hinten in ihre Oberkörper bohrten und Blut und Fleischfetzen aus ihrer Brust fliegen ließen. Sie schüttelten sich unter der mörderischen Vibration der Waffen, hingen für einen Moment wie aufgespießt an ihnen, dann wurden die Klingen mit einer machtvollen Geste nach oben gezogen, teilten die Leiber der bereits Verblichenen in zwei Hälften, ehe sie sich aus Gewebe und Sehnen befreit hatten.

An den zu Boden sackenden Schlachthälften vorbei schaute MacKenzie auf die breite Gestalt vor ihm. Ein Bieberkraft A-50, ein Kampfanzug für Offiziere, für Helden und für jene, die sich die Hände nicht richtig dreckig machen wollten. Ein Anzug des Oberkommandos.

MacKenzie nahm alles zurück.

»Jordan!«, hörte er eine weibliche Stimme. »Wie geht es dir?«

Ach, Dreck!, dachte MacKenzie.

Na gut, dachte der Siebte. *Da wären wir also.*

Es war dunkel und bedrückend und *Shit*, aber das beeindruckte jemanden wie Gracen nicht, wie er all das Durcheinander mit den verschiedenen Realitätsebenen gut überstanden hatte. Als er in Ketten gelegen hatte, war für kurze Zeit seine Hoffnung gewesen, seine Gattin – er fand es recht spaßig, von Lyma so zu denken – würde ihn doch noch auspeitschen. Apostol ahnte wahrscheinlich gar nicht, was für einen Gefallen sie ihm damit getan hätte. Auch der Sonnenherr hatte sich da eher verkalkuliert. Leider war Captain Apostol eine viel zu ehrbare Frau, als dass sie ihm diesen Spaß hätte gönnen können.

Und jetzt das hier. Er wusste selbst nicht genau, warum er das jetzt tat. Vielleicht war es Verantwortungsbewusstsein oder Vaterinstinkt, vielleicht war er nach all dem Hin und Her mit dem Sonnenherrn und der permanenten Gegenwart der anderen Gracens die ganze Sache auch nur leid. Es war seltsam, dass er sich über seine eigenen Beweggründe nicht im Klaren war, für ihn eher ein ungewöhnlicher Zustand. Er hatte sicher nicht seine Ethik wiederentdeckt, war sie ihm doch nie verlustig gegangen. Gracen stand ganz oben auf der Liste, und dann kam eine Weile nichts mehr. Daran hatte sich nichts geändert. Es erklärte aber seine Anwandlung. Elissi war sein Produkt. Vor dem Wort »Tochter« scheute er tatsächlich ein wenig zurück. Er hatte Elissi gemacht, sie war ein Teil von Gracen, etwas missraten, etwas beschädigt, etwas genial und außergewöhnlich, also doch sehr viel mehr wie er selbst, als Apostol vielleicht dachte. Wenn also Joaqim Gracen ganz oben auf der Liste stand, musste Elissi notwendigerweise dort ebenfalls ihren Platz haben.

Da! Sehr schön! Damit wäre es erklärt. Es gab einen guten Grund!

Es war vielleicht auch besser, sich nicht allzu viele Gedanken zu machen. Er glitt durch das Dunkel, auf das Flackern zu, das für ihn Elissi symbolisierte, und als er sie erreichte, nahm sie ihn mit einer nonchalanten Nebensächlichkeit wahr, die beinahe verletzend wirkte. Als hätte sie mit seinem Auftauchen gerechnet.

»Du bist böse auf mich!«, dachte er in ihre Richtung. Er starrte hinab auf eine Art schwarzer Plattform, wie aus Marmor, und auf dieser lag ein fünf Meter großes kleines Mädchen, in sich zusammengerollt wie ein Fötus, die Knie angezogen und umarmt, das Gesicht an die Oberschenkel gepresst, so weit es ging.

»Du bist mein Vater. Ich habe gelernt, dass du darüber hinaus ein entsetzlicher Mensch bist«, dachte Elissi zurück. »Ich habe aber auch gelernt, dass nicht jeder ist wie du.«

»Niemand ist wie ich.«

»Die anderen Gracens werden dem widersprechen.«

»Sie kämpfen gegen deine Freunde. Ich bin hier. Ist das nicht Beweis genug?«

Elissis Aufmerksamkeit flackerte kurz in seine Richtung.

Das war mehr als genug Bestätigung. Gracen war zufrieden mit sich selbst, schaute auf das große kleine Mädchen. Wimmerte es? Es war ihm, als hätte er es gehört.

»Das ist der Sonnenherr?«, vergewisserte er sich.

»Alles tut ihm weh. Er hat Angst. Er ist wütend.«

»Wütend kenne ich. Was tun wir, Elissi?«

»Ich werde zu ihm gehen und eins mit ihm werden. Das wird ihn heilen.«

Sie sagte es mit einer Selbstverständlichkeit, die für Gracen entweder Kaltblütigkeit war oder Naivität. Nein, an diesem Ort, nach allem, was geschehen war, konnte er nicht mehr glauben, dass Elissi naiv war. Sie war mutig und sich selbst gegenüber rücksichtslos. Gracen empfand Stolz auf sie, eine gänzlich unvorhergesehene Emotion, die ihn für einen Moment aus dem Gleichgewicht brachte. Stolz. Auf diese da. Die war doch verrückt.

Aber es war *seine* Verrückte, schoss es ihm durch den Kopf. Ah, hätte er das Experiment damals nur unterlassen! Nun war es sein Untergang.

»Warum verschmelzen?«

»Eure Angriffe haben Stücke aus ihm herausgerissen, ein jedes Mal. Er muss wieder ganz werden. Ich kann das bewerkstelligen.«

»Was passiert dann mit dir?«

»Ich werde nicht sterben. Ich werde transformiert.«

»Elissi, die Sonnenherrin?«

Die Präsenz seiner Tochter zeigte plötzlich sanftes Amüsement. »Du bist neidisch, Vater? Ich werde, was das Schicksal dir verweigert hat.«

»Neid liegt mir fern. Ich denke nur, dass du zu weit gehst. Einen unnötigen Schritt. Ein zu großes Opfer.«

Elissi wandte sich ihm nun zu, eine strahlende Persönlichkeit, auf Gracen fokussiert, wie ein intensives Licht, das ihn auf allen Ebenen durchleuchtete. Was hatte er da nur geschaffen? Sie durfte sich nicht wegwerfen. Sie musste bleiben, wer sie war! Sie stellte sein Meisterwerk dar, das wurde ihm jetzt klar. Sie zu opfern, würde ihm auf eine Weise schaden, die er nicht bedacht hatte. Wie konnte er dem Universum gegenüber mit seiner Tochter angeben, wenn diese zu einem die Realitäten verwurstelnden Aliensupercomputer wurde?

Gracen hielt inne.

Tatsächlich würde das ziemlich cool sein. Ja, es war möglicherweise toll, wenn sie das tat. Er sollte sie nicht davon abhalten. »Meine Tochter«, konnte er dann dem Universum sagen, den An'Sa, dem Konkordat, ihrer Mutter. »Meine Tochter ist ein Aliensupercomputer und scheißt auf die Realität!« Wer konnte so etwas von sich behaupten?

Nein, nein. Das wollte er jetzt richtig machen.

»Zeig mir, was ich tun muss, Elissi.«

»Das glaube ich dir nicht.« Sie wirkte sehr entschlossen, ihm nicht zu glauben. Es war nicht verwunderlich, er hätte an ihrer Stelle ebenso gehandelt.

»Wir haben keine Zeit.«

»Das stimmt. Deine Brüder kommen, Vater.«

»Es sind alles deine Väter.«

»Ich glaube, am ehesten bist du es.«

Erneut musste er ihr recht geben. Und es löste erneut ein sehr unerwartetes Gefühl in ihm aus.

»Sag mir, was zu tun ist, Elissi!«, drängte er. »Du hältst sie mir vom Leib, falls dein Freund sie nicht länger aufhalten kann. Ich erledige das hier.«

Sie sah ihn prüfend an. »Hilfe ist nützlich. Aber es ist kein Entweder-oder. Es ist ein Zusammen, eine gemeinsame Tat. Ich bin mir nicht sicher, ob dein Verstand das überlebt.«

»Du wirst danach auf jeden Fall auch nicht mehr so sein, wie du gewesen bist.«

»Ich bin jetzt schon nicht mehr so, wie ich gewesen bin. Ich kann dir nicht vertrauen.«

Das war wohl der Kern des Problems. Doch Gracen war nicht irgendwer, er war ein verdammtes Genie, und noch während er mit seiner Tochter geplaudert hatte, war er die letzte, ultimative Verbindung mit dem Sonnenherrn eingegangen. Er hatte die Verletzungen gesehen, die er und seine Brüder ihm beigebracht hatten, und den Weg der Heilung. Der Sonnenherr musste ein wenig vergessen, er musste sich neu strukturieren, und er benötigte dafür die Energie und die Integrität eines dreizehnten Geistes, eine Kraft, die aufzubringen die zwölf An'Sa, die mit ihm verbunden waren, nicht mehr imstande waren. Aber Gracen hatte diese Kraft. Elissi ebenfalls.

Er konnte ihr den Wunsch erfüllen, den sie schon lange hegte. Und er konnte den Preis dafür bezahlen, egal ob sie ihm nun vertraute oder auch nicht.

»Auf Wiedersehen, meine Tochter!«, sagte er leise, irgendwie mehr zu sich selbst. »Du traust mir nicht. Ich mir auch nicht. Aber siehst du: Ich schließe die Augen und lasse mich einfach fallen.«

Das geschah auch so, metaphorisch, und er ließ sich fallen, ein Angebot an einen Sonnenherrn, der nicht wusste, wie ihm geschah, und das plötzliche Geschenk erst widerwillig, dann mit Begeisterung annahm.

Der Siebte verschwand. Er löste sich auf, als würde ihn der Wind forttragen.

45

Captain Lyma Apostol saß in ihrem Sessel auf der Brücke der *Scythe* und hörte um sich herum nur Stöhnen und Flüche. Jemand weinte. Mehrere weinten. Sie blinzelte, presste ihre Handballen auf die Polsterung der Armlehnen, um sie richtig zu fühlen. Realität war ein Konzept, das in letzter Zeit ein wenig im Fluss gewesen war. Sie fühlte sich, als sei sie da, wo sie hingehörte. Hier war sie zu Hause.

Hoffentlich.

»Oh, verdammter Mist!«

Das war Snead. Er saß auf seinem Platz und starrte seine Kommandantin an. »Wo sind wir?«, fragte er, und sie wusste genau, was er damit meinte. »Und ich bin wirklich am Leben? Ich hatte zuletzt meine Zweifel.«

»Ich bin mir nicht völlig sicher. Schau auf die Schirme.«

Die *Scythe* schwebte über der beeindruckenden Anlage des Sonnenherrn, direkt im Schlagschatten, den die Konstruktion ins Weltall warf. Der Polizeikreuzer war zu einem relativen Stillstand gekommen. Alle Kontrollen schimmerten in einem beruhigenden Grün. Niemand schoss auf sie.

Das war gut.

Jemand anders sagte etwas in einer ihr fremden Sprache, deren Laute ihr aber bekannt waren. Skendi. Sie drehte sich um, sah den Resonanzbauch an, der einen ebenso verwirrten und gleichermaßen erleichterten Eindruck machte wie sie selbst.

»Sie waren ebenfalls in alternativen Realitäten unterwegs?«, fragte Apostol neugierig.

Der Resonanzbauch nickte bedächtig. Das Gesicht der Königin auf seinem Bauch war schlaff und blicklos. Das Schiff der Skendi war zu weit entfernt, um diese Art der Verbindung aufrechtzuerhalten.

»Ja. Es war sehr ... bestürzend. Und herausfordernd. Ich musste *selbst* denken.«

Apostol lächelte verständnisvoll. Das war sicher nicht für jeden das Richtige.

»Was ist mit mir passiert?«

Viele stellten sich diese Frage, erinnerten sich an Episoden im Labyrinth des Sonnenherrn. Einige weinten immer noch, überwältigt von Eindrücken, die sie nicht verstehen konnten. Ehe ein allgemeines Durcheinander aufbranden konnte, hob Apostol beide Arme und rief laut: »Ruhe! Das hat Zeit bis später. Ruhe!«

Ruhe folgte, dankbare Blicke in ihre Richtung, dankbar für etwas Anleitung und Disziplin in einer schwierigen Phase allgemeiner Verwirrung.

»Ich möchte einen Vollständigkeitsappell. Die KI zählt durch. Jede Abteilung meldet. Ich will einen Schadensbericht. Ich will eine Funkverbindung zu den An'Sa oder zu einer Fruchtmutter, meinetwegen auch zu Saim. Und ich will all das sofort.«

Befehle, Aktivität, Konzentration, noch mehr Dankbarkeit. Apostol fühlte, wie die Maschinerie ihres Schiffes langsam in Gang kam. Es tat gut, wieder ein wenig Herrin des Verfahrens zu sein. Je länger sie in ihrem Sessel saß, desto realer fühlte er sich an. Intuitiv kam sie zu dem Schluss, dass sie wieder in dem Universum angekommen war, in das sie gehörte.

»Captain, es nähern sich Schiffe der An'Sa«, meldete Snead ruhig und erfreut. »Es nähern sich auch Schiffe der Skendi.«

»Wo sind die Sphären der Gracens?«

»Keine Aktivität, keine Ortung. Als ob es sie nie gegeben hätte.«

Apostol nickte. »Wenn das passiert ist, was ich vermute, dann ist das möglicherweise auch so, zumindest so ähnlich.« Sie sah sich um. Weitere Personen waren hier, die sie erwartet hatte. Jordan saß auf einem Notsessel, das Gesicht bleich. Er fasste sich immer wieder an die Brust, als wundere er sich darüber, noch am Leben zu sein. Tizia McMillan im Körper von Laetitia Genq lehnte sich neben ihn an die Wand, tätschelte ihm die Schulter und flüsterte etwas. Apostol erhob sich und ging auf die beiden zu. »Alles in Ordnung?«

»Der Sonnenherr hat uns von einem Schlachtfeld geholt, als es fast zu spät war. Seltsamerweise war der Feind mit einem Male verschwunden«, erklärte Tizia sanft. »Ich darf vermuten, dass die Gracens vom Sonnenherrn am Ende neutralisiert wurden?«

»Das ist meine Hypothese. Ihre Sphären sind ebenfalls nicht auszumachen. Elissi und der Siebte waren offenbar erfolgreich. Von den beiden irgendeine Spur?«

Es stellte sich heraus, dass niemand auf ihre Frage eine Antwort hatte, und vor allem Jordan schien in höchster Besorgnis zu sein.

»Der Appell ist abgeschlossen«, meldete die KI. »Die Besatzung ist vollständig.«

»Vollständig?«, echote Apostol. »Was ist mit denjenigen, die im Hangar starben?«

»Sie sind anwesend und lebendig. Der Hangar ist unbeschädigt.«

»Rivera und Toliver?«

»Lebendig. Wegen Schocks in Behandlung. Die Krankenstation ist überfüllt.«

»Erkensteen?«

»Ingenieur Erkensteen ist nicht an Bord.«

»Elissi?«

»Elissi Portinari ist nicht an Bord.«

»Ein anderer Gracen?«

»Niemand aus dieser Kategorie ist an Bord.«

Jordan seufzte. Er schüttelte den Kopf. »Ich wusste, sie würde irgendwas Verrücktes machen. Ich wusste es. Sie hat es mir ja angekündigt. Erst wollte sie mit der Sphäre durch die Galaxis reisen. Und jetzt ...« Er winkte in Richtung des Sonnenherrn. »Jetzt hat sie etwas Besseres gefunden. Oder?« Er sah Tizia an.

»Elissi hat mich fortgeschickt. Sie wollte, dass ich dir helfe, Jordan. Ich war zum Schluss nicht mehr dabei.«

Der junge Mann nickte, senkte das Gesicht, verbarg es in seinen Händen. Apostol wusste nicht, was sie sagen sollte. Sie spürte ebenfalls Verlust und Sorge, etwas distanzierter vielleicht, was wohl mit der Tatsache zusammenhing, dass gewisse Erkenntnisse noch sehr frisch waren und ihr nun, zurück in ihrer eigenen Wahrheit, wie ein ferner Traum erschienen.

»Captain, die An'Sa und die Skendi ...«, meldete sich Snead.

»Ich bin hier!«, sagte das Gesicht auf dem Resonanzbauch, und das vertraute Antlitz von Quara lächelte sie an. »Ich spreche für die Skendi. Captain Apostol, darf ich Sie zu Ihrer erfolgreichen Mission beglückwünschen?«

»Ich bin mir über den Erfolg nicht ganz im Klaren«, gab diese zurück. »Wir müssen die ...«

»Kontakt mit den An'Sa, Captain«, störte Snead erneut.

Ein Schnabelwesen tauchte auf den Schirmen auf, und die Präsenz löste fast unmittelbar andächtige Stille aus. Die schwarzen Facettenaugen sahen niemanden im Besonderen an – oder eher alle auf einmal.

Apostol machte einen Schritt auf das Abbild zu. »Wir benötigen Erläuterungen.«

»In der Tat«, erwiderte der An'Sa. »Erläuterungen und Anerkennung.«

»Erst einmal würden wir gerne wissen ...«, begann Apostol, doch der An'Sa hatte nicht die Absicht, sich an die Regieanweisungen der Menschenfrau zu halten. Er hatte eine kommunikative Pflicht zu erledigen und offenbar die Absicht, das möglichst effizient zu machen.

»Folgende Fakten werden hiermit kommuniziert. Der Sonnenherr ist wiederhergestellt. Das Netz der Sonnenherrn ist funktionsfähig. Der Transfer der Lokalen Gruppe ist möglich. Wir werden alle überleben, ebenso wie die Generationen nach uns. Dafür Anerkennung.«

Apostol wollte wieder etwas sagen, aber das Schnabelwesen ließ sie nicht zu Wort kommen.

»Weitere Fakten: Der störende Einfluss der Angreifer namens Gracen wurde eliminiert. Ihre Existenz wurde aus dem Multiversum gelöscht. Weitere Irritationen sind nicht vorgesehen. Der Sonnenherr hat sie auf immer im Labyrinth gefangen. Bis auf einen.«

»Bis auf einen?«, echote Apostol.

»Der Siebte. Er half. Er gab sich auf. Er verschmolz mit dem Sonnenherrn. Diese Transzendenz ist Dank und Erlösung zugleich. Er ist keine Gefahr mehr, und er zahlte eine große Schuld. Dafür Anerkennung.«

»Gracen? Der Siebte?«, fragte Apostol. »Der Gracen, der mit mir ...«

»Dafür Anerkennung.«

Das war an sie gerichtet, und Apostol war sich nicht sicher, wofür eigentlich. Sie beschloss, es schweigend zu akzeptieren. Dankbarkeit der An'Sa war wahrscheinlich der Treibstoff, der sie zurück in die Heimat führte.

»Wo ist Elissi?«, fragte Jordan. »Wenn Gracen sich mit dem Sonnenherrn verband, wo ist sie dann?«

»Ihr gebührt Anerkennung«, sagte der An'Sa.

»Zweifellos«, sagte der junge Mann. »Aber wo ist sie?«

»Sie bat um eine Gunst. Sie wurde gewährt. Kommunikation ist möglich. Soll diese etabliert werden?«

Jordan sah Apostol an, die ihm auffordernd zunickte. Besser, es zu einem Ende zu bringen. Vielleicht war es der nunmehr erwachte Instinkt einer Mutter, aber sie ahnte, worauf all dies jetzt hinauslief.

Das Bild mit dem An'Sa flackerte kurz. Dann erschien Elissi vor ihren Augen. Der Hintergrund war eine grüne Wiese, und sie lächelte. Niemand sagte etwas, denn dieser Anblick allein war schon ausreichend, um jedem klarzumachen, dass sie sich nicht an einem realen Ort aufhielt, zumindest an keinem, den Jordan und Apostol für real halten würden. Die Kommandantin beobachtete seine Reaktion. In seinen Augen schimmerte es feucht, doch er hielt sich tapfer.

»Elissi«, sagte er mit brüchiger Stimme.

»Ich werde eine große Reise machen, Jordan«, erwiderte sie sanft.

»Die Sphäre ...«

»Ach, das haben Sie alle ja noch gar nicht mitbekommen«, mischte sich Quara ein. »Ich glaube nicht, dass Saim noch irgendwelche Angebote machen kann. Er ist ... unpässlich. Die Iskoten haben erklärt, dass die Sphäre sie mal kreuzweise kann und sie alle nach Hause wollen. Wir verhandeln gerade mit den An'Sa in Bezug auf diese Frage und sind zuversichtlich. Alle können nach Hause, manche schneller, bei manchen dürfte es dauern. Unsere neuen Freunde wollen es möglich machen. Entschuldigung.« Der Resonanzbauch verzog das Gesicht. »Ich wollte nicht stören.«

Elissi neigte den Kopf in seine Richtung. »Es gibt nichts zu entschuldigen. Meine Reise ist die des Sonnenherrn, durch multiple Universen, auf der Suche nach einem Zufluchtsort ... und auf der nach größerer Erkenntnis.«

Sie sagte es mit einem weihevollen Unterton, der bei jedem anderen albern geklungen hätte, nur bei ihr nicht. Apostol schwieg weiterhin. Jordan fiel es schwer, sich zu äußern. Er war gleichermaßen enttäuscht, traurig und froh, und dieses Wechselspiel der Gefühle zeichnete sich auf seinem Gesicht ab.

Apostol schalt sich eine Närrin. Es ging doch nicht nur um die Freundin dieses jungen Mannes. Es ging auch um ihre Tochter. Und Lyma Apostol fand nach kurzem Innehalten heraus, dass sie vor allem furchtbar stolz auf Elissi war.

»Es ist schade, dass ich dich nicht besser kennenlernen darf«, sagte sie, und auch das empfand sie so. Ihre Tochter heftete ihren Blick auf sie, lächelte immer noch.

»Es gibt viele Universen, in denen wir zusammenleben und ich bei dir aufwachsen darf. Ich kann dir einen Blick in jene Realitäten ermöglichen, wenn es dich tröstet.«

Apostol hob abwehrend die Hände. »Ich bin von dieser Art Neugierde geheilt, Elissi. Ich bin eine einfache Frau mit begrenzter Auffassungsgabe. Mein Universum mag mir nicht immer wohlgesinnt sein, aber ich habe hiermit beschlossen, es zu akzeptieren, wie es ist.«

»Ich habe Anpassungen vorgenommen«, sagte Elissi. »Ich hasse Ungerechtigkeit, selbst wenn es nur mein Empfinden ist.«

»Ich gehöre wohl zu diesen Korrekturen«, hörte Apostol die Stimme Riveras, als dieser die Brücke betrat. »So sagte man mir zumindest.«

Apostols Blick wechselte von ihm zu Elissi und wieder zurück. »Sie erinnern sich an nichts?«

»Ihm ist nie etwas zugestoßen, an das er sich erinnern könnte«, beantwortete Elissi ihre Frage. »Sein Tod war bereits eine universale Realitätsmanipulation der Gracens. Ich musste nicht mehr tun, als die Dinge ... zurechtzurücken.«

»Ich bin auch nicht so erpicht darauf, mich zu erinnern«, murmelte Rivera. »Dafür erinnere ich mich an andere Sachen ... Wäre es nicht möglich ...«

»Nein«, sagte Elissi bestimmt. »Ich konnte etwas reparieren. Ich kann und werde nichts ändern, was so gewesen ist, wie es sein sollte, bevor wir in der Nähe des Sonnenherrn waren und die Grenzen zwischen Fantasie und Realität zu verwischen begannen.«

Rivera nickte stumm, akzeptierte die Antwort, wohl froh, selbst auf der glücklichen Seite zu sein.

Elissi sah wieder Jordan an. »Es tut mir leid, dass ich dich jetzt allein lassen muss. Aber hier bin ich vollständig, sehe Dinge, die ich niemals für möglich gehalten habe, und verstehe so viel mehr – ich kann es gar nicht in Worten ausdrücken. Vor allem aber: Ich muss dafür gar nicht mehr nach Worten suchen, was wirklich eine große Erleichterung für mich ist. Ich musste eine Entscheidung treffen. Es ist eine gute Entscheidung. Ich stehe in deiner Schuld und kann diese niemals gutmachen. Ich kann dir nur sagen, dass ich dich all die Jahre, auf meine Weise, sehr geliebt habe.«

Jordan räusperte sich. »Gibt es Universen, in denen wir ...«

»Viele. Willst du es sehen?«

Jordan zögerte, dann schüttelte er energisch den Kopf. »Nein. Nein. Es ist gut. Alles ist gut. Schöne Reise, Elissi! Ich werde dich sicher niemals vergessen. Du bist jetzt endgültig die ungewöhnlichste Frau im Universum.«

Elissi lachte auf. »Wenn du wüsstest!«

Dann war sie verschwunden. Für einen Moment sagte niemand mehr etwas. Alle vermieden es, Jordan anzusehen, außer Tizia, die ihn drückte.

»Captain, Riem meldet sich«, spielte Snead erneut den Moderator eintreffender Neuigkeiten. »Er würde gerne in unsere Richtung fliegen und sich den Sonnenherrn genauer anschauen.«

»Ob die An'Sa damit einverstanden sein werden?«

Ein Knacken ertönte, dann erklang die Stimme von Horana LaPaz durch den Lautsprecher. Sie klang fast fröhlich. »Angucken ist erlaubt. Nur nicht anfassen. Das hat der Sonnenherr *mir* zum Abschied mitgeteilt.«

Es hörte sich beinahe stolz an. Apostol ließ ihr die Freude. Sie schaute Snead an. »Richten Sie ihm das bitte aus.«

»Jawohl, Captain.«

Apostol wartete einige Momente der Stille ab, drehte sich um und sah die Versammelten an, alle noch unter dem Eindruck einer umfassenden, kollektiven Verwirrung. Dann fiel ihr Blick auf den Resonanzbauch. »Wir kehren alle heim?«, fragte sie.

»Das tun wir. Ich auch. Dringend. Bei uns daheim ist die Hölle los«, erwiderte die Königin.

»Und das Universum ist gerettet?«

»Die An'Sa sind zuversichtlich.«

»Keine Gracens, kein Saim, keine Probleme?«

Quara lachte. »Das Universum ist voller Probleme. Aber bis auf Weiteres sind es wohl nicht mehr die unseren.«

Das war, fand Lyma Apostol, wahrscheinlich die beste Nachricht von allen.

EPILOG

Jordan wackelte mit den Zehen.

Der Kies kitzelte. Sehr angenehm.

Er genoss das warme Wasser, wie es seine feinen Schwimmhäute umspielte. Viel zu lange waren diese trocken gewesen, verschrumpelt, zusammengepresst, untätig, unnütz. Die lange Reise, zu viele Schuhe und Strümpfe, das Verhängnis für Füße, die dafür geschaffen waren, einen Körper durch das Nass voranzutreiben. Es war die größte Wohltat gewesen, wieder in die heimatlichen Fluten zu steigen, zu tauchen, die vertrauten Riffe, das vertraute Ufer entlang, die Strömungen zu fühlen, die er so lange vermisst hatte. Welch eine Offenbarung!

Er sah jetzt alles ganz anders als vorher.

Plötzlich war diese Welt nicht mehr die langweilige Provinz, die Sackgasse, das tote Ende seines jungen Lebens. Er fühlte sich wie neugeboren, wenn er durch das Wasser glitt, die rothäutigen Touristen beobachtete, denen er plötzlich mit neuer Toleranz begegnete. Er hatte sogar das Observatorium besucht, war durch die einst vertrauten, nun so fremden und … ja, so *kleinen* Räume gegangen, in denen er mit Elissi unter dem arroganten Jähzorn und den Minderwertigkeitskomplexen von Professor Bell gelitten hatte. Vergangenheit. Doch es war kein Hass mehr da gewesen, vielleicht ein wenig Bedauern für den alten Mann, dessen Lebensträume gescheitert waren und der nie hatte sehen und erleben dürfen, was Jordan und Elissi mitgemacht hatten.

Der nicht die Galaxis retten durfte. Der sich wahrscheinlich nicht einmal selbst retten konnte.

Aber das Wasser, das war das Wichtigste. Jordan schüttelte sich die Feuchtigkeit vom Körper und holte tief Luft. Das Einatmen außerhalb des Ozeans, die Umstellung von Kiemen- auf Luftatmung, war immer noch eine neue Erfahrung für ihn. Doch er hatte es sehr schnell gelernt. Er war nun in beiden Welten zu Hause und hielt sich oft länger unter Wasser auf als über den Wellen. Er entdeckte neue Regionen, entdeckte sich selbst neu, seine Möglichkeiten und die Perspektive einer Existenz, die nicht mehr allein auf das trockene Oben beschränkt war. Das Weltall verlor ein wenig von seinem Reiz. Vielleicht hatte er eine kleine Überdosis bekommen. Es war ganz gut, mal eine Weile keine Sterne zu sehen. Korallen waren super.

Er sah auf seine Zehen am Strand, bis zu den Knöcheln im Wasser. Noch am Strand hocken, etwas Ruhe finden. Er fühlte, wie der feine Kies um seine Haut floss, angehoben und bewegt durch die sanften Wellen, ein permanentes Streicheln, wie eine Liebkosung. Er musste in solchen Momenten an die Umarmung denken, die Kernelissi ihm damals geschenkt hatte, so, wie sie es konnte, und daran, was wohl aus ihr geworden war. Die An'Sa und seine Elissi, die echte, hatten ihm versprochen, dass sie nie wieder Schmerzen empfinden würde, dass man ihr das Leben und das Denken erleichtern würde, Heilung anbot, eine lebenslange Pflege, und Jordan vertraute darauf. Ihr Schicksal lag ihm sehr am Herzen.

Eine Qualle schwamm träge ihre Bahn. Sie zog ihre Tentakel wie einen durchsichtigen Schleier hinter sich her, eins mit sich und ihrer Umgebung. Jordan folgte ihrem Weg für einen Moment.

Das Wasser war so schön.

Die Sonne so warm.

In diesen kurzen Minuten, da die Hitze den feuchten Film auf seiner Haut trocknete, in diesem Equilibrium zwischen Nass und Trocken, Kühl und Heiß, war sie ein Genuss. War die Haut trocken, wurde sie zur Qual, und es war an der Zeit, den Schatten aufzusuchen, wenn er nicht enden wollte wie die Touristen.

Es war gleich so weit.

Jordan erhob sich, warf einen letzten, sehnsuchtsvollen Blick auf die Wellen. Er konnte jederzeit hierher zurückkehren, doch immer dann, wenn er wieder festen Boden unter den Füßen spürte, musste er den Drang unterdrücken, gleich wieder ins Wasser zu springen. Er musste aufpassen. Kiemen hin oder her, der Rest seines Körpers, die Beschaffenheit seiner Haut, seine Körperöffnungen, all das war nicht dafür ausgelegt, mehr als einige Stunden am Stück unter Wasser zu bleiben, von den Druckverhältnissen größerer Tiefen einmal ganz abgesehen. Weitere Modifikationen aber lehnte Jordan ab. Er war keine Tizia McMillan, die sich wohl wunderbar an ihren kraftvollen und mächtigen Androidenkörper gewöhnt hatte. Er war Jordan und bestand darauf, er zu bleiben.

Auch hier.

Gerade hier. Ganz *besonders* hier.

»War es schön?«

Er drehte sich um. Elissi im Badeanzug. Sie hatten erst zum Zentrum der Galaxis reisen müssen, damit sie endlich mal einen anzog. Er stand ihr gut. Jordan durfte das feststellen. Er durfte jetzt so vieles.

»Ganz wunderbar.«

»Wie damals?«

»Besser als damals.«

Elissi lächelte. »Ich bin froh, dass du dich doch noch anders entschieden hast. Ohne dich wäre es hier furchtbar langweilig.«

Jordan hob die Augenbrauen. »Langweilig? Die Frau, deren Geist jederzeit unzählige Universen betrachten kann, kann sich langweilen?«

»Der Geist nicht so sehr. Die Frau schon.« Elissi gab ihm einen Kuss auf die Wange. »Aber dafür habe ich ja dich.« Sie warf einen prüfenden Blick in den Himmel. »Es wird dunkel. Wo wollen wir zum Abendessen hin?«

Jordan zuckte mit den Schultern. »Das Restaurant am Ende der Zeit vielleicht?«

»Das sparen wir uns für einen besonderen Moment auf.«

»Wann kommt der?«

Die junge Frau nickte langsam. »Stimmt. Der kommt gar nicht, wenn ich ihn nicht erschaffe. Aber ein wenig muss man auch dem Schicksal überlassen, findest du nicht?«

Sie drehte sich um, streckte eine Hand nach ihm aus, die er furchtlos ergriff. Er begleitete eine Göttin. Und er war nicht einmal ein Halbgott.

Egal. Die Kiemen funktionierten ganz hervorragend. Hatte man einmal die Galaxis gerettet, musste man Bescheidenheit lernen, denn im Grunde hatte man ja schon alles erreicht.

»Lass uns in ein Universum gehen«, schlug er vor, »in dem der Wein besonders gut ist.«

Elissi zwinkerte ihm zu.

FANTASY bei
Cross Cult
Die Reise der Basilisk
Marie Brennan
Blut Schwur
Die Powder Mage Chroniken
Brian McClellan
Pierce Brown
Red Rising
Asche zu Asche
Das Blut der sieben Könige
Régis Goddyn
LADY TRENTS
MEMOIREN 3:
DIE REISE DER BASILISK
von Marie Brennan
KB | € 14,– (D) | 978-3-95981-660-1
JULI 2018
DIE POWDER MAGE
CHRONIKEN 1:
BLUTSCHWUR
von Brian McClellan
KB | € 16,– (D) | 978-3-95981-668-7
SEPTEMBER 2018
RED RISING:
ASCHE ZU ASCHE
(Band 4 der Red-Rising-Reihe)
von Pierce Brown
KB | € 16,– (D) | 978-3-95981-808-7
NOVEMBER 2018
DAS BLUT
DER SIEBEN KÖNIGE
von Régis Goddyn
KB | € 18,– (D) | 978-3-95981-810-0
DEZEMBER 2018
WWW.CROSS-CULT.DE